島尾敏雄の文学世界

――病妻小説・南島小説を読む

石井洋詩

龍書房

はじめに

昨年（二〇一六年）九月から十一月にかけて、島尾敏雄没後三十年記念「甦る幻の日記」展がかごしま近代文学館で開催された。その折に『死の棘』創作ノートが展示されていた。開かれていた大学ノートには別の紙が二枚継ぎ足され、細かい字でびっしりと『「死の棘」日記』から引き写したと思われることばがグループごとに書き込まれ、あるものは線で繋がれていた。それを見た時、素材としての『日記』を小説として虚構世界に創り上げていく作者の苦悩の現場を垣間見たようで、胸を打たれた。

作者と主人公とを同一視する従来の私小説の読み方で島尾敏雄の作品を読んできた私を、病妻小説の読み直しへと向かわせたことばがある。奄美移住後間もなくの時期で「病院記」はまだ三作しか書いていない。

《われわれが、ある文学に感動するのは、書かれていることの物珍しさのためではない。やはりそれが、人間についての真実へ志向している場合だけである。……中略……奄美群島を描こうとする者は、何となく本土と変っているように感じられるその珍奇さを一先ず排除して、普遍的な人間の根本の問題の場所で把握した上で、再び、離島地帯の特異さを組立て直さなければならない。それははなはだ困難なことだ。》

（「奄美群島を果して文学的に表現しうるか？」昭和三十一年一月）

特攻体験と病妻体験という特異な体験を素材とした作品群を前にして、島尾文学の読者の多くはその体験の異常さゆえに、小説が虚構であることを、作中人物と作者そして夫人との間にある距離を見落としがちになる。島尾夫妻の結びつきを略述してみよう。

昭和十九年十一月奄美群島の加計呂麻島に第十八震洋隊特攻基地を設営した島尾隊長は、島の女性教師大平ミホと死を前提にした愛を育む。昭和二十年八月十三日に特攻作戦が発令された後即時待機のまま八月十五日を迎え、島尾隊長は生へと帰還した。二十年末大平ミホは島尾との結婚のために養父を一人残して米軍管轄下にあった島を脱出して神戸の父の家に居住していた島尾の許に走る。翌年三月二人は結婚し、二人の子供に恵まれる。小説家を志していた島尾は昭和二十七年神戸市外大の助教授を辞し、上京した。しかし、広く認知されることはなく、やがて島尾は愛人を作り家を顧みなくなる。永く耐えていた妻は昭和二十九年九月精神に異常を来たし、一家は地獄絵の日々を送る。半年後島尾は子供を奄美大島の妻の叔母の許に預け、妻に付き添って精神病院に入院する。五ヶ月の治療後二人は運命の場所となった奄美へと帰った。

島尾敏雄という小説家が小説の素材を自分の体験に求めるのは、そこにウソがないからである。ウソがないとは真実であるということではない。体験は一人の人物にとっての事実ではあっても他の人物にとっての事実ではない。言い換えれば事実は普遍的な真実ではない。先の引用文に即して言えば、個人の特異な事実が真実になるためには、特異な体験が読者の日常の中にも見出せるものとして「普遍的な人間の根本の問題」として捉え直され、異常さ、あるいは特異さが組み立て直されなければならない、と島尾は言う。これは離島を舞台にして小説を書くことについてのみ言っているわけではなく、島尾の創作方法の根本にあった考えだと思う。

また「病院記」を書き終えて間もなく、次のようにも言っている。
《ひとりのにんげんを凝視すればそこから安らかな均衡の生れてくることも、この三年のあいだに覚えた。》(「夫から」昭和三十三年一月)

ここで言う「ひとりのにんげん」とはミホ夫人のことだが、私はいつの間にか島尾自身に置き換えて読んでいる。島尾敏雄は奄美移住後の翌年昭和三十一年末にカトリックの洗礼を受けた。島尾は受洗が受け身のものであり、そのことへの拘りを持ち続けていることをしばしば口にしているが、受け身であったことへの拘りを持ち続けることは、信仰者としての自己凝視を深めていったということでもある。「安らかな均衡」とは「人間についての真実」との出会いから生まれるもののように思う。島尾の多様な小説世界の根幹には「人間についての真実」への志向が変わることなくあったと思う。

私が病妻小説と南島小説を「虚構世界」として読むことの意味もまた右で見たことに尽きる。一人の人間の異常で特異な体験は「普遍的な人間の根本の問題」として捉えるためにどのように組み立て直されたのか、そしてそこにどのような「人間についての真実」が見出され、表現されたのか。それを探りたいと思う。

目次

〔南島小説〕

〔資料〕

病妻小説

「病院記」考

(一)「病院記」の一側面――〈私〉の変容のドラマとして――

1　「病院記」論の概略と本稿のねらい

『「死の棘」日記』（平成十七（二〇〇五）年三月新潮社）及び『島尾敏雄日記――『死の棘』までの日々』（平成二十二（二〇一〇）年八月新潮社）の公開によって醸成されてきた『死の棘』（昭和五十二（一九七七）年九月新潮社）の読み直しの機運が、この数年来具体的な形をとりつつある。長く島尾論を書き継いできた岩谷征捷氏と比嘉加津夫氏が時を接して『死の棘』の再論[1]を新たに刊行し、更に『死の棘』を妻の側から逆照射する意図のもとに梯久美子氏の「島尾ミホ伝『死の棘』の謎」の連載が『新潮』平成二十四（二〇一二）年十一月号から始まり、新しい事実も明らかにされつつある（平成二十八（二〇一六）年六月号で連載は終了し、同年十月に新潮社から『狂うひと――「死の棘」の妻・島尾ミホ』と改題して刊行）。雑誌発表の論文では『死の棘』の成立に関わる論考として松島浄氏や満留伸一郎氏の提起[2]もあった。

病妻ものの一方の極である「病院記」についての大方の受け止め方は、早い時期に奥野健男氏が『島尾敏雄作品集第四巻』（昭和三十七（一九六二）年八月晶文社）の解説で各篇を概説して、次のようにまとめた時点から基本的にはあまり変化していないように思われる。

精神病院の閉された一室で、神経を病む妻と世を捨てた夫との、世俗の習慣を超えた関係、妻と夫の魂の異様な同調性、共鳴性、そして生ま生ましくも可愛いい妻の姿態、魂のコケットリィ、……ぼくたちはこの世にあらぬ関係の美しさ、虚飾を消失させた原存在の奇妙さだけを感じればよいのだ。

従って作品ごとに構造や内実を探る試みもあまりなされてこなかったように思う。そうした「病院記」の置かれた読みの状況の中で、教えられるところの多かった論がないわけではない。それらを発表順に挙げてみると、昭和四十年代に〈これらの小説から夫の献身的な愛とか償いとかいった心理的動機を読みとることは愚かであって、何よりまず「逃げることはできない」世界に投げこまれている〉ことを読みの根底に置くことを提起した柄谷行人氏の論[3]があり、次いで昭和五十年代には、〈現実を夢化する文章の特性〉によって〈現実の重い桎梏から解き放たれて、一種超絶的な、この世ならぬ悲哀の相のもとに眺められるようになる〉と論じた川村二郎氏の表現論[4]の後、宗教的立場から〈妻ミホの精神病院入院後、ミホへの「私」の絶対的服従が徹底化され、ミホの非合理な要望が全て実現される〉と柄谷氏と同じ観点に立ちながら、〈病めるミホに対して開かれた自己を示すことによって、生の充実をとり戻すばかりでなく、閉ざされたミホの心を明るみに照らし出〉し、〈他者としてのミホとのかかわりが、「私」をして自己の罪を許さんとする存在者への凝視を可能とした〉と説いた玉置邦雄氏の論[5]があり、さらにカトリックの立場からは武田友寿氏が次のように論じた[6]。

氏がそこに示したのは、むしろ日常性の脆弱さを指摘することによって、それを涯しなく切り崩している加害力の暗澹たる姿ではなかったろうか。……この力を前にして氏が、それに耐えることでのみ真にそれを超えうると思い当ったのは、ぼくの理解するかぎり、氏のカトリック入信後であるといってよいように思われる。それはたしかに、島尾氏の決意を意味していた。

さらにまた、入院を〈彼が妻と二人で創始すべき、新たな精神世界の入口〉と見て、次のように新しい読みを提示した田中美代子氏の論[7]があった。

彼は何よりもそこで妻をとりひしぐ悪霊に出会うことを熱望した。その悪霊の媒ちによってのみ、二人はともに理解を絶するほどの、エロティシズムのめくるめく深淵を垣間見ることができたのではなかったか。

平成に入り、「或る精神病者」の中に〈かつて軍隊で見た最も悲しい人間縮図〉を読みとった吉本隆明氏の論[8]や〈病院での二人きりの生活、あるいは夫人の意志にひたすら従順になろうとする生活は、現象面だけを考えても、世間から隔絶された（時には戦争からも遠のいた）南島の入江での特攻待機の生活に似てはいまいか〉と戦争体験との重なりを指摘した岩谷征捷氏の論(9)などが出た。他にも「病院記」への言及はあるのだが、上記の論も含めて多くは戦争体験や死の棘体験の関わりの中で取り挙げており、独立した作品論の対象として扱われることは殆どなかった。そうした中で堀部茂樹氏が『島尾敏雄論』（平成四（一九九二）年三月白地社）を刊行し、「関係意識の記録——治癒」の中で「一時期」や「ねむりなき睡眠」を取り挙げ、島尾の作品は〈書かれている素材としての事実を読むのではなく、そこに表われた島尾の関係意識を読まなければならない〉と述べて〈〈他者〉に対する根源的異和の意識からやってくる〈関係の不可能性〉こそ、島尾の文学の表出の根拠である〉ことを詳細に論じたことは、吉本隆明氏が作家論として提示した〈関係の異和〉を作品論に敷衍した意義ある論考だった。その後長く「病院記」論は出てこなかったが、空白を埋めるように、田中眞人氏がこれまでの論考を『島尾敏雄論——皆既日食の憂愁』（平成二十三（二〇一一）年六月プラージュ社）にまとめ、「「病院記」そのバロック的空間」で「病院記」を論じた。

島尾によって生み出されてくる「病院記」の世界は、精神病棟の日常を描きながら、私小説の描く日常性とはまったく次元のことなる非現実のなかの日常として波間から頭をもたげてくる。それこそ自己意識の外に噴きだしてくる、三島由紀夫が指摘した魔的な生命力のようなものをはらんでいると言える。

田中氏はさらに言葉を継いで〈それらは『死の棘』の序曲というよりもそれ自体ひとつのシンフォニーと考えてもよい〉として、「病院記」を『死の棘』と等価に捉えようとして次のように述べる。

『死の棘』の世界が哀しみをいっぱいに詰まらせた家庭の危機、つがう男女の危機、いや存在することの危機の淵を描いたものとすれば、「病院記」はその深い淵から逃れようとする壮大な復活劇が奏でられていると言えよう。

筆者は田中氏の提起の意義を多としたい。田中氏が言う〈復活劇〉に関わる島尾敏雄自身の言及としては「丹羽正光氏への返事」(『作家』昭和三十五(一九六〇)年六月)で〈私の病院記は妻がそれを読むことによって彼女の病を剝いで行くことに、ひとつの力を与えることになったのです〉と述べていることを思い浮かべるが、では〈復活劇〉を可能にした力は何だったのだろうか。島尾は引用文の直後で〈それは結果としてそうなったのですが〉と企図しない力がそこに働いたことをみているが、筆者は〈彼女の病を剝いで行く〉力となったものを、作者によって描出された作品群の主人公であり語り手でもある〈私〉だと考えたい。その観点から本稿では「病院記」を〈私〉の変容のドラマとして読み解いてみる。柄谷行人氏が前出(3)で、

まず、最初に、妻の病的な合理主義があり、応答不可能・実行不可能な審問と命令の発作があり、そして「私」はそこに閉じこめられてほかの可能性を考えることもできない。病人を客

観的に眺めるのではなく、一方的に病人に支配されているのだ。（傍点原文）

と指摘したように、「病院記」に通底するものは支配と被支配、命令と服従の絶対的な関係である。作者島尾は、「病院記」の最初の読者であるミホ夫人に読まれることを前提に、語り手である〈私〉を〈妻〉に支配され服従を強いられる人物として描出している。とすれば、作者によって造形される〈ミホ〉に寄り添う〈私〉は、入院中のミホ夫人との関わり方を見つめ直す作者島尾の捉え方の変化とともに変わっているはずだ。そこに田中氏の言う〈復活劇〉を見出すことができるだろう。さらに言えば、作品執筆の推移に合わせて〈私〉の変化のさまを探ることは、「病院記」を書き継いだ作者の内的必然を読み取ることにもつながるだろう。そのことはまた、「病院記」以後の作品執筆、特に『死の棘』執筆の契機を探ることにもつながるのではないかと考えるのである。

2　「病院記」の概略

島尾敏雄は、昭和三十（一九五五）年六月六日にミホ夫人の心因性神経症の治療に付き添って千葉県市川市国立国府台病院（現国立国際医療研究センター国府台病院）に入院した。子供二人は奄美大島のミホ夫人の叔母の家に預けて第二精神科病棟に入居し、約五ヶ月の病院生活を始めた。ミホ夫人の集中治療は二回行われている。六月二十七日から七月十日まで持続睡眠治療が行われ、八月十六日にミホ夫人の病院脱走事件が起こった後、二十三日に神経科病棟に移り、九月六日から十月六日まで冬眠治療が行われた。入院費や子供の状態への心配、ミホ夫人の症状の改善の兆しなどから、八月下旬から奄美への移住が考えられ、十月初旬にはその希望を主治医に伝えている。医師の許可を得て十月十七日に退院し、横浜港から大阪商船「白龍丸」に乗船。一週間の船旅を経て二十三日に奄美大島名瀬港に入り、叔母一家の許に身を寄せ、以後二十年にわたる奄美での生活を始めた。入院中の生活のあらましは『「死の棘」日記』（以下『日記』と記す）からある程度推測できるが、現実の二人の日々は、「病院記」に描かれているような外部から隔絶された生活が続いたわけではない。継続した治療以外の時には買い物に外出し銭湯にも寄っている。少数だが見舞客との面会は何度もあり、電話や手紙の交換もよく行っている。「病院記」では素材になった事柄が実際の時期や場面とは異なった設定になっていることが多く、また『日記』にない事柄が随所に組み入れられている。「病院記」は、記録され記憶された体験をもとに執筆時の作者の内的位相によって虚構された物語である。それは、『島の果て』（昭和三十二（一九五七）年七月書肆パトリア）の「あとがき」で昭和二十九（一九五四）年までの作品を〈不幸〉と書き、〈私の表現は全く別な場所へ移らなければなるまい〉と記したこの時期の島尾が、柄谷行人氏が指摘する〈現実の苛酷なまでの過剰感〉を〈リアリスティックに書こうとする〉ための「夢の手法」とは異なった手法の試みでもあっただろう。

「病院記」九篇を執筆順に挙げる。作品名上の数字のうち1～9は執筆順を表し、括弧内の①～⑨は島尾自身が配列した『島尾敏雄作品集第四巻』の配列順を示す。1（①）「われ深きふちより」（『文学界』昭和三十年十月）、2（③）「或る精神病者」（『新日本文学』昭和三十年十一月）、

3⑥「のがれ行くこころ」（『知性』昭和三十年十二月）の三篇が入院中に書かれ、4②「狂者のまなび」（『文学界』昭和三十一年十月）、5⑤「治療」（『群像』昭和三十二年一月）、6⑨「一時期」（『新日本文学』昭和三十二年一月）、7④「重い肩車」（『文学界』昭和三十二年四月）、8⑦「転送」（『綜合』昭和三十二年八月）、9⑧「ねむりなき睡眠」（『群像』昭和三十二年十月）の六編が奄美移住後に書かれた。九篇は一定の構想のもとに連作として書き出されたのではなく、『島尾敏雄作品集第四巻』編集時に作者によって病妻ものが二部に分けられ、「病院記」九篇が第一部として入院生活の時間の流れに従って配列し直された。「病院記」としての単行本はなく、集英社文庫『われ深きふちより』（昭和五十二（一九七七）年十一月）に『島尾敏雄作品集第四巻』の配列で全篇が収録され、『島尾敏雄全集第7巻』（昭和五十六（一九八一）年三月晶文社）もそれに従っている。従って、作者によって配列し直された現行の「病院記」の順で読んでいくと、語り手の〈私〉が執筆された時間の継続の中で変化していくという側面が見落とされるのではないか。「病院記」論の問題の一つがそこにあると思う。

二作目の「或る精神病者」と四作目の「狂者のまなび」は精神病棟で出会った患者たちのさまざまな様態と〈私〉の感受の観察記録的意味合いが強く、また八作目の「転送」は入院病棟の転室に伴う看護婦たちとの関係の変化や他の付き添いの人々との交流の記録としての意味が大きいので本稿の対象からは除き、作品執筆の推移に合わせて〈私〉の変化のさまを探るという本稿の狙いに沿って、他の六篇を執筆順に読み進めたい。

なお『日記』によれば、「われ深きふちより」の前に『群像』に掲載予定の「精神病棟記」が書き出されている。「われ深きふちより」の初稿を書き終わった後も書き継がれているが、八月十一日に『群像』編集長の交代から掲載を危ぶむ記述があり、十六日に三十数枚まで書いたことを記した後「精神病棟記」に関する記述はない。

3　第一作「われ深きふちより」と第三作「のがれ行くこころ」

まず入院中に書かれた二作品に描かれた〈私〉の変化をみよう。一作目の「われ深きふちより」(10)は入院から二ヶ月後の八月十一日に起筆され、十三日には初稿三十七枚を書き終わっている。脱走事件を起こすなどミホ夫人の発作が頻発していた時期である。入院前後の二人の狂態と精神病患者たちの異様な様態に〈安堵〉し、発作に狂う〈ミホ〉に寄り添おうとする〈私〉が描かれている。奥野健男氏が言うように〈病院記の導入部〉としての結構を整えており、「病院記」の中で最も多く言及されている。

三作目の「のがれ行くこころ」(11)は、持続睡眠治療が終わり冬眠治療に入る前の八月十五日に起こったミホ夫人の病棟脱走事件前後を素材にしている。事件後、病棟が精神科病棟から神経科病棟へと変わるが、そのことは八作目の「転送」で扱われる。執筆は『知性』の編集者であった山口瞳から原稿依頼があって九月十一日から始められ、十八日に初稿が完成し、推敲後二十九日に渡されている。冒頭が〈妻に付き添って私も精神病院に入院していたときのことだ〉と退院後の回想であることを意味する書き出しになっているのは、この時期には奄美移住を決めており、雑誌発行時（『日記』では十一月十五日に名瀬で『知性』を手にしている）には退院していることを予定してのことだろう。

両作品とも冒頭部で入院前の出口を失った二人の姿が叙述されているが、「われ深きふちより」では文末が過去形で続き、過去のことを回想する文体になっているが、「のがれ行くこころ」は文末が現在形で続き、読んでいくと入院前のことなのか入院中の現在のことなのか判然としない。それは読む側に同様の発作が現在も続いて緊縛状態の中に〈私〉が置かれていることを思わせる。〈私〉の描出のあり方を比較すると、「われ深きふちより」では〈妻〉の絶え間ない質問発作に曝される〈私〉の狂おしい状況を説明することに重点が置かれているのに対して、「のがれ行くこころ」では発作に走る〈妻〉の苦しみの内実を感受するゆえに苦しむ〈私〉の内面が叙述されていく。

両者の同じような場面での叙述を対比してみる。まず入院前の二人の状況についての叙述である。

A「われ深きふちより」

私と妻とはその頃半年もの間殆ど、お互いが片時もそばを離れることができなかった。そのために勤めていた教師の職は放棄し、物を書く余裕もないので生活は眼に見えて逼迫した。

私には既に世間というものがなくなってしまった。ただ、妻の神経の表面にメタン瓦斯のように限りなくわき上って来る疑惑のいらだちに、寝ても覚めてもいや真夜中でさえもお互いが顔をまともにつき合わせて、その日その日が移り変った。

B「のがれ行くこころ」

妻は私を一刻も傍から離せないという疑惑の地獄の中におちこんでいる。たとえば私が厠に立ってさえ私の喪失を不安に思う。その不安は底知れず重なり、私を獲得するために、あくとのない要求を続けなければ安堵できない。しかし求めれば求めるほど渇きはいや増し満足はできない。そのために心は荒れて狂暴に、要求は苛酷になったが、それはいっそう自分をいらだたせ不安を深め疑惑を雲のように湧かせるだけだ。私は反応になやむ妻にひたすら奉仕する一個の機械と化することを心掛けたが、それは砂漠に打ち水をするたよりなさに打ちのめされるばかりに見えた。果てしない妻の渇望を埋めることは到底できそうもない。しかも妻のそばは離れられない。

Aでは、繰り返される〈妻〉の発作に為す術を失い狂いそうになる〈私〉の苦しい状況が説明的に叙述されているが、Bでは、〈妻〉を終わりのない〈質問装置〉に化していくものが、〈私〉を愛おしむ心であることを感受しながら、奉仕することに徹しきれない自分を見つめる〈私〉が描出されている。次は入院後での〈妻〉の発作に耐えられなくなっている〈私〉についての叙述である。

A「われ深きふちより」

私はぐらぐらと赤土の崖からころげ落ちる頼りなさに襲われて来る。問題はそのような所にはないのだが、私はもう十箇月もの間固着した同じような質問に答弁することを強いられ、それがもつれて行き、私の過去は白々とあばかれ、収拾がつかなくなることを繰返している。あはじまって行く、はじまって行く。そう思うと頭はくらみ、妻の顔にも憑き物だけが跳梁し、私ののどもとには身勝手なむごい言葉が次々とつき上って来る。そしてそれをとどめることができずに口に出してしまう。

……〔中略〕……

いや、このような言い方は当を得ていないかも知れない。私は私の生まれつきを解体したい！　いやそのように感傷をぶちまけて見たところでどうなるものでもあるまい。私はやはりこのまま腐肉をついばまれていなくてはなるまい。宙ぶらりんのままで、どこに手足を支えよう術もなく。

B「のがれ行くこころ」

反応の誘因は私なのだから次第に私というものが嫌悪の反面を伴っていることに、妻は気付きはじめるが、といって私を失うことには堪えられない。その状態は私をますます不利な立場に追いこめる。発作にまきこまれると私は自分を底知れぬほどに嫌悪した。醜怪な肉塊にも思えた。むなしき奉仕の姿勢など悪臭を放って感じられる。そして蛇がふと鎌首をもたげるふうに自我のいきぶきが押さえようもなく噴き出て来た。

妻は一切の外界の刺戟を恐れる。私がどのように醜くても、妻は私をそばに引き寄せて置いて、暗い穴倉の奥深い処にひそんでいたいと願った。それが次第に愈々深くそうなった。

Aでは醜い過去が暴かれていくことに耐えられなくなって〈身勝手なむごい言葉〉を口に出す自分を〈解体したい〉〈腐肉〉と見ている。Bでも同様に自分を〈醜怪な肉塊〉とみなし〈自我のいきぶき〉が噴き出すのだが、その一方で〈私〉への愛憎の相剋に苦しむ〈妻〉を看取している。さらに言えば〈このまま腐肉をついばまれていなくてはなるまい〉という受苦を甘受しようとするAの〈私〉には、〈奉仕の姿勢〉に〈悪臭〉を感じる〈自我のいきぶき〉を蛇が〈鎌首をもたげるふうに〉と自己の内奥に潜む悪として見なすBの〈私〉ほどには自己凝視への指向はみられない。

右に見た〈妻〉を狂気へと走らせる〈私〉を愛おしむ心の深さは、「のがれ行くこころ」後半の〈妻〉の病棟脱走事件を通して示される。そこで〈私〉は〈妻〉の背後に暗示的な存在を感じ取る。〈妻〉の従弟が泊まった夜、故郷の叔母の許で生活している子供たちが病気がちであることを聞いた〈妻〉は発作を起こす。発作に巻き込まれた〈私〉は奉仕する姿勢を保てず、〈妻〉が着替えて部屋を出て行ってもいつものパターンだと思い眠ってしまう。目覚めると〈妻〉は部屋にいない。病棟内を探すが見つからない。〈妻〉の死を思って打ちひしがれて池の水面を見ている〈私〉に〈妻の私を呼ぶ声〉が聞こえてくる。その時〈私〉は〈妻〉を見る自分の目が覆われていたことに気づくのである。

それは妻の醇乎とした意志なのだという気持になる。私は妻の発作を堪えがたいと思いその現象にばかりかかずらい目がくらまされてその覆われない姿を見ることができなかったのではないか。妻の私を呼ぶ声が、ひどく澄んで耳の底、頭の中にこびりつき、そしてそれは私のおろかさをあわれんでいる深いまなざしを背後に感じさせたのだ。

やがて〈妻〉は帰って来たが、〈私〉は〈妻〉の言葉から〈郷里の島で元気がないという子供の所に行こうとして〈その意志の前に立ちふさがる障碍を妻は無視して塀を乗り越えた〉ことを知る。その〈私〉に〈妻〉は〈「でもトシオが泣いたから戻って来ちゃった」、……「うん、ミホ、ミホって声を出して犬みたいに泣いていたよ」〉と言う。その後〈妻〉が〈妙に生き生きとして〉〈いのちが吹きこまれたようにも思えた〉という表現で作品は閉じられる。社会一般では気が狂っていると見なす〈妻〉の行動を、〈私〉はその行動の根源にあるものを感じ取っている。我が子の愛しさであり、〈トシオ〉への思いであることを。そして、子供の愛しさよりも〈トシオ〉への思いがより強く〈妻〉を動かしていることを。さらに言えば〈妻〉の狂気が〈私〉から〈トシオ〉が剝がれていくことで起こることを。

〈妻の私を呼ぶ声〉の背後に感じた〈深いまなざし〉は、九作目「ねむりなき睡眠」に書かれた〈妻〉の〈どこか頼りなげに見つめた清澄なまなざし〉に通じるものだろう。玉置邦雄氏は〈清澄なまなざし〉について〈「私」の罪を包みこんでいく神のまなざしを暗示しているのではあるまいか〉[(5)]と述べているが、「のがれ行くこころ」を書いている作者島尾は〈現象にばかりかかずらい目がくらまされて〉いる自分の〈おろかさをあわれんでいる〉存在と出会っているようだ。安易に作品と作者の生活を結びつけることは慎まねばならないことを承知した上で、次のことは見ておきたい。「のがれ行くこころ」を書き終えた時期の『日記』（九月二十二日）に次のような記述がある。

夕食後祈禱、ミホ奄美大島に行ったらカトリックの洗礼を受けるかとぼくに聞く。

また、二日後の二十四日には次のような記述もある。

顧みればミホが病気になる迄は全く反対だった。ぼくはミホを自分の体の一部のように思い込み、自分の事ばかり考えてミホの犠牲の上で自我を押し広げ、ミホはひたすら従順に身を捨ててぼくに尽くした。長い間忍従と緊張を続けた果てにミホは遂に精神を病み、ぼくとミホは位置が転倒した。親子の契は一世、夫婦は二世の頼みとかや、げにまこと夫婦とは……。

「祈禱文」を就寝前に読誦するようになって一月あまり。いつもは二人で、ミホ夫人が眠りについているときは島尾一人で読誦を続けてきている。島尾の中で受洗の問題が奄美移住後の現実的な課題となっていた。「のがれ行くこころ」を書き終えた島尾は〈自分の事ばかり考えてミホの犠牲の上で自我を押し広げ〉、〈長い間忍従と緊張を続けた果てにミホは遂に精神を病〉んでいった過去を振り返り、夫婦の契りの深さに思いを至らせていた。

4　第五作「治療」と第六作「一時期」

昭和三十（一九五五）年十月に奄美大島に移住した島尾が最初に書いた小説は、最初の死の棘体験の小説化である「鉄路に近く」（『文学界』昭和三十一（一九五六）年四月）である。付記すると、死の棘体験の最初の小説化としては、『日記』によると入院中に書き継がれている佐倉を素材にした「印旛沼のほとり」があるが、奄美移住後どのように処置されたかは不明である。筆者は「鉄路に近く」を「のがれ行くこころ」と関係づけて読むことができると考えているが、ここでは触れない。「鉄路に近く」のすぐ後に周知の「妻への祈り」（原題「魂病める妻への祈り」）。『婦人公論』昭和三十一（一九五六）年五月）を発表している。その中で「われ深きふちより」や「のがれ行くこころ」を〈入院中に妻の発作のあいまを盗んでむしろ祈りのような気持で、そしてそれがいくらかでも妻に通うことを願って書いた〉と述べ、〈私はとにかく伏せ勝ちな肩を、もう一度上げなければならないだろう。〉〈島の風土は私の体質を変え、子供らは島言葉を自在に操り、妻は再びかつての自然を取り戻すであろう。私は彼等に自らを捧げるであろう〉と書いた。この文章について島尾は二年後に「妻への祈り・補遺」（原題「蘇えった妻の魂」。『婦人公論』昭和三十三（一九五八）年九月臨時増刊号）で、〈私は妻のこころをなぐさめることができるなら、どんな文章をも書くことができると考えられた。私はあの文章を、妻が気にいるまで何度も書き改めた〉と書いているように、この時期の島尾は妻や子供たちとの家庭の再生を何よりも願っていた。その思いは小説執筆に向かう島尾の内面を律するものであっただろう。奄美移住後に書かれた病院記六篇は右の島尾の思いと無関係ではありえまい。

移住から一年後、昭和三十一（一九五六）年十二月二十三日に島尾は子供たちと共にカトリックの洗礼を受けるが（洗礼名はペトロ。ミホ夫人は幼児洗礼を受けていたので堅信礼を受ける）、その前の十月と十一月に五作目の「治療」と六作目の「一時期」を書いている。

「治療」で扱われている素材は持続睡眠療法中（六月二十七日～七月十日）の事柄である。叙述の中心は、発作に入り独裁者となった〈妻〉の容赦のない追求によって、〈一兵卒〉と化した〈私〉が自らも狂うかに思えるほどに自己崩壊の危機に瀕しながら、〈妻〉の内部に〈私〉への一途な思いを感じ取り、〈妻〉にとって自分が切り離し得ない存在であることを認識していくことに置かれている。その叙述は「のがれ行くこころ」から更に情緒的な面が削られ肉感的になっている。〈そのとき彼女は感情の疎通を拒み一個無慈悲なメカニカルな装置〉になり、〈私〉は〈自分の表情をいつも装置のそれに合わせて〉〈妻の論理に沿って常に何かを言葉にしていなければならぬ〉。しかし、〈私〉の〈献身〉の思いは〈妻〉には通じない。〈妻〉はくり返し〈私〉を問いただし、追いつめていく。すると〈私は妻の反応や発作の気配を皮膚に予想するだけで、汗がびっしょり全身にふき出し、のどもとに骨がつかえて息苦しくなる。そして私も又やたらにいらいらした言葉を意味なく吐きちらす狂おしい状態にはまりこんでしまう〉。その時〈私〉はまた新しい側面を示していく。

しかし今私は季節を感ずることができないと思いこむ。そして私の眼は又、道の上に屍骸を乾燥させてころがっている太くそして短いみみずをいっぱい見つける。

……〔中略〕……

私は今自分の姿勢を安定させることができず、連想を連鎖させて広げると、私自身を木っ端みじんに崩壊させてしまうような胸悪さにおそわれる。

このような自然から疎外され、外の世界の日常へ連想を広げることが自己崩壊へつながる危険があることを感じる〈私〉の描出はこれまではなかったものであるが、その〈私〉ゆえに、〈暗い暗い壺のように狭い井戸の中にとじこもってい〉る孤独な〈妻〉が見え、〈彼女から私を引き去ってしまえば、彼女は滅却してしまうことは私にはっきり分る〉のであり、〈その井戸の中から妻と一緒にはい上るのでなければ、私の生は無意味なのだと考え〉るようになったと言えよう。この時から世界の見え方は逆転し、外の日常世界より〈妻〉との非日常世界が輝きを増す。

外に出た私はたちまちにして孤独に陥った。私の頭の中で狂気の世界はずしりと手答えがあり、私の生は充実していた。妻の狂気は私の針の先ほどの虚偽をも見のがすことをせず、その苛烈さがひりひりと快い。私の生活はその病室にだけあった。……そばにいると私を疑惑の目で見つめてくる妻の暗い顔つきが、こうはなれて外に出ると、急に輝きをまし、栄光につつまれてにこにこ笑っている。

しかし狂気の世界を日常として生きることはできない。現実の日常世界の中で生の輝きを取り戻さなければならないのである。だから〈私〉は、そのためになすべきことは〈どんなことがあっても妻のかたわらで、彼女の反応のすべてをそして彼女の容態の変化を克明に観察〉することであり、〈観察は同時に受苦であるがそれによってのみ私と妻の現実を動かして行くことができる〉と心に刻むのである。この〈私〉は入院中の島尾であるよりは作品を書いている作者島尾と重なるように思う。たしかに持続睡眠治療中の『日記』にはミホ夫人の状態とそれに反応する島尾が細かく記録されているのだが、それは『日記』全体に言えることでもある。島尾は体験の小説化において、『日記』を素材に記憶を掘り起こし、再度体験を〈観察〉し直し、小説の言葉によって再構成しながら自己に関わる意味を見出そうとする作家である。奄美移住後その傾向が一層深まっているように思われる。

さて、「治療」の〈私〉にはもう一つ注目したいことがある。「のがれ行くこころ」で見据えられた〈自我のいきぶき〉の根が、〈妻〉の〈幼児からの精神史〉を介して〈私〉の幼児期の中に省みられているのである。幼児期の自分が〈自分の精神の内部をついばみ散らす〉〈黒い鳥のようなものを一匹飼っていなければならないことを知った醜い色つやの悪いませた顔付の子供〉として振り返られ、〈それが現在の私と照応していっそう意味を加えて考えられ〉てくるのである。この後に用水池の縁に転がっていた〈金魚の屍体〉を見る場面がある。川村二郎氏が〈現実の重い桎梏から解き放たれて、一種超絶的な、この世ならぬ悲哀の相のもとに眺められるようになる〉ための〈文章の作用〉(4)として取り挙げているものの一つだが、『日記』では〈金魚の屍体〉は作品の素材となった時期より二ヶ月ほど前に吉行淳之介たちとの面会中に見た光景である。私の幼児期への嫌悪を強調する作為が見える。「治療」は回復への出口の見えない苦しみの中にいる二人を描いて終わるのだが、その苦しみの中にある二人に微かな光りが見えはじめることが次の「一時期」で描かれる。

「一時期」の素材は開放病棟である神経科病棟に移ってから始まった冬眠治療〈九月六日〜十月六日〉前後の事柄であり、「病院記」の時間としては結びに当たる。内容は前後半に分けられ、前半では冬眠治療が始まる前と以後の状態が叙述される。『日記』によれば、治療に入る前から発作が起きてもミホ夫人自身の力で立ち直る日が増えてきているのだが、「一時期」では冬眠治療に入る前の二人の日々はこれまでの作品のように〈一種の地獄〉のようである。〈妻はしつこい被害妄想で現実感を喪失し、私はそれにまきこまれていてどんなひとの顔もおそろしげ〉に見える。〈眠りそびれると深く暗いかげりが二人を冥府の方へ誘って行き、そこで過去があばかれ、その死骸が夥しく積み重ねられる〉。〈自分の過去の悪臭に私は中毒し、そして窒息しそうにな〉り、〈ただひたすら妻の眠りの機会の、その微妙な瞬間が、ことり、とやってくるのを、夜毎夜毎に絶望して待つ〉日が続く。しかし、冬眠療法が始まり〈私の妻への奉仕の姿勢〉を〈妻の病患の部分が〉〈極限まで要求した〉結果、〈ほとんど計量もされぬほど微量ではあるが、治癒の方に向っていることが感じられ〉るようになる。前作「治療」の濃密な〈私〉の描出に比べると、〈妻〉

の発作への不安が叙述されても語られる〈私〉の心のありようと語り手〈私〉との間には一定の距離が保たれ、「治療」におけるような濃密な内面描写は抑えられている。叙述の主眼が〈私〉の内面ではなく、〈私〉と〈妻〉、〈私〉と他の患者とを等距離で捉えることに向けられているからであろう。

後半は小児科病棟の小児結核の子供たちのことが語られる。堀部茂樹氏は先に紹介した「関係意識の記録——治癒」の中で、後半部に〈島尾の関係意識の根にある〉〈他者〉との関係の亀裂である、〈他者〉への根源的異和の意識の表出を読んでいるが、筆者は堀部氏が示す場面（『日記』に記載はない）について別の読みをしてみたい。

子供たちは〈ひやりと冷たい、ひとをすかし見るような目付〉をしており、〈一人だけ図抜けて背丈の大きな少女が居て〉、〈私〉は〈彼女の態度がきわ立って独裁的であること〉に〈或る快さ〉を感じる。私は子供たちに笑顔を向けようとするが〈彼らの横顔は白く端正で頑固な拒否を含んでいた〉。その子供たちが〈私〉に特別に意識されるようになる出来事が起こる。その出来事は「のがれ行くこころ」で用水池の水面を見ていた〈私〉が〈妻の私を呼ぶ声〉を聞く場面と同じ構図を示している。〈妻〉が冬眠治療中のある日、〈私〉が小児病棟の前を通ると異様な光景を目にする。子供たちは空き地の草原に出ていた。あの〈背丈の大きな少女〉が〈土まんじゅうのようなもの〉に〈つばを吐きつける仕草〉をすると、〈あとの子供たちがみんな順ぐりにその土まんじゅうの上に乗って〉〈二、三度じだんだをふむ仕草をした〉。遠くから見ていた〈私〉は〈異様なたかぶった気持〉になり、〈変革の暗示といったようなひとつのショック〉に襲われるのである。

堀部氏はこの場面を〈島尾の関係意識を襲っていた情況の転位を暗示している〉と読んでいるが、筆者はその後の〈掘り起された過去のどの土くれの中からも……みにくい無数の悪魔が，わざと痛そうな表情でリアリスティックな嘲笑をかくそうともせずに、ひょこひょことび出すのだ〉という箇所と関わらせて読みたい。子供たちが踏みつけた〈土くれ〉は幼児期から〈自分の精神の内部をついばみ散らす〉(「のがれ行くこころ」)〈無数の悪魔〉を育てていた〈私〉の暗喩であり、〈土くれ〉につばきを吐きかける〈少女〉は〈妻〉の化身であり、子供たちの仕草は〈妻〉の働きかけの象徴であり、〈変革の暗示〉とは〈私〉が自己内部の〈悪魔〉の支配から抜け出ることの〈暗示〉として読みたいのだ。そのように読むのは、その後に〈やがて私はそのようにして治療の効果が現れていることを、疑いながらも少しずつ納得〉し、〈少なくとも私の神経の緊縛はときはなたれた筈だ〉と叙述されているからである。少女や子供たちの仕草や動作を、〈私〉を〈変革〉するための〈妻〉からの働きかけの暗示として〈私〉が看取したと読むことができると思う。その後から小児科病棟の子供たちへの〈私〉の思いは変化しているのである。一人で歩く〈私〉に〈アベック〉とからかいの言葉を投げかける子供たちに対して〈熱を伴わぬ憎しみが育って行くのをとどめることができない〉のだが、一方で〈子供たちが、おそらく無意識のうちに感じとっている自身のむしばんだ肉体の絶望感のこと〉を思いやり、〈子供の肉声が相変らず私の耳を快いものにし〉、〈現世の受苦の救済として私にはたらきかけてくる〉のは、〈私〉に〈変革〉が生じているからではないだろうか。ある日から子供たちははやす言葉を言わなくなる。〈私〉はあの少女の指示だと思う。〈私〉は〈寂寥に襲われ〉るが、〈今妻と私の上をひとつの時期が通り過ぎてしまったのだ〉と思う。この〈寂寥〉は小児結核病棟の子供たちが近しい存在となったゆえであろう。〈私〉は「治療」の〈私〉からさらに変わりつつある。他者に閉じられていた〈私〉が他者に向かって開かれようとしている。

5　第七作「重い肩車」と第九作「ねむりなき睡眠」

「病院記」の最後に置かれる「一時期」を書いた後も、翌三十二（一九五七）年に島尾は「一時期」で扱った素材よりも前に遡って三篇を書き継いでいる。書かねばならない内的促しがあったからだと思う。その年の一月に島尾はその内的促しに関わると思われる体験をしている。一月十七日、海軍予備学生の同期生であった三木中尉(12)が事故で爆死した奄美大島久慈湾の震洋隊基地の発掘調査にミホ夫人と共に同行し、その後対岸の加計呂麻島呑之浦にあった島尾が隊長をしていた第十八震洋隊基地跡とミホ夫人の故郷である押角を訪れた。二人には終戦後はじめての訪問であった。戦争中に二人が出会った場所であり、死を前提とした愛におちた場所である。特に押角は戦後すぐ島を出て島尾の許に走ったミホ夫人にとっては、幼少期を過ごし、島に残った養父が淋しく生涯を閉じた場所として深く心に刻まれた場所である。押角の部落に入った折のミホ夫人について島尾は「妻への祈り・補遺」に次のように書いている。

　最初に妻は墓地へ行った。そしてそこで慟哭した。私は妻がその父と母の墓石と土まんじゅうに頬ずりして泣き叫ぶのを見た。私は妻を墓地から引きはなすことに絶望を感じたほどだ。

……中略……

だが不思議なことに、古仁屋から名瀬までの長いバスにゆられたあとで、妻はおこりが落ちたように、しっかりした挙措をとりもどした。妻のこころのなかでどういう作用がおこったのか私には分らない。とにかくそのあとで、妻はぐんぐん快方に向ったのだ。

島尾はその後すぐ「久慈紀行」(『ともしび』昭和三十二(一九五七)年二月、十月)を書いたが、久慈に行く船内でのことを書いた後は〈未完〉とした。呑之浦・押角訪問のことが小説化されるのは三年後の「廃址」(『人間専科』昭和三十五(一九六〇)年一月)まで待たねばならないが、そこでも押角の墓地でのミホ夫人の姿は描かれていない。森川達也氏が島尾夫妻の奄美移住について〈そこはかつて氏が戦争の真っ最中に特攻隊長として死を待ち続けた地であり、同時に氏の青春が狂わんばかりにふくれあがって花咲いたミホ夫人との邂逅の地でもある。このとき、氏の心に自身の運命に対する、ある徹底的な想いがなかったはずはない〉[13]と述べたことは、この加計呂麻島訪問にこそふさわしいと言うべきだろう。「久慈紀行」の〈未完〉は島尾の受けとめ方の深さを語っていよう。とすれば、押角訪問は、以後の「病院記」の〈私〉の描出に何らかの影を落としていると思われる。

久慈行きから一月後に書かれたのが七作目の「重い肩車」である。持続睡眠治療のはじめの時期を素材にしており、作品の時間としては「治療」の前に当たる。〈私〉への愛憎の相剋の果てに狂おしい発作に見舞われる〈妻〉との世界を、真実の世界として受けとめていく〈私〉が描出されている。この〈私〉は「治療」の〈私〉と共通する位相であるが、微妙に異なっている点がある。「治療」と同様に〈見渡す限り頼るものは何一つ見えぬ〉状況に追いつめられている〈私〉が叙述されるが、注目したいのは〈唯一の同行者である妻〉と書かれていることである。この〈同行者〉には互いが互いによって破滅から救われるという意味がこめられている。前に触れたように「治療」では〈彼女から私を引き去ってしまえば、彼女は滅却してしまう〉故に〈その井戸の中から妻と一緒にはい上るのでなければ、私の生は無意味なのだ〉と考えていくのだが、「重い肩車」ではさらに〈私〉から〈妻〉を引き去ってしまえば、〈私〉が滅却してしまうのだという、〈私〉にとっての〈妻〉の不可欠性がより強く描出されていると読める。あの戦争中に大平ミホによって島尾隊長が救われていたように。それ故に、〈妻〉の発作に反応する〈私〉の内部に潜むエゴイズムと自省心との葛藤と、〈妻〉を求める〈私〉が「治療」以上に濃密に叙述される。

発作に入っている〈妻〉は生きものとしての原初的とも言える感情の促しによって行動する〈人のようなもの〉に化す。発作に巻き込まれると〈私〉も〈嫌悪がつきあげ〉、言葉は〈どす黒い因縁に悪まみれした底意地の強いもの〉になり、〈もうどうにでもなれ。毒々しい気分がむくむくと拡が〉り、〈地獄に落ちてもいい。殺せ殺せ〉と叫びたくなるのである。〈しかし殆ど同時に自分にささやく冷たい声もきこえる。小心者よ、お前は何事も為し得ない。な、に、ご、と、も〉と。〈その声がきこえるとのぼせは急速に冷え、私は呼吸をととのえ〉、〈妻の言葉や態度には決してこちらで反応を起すまいと心に誓う〉のである。そして〈妻〉の眠りによって取り戻される通常の「時の流れ」は、慰安を与えるよりも〈妻〉のいないことへの〈堪えられぬ寂しさ！　となって胸をしめつけて〉くる。〈私〉には、狂おしい発作の渦の中に二人でいる時間こそが〈手答えのある真実と見えて〉おり、〈夫婦二人きりの病院生活は素晴らしい充足だ〉と思えるのである。

その後の展開は、少女に噛みついた犬の飼い主の青年が少女を責める光景を見て、自分も青年と同じだと思う〈私〉や、患者の夫に尽す付添いの妻たちが叙述された後、発作に巻き込まれると〈身体の中〉の〈一匹の大蛇〉が〈私の意志に反して〉〈のたうち廻り出す〉自分を省みた〈私〉が、医師が示す〈異常ではない日常の確かな運行の気配〉を望むのではなく、〈妻と同じように私はこの病棟の中で個室にとじ込められ電気ショックを受ける仲間の一人になった方がいいと考えたりする〉ところで作品は終わる。前述したように作品としての時間は「治療」の前に当たる。両作品とも自己内部に巣食う罪・悪を自覚し、狂気する〈妻〉との世界に生の充実を感じる〈私〉を描出している。しかし、〈妻〉が眠りに入ることに〈堪えられぬ寂しさ〉を感じ、〈人のようなもの〉となった〈妻〉の世界に同化したいと願う「重い肩車」の〈私〉は、〈彼女の容態の変化を克明に観察〉することで〈現実を動かして行くことができる〉と思う「治療」の〈私〉にも増して、より切実に〈妻〉を求める〈私〉として描出されていると筆者は捉えたい。

「重い肩車」から半年後に九作目の「ねむりなき睡眠」が書かれる。冬眠治療（九月六日～十月六日）の前半を素材として、〈限りない闇と思えた洞窟〉から出て〈曙光〉を見出しながら、〈こころみ〉が続くことを予感する〈私〉が描かれている。作品の時間としては「一時期」の前に当たるのだが、「一時期」と比較した時この作品の注目すべき点が見えてくる。それは〈妻〉に治癒の兆しが見えはじめる時の〈私〉の描き方である。「一時期」では〈私の妻への奉仕の姿勢〉を〈妻の病患の部分が〉〈極限まで要求した〉結果、〈ほとんど計量もされぬほど微量ではあるが、治癒の方に向っていることが感じられ〉ても、〈奉仕の姿勢〉をとる〈私〉は、〈自分の過去の悪臭に〉〈中毒し、そして窒息しそうに〉なっていた。しかし、「ねむりなき睡眠」では、〈私〉は〈彼女のどんな反応にも受け身にならなくてならぬ。いかなる審きにも抵抗を示してはいけない。そうしなければ妻を殺してしまう〉と思い、狂気する〈妻〉と一体化し、〈妻〉の発作が自分の肉体の中で起こっているように感受する。作者はそのように叙述している。たとえば次のように。

じぶんの魂が粉みじんに破裂して果てのない宇宙の空間にまぎれこみそうな酔いに襲われ、……そこに欺瞞、欺瞞、と不揃いの積木をかさねた細く青白い男の顔が現れるから、いっそう焦慮し、……折からどこからともなく一匹の暴れ馬が現れ、渇いた者のようにとび乗ると、……むしょうにそこらじゅうを乗りまわしたく、ひと鞭あてると狂奔した馬があばれだして、……むごいと思うよりは、ざまを見ろとさげすむ気持が強く、しかしやがて嘔吐の気分はとどまるどころかいっそうふくれあがってくるのに気がつく。頭は大鍋釜ほども重く、おそろしい痛みにさいなまれるが馬をとめることができない。

このような発作に入る〈妻〉に同化した〈私〉は、「一時期」では描出されなかった〈私〉であり、前述した「重い肩車」での〈私〉が受け継がれていると言える。やがて〈妻〉に治癒への兆しが見えるのだが、それはこのように〈妻〉に同化する〈私〉が寄り添っていることと無関係ではあるまい。その時〈私〉は〈妻〉が〈じぶんの力でそこからはいあがってきた〉と思う。〈ふつふつとわきあがってくる喜びがじぶんをへりくだらせることに効果を与え、よろこびに振幅を増させる〉と思う。〈じぶんをへりくだらせる〉ことへ思いを向ける〈私〉は、第一作「われ深きふちより」の中で〈私はやはりこのまま腐肉をついばまれていなくてはなるまい。宙ぶらりんのままで、どこに手足を支えよう術もなく〉と思う〈私〉とは大きく異なった内実を育んでいる。「ねむりなき睡眠」の〈私〉についてもう一点注目しておきたい。青年時代から今に至るまで長く〈私〉の内部に巣食っている、精神病者たちを〈理不尽な〉存在として〈外側からながめ〉ていることへの〈負い目〉が解消していることだ。〈私〉は自分が精神病院の〈内側の人間〉として見られる経験をすることで〈長いあいだの心のなかの或るしこりのひとつ〉がほぐれたと感ずるのである。ここには狂気する〈妻〉の〈同行者〉としての〈私〉がいる。〈私〉は他者に向かって自らを開こうともしている。だから次のように思う。

しかし事態は終ってはいない。私の耳は幾度でもこころみを受ける。妻の病室から、たえ入るようなうめき声がきこえてくるではないか。つかのま、ほぐれていた私の精神は、すると又もや硬化し武装をする。その解放と束縛の緊張とのたえまのないくりかえしが、いわば私の生活である。

〈私〉は日常世界の中に帰っても、他者との関わりの中で常に〈こころみ台〉に立たされ続けることを予感している。それは、「のがれ行くこころ」の〈蛇・自我のいきぶき〉、「一時期」の〈無数の悪魔〉、「治療」の〈黒い鳥のようなもの〉、「重い肩車」の〈一匹の大蛇〉と形を変えて表現されてきた自己の内部に巣食う罪・悪を〈私〉が見据え続けていかねばならないことを予感しているからである。こうした〈私〉の描出が、作者島尾のカトリック受洗と関わっていることは間違いあるまい。終わりに続けて描出される長男の〈おとうさんのノート〉の夢、部屋に入ってきたニコチン中毒の女患者への戸惑い、オルガンを弾く少女への嘆願といった出来事は、島尾敏雄がその〈こころみ〉を見据えようとしていることを告げている。

※島尾敏雄の作品の引用は晶文社『島尾敏雄全集第7巻』に拠り、『「死の棘」日記』からの引用は単行本に拠った。

注

(1)岩谷征捷『島尾敏雄』(平成二十四(二〇一二)年七月鳥影社)。
比嘉加津夫『島尾敏雄を読む』(平成二十四年七月ボーダーインク)。

(2)松島浄「『死の棘』ノート——島尾敏雄が『死の棘』に託したもの——」(『明治学院大学社会学部附属研究所年報』第三十七号。平成十九(二〇〇七)年三月)。
満留伸一郎「《離脱》の前後——島尾敏雄《家の中》について——」(『東京芸術大学音楽学部紀要』第三十四集。平成二十一(二〇〇九)年三月)。

(3)柄谷行人「夢の世界――島尾敏雄と庄野潤三――」(『文学界』昭和四十七(一九七二)年七月)。引用は新装版『意味という病』(昭和五十四(一九七九)年十月河出書房新社)による。
(4)川村二郎集英社文庫『われ深きふちより』解説(昭和五十二(一九七七)年十一月)。
(5)玉置邦雄「『死の棘』の世界」(『現代日本文芸の成立と展開――キリスト教の受容を中心として――』(昭和五十二(一九七七)年十月桜楓社)所収)。
(6)武田友寿「島尾敏雄・『死の棘』」(『戦後文学の道程』(昭和五十五(一九八〇)年五月北洋社)所収)。
(7)田中美代子「さみしい霊魂――島尾敏雄」(『さみしい霊魂』(昭和五十四(一九七九)年二月エポナ出版)所収)。
(8)吉本隆明「〈家族〉」(『島尾敏雄』(平成二(一九九〇)年十一月筑摩書房)所収)。
(9)岩谷征捷「《原風景》への回帰」(『島尾敏雄私記』(平成四(一九九二)年九月近代文芸社)所収)。
(10)『日記』によると、ミホ夫人のために友人に頼んでおいた「公教会祈禱書」が八月十六日に届き、翌日からその中の「死者のための祈」の一つである「De Profundis(デ・プロフンディス)」(文語訳『旧約聖書』詩篇百二十九)をミホ夫人と読み始めており、その冒頭文「主よ、われ深きふちより主に叫び奉れり」から来ている。
(11)題名は「脱柵」から「脱柵のこころ」そして推敲の段階で「脱奔のこころ」もあがるが、ミホ夫人の意見を入れて「のがれ行くこころ」に改められている。
(12)三木中尉との交遊と事故について島尾は「三木十郎の事」(『透明な時の中で』(昭和六十三(一九八八)年一月潮出版社)所収)で詳しく書いている。
(13)森川達也「島尾敏雄の〈苦悩〉の主題」(饗庭孝男編『島尾敏雄研究』(昭和五十一(一九七六)年十一月冬樹社)所収)。

(二)「或る精神病者」「狂者のまなび」「転送」に通底するもの

――〈画一の共同の医療〉への疑念――

筆者は前に「病院記」について書いた時[1]、考察の主題を作品執筆の推移と共に変化する、妻に向かう〈私〉の内面を探ることに置いたために、他の人物との関わりを素材とした三篇「或る精神病者」「狂者のまなび」「転送」は考察の対象から外した経緯がある。ここではその三篇に焦点を当て、患者や看護婦たちとの関わりの中に島尾敏雄が見ようとしたものを考えてみたい。

1　「或る精神病者」(『新日本文学』昭和三十(一九五五)年十一月号)

「病院記」の第二作目にあたる「或る精神病者」は第一作「われ深きふちより」(『文学界』昭和三十(一九五五)年十月)の脱稿(八月二十五日)から約二週間後、『「死の棘」日記』(平成十七(二〇〇五)年三月新潮社)の記述によると、ミホ夫人が冬眠治療に入った翌日の九月七日に書き始められ、十一日に書き終わっている。五日間で四十九枚、一日十枚のペースであった。そのあと推敲が重ねられ二十日に『新日本文学』の霜多正次に渡されている。

作品の主眼は、視点人物である語り手〈私〉が、埴生という患者を通して、精神病者を理解することの難しさと外部者には見えぬ精神病院の内実の一端を見出すところにある。埴生は外見からは健康者と変わらないように見える患者なのだが、結びで重症患者であったことが知らされる。〈私〉に〈かつてこのような人と私はつき合ってあと味の悪い思いを今に至るまで残し持っている〉と語らせる人物である[2]。入院当初、埴生はなぜか〈私〉に近づこうとするのだが、〈私〉には埴生が〈嫉妬深い人間〉で〈いつもその思惑を量っていなければならないような人〉に見える。世間から隔絶された妻と二人だけの入院生活の中でやっと得た安堵を壊す、忌まわしい人物のように思われるのであった。

彼は外の世間の出店のようなあんばいに、精神病棟の一角でくるくる動く落着きのない眼を動かしていた。私は彼の顔を見ると、病棟の喫煙室にはそれなりにちゃんとした序列があって、それを無視すると無視しただけの報復が返ってくるのではないかという考えが出てくることが奇妙であった。

しかし、入院から日が経つにつれて埴生に対する〈私〉の見方に変化が生じ、二転三転する。一時は〈一切の規則からの格外者のように見えながら内実は古い慣習の最も良き遵奉者〉であり、〈彼に感じている覆いかぶさってくるエネルギーも、彼の小心を露出させているだけなのではないか〉と考えるようになる。自分の方が優位にいるように思うと〈相手の弱みをいたぶってやりたい気持〉になるのである。その一方で、〈彼に嫌悪を感ずることは恐らく私の越度かも分らない〉と自分の卑小さを恥じる自省心が生じて、〈何かに向ってひどく熱心な彼の気持を汲んでやらなくてはなるまい〉とも思う。またある時には、他の患者の看護婦たちに見せる演技を見抜く〈的確な眼力〉に〈怖気〉をふるったりもするのである。

このように埴生に対する見方が変化するのは、〈私〉が精神病者にはさまざまなタイプがあり、〈病者と二六時中生活を共に〉しない限り、〈病者の執拗な精神のよじれを理解すること〉はできないと考えているからである。それは健康者に根深くある〈患者たちと精神が通じ合わない〉という思い込みや〈気持の持ちよう〉〈気の迷い〉という安易な受け止め方への自省から汲み取られたものでもある。

その埴生が院外への散歩中に看護婦Qとの間に一悶着を起こし、二人が睨み合う。その時〈私〉は看護婦と患者の関係に軍隊組織を思い出し、Qについて次のように思う。

埴生さんの前に立ちはだかったQは、もう自分でも処理のできない面倒な関係の上に、腰を据え過ぎている。ここで患者の言い分にへこまされてしまっては、彼女の今後の勤務の立場が崩壊してしまう。彼女にとって大事なのは勤務であって、患者の運命ではない。そんなふうに私はいくらか悪意を以って、Qをながめた。そして戦慄しながら、埴生さんがQに乱暴を働くことを期待した。

埴生が〈乱暴を働くことを期待した〉のは〈私〉の心の中に〈患者の運命〉より〈勤務〉を大事にする看護の在り方への批判があるからである。〈私〉は自分の代弁者として埴生を見ようとしていた。しかし、埴生は姿勢を崩し〈分かりました。どうも相済みません〉と言って頭を下げ、〈私〉の傍に来て、Qの日頃の看護ぶりへの痛烈な批判を口にする。〈私〉はその埴生に危険なものを感じる。埴生の言葉を聞きとがめたQがやって来て問い質すが、埴生が〈何も言いませんねえ〉と〈私〉に口添えを求めると、それ以上何も言わず歩を返した。その後Qはいつも以上に患者の〈完全な保護者〉であることを示そうとする。すると埴生はいつの間にかQの横に坐り、ご機嫌を取ろうと話しかけるのである。

彼がちらりちらりとQの方に視線を送って、いつの間にか彼女が草の上に横坐りしている横に彼も足を投げ出し、誰か別の患者に言ったQの言葉を引き取って受け答えしているのを見たとき、複雑な悲しみが襲ってきたのであった。他の多くの患者たちは頼りないほど無関心な様子しか示さなかったのだが、それは又いっそう悲しいことであり、そして埴生さんにしてもQにしても、そしてそういう私にしたって、つまりは頼りのないひどく悲しげなふうな存在のように思えてきたのだ。

患者たちの管理者としての自分を誇示しようとするQ、管理者への反感を潜めながら自己保身から右顧左眄する埴生、そうした人間の生身のエゴに囚われた姿に無関心な患者たち。〈私〉にはそれぞれの姿が、その時々の情況や社会関係に規制され流されていく人間の実相を写し出しているように見えている。そうした人間の姿は軍隊生活で作者が見たものであった(3)。特に八月十五日を境にして豹変していった本部の上官、部隊内の下士官、そして誰よりも特攻隊の隊長であった作者島尾自身がその一人にほかならない。〈複雑な悲しみ〉とはそのことを含意していよう。この場合の〈悲しみ〉とは拒絶したくとも拒絶できないものとして肯定せざるを得ない場合の感受を表す言葉のように筆者には思われる。ここでの三様の姿は人間に本質的に備わっている属性として〈私〉が見ているということだろう。そうした〈頼りのないひどく悲しげなふうな存在〉としての自己認識を迫ってきたのが埴生であり、Qであり、患者たちであった。ここに垣間見られた軍隊組織を思い出させる看護の在り方の問題は、「狂者のまなび」でもさり気なく提示され、「転送」において大きく問われることになる。

暫くして〈私〉は埴生が重症者の病院へ移ったことを聞かされるのだが、彼は転院の前日に退院すると言って挨拶に来て、自分の妻の〈策謀〉によって入院させられた経緯について詳しく〈偏執的な目つき〉で語っていた。作品は〈私〉が埴生について〈何事も知ることができなかった〉と思うところで終わる。彼は人間の精神の深層の暗闇を垣間見せた人物であった。と同時に〈未成熟なわがまま者〉である〈私〉の〈卑小感〉を沸き立たせる人物でもあった。この点において次に書かれる「のがれ行くこころ」で〈醜怪な肉塊〉として〈自分を底知れぬほどに嫌悪〉していく〈私〉の在り方につながっていく。

2　「狂者のまなび」（『文学界』昭和三十一（一九五六）年十月号）

執筆時期は奄美に来てから十ヵ月程経っているが、語り手の〈私〉はまだ病院にいるように語りは進められる。作品の時間は入院直後から二週間ほどの間で、素材もほぼその期間の事柄が扱われている。入院当初の精神病棟内で出会った患者たちのさまざまな様態と、〈私〉と妻の生活ぶりが紹介記風に語られている。その中で一番強い印象を残している和尚が食パンの一切れを妻にさし上げてほしいと部屋を訪れたところから作品は始まる。和尚は通常の意思疎通ができないレベルの患者である。

入院当初の〈私〉には〈気ちがいは何をするか分らないという考え〉があり。〈兇悪な最初の記録すべき発作が、今この病棟で起らないことを誰が保証できるだろう〉と精神病者たちに怖れを抱いている。〈私〉には和尚が妻に捧げた一片の食パンが気味の悪いものに思えて来る。捧げ物をしようとする和尚の行為が〈彼のはっきりした意識の下で行なわれたのではないか〉と疑い、防御の姿勢を取るが、和尚の眼付に〈気ちがい〉を認めて安心する。

次第に〈私〉は和尚に親しみを感じるようになる。それは病院の外の世間は〈まやかしのつながり〉で結ばれたものと映っている〈私〉が、和尚の姿に〈まやかし〉ではない純なものを見出すからである。〈私〉は和尚が〈完全に自分を解放して〉〈ひとりぼっちの瞑想〉にふける時の周囲から孤絶した姿に惹かれるのだが、それは妻への隷属の関係の中で病院内の日々を送る〈私〉が、望みながら決して手に入れることのできない在り方だからである。同時に、生きることにまつわるさまざまなものへの執着から離脱した、自己を無化した姿としても〈私〉の眼に映っているからでもある。

和尚には身体全体に〈妖気〉が感じられ、〈そのものだけに許された宿命の息吹き〉があり、〈私〉の関与を拒否する〈冷たさ〉があった。〈私〉は和尚から隔てられていることを知るのだが、同時にそうした和尚を自分の物差しで測ろうとしたことの怖しさに気付かされる。こうした他者を自己の物差しで測ろうとすることへの自省を促す自意識は、「或る精神病者」の〈私〉にはまだ稀薄であった。〈私〉は埴生の心の中を健康者の測りによってあれこれ忖度していた。そのことによって埴生に世間を見出し、近寄ってはならぬと忌避する感情を抱いた時、そのように見る自分の見方に対して怖れを抱くという自省は働いてはいなかった。「或る精神病者」では〈私は遂に埴生さんについては何事も知ることができなかった〉という結びの文が示すように、精神を病むことの捉えがたさ、心の闇の奥深さへの気づきが語られたが、他者を見る自分の視線に怖れを抱くという自省は働いてはいなかった。しかし、この「狂者のまなび」では、健康者の目線で精神病者の内面を測ろうとすることの怖しさが先ず語られる。ここに「或る精神病者」から一歩進んだ〈私〉の位置が示されている。そして、そうした自省を通して、和尚をはじめとして精神病棟内の患者たちとの関係に次第に安らぎを見出していく〈私〉の心の変化の在りようが描かれているとみてよいだろう。もう少し〈私〉が患者たちに見出したものを見てみよう。

次に、最初に和尚とともに二人を迎えたムニャムニャのことが語られる。彼の病歴はこの国の精神病者が担わされる悲劇の一齣である。彼は三十歳近くだが二十歳前後にしか見えず、どこででも排尿排便をする。一人いる姉は婚家への気兼ねから見舞わなくなった。チフスにかかって独房に隔離された時、独房を恐怖した彼は泣き叫び、食器や食物や脱糞を壁に投げつけて訴えたがそれによって隔離状態が延ばされた。二箇月後部屋に戻った時には意思の疎通能力を失っており、一日中口の中で何かをぶつぶつ呪っている状態になっていた。ムニャムニャは精神医療の現状を〈私〉に告げている。病院が対応を間違えれば妻も同じような状態に病を進行させるかも知れない。このことは次のこととも関わってくる。

「或る精神病者」で語られた看護婦Qの権威的な姿はこの作品では次のような場面として語られる。発作に入った妻の前で〈私〉は〈一兵卒〉として絶対的に隷属する態度を崩さない。看護婦が来ても〈凍りついた表情のまま直立不動の姿勢を続ける〉のである。

看護婦はさげすんだ固い表情をする。私は看護室で彼女がほかの看護婦たちにここの状況を伝えている様子と言い廻しがそっくりそのまま見えるような気持になっている。私のこころは冷たくからだからは冷ややかな空気が拡がって行くのが分る。看護婦は私と妻の間に介入できないことを了解し、それは少しばかり彼女の自尊心を害い、不機嫌なため息をもらして、固く黙った事務的な身ごなしで出て行ってしまう。

それは医師が勧めた方法ではない。妻との苦闘の日々の中で妻の治癒のために自分にできる唯一のこととして〈私〉が自得していった方法である。発作に入った妻は入らぬ前に言ったことと は矛盾した要求をして〈私〉を試みようとする。その要求への従順度によって〈私〉の愛情の度合いを測ろうとする。しかし妻は意識して試みているわけではない。矛盾していることの両方ともが妻の真実を表している。矛盾を指摘することは妻の心を癒すことにはつながらない。妻の精神の病を癒すために自分にできることは矛盾する要求を受けとめ、絶対的に服従することだとのだ。だから〈私〉は〈さげすんだ固い表情〉をしている看護婦たちの前でもその態度を変える〈私〉は思い決めたのである。それは理解して貰うための説明さえもできない〈私〉の在り方なわけにはいかないのである。看護婦たちにはなぜ〈私〉が妻に隷属する態度をとるのかは理解できない。〈自尊心を害〉なわれて〈不機嫌〉になり、〈固く黙った事務的な身ごなし〉で離れて行くのである。右に見たムニャムニャの病歴や看護婦の表面的な患者への関わり方が、「転送」での病棟移動に対する私の恐怖、看護婦たちの心変わりへの疑問の理由ともなっているとみてよいだろう。

患者を見る看護婦たちの眼は、病院外の人間が精神病者を見る眼と重なってもいる。外の世界の中では患者たちの姿はあきらかに狂者としてしか見えない。外の世界の人間にとって、患者たちは人間ではなく「物」として見えていると〈私〉には映る。

通行人がわれわれを見る。その眼付でわれわれが「物」のように見られていることが分った。買い物籠をぶらさげて子供の手を引いた一人の女は道のまんなかに立ち止って、口をあけてわれわれの通り過ぎるのを見送った。
気がつくと和尚がひとりおくれてうしろになった。彼は女のひとを見つけると立ち止って合掌し口の中でお経をとなえながら、いんぎんに目礼を送った。

入院当初〈気ちがいは何をするか分らない〉という考えをもっていた〈私〉は、妻に食パンを捧げた和尚に〈彼は表面はにこにこ微笑をたたえながらこの一対の男と女とを抹殺することを考えていないとは言えない〉と思った。その視線は院外の散歩で出会う健康者の「物」として患者を見る視線と同じものである。しかし、散歩しながら自分を狂者の中に在る者として〈われわれ〉と語るようになった〈私〉は、患者の世界と通常の世界との異質さに目を向けながら、「物」としての患者の世界に親しみを感じているのである。それは患者の示す行為がその患者の内面の真実を伝えるものとして理解されるからであり、その真実性を通常の人間の行為に求めることは不可能だからである。女性に向かって合掌する和尚の姿は、何かに帰依する和尚の内面をそのまま表している。自身の内面を支配する何かによって動かされる患者の行為は、患者自身の明確な像を結ぶ。それは通常の世界に生きる人間に見出すことのできない在り方である。〈私〉はそのことに安心感を覚えるのである。

患者の中で〈私〉に親しみを示す、おむすびとあだ名した患者がいる。頭が小さくとがっているので三角のむすび飯に見える。四肢が萎縮して自由に四肢を使えない。いつも不機嫌そうな彼がなぜ好意を示すのか〈私〉には理由は分からない。しかし、その笑顔に悪意は感じられず、〈いつもおむすびがどこかで私を見守ってくれている感じ〉がして、気持が閉ざされた時には〈彼の笑顔と叩頭〉が〈私〉の気持を弾ませてくれるのである。その他、部屋に勝手に入ってくるムニャムニャを殴る井根、ロボトミー手術後感情を失った大学生の葛飾、誇大妄想氏、W大学生、ススムちゃん、義侠紳士、カバ、感覚居士などとあだ名しているように、精神病棟内部の患者たちは〈私〉には分かりやすい存在である。その行為には世間で測らねばならない意味を穿鑿する必要はない。行為として現れるだけの意味を受けとればよい。〈私〉はそのことに気づき、安心感を得ている。

〈私〉は妻の中に狂者の姿と健康者の姿との葛藤する二人の姿を見出し、二つ共に妻の真実の姿として捉えている。狂者の姿に豹変した妻の審きに堪えきれなくなる〈私〉を癒すものが、人間の心の真実相を映し出しているかに見える患者たちの姿だと言えるかも知れない。健康者に「物」と見なされる精神を病む人間に、一途に何かを追い求める人間の心のありようを〈私〉は見出している。それは前作「のがれ行くこころ」において見出した深層意識の中で〈私〉を一途に求める妻の姿に重なっていよう。

さて、ここで妻が眠りについた後の一人の時間の描き方を通して、次作「治療」との質的な違いにも触れておきたい。「狂者のまなび」では妻の眠りの時間は発作から解放される束の間の安らかな時間として語られ、〈私〉の心は妻との一体化を求めてはいない。しかし、「治療」以後の作品では、妻が眠った後の時間は〈私〉に狂おしい寂しさを感じさせるものとなり、〈私〉が癒しを求めて妻との一体化を求める意味合いが強まっていく。また、〈私〉の外の世界の感受の在り方にも質的変化が見られる。「狂者のまなび」での外界は、健康であれば〈みずみずしく味わい深い〉万象が住まう望ましい場所として語られている。しかし「治療」では外界の〈屈託なげな分野〉が心の中に忍び込むことを排除するのである。こうした点からも筆者には第五作目「治療」以降の

「病院記」に質的な変化が生じているとみることができるように思われるのである。

3　「転送」(『綜合』昭和三十二(一九五七)年八月号)

第八作目である。語られる内容の中心は、「のがれ行くこころ」の素材となった妻の脱走事件の後に起きた精神科病棟から神経科病棟への転室をめぐって、看護婦の対応の変化を感じて揺れ動く〈私〉の思いである。視点は入院中の語り手〈私〉に置かれている。語り手の〈私〉と語られる〈私〉とは一体化して語りが進められる。

妻の発作に苦悶し〈精神萎縮病者〉のようになっている〈私〉は、妻の脱走事件以後、これまで精神科病棟での生活を支援してくれていた看護婦たちがよそよそしい態度に変わったように思い、孤絶感を深めていく。主任看護婦は〈多くの看護婦の傾きやすい横柄な物言いと、患者を赤子扱いする権高い姿勢〉を持っておらず、患者たちは彼女に〈病院当局や医師たちに対立してまでも患者の側の代弁者になってくれるという期待〉を寄せていた。〈その主任が私たちに好意を示し、妻も彼女を嫌悪しなかったことはひとつの大きな安堵であった〉のだが、〈妻の脱走の夜を境にして彼女ははっきりその態度を切りかえてしまったとしか思えない〉のである。〈私たちへの積極的な関心はすうっとひっこめられ〉、二人が近づこうとすると〈どこまでも抵抗なくすさって行き〉〈冷やかな拒絶〉を残すのであった。親しみをこめてボリュームさんと呼んでいた看護婦Aは〈職業の対象として無性格な患者のタイプ〉だけが写るように思われ、〈患者の個々の事情などには無頓着に〉〈病棟内での反則は容赦なく弾劾〉する面がクローズアップして見えてくる。別の折に病棟を脱け出した妻を〈広い構内を汗びっしょりかきながら歩き回って探し〉、治療中にむずがる妻に二時間近くも付き添ってくれた看護婦Yも、〈患者の扱いがいちばん残酷だと観察している妻の言い分〉のとおりだと思うようになる。他の看護婦についても〈Iは食堂の給仕娘のように見え、NやUは、看護服の制服の中でもまだ漁村や農村のにおいを残していて、彼女たちが裾さばき強く病棟内を歩くと、いっそう私たちの気持には遠々しいものになった〉のである。

そのように看護婦たちが見えて来た〈私〉には、病棟での医師、看護婦、患者の関係が、士官、下士官、兵の命令と服従の縦の序列に支配された軍隊での生活と重なって見えてくる。看護婦Qと患者の埴生との対峙の際に感受したものでもある。

すると私の頭の中で、病棟はひとつの兵舎と似通ってきて、患者の兵たちが三度の食事を軸にして結局は服従しなければならない生活の中で、看護婦の下士官がかんだかい下知の声をふりまいて、あわただしくその勤務をおし通した。そしてときたま、学校出の青年将校さながらに、若い医師たちが、聴診器のゴム管を白い診察衣のポケットからのぞかせたむぞうさな姿で、看護婦を従えスリッパを引きずり病室を回診して歩く。

脱走事件から一週間後、〈私〉は医長から神経科病棟への転室を言われ、妻が騒動を起こすようであれば、女性だけの精神科病棟へ移される旨を告げられた。そうなれば〈私〉は妻とともに病室に入ることはできない。それは妻の治癒への道を閉ざすことになると〈私〉は思う。「狂者のまなび」で語られたことだが、ムニャムニャがチブスを患って独房に隔離されたことによって全く意思の疎通能力を失ってしまったことが〈私〉の脳裏にはある。

医長の言った、ブロックに行ってもらわなければならないということは、私を妻からはなし、妻がひとりで女だけのそのブロック建築の精神病舎に入れられることを意味した。その病棟にはがんじょうな監禁病室もついている。もし妻が見境なく錯乱の状態を示すようなことがあれば（彼女をひとりにすればその可能性は十分あるから）その監禁室にとじこめられることはあきらかだ……私を隷属させ酷使することによって、おさえつけて錯乱したこころのどす黒いかたまりをときほぐし、微妙なかねあいで彼女の自我を正常に取りもどさせるためのさばき綱が、そのためにぷっつりと切れてしまう。それは妻の治療には拙劣な状態だ。画一の共同の治療では、妻はあるいは発作が常態であるような性格の所有者に固まってしまうか、または完全に分裂症の症状を示しはじめることにまちがいない。

〈画一の共同の治療〉とは病棟内に〈私〉が感じた軍隊生活、作者に即して言えばその前の段階の軍隊教育の本質と同じものなのだ。看護婦たちが心変わりしたと感ずるのは、この〈画一の共同の治療〉に服従することを強請し、そこから逸脱する者を排除しようとする方法を身につけている、或いは身につけようとしている者の姿を感受したからである。〈私〉が妻の命令に絶対服従する姿勢を崩さないのは、それによって妻が自ら〈押さえつけて錯乱したこころのどす黒いかたまりをときほぐし〉、〈彼女の自我を正常にとりもどさせる〉方法としての意味を託しているからである。看護婦はそのことを理解することができない。精神の病気は患者の長い生活履歴が深く関わっており、従って患者個々の生活履歴と症状に応じた治療が必要だと〈私〉は考えている。それは妻との苦闘の中で見出した考えである。医師や看護婦たちが求める〈画一の共同の治療〉とは相容れない性質のものである。〈私〉は妻を治癒へ導く医療方法を医師に全面的に委ねなければならないことへの苛立ちを抱えこんでいる。

私はおそらく、妻の精神に襲いかかり彼女の神経を取りひしいで放さぬ病の正体を理解することはできないであろう。あるいは彼女の神経の網の目に管状のくちばしをつき入れてしがみついている蛾のかたちをした憑きものを剥ぎ取りさえすれば、その場で彼女はうなじを起し瞳を正しくむけて歩きだすにちがいないのに、その方法を知ることができない。

ここには患部を切り開き病巣を摘出する外科的方法を取ることができない近代の精神医療への〈私〉の錯綜した思いがこめられているように思われる。妻の〈神経を取りひしいで放さぬ病の正体を理解〉し、〈しがみついている蛾のかたちをした憑きもの〉を剥ぎ取る方法を見つけることは専門の医師の領分である。〈私〉が踏み入ることのできない領分である。しかし、その方法が〈画一の共同の医療〉にあるとは〈私〉には思えない。

その後主任が二度やって来る。一度目は夕方までに、二度目には今すぐ神経科病棟へ移ってほしいと言う。以前のような親し味を期待した〈私〉に、主任は親和の気持を感じさせない冷たい面貌で接する。私は彼女に〈死臭をかぎつけて音もなく舞いおりてくる禿鷹〉を思う。二人は顔を見知った他の患者たちや付添人たち、数人の親身に接してくれた看護婦に別れを告げる間もなく病棟を移る。その時の場面で強く印象に残る叙述がある。

「ねえ、世の中で、結局はワッタリッグヮだけね」と故郷の島の言葉でいい、そのふたりだけの寂寥が白紙に落ちた墨滴のようにむしばみ広がってくる。（傍点原文）

精神病院という狭い世界も深浅の差はあれ、外の世界と変わらぬ人間関係の絡み合いの枠組に動かされていくのである。このように見てくると、転室前の語りの中心をなす内容――私が感受した看護婦たちの心変わり、病棟内を支配する軍隊生活と共通した関係の構図――は、〈画一の共同の治療〉への疑念へと収斂されるように筆者には思われる。そしてその疑念が妻の〈結局はワッタリッグヮだけね〉という島言葉から導かれる〈私〉の〈ふたりだけの寂寥〉の感受を促していくという構図が見えてくる。

神経科病棟に移って時間が経ち、二人が一緒の部屋を与えられ、やがて始まる冬眠治療のためにそれぞれの個室が用意されていることがわかると、〈私〉は転室する前の看護婦たちの心変わりを嘆いたことを〈思いすごしであろう〉と考え直すようになる。〈思いすごし〉とは看護婦たちの心変わりが〈精神萎縮病者〉の妄想だったということだろうか。否、そうではあるまい。作品の三分の二が転室前のことに費やされていることを見れば、作者の意図が妄想の内容を語ることにあったはずがない。脱走だけの理由ではなく、他にも理由があったということであり、通常は医療・看護というベールに覆われて見えない病院内の負の構図が、〈精神萎縮病者〉として自己規定することによって先鋭に感受することが可能になったということであろう。医師や看護婦に見出した〈画一と共同の医療〉の在り方への疑念は〈私〉の心の中に潜められていたから噴出したにちがいない。そこを見落としてはなるまい。

病棟を移った後の〈私〉の眼は女子病棟の患者たちの外形を透視して内面へと向かう。〈私〉は女子の患者に、危うい均衡の上になり立っている現実に適応できない神経の痛ましい姿を見出す。それぞれの姿は〈世の人々の精神の葛藤の報告書〉として映り、〈自分の心の奥底を写す鏡〉のように思われる。ここには「或る精神病者」や「狂者のまなび」の作者とは違った眼を持つ作者がいる。狂者の心の中に入り込もうとする作者である。

それは、前作「重い肩車」(『文学界』昭和三十二(一九五七)年四月)において、生きものの原初的な感情の促しによって引き起こされる妻の発作にまきこまれ、二人して狂い廻る時間こそが日常世界の虚飾をはいだ真実の姿を表している時間として見出していく〈私〉を描いた視点である。〈妻と同じように私はこの病棟の中で個室にとじ込められ電気ショックを受ける仲間の一人になった方がいいと考えたりする〉ところで「重い肩車」は終わるのだが、そこでの〈私〉の思いは、この「転送」の女患者たちに〈自分の心の奥底〉を見出す〈私〉に通底していると言えよう。そしてその〈私〉は、「病院記」の最後の作品である次作「ねむりなき睡眠」（『群像』昭和三十二年十月）において、発作に入った妻に一体化してゆく〈私〉へと結びついていく。その時〈私〉は精神病者と同じ立ち位置に自分を置いているのであり、そのことによって妻の治癒への道を開いていくことができるようになっていくのである。このように見てくると「転送」の〈私〉は、精神病者の世界を自らの世界にしようとする点に於いて、「重い肩車」と「ねむりなき睡眠」とをつなぐ役割を果たしているとみることができる。さらに言えば、右に見た〈私〉の在り方の変容は、作者にとって「病院記」が〈ふたりだけの寂寥〉を自らの宿命として自得していく過程を描くことでもあったことを意味していよう。

精神科の病棟で盆踊りが催された時二人はそこに行き、妻も踊りの輪に入る。甲高い笑い声を出して踊る妻を見て、〈私〉は明日は自分も踊りの輪に入ろうと思うのだが、翌日は朝から雨になった。作品は飾り付けが醜く雨に打たれる描写で結ばれる。それは次作「ねむりなき睡眠」が発作に入った妻の妄想の世界に入り込む場面から始まることと呼応している。

※島尾敏雄の作品の引用は晶文社『島尾敏雄全集第7巻』に拠った。

注

(1)別稿「「病院記」の一側面——〈私〉の変容のドラマとして——」（初出『群系』第三十一号平成二十五

（二〇一三）年七月）を参照して頂ければ嬉しい。初出に加筆している。

(2)作者島尾に即して言えば、『贋学生』（昭和二十五（一九五〇）年十二月河出書房）のモデルを思い起こさせる人物である。「或る精神病者」を発表した昭和三十年の二月に『贋学生』のモデルについて書いた「電話恐怖症」というエッセイ（『非超現実主義的な超現実主義の覚え書』（昭和三十七（一九六二）年六月未来社）に所収）を発表している。

(3)このことについて吉本隆明は次のように述べている。

〈じじつ、島尾敏雄は、医師や看護婦をこの世界で将校や下士官にひそかになぞらえているはずであり、また、その体験をつうじて戦争期に将校であったじぶんの姿を、医師のなかに鏡としてみる機会をもったともいうことができよう。

「或る精神病者」のなかで描かれている挿話は、島尾敏雄がどれほど精神病院の生活を軍隊生活と類比していたかを物語る。〉（『島尾敏雄』（平成二（一九九〇）年十一月筑摩書房）所収の第Ⅰ章作家論「島尾敏雄〈家族〉」）

「鉄路に近く」の位置付けと幻の作品についての覚書

1　幻の作品について

昭和三十（一九五五）年十月十七日、島尾敏雄はミホ夫人の心因性神経症の治療のために付き添って入院（六月六日）した千葉県市川市国立国府台病院（現国立国際医療研究センター国府台病院）精神科病棟と神経科病棟での約五ヶ月の生活を切り上げ、ミホ夫人とともに奥野健男、吉本隆明、庄野潤三、吉行淳之介、武井昭夫、阿川弘之などの文学仲間や親戚、知人に見送られながら横浜港高島桟橋から大阪商船白龍丸で離京し、神戸港を経て十月二十三日早朝奄美大島名瀬港に着いた。その後、ミホ夫人の叔母夫婦林恒敬方に身を寄せ、以後二十年にわたる奄美での生活をはじめた。その四ヶ月後に移住後最初の小説「鉄路に近く」『文学界』（昭和三十一（一九五六）年三月）(1)を発表している。ここで取り挙げてみたいことがある。この時期島尾の手許には未発表の小説作品が二篇あったと考えられるのである。入院中に書かれた作品として今われわれが読むことのできるものは「われ深きふちより」、「或る精神病者」、「のがれ行くこころ」の三篇だが、『「死の棘」日記』（平成十七（二〇〇五）年三月新潮社。以下『日記』と記す）には未発表の小説名が二篇出てくる。一篇は八月四日の記述に〈二、三日前の書き出しのもの（精神病棟記）続きをはじめる〉とある「精神病棟記」であり、もう一篇は九月二十日の記述に〈次の小説は「インバの沼のほとりにて」にしようと思う〉とある「インバの沼のほとりにて」（この後「印旛沼のほとり」に統一）である。「印旛沼のほとり」は「鉄路に近く」と同様に、いわゆる死の棘体験の時期を素材にした作品である。まずその二作品について『日記』の記述を追いながら覚え書きとして素描してみたい。

「精神病棟記」は一作目の「われ深きふちより」も早く書き出されている。「われ深きふちより」を書き始めた昭和三十年八月十一日の記述に〈ぼくは前の（「群像」に送る予定の）小説のつづき五枚と、「文学界」のために新しく三枚書いた〉とあり、同日に〈「群像」森健二に原稿進行状況と「文学界」にも書くということ〉の返書を送っている。〈（「群像」に送る予定の）小説〉はこの時点で約三十枚近くになっている。〈「文学界」のために新しく〉書いた小説とは「われ深きふちより」のことである。『文学界』からの注文は前日に速達で〈四十枚の注文〉が伝えられている。『群像』への原稿は、森健二に六月十九日に手紙を送っており、同二十二日に〈森健二（原稿承諾）〉と記述されていることからすると、島尾から原稿掲載を依頼したようだ。しかし八月十一日の後の記述に〈（『群像』九月号に）森さん編集長交代の記事出ている。丁度手紙を出したあと也。原稿のことあやしくなる〉とあるから「精神病棟記」の掲載に危惧を感じはじめたのだろう。「精神病棟記」は「われ深きふちより」の初稿を八月十三日に書き終わった後も書き継がれて、八月十四日の記述に〈ぼくは最初の方の小説のつづきにかかる。……三十三枚目、……四時十分頃まで三十六枚迄〉とあり、その後十六日に〈七時半迄に一枚書く〉とあるが、この日以後「精神病棟記」に関する記述は奄美移住直前の『群像』編集部訪問まで『日記』には出ない。

二日後の退院準備のために外出した十月十五日の記述に〈音羽町の「群像」に行く。森さんに会い、新編集長の大久保氏に紹介してもらう。川島君居てやや好意的〉とある。〈好意的〉とは『群像』掲載の可能性があると読めるから、「精神病棟記」はこの時期まで島尾の手許にあったと考えられる。

「精神病棟記」の所在に関わる探索は残念ながらここまでなのだが、メモの断片まで保存する島尾のことだから廃棄したとは考えにくい。「かごしま近代文学館」に収蔵されている島尾とミホ夫人の資料の篋底に眠っているか、或いは、島尾は執筆しておいた作品を後で改稿、改編して発表することがあるので、奄美移住後に書かれた「病院記」に吸収されたとも考えられる。その場合、掲載誌の関係から『群像』昭和三十二（一九五七）年一月号に発表された五作目の「治療」がまず考えられるが、作品の内容から「病院記」の最初の作品とは考えにくい。筆者は『文学界』昭和三十一（一九五六）年十月号に発表された四作目の「狂者のまなび」が、入院当初は怖れを抱きながら接していた精神病者たちに外の世界の生活者には見出せない純な人間のありようを見出して、次第に親しみを覚えるようになっていくさまを描き出しており、扱われている時期や内容の上からも「精神病棟記」と結びつけることができるように思うのだが、確かめる材料もないのでここでは以上の指摘にとどめておきたい。

次に「印旛沼のほとり」について追ってみる。「病院記」二作目の「或る精神病者」の推敲が完了した昭和三十（一九五五）年九月二十日の『日記』に次のような記述がある。

「或る精神病者」三度目の推敲、ミホの指摘で最後の部分の一行を変えて、わざとらしさがとれる。次の小説は「インバの沼のほとりにて」にしようと思う。そのライトモチーフはミホの気持ちを述べる。伸三の通学の事、妻は分らずひとり思い屈するというふうに。インバ沼に行ったときの事なども。佐倉で住んいた大きな家の自然描写も添えてはとミホいう。

ここに出て来る「インバの沼のほとりにて」は病院記三作目の「のがれ行くこころ」(2)の清書が終了した九月二十七日に起筆され、奄美移住前までに三十余枚書かれている。奄美移住後も書き継がれており、次の『日記』の記述からこの作品執筆が当時の島尾にとって重要な意味を持っていたことがうかがえる。

十一月十六日
「印旛沼の…」読み返すことから仕事の中にはいって行こうとする。(さし当って発表誌はきまらぬが、こういう書き方不安でもあるが、自分の腕で自分の仕事をきずくことが大事)
自分の仕事の設計ということを考えている。
十一月二十八日
「印旛沼のほとり」の続編書きはじめる。島に来て最初の執筆なり。このことに集中せねばならぬ。

もう少し『日記』の記述を追うと、十一月二十九日に長尾良[3]から電報で『新論』への原稿の依頼〈四十枚、十五日まで〉があり、生活の不如意と『新論』の性格への不安とのあいだで「印旛沼のほとり」を送るかどうかで悩んだ後、十二月九日、長尾に五十枚の予定で二十日までに船便で送る旨の電報を打っている。しかし、長尾からは十三日に〈「新論」原稿間にあわぬ〉との打電があった後、十九日には〈「新論」発行不能になった〉旨の連絡が入る。公開されている『日記』は十二月三十一日迄だが、二十日以降には「印旛沼のほとり」に関する記述はなく、以後この作品の消息は不明である。ただ二十一日の記述に『中央公論』掲載の谷崎潤一郎の「鍵」を読んで、〈よそでの世界、ぼくはぼく、小説らしきものの拒否〉と記していることから、作りごとの〈わざとらしさ〉を拒否しようとする島尾の小説観がこの時期すでに明確に意識されていたことがわかり、「印旛沼のほとり」もその意図のもとに書かれていたであろうことは推測される。

それはそれとして右の『日記』の引用から注目されることは、「印旛沼のほとり」と題された作品が、雑誌掲載のあてがない状態の中で、作家としての自己を支えるものとして意識され書き進められていた作品であり、しかもその素材が長篇『死の棘』第十章「日を繋けて」第十一章「引っ越し」の時期に重なる佐倉時代[4]の〈ミホの気持ち〉を〈ライトモチーフ〉としたものであること、さらにミホ夫人がその執筆を肯っていたことである。佐倉が島尾夫妻にとって印象深い土地であったことは、二人で昭和五十七（一九八二）年五月三十日に再訪していること[5]や、島尾がエッセイ「佐倉海隣寺坂」[6]の中でもし私たちの日常生活が崩壊に臨んでいなかったなら、もっと長い歳月をそこで住みつくことになったであろう。……その（印旛沼の・注引用者）蜃気楼と見まごう状景は、閉塞した当時の私の心にとって唯一の解放への誘いであって、今以て忘れることができない。

と記し、「日を繋けて」においても印旛沼や豆腐屋のラッパの音[7]が主人公の心を引き付けるものとして描写されていることから推測される。しかし一方、「日を繋けて」は〈妻〉と〈私〉の浮気の相手〈あいつ〉との修羅場が描かれており、『死の棘』全体のピークをなす章でもある。『日記』に拠れば、その事件は東京の小岩から引っ越してきた十日後の昭和三十（一九五五）年四月十七日に起こっている。また、引っ越し先の離れには家主の結核療養中の妹が住んでおり、感染を心配したミホ夫人は一週間後には子供二人を池袋の従妹に預けている。従って佐倉時代のことは冬眠治療に入っていたミホ夫人の発作を誘因する危険がある素材でもあるはずだ。「病院記」を〈むしろ祈りのような気持ちで、そしてそれがいくらかでも妻に通うことをねがって書いた〉[8]時期であるから、発作の誘因となる内容は極力避けられていたはずである。

では、どのようなことが素材として選ばれていたのだろうか。数日だけ通った長男伸三の小学校のことや家族で一度だけ訪れた印旛沼への行楽前後のことや借家の様子などのことは先に引用した『日記』にもあり、また「日を繋けて」にも書かれていることでもあるのだが。十月二日の『日記』に次のような記述がある。

佐倉時代の日記読み返す。今の創作はその頃のこと、今度はいくらか解体的に書ける。しかしいつもつまらぬものを書いているのではないかという感じ（何と名付けるか？）でつかえそうになる。それを乗り切ることが毎日の仕事を進める。

日記ゆえの飛躍が多く真意を読み解きがたい文面である。〈今度は〉とは「われ深きふちより」から「のがれ行くこころ」までの前三作と比較してということだろうか。確かに『日記』には「或る精神病者」や「のがれ行くこころ」に不満である記述が散見できる。また、〈解体的〉とはどういう意味なのか。〈解体〉という語は「われ深きふちより」に一度出て来る。居住していた精神科の病棟を出て神経科の診察室に治療に受けに行く途中に、病棟の外に出た場面である。

自分の蒔いた種は自分で刈り取らねばならぬ。しかし深い渦に巻き込まれずにどこまでも手足にまといつかれて泳ぎ抜けられるだろうか。いやこのような言い方は当を得ていないかもしれない。私は私の生まれつきを解体したい！（傍線引用者）

この文脈では、生来の自己を打ち壊して新しい自己を創り出したいという意味として読めるが、『日記』の〈解体的〉は素材の奥にある核をえぐり出すというようなニュアンスが感じられる。ミホ夫人の発作を誘発するだろう相手の女〈あいつ〉に関わる素材を避けつつ〈ひとり思い屈する〉〈ミホの気持ち〉を〈ライトモチーフ〉とした「印旛沼のほとり」は、現行の『死の棘』第十章「日を繋けて」とどのように重なっていたのだろうか。「日を繋けて」には〈伸三の進学の事、妻は分らずひとり思い屈する〉という『日記』の記述と重なる箇所は確かにある。しかし、相手の女が登場する以前の〈ミホの気持ち〉を描くことに主眼が置かれているわけではない。〈ミホ〉の言動によって揺れ動く〈私〉の内面を語ることに主眼が置かれている。〈ミホの気持ち〉の描出は『死の棘』執筆前の「家の中」（『文学界』昭和三十四（一九五九）年十一月）での視点の多元化という方法によって試みられている。「印旛沼のほとり」がどのような視点によって描かれていたのか、それが明らかになれば、「家の中」との比較も含めて『死の棘』成立についての新たな観点も見出せるように思うのだが、今は覚書として以上のことをメモしておく。

2　「鉄路に近く」の位置付け

前述のように奄美移住時、島尾の手許には入院中に書かれ、一応の形をなしていた未発表の小説作品が二篇、『群像』での発表を期待していた「精神病棟記」と発表の予定のないまま書き進められていた「印旛沼のほとり」があったと考えられる。しかし、奄美移住後の最初の小説作品として発表されたのは『文学界』昭和三十一（一九五六）年四月号に掲載された「鉄路に近く」であった。四月から地元の大島高校と大島実業高校に非常勤講師（国語・日本史担当）として勤務しているから、そのための煩瑣な準備もあり、必ずしも執筆だけに集中できる時期ではなかったと思われる。そうした時期に手許にある二篇ではなく、敢えて新しく「鉄路に近く」を書いたということには、それなりの背景を考えてみる必要がありそうだ。

島尾が「鉄路に近く」の前に書いたエッセイ[9]で〈離島に伴う一般生活の後進性は、昔と今とを共存させている現象を顕著にする。……離島は今もなおその表皮のすぐ下に「前近代」を呼吸させている〉と述べているように、移住直後の島尾は自分たちに向けられる島社会の「前近代」の閉鎖的な視線を感じていた。しかし移住一ヵ月後の前年十一月末に地元新聞に新進作家として紹介記事が掲載されたことで、周囲の見方が変化し、作家島尾敏雄の名前が地域社会に広まっていった。精神病院入院のことを周囲に知られることを危惧していた同居先の林家の家族も喜び、他の親族の見方も変化していった。そしてなによりも新聞での紹介記事を最も喜んだのはミホ夫人であった。執筆に向かう島尾の念頭には、中央の一流文芸誌『文学界』に移住後最初に発表する小説作品は周囲の期待に応えうるものであり、更には退院後も発作が続いている妻の心を癒すための夫からのメッセージともなり得るものを書こうという思いがあったと推測される。従って、精神病院を素材とすることは避けて、より劇的な要素をもつ体験が探され、妻の鉄道自殺未遂という事件[10]が選ばれたのではないか。すでにこの二年の間に文学仲間の吉行淳之介や庄野潤三、小島信夫が芥川賞を受賞して文壇に進出しており、昭和二十五（一九五〇）年に『出孤島記』で第一回戦後文学賞を受賞したとはいえ、作家として立つために不退転の決意で上京しながら満足できる結果を得られないまま東京から退いた島尾にとって、奄美移住後最初の小説の発表にはそれなりの思いがこめられていたと思われる。「鉄路に近く」は昭和三十一年度上期第三十五回芥川賞の候補作（七編）になっているが、受賞は逸している[11]。

まず「鉄路に近く」の位置づけについての論評に触れてみよう。この作品は発表の翌年刊行された『島の果て』（昭和三十二（一九五七）年七月書肆パトリア）に収録され、その「あとがき」で島尾は次のように述べている。

自分にこのような作品があつたということはひとつの恐怖といえる。これらの作品の世界から飛翔できないことはなかつたのになお死の踊りを踊つていた暗い蛾のすがたを見るときのいらだちが感ぜられる。……眼をあけるとこれらの短篇となり、眼をつぶると『夢の中での日常』の世界の表現となつたと自分で思うが、しかし眼をあけて表現したはずのこれらの作品も、「夢の中」へ片寄つていることが不幸である。私の表現は全く別の世界へ移らなければなるまい。「鉄路に近く」はいわばそのきざしである。（単行本に拠る。傍点は原文）

よく引用されるものだが、文中の〈死の踊りを踊つていた暗い蛾のすがた〉という表現は、前年刊行された夢の方法による短篇群を収録した『夢の中での日常』（昭和三十一（一九五六）年九月現代社）の「あとがき」での〈これはまるで夏の電灯にしたいよった蛾の屍体の堆積と言えましょう〉を受けたものだろう。『島の果て』に収録されている他の九篇が昭和二十九（一九五四）年までに書かれた〈眼をあけた〉作品群であり、その作品世界にも夢の方法による作品群と同様の死への傾斜を感受し、それとは〈別の世界〉へ移ろうとする〈きざし〉を「鉄路に近く」に見ているのである。〈別の世界〉が何を指すかについては次の二氏の指摘を挙げればよいだろう。

磯貝英夫氏は「島尾敏雄――「死の棘」を視座として」(『国文学解釈と教材の研究』昭和四十四(一九六九)年二月)の中で、〈ここには、主観世界から客観世界への超出のゆめが語られており〉、〈その結果も、決して、作者の願望のようにはならなかった、と私は思う〉と述べている。磯貝氏の表現の方法という観点をさらに敷衍して、石田忠彦氏が「にげる・とぶ・とどまる――島尾敏雄論」(『敍説Ⅲ　特集島尾敏雄』平成三(一九九一)年一月)で、死から生への転換という観点を付加している。石田氏は次のように言う。

これらの書かれた昭和三十二年といえば島尾はすでに奄美大島に移り住んでいるが、この時の島尾は、夢の系列に片寄りすぎた小説世界を「全く別な世界」へ移す決意を述べている。とすると、「全く別な世界」とはどういう小説世界をいうのかが疑問となるが、これは、その後の小説の傾向から判断すると、写実的な傾向を強めていくので、一往はそのことをいうものと考えられる。と同時に、島尾はある時期までの自分の小説は死の臭いが強すぎるので生の方向へ転換しなければならないともいう。おそらく「全く別な世界」とはこの両者をいうのであろう。

筆者も石田氏の指摘に沿って「鉄路に近く」を「死」から「生」への回帰を図った作品として読んでいきたい。では、具体的にどのような世界が描かれているのだろうか、という点への言及になるとこれまで管見に入った限りでは軽い扱いしか受けていないようだ。その理由を、満留伸一郎氏が「《離脱》の前後――島尾敏雄《家の中》について」(『東京芸術大学音楽学部紀要』第三十四集平成二十一（二〇〇九）年三月）で述べた作品としての位置づけに覗うことができる。

この作品は一九五六年、つまり奄美移住の翌年に書かれたものであって、《家の中》の一九五九年、《離脱》の一九六〇年と比較すると、「入院前記」としてはフライング気味に書かれた作品である。「入院記」から「入院前記」への移行期に書かれたため、入院前の出来事を扱いながら、エピソードの記録というスタイルが、「入院記」との近さを強く感じさせる。「作品集」の分類法からすれば、「入院前記」に加える他ないわけだが、他の「入院前記」との違いもまた際立つ結果になっている。

満留氏がいみじくも〈フライング気味に書かれた作品〉と述べたように、「鉄路に近く」の後、いわゆる死の棘体験の小説化は三年後の「家の中」まで休止され、「病院記」が書き継がれることになる。このことは満留氏が指摘するように〈「入院記」との近さ〉を示すことでもある。しかしそれが満留氏が言う〈エピソードの記録というスタイル〉によるということではなく、作品の主題そのものによる、というのが筆者の読み解きである。筆者の読み解きの提示に入る前に、先に「鉄路に近く」が軽い扱いしか受けてこなかったと述べたことについて、例外として小林崇利氏の二冊目の島尾論『現代日本文学の軌跡―漱石から島尾敏雄まで』（平成六（一九九四）年十二月近代文藝社）に内容に踏みこんだ論及があることを紹介しておきたい。小林氏は〈この作品は妻の鉄道自殺未遂を夢と現実の両義性の中でとらえようとしており、『死の棘』のすべてが未分化の形でたたきこめられていると言ってよい〉と述べたあと、冒頭部の夢の叙述の中にある〈卍になってもつれながらとびだしてきて外の闇に消えた〉三匹の猫について次のように言う。

この三匹の猫については、島尾が作家たらんとして昭和二十七年大学教授の職をなげうって神戸を離れ、〈東京都江戸川区小岩町での三年間の生活にだぶらせてその渦中で書いた〉という「居坐り猫」「玉の死」「ある猫の死のあとさき」「拾った猫」と関連づけて読めば、直接には妻と二人の子を意味し、それは日常性を象徴し、家庭の守護神を意味していることに気づく。そしてそれらの事実がどんな風に作品化されたかは、例えば『死の棘』第八章「子と共に」の初出においては、〈相馬のいなかに行くときとなりの青木にたのんで江戸川堤にすててもらった玉のなきごえが床下できこえたが、ひとこえだけであとはきこえず……〉というのが決定版では〈……となりの青木にあずけたはずの玉の……〉となっていることでもその細心ぶりがうかがえよう。（傍点原文）

「家の中」では飼い猫の玉の死と妻の狂気への傾斜が重ねられて叙述が進んでいくのだが、死の棘体験の小説化における猫の意味づけの重要性を指摘したものとして銘記しておきたい。

さて、筆者の読み解きの提示に入ろう。筆者の読みの狙いは前述したように、「鉄路に近く」を作品の主題を通して「病院記」の衛星的、あるいは随行的作品として位置づけるところにある。具体的には入院中に書かれた三作目の「のがれ行くこころ」の結末部に描かれた、〈ミホ〉の狂的な行動の根に〈トシオ〉への思慕、子供たちへの愛おしさがあることに気づかされていった〈私〉の、〈ミホ〉への応答としての意味を読みたいのである。

〈じぶんがるすのうちにうちではなにかが起きている！　その日をぼくはながいあいだおそれていた〉という冒頭文に示されているように、〈ぼく〉の視点で見られ、感受される物事が、〈ぼく〉に寄り添う語り手によって語られていくという叙法をとっている。全体は三つの場面で構成されている。第一は夜帰宅する電車の中で妻が自殺する不安に駆られていく〈ぼく〉を描く場面、第二は帰宅後に妻の不在を知った〈ぼく〉が焦燥に駆られながら町を探し回る場面、第三は鉄道自殺しようとした妻を助けた線路工夫を家に上げ、彼の話を家族四人で聞く場面である。

第一の場面は恐れていた〈なにか〉が起こった夢の叙述から始まる。そのあと、〈しごとの上でやむを得ぬ会合〉から帰る〈ぼく〉の不在中に家で何かが起こっているのではないか、妻が自殺をしているのではないかという〈黒い不安〉がしだいに高まっていくさまが、電車の中でのさまざまな妄想、そして家までの商店街や暗い路地で目に映る景物や動物、人の描写を通して語られる。

続いて第二の場面に移る。家に着くと二人の子供はいるが妻はいない。子供が一緒に行くことを拒んでひとりで買い物に行ったと言う。〈ぼく〉の帰りを待つ妻の孤独な心中を思いやりながら〈ぼく〉は商店街や踏切を探し回る。〈おれはお前なしでいることはできない〉、〈死なないでくれ、死なないでくれ〉と〈となえながら〉走り回るが、見つからず家に帰る。〈たんすの小引き出し〉から取り出した妻のノートを読むと、〈激越な呪いの文句〉から〈ぼく〉に対する〈憎しみと愛情のみだれ〉を読み取り、〈胸をえぐ〉られ、〈妻は死に神に抗しがたく誘惑されている〉と思ってしまう。〈ぼく〉が人の手を借りてでも早く捜索しなければと心を決めて玄関へ行くと、妻が帰ってくる。

第三の場面である。鉄道自殺を仕掛けたところをたまたまいた男に救われたのだと言う。様子を見つつ後をつけて来たと言う〈鉄道架設工事の人夫〉を家に入れると、妻は〈ばかにくったくなく〉もてなすが、〈ぼく〉は妻の〈変貌〉に〈何か暗い底深い前兆〉を感じ、〈どうにもできぬ黒い力〉によって〈妻が手のとどかぬ場所に行ってしまうたよりなさ〉を感じる。その後、人夫の〈夫が身持ちが悪くてそれを苦にして頭に来た〉ために何度も鉄道自殺を仕掛けた姉がおり、二人きりの姉弟なので〈ふびん〉な姉の面倒を見るために結婚もしないのだ、という話に耳を傾ける妻と子供たちの姿を描いて作品は結ばれる。

引用したような〈何か暗い底深い前兆〉、〈どうにもできぬ黒い力〉、〈妻が手のとどかぬ場所に行ってしまうたよりなさ〉といった表現が作品の終わり近くで叙述されながら、筆者がこの作品を「死」へ傾斜していった以前の作品とは異なり、「生」という〈別の世界〉へと向かう〈きざし〉と見なすのは、妻が〈ぼく〉にとって不可欠の存在であることを確認する作品としての意味を持つと考えるからである。そのことをもう少し本文に即して見てみよう。先に引用した妻のノートを見る場面の直前に次の叙述がある。

妻の発作的な行動がぼくに煩瑣を如何に強いようと、その方がどんなに張合いのあることか。妻とぼくとがいかに分ちがたく合致できるかがぼくの課題であり、煩瑣の中から法則をさぐりそしてそれに表現を与えなければならぬと思い、……。

右の箇所は翌年発表される「病院記」の五作目「治療」の次の一節と通う所がある。

私はどんなことがあっても妻のかたわらで、彼女の反応のすべてをそして彼女の容態の変化を克明に観察しなければならない。観察は同時に受苦であるがそれによってのみ私と妻の現実を動かして行くことができる。

前者で言う〈妻とぼくとがいかに分ちがたく合致できるか〉、そのことを可能にするために〈妻の発作的な行動〉のなかにある〈法則をさぐりそしてそれに表現を与え〉ることは後者の〈彼女の容態の変化を克明に観察〉することへと連なる表現だろう。妻と〈ぼく〉が〈分ちがたく〉結ばれた二人であり、妻が〈ぼく〉にとって不可欠な存在なのだということは次の叙述からも読み取れる。車中で〈ぼく〉が線路に頭を置く妻を想像する場面であるが、死んだ父母の許に行くという叙述のあとに続く箇所である。

と、彼女の耳に犬の遠吠えににた夫の号泣がきこえてくる。じぶんの名前をよぶ夫の泣声が。ヤッパリアナタハアタシガイナケレバダメ。妻はゆっくり立ちあがり、鉄路をまたぐ。

この箇所は「のがれ行くこころ」の末尾で、病院を抜け出た〈ミホ〉が帰って来た理由をいう次の箇所と重なる。

「でもトシオが泣いたから戻って来ちゃった」
「泣くのがきこえたか」逆らわずに私もそう言う。
「うん、ミホ、ミホって声を出して犬みたいに泣いていたよ」

いま挙げてみた表現の近似性は先に述べた「鉄路に近く」と「病院記」との類縁性を読む所以でもある。そして、このような叙述が可能になるのは妻の〈ぼく〉への思いの深さを感じたからにほかならない。それは次のような叙述に明らかである。妻の不在を知った〈ぼく〉が、帰りを待っている時の妻の心中を想像する場面の叙述である。

こたつをひやさないよう、帰ってきたらあたたかに勉強できるよう用意を配っていた。あのひとは牛の臓物の味噌煮が好きだから帰ってきたら食べさせようと思い、七輪にかけて長い時間ぐつぐつ煮音をたてておく。……いつかもこんなふうに煮込みをこしらえて、いつまでもいつまでも待っていたが夫はその夜もまた帰っては来なかったと思うと、そのときの悲しいみじめなつらさが怒濤のように押しよせてきて、かつて荒涼の日にそうしたようにこどもらをきつく叱りおさえつけてあてどなく家の外の闇のなかに出て行ったにちがいない。

ここには奄美移住後に書かれた「病院記」の核となる〈私〉の妻の心との一体化への志向が見られる。ここで想像された〈ぼく〉を思いやる〈ミホ〉の姿もまた、「のがれ行くこころ」で池の底を竿で妻を探す〈私〉に思われた〈母親〉の優しい姿と重なるものであろう。

そうしているとその竿の先端で妻と話ができるような気がした。（トシオ、あなたがそんなにあたしに没頭できることは珍しいことだわ。かんしん、かんしん。あたしはこれでやっと安心できる）私はまるで母親の目の前でかけっこをして見せる子供のような気持になっている自分を発見した。

右に引用した妻の〈トシオ〉への想いの深さへの視点は、死の棘体験の渦中やそれ以前に書かれた家庭に材をとった作品群、「帰巣者の憂鬱」（『文学界』昭和二十九（一九五四）年四月）「川流れ」（『新日本文学』昭和二十九年十月）「肝の小さいままに」（『近代文学』昭和三十（一九五五）年一月）には見られない視点である〈「妻とぼくがいかに分ちがたく合致できるか」〉、そのことを可能にするために妻の発作的な行動のなかにある〈法則をさぐりそれに表現を与え〉ること、そのために、一方で妻の〈ぼく〉への思いの深さを妻の側に立って探り、言葉に表わしてみること。島尾敏雄が「鉄路に近く」に見出した〈別の世界〉に移る〈きざし〉とはそうした方法意識の〈きざし〉ということでもあるだろう。それはこの後に書かれる「病院記」のなかで深められていく。

最後に第三の場面で注意したい点を二つ見ておきたい。まず一点は、〈ぼくのかげでうきうきと二人に給仕〉しながら線路工夫の話しを聞く妻の姿を見た〈ぼく〉の内面が次のように描かれていることである。

この変貌は不安なのだ。何か暗い底深い前兆を感ずる。ぼくのこころは沈みはじめ、しかしどうにもできぬ黒い力というようなことを考える。妻が手のとどかぬ場所に行ってしまうたよりなさの悲哀の底で、ぼくはぼくらの家族のなかに、ふとはいりこんできたこの若い労働者が、いくらかはくどくしゃべったことに、じっと耳をすませてきいていた。

〈ばかにくったくなく〉見える妻は、いつ発作を起こすかわからない。〈ぼく〉は線路工夫が居なくなれば妻の心の中に巣くっている〈黒い力〉が頭をもたげてくることに怖れを抱いている。入院前に書かれた「帰巣者の憂鬱」や「川流れ」では〈夫〉が家を出て行こうとする〈黒い力〉に促され、それを妻が不安に思っていたのに対して、この作品ではその逆になっているのである。病妻ものにおける作者島尾の視点が入院前と後で異なってきていることを示している。しかし妻を狂的な行動へと向かわせる〈黒い力〉そのものとの対峙への志向はまだ〈ぼく〉にはない。それは後の「病院記」の課題となっていく。

二点目は、注⑽に示した『日記』の記述では線路工夫が帰ったあとミホ夫人の発作がはじまっているが、作品ではその部分は書かれていないということである。線路工夫が帰った後ミホ夫人が発作を起こした家庭の状態を『日記』では次のように書いている。

> そのときミホあかるかったのに、又暗くなり、返事しない、もつれはじめ、ぼくは昏迷し、外に出ようとし、門のうちでもみ合ううちガラスを割り、かぎがしまり、伸三にあけて貰い、部屋でハダカになったり、首をくくろうとしたり、ミホあとはひたすらにぼくをなだめ、いつのまにかぼくはねてしまう。

しかし「鉄路に近く」の結びは『日記』での夫婦ともに狂乱する実際の家庭の状態を素材にはせず、次のように夫婦ともに穏やかな様子であることを叙述して終わっている。

> 妻はひたいを白く静かにかしげて、表面は全くおだやかな様子で、ぼくのかげにかくれるようにして男の話に耳をかたむけている。しかしその均衡はいつ破れるか。伸一とマヤ（単行本『島の果て』収録本文では「晉作と亜耶」）が、いつのまにか眼をさまして……親たちがふだんの様子でいるのを、ふとんの上で、仔細げに両手の台にあごをのせた恰好で、つぶらな眼をひらき、人なつっこげにげらげら笑って見ていた。（傍点原文）

〈しかしその均衡はいつ破れるか〉と添えられていることが暗示しているように、執筆時の生活はミホ夫人の発作の兆に常に気を配らねばならないものであった。〈親たちがふだんの様子でいるのを〉二人の子供が〈人なつっこげにげらげら笑って見ていた〉という結びの叙述に、奄美移住後何よりも家庭の立て直しを優先して生きることを、これからの人生の目標と決意している作者島尾の思いを読み取ることが可能だろう。

以上のように表現に即して細かく読んでみると、「鉄路に近く」は『死の棘』の先行的、試行的作品としてよりも、「のがれ行くこころ」の主調を引き継ぎ、さらに移住後の「病院記」での課題を提示しているという点から、「病院記」の衛星的、随行的作品として位置付ける方が妥当ではないだろうか。

「鉄路に近く」を発表した直後、島尾は前出(8)の「魂病める妻への祈り」の中で次のように書いた。

私はとかく伏せ勝ちな肩を、もう一度上げなければならないだろう。……中略……島の風土は私の体質を変え、子供らは島言葉を自在に操り、妻は再びかつての自然を取り戻すであろう。私は彼等に自らを捧げるであろう。

牧野留美子氏が指摘するように〈この文章の調子の高さには、なんとなく、〈書く人〉島尾の自己韜晦の気配を感じ〉(12)させるものがあるのは確かである。その〈〈書く人〉島尾の自己韜晦の気配〉は「鉄路に近く」の結末で妻と子供を見守る〈ぼく〉の不安げな眼差しとも通じているものである。〈自己韜晦の気配〉にうかがわれる恥じらいに、筆者は〈書く人〉と〈夫・父〉との間で揺れるこの時期の島尾敏雄の内面が見出せるように思う。

※島尾の作品からの引用は晶文社版『島尾敏雄全集』第5巻及び第7巻に拠り、単行本と大きな異同がある場合のみ本文中に括弧で記した。『「死の棘」日記』からの引用は単行本に拠った。なお、本文中で触れた「病院記」についての私見は別稿「「病院記」の一側面――〈私〉の変容のドラマとして――」を参照して頂ければ嬉しい。

注

(1)最終執筆日は昭和三十一(一九五六)年二月二十四日である(晶文社『島尾敏雄作品集第四巻』解説中の執筆日による)。前年十二月末までの『日記』には「鉄路に近く」に関する記述は出て来ない。

(2)九月二十二日の『日記』に〈「脱柵のこころ」を「のがれ行くこころ」に変えた(ミホがその題を言い出す)〉とある。

(3)長尾良について「長尾氏を悼む」を書いている。『南島通信』(昭和五十一(一九七六)年九月潮出版社)に所収。

(4)『日記』によると昭和三十(一九五五)年四月七日に転入し、五月三日に池袋へ転出している。

(5)高比良直美『椿咲く丘の町』(平成四(一九九二)年十一月私家版)による。

(6)『週刊新潮』昭和五十九(一九八四)年十月四日号。『透明な時の中で』(昭和六十三(一九八八)年一月潮出版社)に所収。

(7)「病院記」や『日記』にも何度か出て来る。

(8)「魂病める妻への祈り」(『婦人公論』昭和三十一(一九五六)年五月)。『非超現実主義的な超現実主義的な覚え書』(昭和三十七(一九六二)年六月未来社)に収録する際に「妻への祈り」に改題。

(9)「奄美群島を果たして文学的に表現しうるか?」(『奄美新報』昭和三十一(一九五六)年一月一、五、六日)。
(10)判素材となっている妻の鉄道自殺未遂は、『日記』では昭和二十九(一九五四)年十一月二十七日の記述にある。『死の棘』では第二章「死の棘」のはじめ近くの時間になる。しかし第二章「死の棘」にはこのことにつながる事件は取り込まれていない。
(11)選評(『文芸春秋』昭和三十一(一九五六)年九月)では丹羽文夫、佐藤春夫、井上靖、川端康成、宇野浩二などが好意的な評を記しているが、強く押す選考委員はいなかった。受賞作は近藤啓太郎「海人舟」であった。
(12)牧野留美子「島尾敏雄『死の棘』の場合」(『テキストの魅惑　出会いと照応』(平成七(一九九五)年三月新教出版社)所収)。

「家の中」論――多元的視点による語りが意味するもの――

1　はじめに

「家の中」（『文学界』昭和三十四（一九五九）年十一月）は長編小説『死の棘』第一章「離脱」（『群像』昭和三十五（一九六〇）年四月）の半年前に発表された。「離脱」の素材となった事件の一、二ヵ月前の時期の出来事を素材としている。近接した時期の夫婦の問題を扱いながら両者は語りの方法で大きく異なっている。しかし、書かれた内容の虚構性が問われることがなかったゆえに、ある時期まで「家の中」の視点の問題は主要な論点として正面から論じられなかった。「家の中」の視点の問題を語りの方法論として主題化して採りあげたのは唐戸民雄氏である。

一人称の語り手は「私」の行動及び心情を吐露し、全知の語り手は「妻」の行動と心情の推移を語る。両語り手は「私」と「妻」との空疎な関係に緊張感を付与しつつ、周到に準備された終焉へと導く。……／当事者の視点と冷徹な局外者の視点を交錯させることで、「破局」に至るまでの「私」と「妻」との関係を独善に陥ることなく、立体的に描き出すことにある程度成功しているものの、何故か、〈曖昧な中途半端さ〉が残る。(1)

筆者は大筋として唐戸氏の論評を首肯しつつも、次の二点で異を唱えたい。第一は視点の捉え方についてである。唐戸氏は二つの視点をあげているが筆者はさらに別の視点を考えたい。この作品の視点は、〈そのころ〉を過去として語る時間と〈そのころ〉を現在として語る二つの時間の中を移動しており、〈そのころ〉が現在として語られるとき、〈私〉と妻は振り返っている〈一人称の語り手〉、〈全知の語り手〉の視点とは異なった視点から語られるとみたいのである。第二は複数の視点という方法がとられた理由についてである。唐戸氏は〈従来の私小説のごとく平板化するのを回避するために〉とのみ説明している。そのことを否定するわけではないが、もっと切実な理由があったと考えたい。視点の多元化は語りの内容と不可分であり、作者の創作へと向かう内的欲求から導かれると考えるからである。

視点について付言すれば、講談社版『死の棘』（昭和三十五（一九六〇）年十月）、『島尾敏雄作品集第四巻』（昭和三十七（一九六二）年八月晶文社）及び角川文庫版『死の棘』（昭和三十八（一九六三）年十一月）所収の本文での〈私〉は、『島尾敏雄全集第５巻』（昭和五十五（一九八〇）年十一月晶文社）収録時に一箇所を除いて〈夫〉に変えられている。それに伴う変更は語句や表記の部分的修正に止まり、文脈自体の変更は見られない。このことは「家の中」執筆時において、〈夫〉が語る場合と同じように、語り手としての〈私〉は作者から切り離された人物として設定されていたことを証ししているだろう。では、なぜ初めから〈夫〉として設定されなかったのか、なぜ〈私〉は〈夫〉に変えられねばならなかったのか、という疑問も生じてくる。視点の多元化が作者のどのような内的欲求を映し出しているかを読み取る中で、こうした問題の道筋も見えてくるように思われる。
視点の問題について唐戸氏以外の主な論評を紹介しておく。上野昂志氏はその優れた島尾論で『死の棘』との「心・内面」の描き方の違いをとりあげて、「家の中」の複数の視点のあり方について次のように述べる。

「夫」と「妻」が一応は公平な視点で書かれているということなのだが、それが、長編（『死の棘』――注引用者）を読んでしまったところからすると、なんとも異和感を覚えるのである。もう少し露骨にいえば、嘘くさく感じられるのである。(2)

島尾敏雄は〈嘘くさく〉感じられる小説を忌避してきた作家である。その創作方法はいかに〈嘘くさく〉ならないように書くかというところから生まれてきたとも言ってよいだろう。上野氏の指摘はこの作品の核心をついているとも言える。氏はさらに言葉を継いで、〈作者が「妻」の内面を想像する〉こと自体に〈うわすべりした行為に思えてしまう〉理由をみている。
岩谷征捷氏はミホ夫人が最初の読者として読み、清書していたことを踏まえて、〈この小説全体は妻の視点と夫のそれとが交互に出てくる。いわば対話形式によって成り立っている〉として、その意味を実生活での過去作りに重ねて次のように述べる。

《体験》を時間によって峻別し、作家として作品を書く以外に、固有の目的を持たせる。妻や子供との生活に新しい過去を作り出す日常の中で、作品としても過去を反芻する。《家の中》という題名も，そこに日常を限定しようとする島尾の決意を示してもいる。(3)

満留伸一郎氏は複数の視点設定によって〈起承転結を備えた短篇〉に仕上がったと評価しているが、しかし、そのことによって「家の中」が長編『死の棘』から除かれなければならなかったと見なして次のように述べている。

超越的語り手に「妻」の内面を語らせ、あまつさえ「私」と超越的語り手の混在によって、「私」と「妻」の意識の交感さえ実現させた《家の中》は、『死の棘』を構成する一章であってはならなかった。(4)

四氏ともにそれぞれに独自の立ち位置から「家の中」の視点の問題を取りあげているのだが、視点の表現は異なりながら共通項がある。唐戸氏と満留氏は一人称の語り手（私）と超越的（全知の）語り手という点では共通しており、上野氏と岩谷氏は〈妻〉の視点と〈夫（私）〉の視点という捉え方では共通している。従って二元的な視点という点では四氏ともに共通している。他の論評者においてもこうした捉え方では共通している。しかし、超越的視点と一人称の視点の混在とは創作方法としてはおかしい筈である。超越的視点とは全ての登場人物を客観視する作者の視点であるのだから、本来は〈私〉も〈妻〉も作者の視点から捉えられた〈私〉であり〈妻〉である筈だ。そうであるのに、論評者が共通して、そこにもう一つ一人称〈私〉の視点を見るのはどういうことだろうか。超越的視点は唐戸氏や満留氏が言うように〈妻〉の内面を語らせるための視点としてのみ考えればいいのだろうか。ここには創作方法上の視点と語り手の錯綜した問題が孕まれているように筆者には思われる。筆者は先に述べたように語りの時間の相が異なることによって視点人物も多元化していくと捉えている。作品全体は一人称の語り手〈私〉――〈私〉即作者とは言えない――の視点から捉えられているが、〈私〉の視点は現在から過去をふり返るという一元的な時間の相にのみ置かれているのではなく、回想する過去を現在とする時間の相にある視点としても機能しており、また、全知の語り手の視点から捉えられた〈妻〉についても、狂気にとらわれていく〈妻〉の内面を語る時には全知の語り手は〈妻〉と一体化していかざるを得ない。その時全知の視点は〈妻〉の視点と化している。このように見てくると「家の中」の視点の多元化は、〈妻〉と〈私〉を描き分けるための方法というだけではなく、創作意図と深く絡み合って生まれたものと考える必要があるように筆者には思われる。以下、視点の多元化がなぜ必要とされたのか、さらに具体的にどのような表現として描出されているのかを探ってみたい。

2　多元的視点による語り――作品のモチーフから導かれた方法

「家の中」における視点と語りの問題を考える導入として、「帰巣者の憂鬱」(『文学界』昭和二十九(一九五四)年四月)との対比から見えてくる、この作品のモチーフに触れておきたい。

次に引用するのは、主人公が家を出て行こうとするときの〈妻〉の姿を描いている同じような場面である。

「帰巣者の憂鬱」——冒頭部で、妻の〈ナス〉が〈夫への不信の言葉〉を繰り返し言ったあと、夫の〈巳一〉が家を出ようとする場面である。引用箇所のあとには〈ナス〉が発作を起こして正気を失う場面が続く。

ナスの方は、夫がふいっと家を出たまま、もう帰っては来ないような気がした。それは巳一と知り合った当初に、強く印象されたことが、まだ消えやらずに残っていたのかも知れない。脱け遊びの兵隊であった巳一は、いつどこに行ってしまうか知れたものではなかった。巳一の方はこうも思っている。このままふっと、どこか遠くの方に行ってしまうことが、おれには本当に出来ないのか。ひょっとしたらそれは出来るのではないか。そしてからだをつかまえて行かさないように哀願し始めたナスを本當に邪魔っけの物に感じた。

……〔中略〕……

ナスはつと巳一の足許にかがみ込んで、ポケットからハンカチを出して巳一の靴をふきはじめた。

巳一は崩れた笑い方をして、

「何をするんだい、やめてくれ、おれはひとりになりたいんだ」

強い語気でそう言うと、ナスを押しのけ、ちょいと蹴るような仕草をした。そしてとにかく外に出てしまおうとしたのだ。

ナスはぴょこんと立ち上った。

黙って巳一の顔を見つめた。

それは瞬間のことであった。

急にくるりと背を向けると、うわーっ、と奇声をあげ、ガラス戸をあけて外にとび出そうとした。


「家の中」――〈私〉が、猫を飼うようになってからの家族と自分の接し方の変化について語る場面である。引用のあとには〈妻〉が死の方へと引きよせられていく場面が続く。


私はふき出る感情をむきだしのまま妻におしつけていたことになるが、すると妻はおびえ、そのおびえの表情の美しさは私をゆりかごの中のあかごにしてしまった。妻の悪意を少しも感じないのに私は萠えでてくる善意の芽をふみにじるようなことばかりする。なぜそうだったのだろう。妻がおびえて涙を流し、いつも彼女がきれいにみがきあげておく私の靴にとりすがって訴えても、もぎはなして外に出て行った。

「見送らないでほしいな。見送りされるのが、いちばん疲れる」

そんなことばをのこして私は出て行く。

でも妻は二人のこどもを駅の改札口の柵の上にのせ、今にも泣き出しそうな笑顔をつくって、電車が見えなくなるまではいつまでも手を振った。

「行ってらっしゃい」

こどもにそう言わせ、もう帰ってこない人を送り出すふうに私を見つめている。妻はすっかり知っていた。夫がどんな奇妙な場所におちこんでいたかを。（傍線引用者）

「帰巣者の憂鬱」の語り手は、時には〈巳一〉の視点に立ち、時には〈ナス〉の視点に立ちながら、基本的には超越的視点から登場人物の行動と心理を語っている。従って、作品の時間は登場人物の言動によって生起する事件の推移に沿って一元的に動いていく。語りの比重は〈己一〉の方により多くかけられており、ところどころ〈巳一〉の内面を直接語ることで〈巳一〉と語り手が重なるような錯覚を与える叙述がある。たとえば、引用箇所のあとの発作が治まったところで〈ことが起こらずにすんだ。（おれはナスのことをちっとも考えてやってはいないのではないか）〉（傍点原文）と自省し、そのあとで〈もっと苛酷な現実に襲われるべきではなかったか〉と思うのである。しかし語り手はそれ以上〈巳一〉の内面に入り込まない。読者は〈巳一〉が〈ことが起こ〉ることを待っているように読み進めていく。語りの時間は常に前に進み、過去に還ることはない。語り手が〈巳一〉や〈ナス〉の内面を語ることはあっても、超越的視点をはみ出すことはなく、あくまでも客観的に〈巳一〉や〈ナス〉を語ろうとしている。そこにこの時期の作家島尾敏雄の基本的な立ち位置があったと思われる。島尾が自身の内面を小説の中で直接語ろうとするときには、語りは「むかで」（『群像』昭和二十九（一九五四）年十一月）や「川流れ」（『新日本文学』昭和二十九年十二月）のように夢の方法によることになる。

同じような場面を語りながら、「家の中」での語り手の一人である〈私〉は作品の時間の中での〈私〉自身を省みる時間の中にいる。〈夫がどんなに奇妙な場所に落ちこんでいたかを〉〈妻はすっかり知っていた〉ことを知った〈私〉が、〈萌えでてくる善意の芽をふみにじるようなことばかり〉していた過去の自分を、語っている現在の時間の中で〈なぜそうだったのだろう〉と振り返ろうとしていることが読み取れる。では、今過去の自分を振り返って語りだしている〈私〉の現在とは、どのような時間なのだろうか。そして〈私〉とは誰なのだろうか。そのことは結びの場面で明らかにされる。「家の中」の結びは、終電車で帰宅した〈私〉が常軌を逸した〈妻〉の姿を前にして震え戦くところで終わる。

〈妻は—注引用者〉あまり笑って、からだを起していることができなくなり、畳の上にもう一度引っくりかえると、からだをよじって笑いつづけた。私の不安はどす黒くなってきた。それで妻のからだを抱きおこした。妻は私の腕をのがれようとした。そのとき妻の顔とからだに精悍な稲妻が走ったと思った。思わず腕に力がはいり、私は妻のからだをゆすぶった。妻は潮が満ちてふくれあがってきたと思えた。私は又妻の名を呼んだ。すると正気に返った表情になった。そして強い語調でこう言ったのだ。「いや。はなして。あたしにさわらないで」私はしんからふるえがきて、からだじゅうが萎えてくるのが分った。

この終わり方から考えると、〈私〉が語っている現在の時間は、引用した箇所の直前で〈妻〉の異常な姿を前にした〈私〉が〈だがなぜそのときもっと事態を見つめることをしなかったろう〉と自問する場面が置かれていることから推して、〈私〉への拒絶を示した〈妻〉との異常な時間の中にあると考えるのが妥当だろう。そう解釈すると、〈そのころ〉を振り返って語る現在の時間は、長篇『死の棘』の時間のどこかと言えるのである。その意味から「家の中」は『死の棘』第一章「離脱」の時間に直結することになる。しかし、『死の棘』の時間は基本的には〈私〉が語る事柄の時間を現在として推移していく。『死の棘』には過去の〈私〉をみつめる現在の〈私〉という時間の相は断片的にしか流れない。その点から「家の中」は『死の棘』とは異質の時間構成をとっている。

「家の中」の語りの方法として、時間の二重性の外にもう一点重要な点がある。「はじめに」で取り挙げた複数の視点の設定である。それは、〈なぜそうだったのだろう〉、〈だがなぜそのときもっと事態を見つめることをしなかったのだろう〉[5]と前半と後半で繰り返される自問と関わっている。二つの自問は、今〈私〉が置かれている時間を暗示する意味を付与する語りであると同時に、今〈私〉が置かれている事態の深刻さと悔恨の深さを印象づけるための語りでもある。この二つの自問に出会うとき、読者は語られている過去の〈私〉の時間から、語っている今の〈私〉の時間に引き戻され、深い闇の中に立つ〈私〉を感受していく。この〈なぜ……〉と問わねばならない〈私〉を、言い換えると〈私〉の「根源的な罪」[6]を描くために、作者は場面によって語りの視点を変えるという方法を採った、と筆者は考えたい。

「帰巣者の憂鬱」でも〈ナス〉の視点で語られる場面があるが、語り手は〈ナス〉とは別の位置にいて語りに介在している。しかし「家の中」では〈私〉の言動や思いを表現する場合には〈私〉が語り手となり、〈妻〉の内心の声を表現する場合には〈妻〉自身が語り手となって独白する形態をとっている。語り手は〈私〉を語るときは語る今現在の〈私〉であってよい。しかし〈私〉には見えなかった〈妻〉の孤独の内実を言語化するためには〈私〉の視点から〈妻〉の内面を語ることはできない。〈妻〉の言動や心情は基本的に超越的視点から語られるが、〈妻〉の内心の声を語る場合は、視点は〈妻〉の心の中に入りこみ、〈妻〉に同化して〈あたし〉として語る。〈妻〉である〈あたし〉が語ることによって、〈妻〉の内面は「帰巣者の憂鬱」より一層肉感的に読者に伝えられる。そのことによって〈私〉のエゴイズムは具体的な相貌を象って読者に迫ってくる。惑乱していく〈妻〉の孤独を語ることは、〈私〉の「根源的な罪」を語ることでもある。「家の中」執筆の意図をここに探ることができるように思う。

作者島尾に即して言えば、「家の中」は、自身に深く巣食う「根源的な傲慢・高慢」、エゴイズムを追認していき、同時に、忍従し献身することで心を病んでいった妻ミホの孤独を追体験しようとした作品とみることができる。時には語り手が不分明なまま語られたり、不適切と思われる人称の表記が散見するなど、表現上の不統一感を生じてはいるが、多元的視点による語りは、作者が「罪人」である自己のあり様を具現化し、妻ミホの人間としての心の内実を言語化すること、そこに作品のモチーフがあることを示している。「はじめに」で紹介した、作者が〈妻〉の内面を想像することに〈うそくささ〉を感じるという上野昂志氏の指摘を肯いつつも、作者にとって妻ミホの内面の言語化は『死の棘』執筆前に試みなければならない作業であったことを注視したい。

3　前半部における視点と語り――〈鬼〉の〈私〉と忍従する〈妻〉の描出

分析を進めるにあたって、便宜上、作品の展開を大きく前後半二部に分ける。前半部は、家庭生活の索漠とした状態を幾つかの挿話を通して語りながら、エゴイスティックな〈私〉の姿を浮かび上がらせ、忍従する〈妻〉が自死を思うようになり、〈しかしどの場合も、きわどいところで生の側に留まった。〉と結ぶ所までである。後半部は〈妻はやがてどんなに小さな物音にも飛び上るほど驚くようになった〉という文から始まる。頻繁に発作に襲われるようになった〈妻〉の姿を描くことに重点が置かれる。偶然飼うようになった猫の死を介して〈夫〉との関係が絶たれることを予感した〈妻〉が、〈夫〉への拒絶を意思表示する場面で閉じられる。ここでは前半部について分析を進めよう。

〈そのころ私の心は家の外にあった〉という冒頭文は、語り手の〈私〉が〈そのころ〉の自分を反省的に振り返ろうとしていることを示し、語っている現在の〈私〉の心は「家の中」に向けられていることを暗示している。前述のように語っている今の〈私〉は、作品末尾で〈いや。はなして。あたしにさわらないで〉と拒絶を意思表示した〈妻〉との異常な時間の延長線上に置かれていると考えられる。冒頭文に続いて〈そのころ〉の〈私〉は次のように語られる。

昼間は大方眠っていた。眼がさめると外に出かけて行き、もし帰宅するとしたら夜中の一時とか二時とかに終電車でもどってきたが、そのまま泊ってくることも多かった。……のめりこむように一箇所ばかりに気持が執着していたから、自分がどこをどう歩いたかもそのとき誰がどう自分を観察していたかにも気のつきようはない。（傍線引用者）

この時点では〈一箇所〉が何を意味しているかは明示されていない。〈一箇所〉が女性[7]のことであることは前半部で次のように段階を追って明らかにされていく[8]。

妻は夫の外での行為はすべて知っている。そのとき筋肉をゆるめて笑う頬の皺まで知っていた。

←

妻はすっかり知っていた。夫がどんなに奇妙な場所におちこんでいたかを。

←

夫の行先も対手の女もつきとめてしまった。その素姓もはっきりしらべた。かかわっている男は夫だけではない。……やがて夫は周囲に追いつめられて死ぬかも分らないという考えが、ときどき日の影がさすように襲ってくる。それは彼女を気が狂いそうにさせる。

〈私〉が〈そのころ〉の自己のエゴイスティックな姿を語りながら、それと並行して、超越的視点が精神的に崩壊する危機にある〈夫〉を救う手だてを見つけられぬゆえに、自らに忍従を強いている〈妻〉を語る中で〈一箇所〉の正体が明らかにされている。右に引用した〈一箇所〉の具体化とそれに対する〈妻〉の描き方から分かるように、この作品で作者は、語り手に〈妻〉をひたすら〈夫〉の身を案じて忍従する女性として語らせている。この〈妻〉の描き方は、冒頭部で〈ナス〉が〈巳一〉に不信の言葉を繰り返し投げていた「帰巣者の憂鬱」とは異なっている。

次に〈私に気がねしたひそひそした退屈な物音だけが妻だと思っ〉て、〈妻〉に無関心であった〈私〉の眼を通して、献身的に尽くしながら心身共に生彩を失い、醜い容姿になっていた〈妻〉が語られる。買い物をしている〈妻〉を遠くから見た時のことである。

その女は暗い険悪な顔付をし、みけんに不吉なたて皺をよせ、幽鬼のように人ごみの中を歩いてきた。……中略……私は妻に遠くから笑いかけようとして思わず寒気を覚え、口をつぐんで人のかげにかくれた。それは生きている人の顔ではない。……そのとき私はからだのがらんどうの底から「彼女をそんなに醜くしたのは、つまりおまえなのだ」とつぶやいている暗い腹話の声をきいたと思った。

私は思いとどまるべきであったが、そうしないで、同じ日の上に同じ日を重ねた。私は家に居るときよりよそに居るときの方が多かった。（傍線引用者）

語り手である〈私〉は〈そのころ〉の〈私〉がどんなにエゴイスティックであったか、〈妻〉にどんなに無慈悲であったかを語ろうとしている。〈私は思いとどまるべきであった〉とは、語っている今の〈私〉から発せられた深い悔恨の言葉である。その時、自分に原因があることを告げる〈暗い腹話の声〉[9]を聞きながら、思いとどまらずに〈一箇所ばかりに気持が執着していた〉自分の「罪」を強く感じている。しかし〈そのころ〉の〈私〉が罪責感を抱きながら〈一箇所〉にのめり込んでいったのは、その行為に溺れることで罪責感を麻痺させようとしたからであろう。それほどに〈私〉の内面は荒廃していた。今の〈私〉は〈そのころ〉の〈私〉の荒廃の様を凝視しようとしていると言えるだろう。

　さらに展開を辿ろう。或る日どこかの家で飼われていたらしい猫が迷い込み、居つくようになった。これまで〈家畜を飼った経験がない〉〈私〉が、猫を飼いたいという〈妻〉の頼みを許したのは次のような理由からである。

> ……私は外の異常さの恍惚にとらわれ、家の中は灰色にぬりこめられた死ぬほど退屈な場所としてしか感じられなかった。だからどんなささいな波紋もそれを歓迎したいと思えた。……家の中から自分がおし出されて行くその過程を、がまんしながら留保して見ているたのしみ。おし出されて行くと考えたことは、思わず心の奥底の願望が顔をのぞけたようなものだ。どんな恥しらずな考えにも私は抵抗がなかった。（傍点原文）

〈私〉は、〈破局のやってくることをおそれていた〉のに回避しようとはせず、逆に猫を飼うことを許すことで、自分を居づらくさせる理由をつくり、家から〈おし出されて行く〉という歪んだ被害者意識を持つことで、〈破局〉の責任を転嫁しようとしていた。

今の〈私〉の眼はこうした〈恥しらず〉な自己を剔抉することに向けられ、〈外の異常さの恍惚〉の内容には向かわない。〈私〉は平凡な日常の中に生の充実を感じることはできず、〈異常さ〉の中でのみたまさかの生の〈恍惚〉を感受できていた。〈私〉が溺れていった相手が〈一箇所・よそ・外〉と抽象化した言い回しでしか語られないのは、自分が溺れた対象が相手の人間的な内実ではなく、関係の〈異常さ〉にあったことを今の〈私〉が認識しているからである。今の〈私〉には関係した対象の内実が問題なのではなく、〈異常さ〉を求めていた自身の内実が問題なのである。さらに言えば、その時〈私〉が〈恍惚〉としていた〈外の異常さ〉は、今の〈私〉が体験している「家の中」の〈異常さ〉に比べれば何ほどのものでもなかったことが分かっているのである。今の〈私〉には〈そのころ〉の〈外の異常さ〉に他者に語りうるだけの意味を、人間としての真実の関係性を見出すことができないと言ってもよい。

〈恥しらず〉であった〈私〉の姿は、次の場面で〈妻の友だちがアメリカの男をつれて泊まりに来たときの気持の動き〉として具体的に語られる。終電車で帰ってきた〈私〉は六畳間に女友達と男、子供二人と〈妻〉が寝ているのを見る。〈妻〉は〈力弱く押し入れぎわにおしやられて、ぼろきれのように小さく孤独なすがたで寝ていた〉。〈私〉は〈妻〉のそばに行くが、〈妻〉は〈小声で〉〈あなたは疲れているから早くおやすみなさい〉と言う。その〈妻〉の言葉に〈私〉は次のように反応する。

しばらく私(10)は妻のそのことわりが分らずに醜いひとりがてんをしたが、やがてはじらいととまどいの怒りで顔が赤くなった。そのときでも私は自分の孤独だけをかみしめることにいそがしく、妻はまだ知っていないと思い、その気持を考えてみるゆとりはない。……

その夜、でも、足元の砂が少しくずれた気がした。（傍線引用者）

〈私〉は〈妻〉から自分の欲求が拒否されることを思ってもみない。〈妻〉に独立した人間としての心があることを見失っている。しかし、かすかながら、〈妻〉が〈私〉に隷属した存在ではないこと、言い換えると、他者としての〈妻〉を感じはじめてもいる。〈足元の砂が少しくずれた気がした〉とはそのことを意味している。このあとで〈私〉が〈妻はまだ知っていないと〉思っていたことを、実は〈妻〉は既に〈知っていた〉ことが語られる。計算された叙述の運び方(11)である。

妻は夫の外での行為はすべて知っている。そのとき筋肉をゆるめて笑う頬の皺まで知っていた。……けれども夫にもそんな瞬間があるのだと思うと、へんな安心があって眼がしらがあつくなった。

夫の行為を知り尽そうとする真夜中の彼女はむしろ冴え冴えとして美しいがそれを夫は見る

ことができない。魂が脱けて家に戻ってくる私には、いつもの煩らわしい日常の家事の中に舞戻った妻の、夫の眼の配りやせきばらいにまで気を病むおどおどしたすがただけが映った。(12)

右の場面に続く、ある日の朝食時での六歳になる長男とのやりとりのなかで、〈自分の孤独だけをかみしめることにいそがし〉かった〈私〉のエゴイスティックな姿が、最も強く表現される。長男は親たちのあいだに〈死のにおいをかぎつけ〉、その原因が父親にあることを感じ取っている。本文に即して概略を記してみる。

〈夫〉が久し振りで食卓に坐っていることで〈喜びをかくさずいそいそしてい〉る〈妻〉と〈沈黙がちにみそ汁をすすっている父を観察していた〉長男が〈奇体な動物か何かを眺める目付きで父親を見て〉、〈おとうさんは鬼みたいだ〉と言う。不意をつかれた〈私〉が冗談で紛らそうと〈青鬼かい、それとも赤鬼かい〉と笑いかけると、長男はもう一度はっきりと〈うん、鬼そっくりだ〉と言う。〈私〉は〈むごたらしい気持がわいてきて〉、〈そうか、鬼そっくりか。じゃ、もっと鬼みたいになってやろう〉と言って指をこめかみに当て、夜叉の顔付きをすると、〈からだの中の醜悪なものまでみんないっぺんに顔にふきあがって、寒気がしてきた〉が、角を作った〈指がこめかみにくっついてやめられない〉。その父親を長男は黙って見ている。〈父親の空虚を凝視しているふう〉にも思われ、〈私はいったん青ざめた血が逆にぐんぐんのぼってきて、本気で憎悪がわい〉てくる。(13)

六歳の子供の目を介し〈そのころ〉の〈私〉が〈鬼〉として語られている。〈夫〉の前で〈むきだしのままの羞恥〉を表している〈妻〉の嬉しい内心は子供にも感じられるのである。〈夫〉を気遣って神経をすり減らす母の姿を見ている子供にとって、その母を無視するようにみそ汁を吸う父親の姿は、温かい血の通った人間ではなく〈奇体な動物〉に見えている。〈妻〉に対しても子供に対しても温容な態度で接することができず、たまにいる家の中では冷血漢のような姿をしか見せない父親は、子供からすれば不幸をもたらす〈鬼〉でしかない。子供の口から出た〈鬼〉という言葉は、まさに〈そのころ〉の〈私〉の内実を衝く言葉であった。父親を見据える子供の目は、もう一人の〈私〉の目でもあったはずだ。しかし、その時の〈私〉は子供にそのように見られている父親としての自己を省みることができなかった。自己の内部の闇を露わにされたことへの〈憎悪〉を抱く〈私〉は、先に見た罪責感を麻痺させようとして自虐的な行為へ傾斜していく荒廃した精神状態にあることを表している。

ところでこの場面は葉篇小説「おちび」の次の場面から材を得ていると思われる。

大体、ごはんの時に、新聞ばかり読んで、ひとの話をきこうともしないで、そら返事をするのがいけないのだわ。……「ねえ、おとうさん。ごはんの時ぐらい、わたしにおつき合いしないと、だんだんヒステリーがこうじて来て、大へんなことになるわよ」そう言ってやろう。
　わたしは、夫がどんな顔をするだろうかと思うと、思わず、鏡の中でぺろりと舌を出してみた。(「ABC放送」昭二十九(一九五四)年二月一日放送)

ここには子供は登場しない。作者は、話の相手をしない〈夫〉への不満を軽口めかして〈妻〉に語らせている。同じ素材を扱いながら「おちび」とは大きく異なった場面を作りだしている「家の中」に、〈鬼〉としての〈私〉と忍従する〈妻〉を形象化しようとする意図を読むことができよう。

〈鬼〉の叙述のあと、飼い猫によって一家に〈ひとつの充実したにぎやかさ〉がもたらされたことが語られるが、その時〈私〉の語りは今の〈私〉の回想としてではなく、〈そのころ〉の〈私〉の思いとして現在形で語られる(14)。それは〈妻〉の内面が〈あたし〉の言葉として現在形で語られることと軌を一にしている。〈私〉の揺れ動く内心を描くためであろう。

> 玉に対し私はどことなく警戒し、なじめなかったのに、こどもらが疑いもなく没入できることが、むしろうらやましい。けれどそれはもしかしたらこどもらの私への限りない不満のあらわれではないか。……中略……
> ……だからこどもも猫も向う側に離れて、私の癇を遠巻きにして眺めた。それは飼いならされたとばかり言えない、気になる従順さがあった。こどもらの受容力の限界をこえて圧えつけている気もする。

このあとで前に引用した〈妻の悪意を少しも感じないのに私は萠えでてくる善意の芽をふみにじるようなことばかりする。なぜそうだったのだろう〉という自問が語られる。この自問は、女の所へ行くのであろう〈私〉を改札口で〈今にも泣き出しそうな笑顔をつくって〉見送る〈妻〉を語った後の、〈妻はすっかり知っていた。夫がどんなに奇妙な場所におちこんでいたかを〉という〈私〉の語りと呼応することによって、読者に今の〈私〉の悔恨がいかに深いものであるかを感じ取らせるのである。

そのあと前半部の終わりで〈夫を送ったあとの妻の心の中は砂漠〉であることが、超越的視点からの語りと〈妻〉の内心の声を織り交ぜながら語られる。

夫はどんどん底の方におりて行く。……それをどうしてとどめよう。あたしにはそれをとめることはできない。できない！　できない！　と思い重ねると、どうしても誘惑的な結末に導かれて行った。

ひょっとすると私さえ死んでしまえばすべてがうまく解決するのではないか。

ここでの語りで注意したいのは、語りの重点が、〈妻〉が〈奇妙な場所〉に陥っている〈夫〉の自死を止めることができない無力感に襲われることにおかれていることだ。〈妻〉の精神的錯乱は、愛人を作ったことに絡む〈夫〉への怒りや絶望、不信、相手の女への嫉妬に主因があるのではなく、〈夫〉の自死を救う力が自分にないという無力感に、言い換えると〈夫〉への没入の深さ、没我的な愛情ゆえのものであることが強調されているのである。引用箇所を受けて田中美代子氏(15)も〈みずから狂気におちいってまで家の中に引きとどめようとしたのは、まさしく夫の言しておく。

たのではあるまいか〉と述べている。ただ田中氏の論には事実と虚構の混乱が見られることを付

危機を感受した妻の、無意識の非常手段だったのではあるまいか。それは何にもまして献身だっ

4　後半部における視点と語り――〈ひよわな鬼〉の〈私〉と拒絶する〈妻〉の描出

後半部では、飼い猫を狂言回しのような役割で介在させながら、家族四人の日常に活気が出て来た様子が語られたあと、〈妻〉の発作の発症と飼い猫の発病とが重ねられ、さらに飼い猫の死から〈妻〉の〈私〉への拒絶の意思表示へと急展開していく。

まず、孤独にさいなまれ、次第に精神を病んでいく〈妻〉の様子が超越的な視点から語られる。少しその語りを追ってみよう。〈妻はやがてどんな小さな物音にも飛上るほど驚くようになった〉。駅では〈えたいの知れないどうもうな力がつきあがって〉きて、〈思わずけだもののようにほえると手放しで泣き出し〉、〈下半身の自由がきかず、はいずり廻っているうちに、プラットフォームから落ちた〉こともあった。その時〈妻〉は〈あたしは長いあいだにんげんらしい扱いがされなかった〉と思い至る。また子供たちには〈木偶を見ているときの非情な気持の通らなさ〉があり、〈それを感ずると彼女は絶望した〉。猫の玉だけが〈彼女のためにこまかく気を配っているふう〉であり、〈玉がそばにきてからだをすりよせると、なぐさめが湧き、自分の守護の化身じゃないかと思えた。忍従！　とつぶやいてみて、それを理解してくれるのは玉だけだ〉と思うので

ある。一方〈私〉は、〈玉に馴れることができ〉ず、〈妻やこどもが気をゆるして玉に接近していることが理解できない〉。〈玉も外では何をしてくるか知れたものではないのに、妻はなぜそれに気づかないのか。玉は私と同じではないか〉と思いながら、〈私〉は玉に〈うすぎたなさの感情を拭いとることができない〉のである。

引用箇所全体において〈私〉の語りは一部を除いて現在形である。今の〈私〉が回想しているという形をとっていない。作者が〈そのころ〉の〈私〉の描写に反省的なニュアンスが入り込むことを避けようとしているからだろう。それに続く〈妻〉の発作もまた〈妻〉の内心である〈あたし〉の言葉として現在形で語られる。

しめった綿のようなものがいっぱいつまってきて、頭に鉄の輪のたががはまり、それが次第に頭をしめつけてくる。耳のすぐそばで鉄板が乱打されてまるで頭は割れそうだ。あたしはもう駄目。誰か来て救けてほしい。誰かというのは夫なのだ。すぐとんできてこの鉄のたがをはずしてほしい。それなのに夫は救けに来ない。頭はどんどんふくれあがって巨大な鉄なべになる。その鉄なべにこの世もろともひしがれてしまいそうだ。地獄はきっとこんなふうだ。

〈私〉と〈妻〉の現在形による語りの場面の接続は、作者が〈そのころ〉の時空での〈私〉と〈妻〉を対比することで〈私〉のエゴイズムをより強く印象付けようとしているからであろう。

続いて〈私〉がいるときに〈妻〉の発作が起きる場面に移るのだが、ここでは今の〈私〉の視点から回想的に語られる。従って、語りには今の〈私〉の自己批判的な意味付けが施されてくる。たとえば〈自分は苦悩の締め木にかけられていると思いこんでいたからひどく憂鬱だ〉、〈固くごつごつした「永遠の堅牢」のあいだにおしはさまれて傷つき腐蝕しやすい自分が悪臭をはなっているなどと思った〉などである。さらに後半の〈私〉の語りに変化が加わる。〈そのころ〉の〈私〉をその時の時空間で再現する語りの中に、自己批評するもう一人の〈私〉が登場するのである。たとえば次のような語りである。


〈自分を悪く考えることが一つの処方のようにも思う。自分は鬼かも知れない。しかしこんなひよわな鬼。刹那の感覚の刺戟を無理につなぎ合わせてつくろっているような鬼〉

〈その声もしゃがんでいる中腰の恰好も欺瞞のかたまりに思える〉

〈ぐちっぽいこの口調は消せないものかと思いながら、中腰の恰好を変えないでそんなことを言う〉

〈今それを言うべきではないと思っても、ことばは意地悪く口からすべり出てくる〉


ここに登場する〈思う〉主体としてのもう一人の〈私〉は前半の語りの中では出ては来なかった。〈ひよわな鬼〉として、〈欺瞞のかたまり〉として自己を見つめながらその自分を変えることができない〈私〉。自己の弱さを隠そうとして〈ひよわな鬼〉は強い〈鬼〉よりも互いを深く傷つけるのかも知れない。作者はそのことを見つめようとしているようだ。先走ったことを言えば、ここに見た〈そのころ〉の時空間の中で〈ひよわな鬼〉である〈私〉をもう一人の〈私〉が自己批評するという語りの方法が『死の棘』連作での語りへとつながっていく。語られる〈私〉と語る〈私〉とが一体化した透明な〈私〉の語りとして。

〈妻〉の発作の場面のあと、悪疾に罹った飼い猫を看病する〈妻〉と子供たちの様子が語られるが、飼い猫の生死は〈妻〉には〈夫〉との関係に重ねられて意識される。

できるなら玉のいのちをとりとめたい。それは自分の運命とも重なっている。玉が再び元気をとりもどすなら、自分たちの生活もきっと打開される。しかしもしだめなら、あたしたちもだめだ。

〈妻〉の懸命な看病は〈夫〉との生活を回復させようとする意志の代替行為でもある。しかし玉は死ぬ。その時〈妻〉は〈もう終わってしまったのだ〉と思い、同時に〈それは玉のことばかりではない〉ことも感じている。玉の死体から無数ののみが行列をなして出て行く描写があるが、それは〈妻〉を〈夫〉につなぎとめていた情愛が〈妻〉のからだから脱け出ていったことを暗喩しているように読める。玉が死んだと同時に〈妻〉にも精神的な死が訪れたと読めるのである。

そして最後の場面である。〈その夜〉、終電車で帰ってきた〈私〉は、自分の仕事部屋で〈惨事の現場のような乱雑な情景〉を目にする。〈皿やコップが食べちらかしのまま投げ出され、ウイスキーの角瓶が横だおしになり、〈妻もこどもも昼間の洋服のままで眠りこけている〉。〈私〉

は〈この見なれぬ様子を眼の前にしたとたんにわなわなふるえていた〉が、〈妻〉の〈安らかな規則正しい寝息〉を聞くと、〈その場に腰をおろしたくなるほど安堵した〉。そのあと先に引いた自問が語られる。

だがなぜそのときもっと事態を見つめることをしなかったろう。やはり惨事の一つにちがいなかったのに。

この言葉は、語る今の〈私〉がより悪い〈事態〉を体験していることを意味していると同時に、〈事態〉の本質部を見ようとしていなかった〈そのころ〉の〈私〉への自己批判から発せられている。〈私〉の安堵とは逆に〈妻〉は異常な態度を示す。やがて眼をあけた〈妻〉は〈唇のあたりにうっすら皮肉な笑いを浮べ、「あなたもたーいしたもんね」と言ったかと思うと、急にげらげら笑い出し〉、さらに〈畳の上にもう一度引っくりかえると、からだをよじって笑いつづけた〉。このあと結びまでをそのまま引用しよう。

私の不安はどす黒くなってきた。それで妻のからだを抱きおこした。妻は私の腕をのがれようとした。そのとき妻の顔とからだに精悍な稲妻が走ったと思った。思わず腕に力がはいり、私は妻のからだをゆすぶった。妻は潮が満ちてふくれあがってきたと思えた。私は又妻の名を呼んだ。すると正気に返った表情になった。そして強い語調でこう言ったのだ。「いや。はなして。あたしにさわらないで」私はしんからふるえがきて、からだじゅうが萎えてくるのが分った。

この結びは、読者にこのあとの〈妻〉と〈私〉の関係が元の状態には戻らないと読み取らせる。敢えて言えば、このあと『死の棘』の夫婦の生活が始まると読めるように結ばれている。伊東利恵子氏は先の注⒀でこの結びによって〈作者はここで初めて「家の中」に入って行く〉のであり、〈〈自分がどこをどう歩いたか〉見極めようとする〉と指摘している。伊東氏が『死の棘』を念頭に置いていることは言うまでもない。また、岩谷征捷氏も先の注⑾で、〈夫〉の〈オニ〉が〈妻〉に移り、〈季節のないままの《贖罪》の、というよりも《オニ》の自覚と転移の小説は終わる〉のであり、長篇『死の棘』の開始によって〈「夫」と「妻」には季節が復活し、時間が流れ〉始めると述べている。また、満留伸一郎氏は先の注⑷で、『死の棘』からの除外の理由に加えて次のように述べている。

起承転結を備えた短篇としての《家の中》は、『死の棘』全体にとっても、起承転結の「起」として、つまり物語が始まる導入として見事に機能してしまう。《家の中》の『死の棘』からの排除は、崩壊が唐突に「夏の日の終わりにやってきた」という物語を仮構するための操作でもあった。

三氏共に「家の中」の結びによって『死の棘』との内的な連続性が生まれたと見ている点では共通している。

このあと翌年から書き始められる『死の棘』連作では「家の中」での〈妻〉の内心の声による語りは見られなくなる。自身が制御できない〈妻〉の内面は〈妻〉の直接の言葉によってしか語りようがないからである。そうであれば狂気した〈妻〉と〈私〉は、〈そのころ〉を過去とする時空においてではなく、〈そのころ〉を今現在とする時空の中でしか語り得ないはずである。このように考えると、「家の中」での多元的な視点の試みは、『死の棘』の語りの時空を探るための試行でもあったと言えよう。

ところでこの結びの場面は作者の虚構であろう。玉の死を素材とした葉篇小説「ある猫の死のあとさき」(「ABC放送」昭二十九(一九五四)年九月二十七日放送)では夫のS氏は翌日の昼に帰宅しており、帰宅途中でいつもは身なりをきちんとしているのになぜか〈ズボンなしの着流しシャツ〉姿の長男から飼い猫の死を聞くという筋になっている。帰宅後にS氏は細君から猫の死の様子について聞かされるのだが、そこで細君は次のように言う。

「もう、あたしはあきらめた。いくら思っても仕方がないことだわ。もう誰のことも、あなたのことも、子供のことも、心配しないんだ。いくら心配しても、死ぬ時は死ぬんだから。玉が死ぬのをみていてそう思っちゃった。それよりも、生きている時をたのしくするようにするの」

ある部分は「家の中」での〈妻〉の内心のことばと重なる内容だが、終わりの〈生きている時をたのしくするようにするの〉という意味合いは「家の中」では語られていない。上記の尋常ではない長男の姿は「家の中」の結びの異様な〈妻〉と重なる姿でもある。筆者は『「死の棘」日記』（平成十七（二〇〇五）年三月新潮社）によれば死の棘体験の発端の日は九月三十日であり、その日に近い時期に書かれた「ある猫の死のあとさき」が実際に近いだろうと推測する。

作者島尾は、幾つかの素材となる出来事を、時には大きく変容させながら多元的な視点の置き換えを行って作品の時空に置き直し、首尾の整った短篇として「家の中」を構成した。それは〈そのころ〉の〈私〉を通して自身の「根源的な罪」をみつめ直し、同時に〈妻〉を通して妻ミホの孤独を自らが追体験する試みであったと言えよう。

最後に「はじめに」で問うた〈私〉が〈夫〉に変えられたのはなぜかという問題に触れねばならない。「家の中」が収録された全集第5巻発刊時（昭和五十五（一九八〇）年十一月）には長篇『死の棘』は完結し単行本化（昭和五十二（一九七七）年九月新潮社）されていた。「家の中」は昭和三十八（一九六三）年の角川文庫版『死の棘』以後、島尾の生前中は文庫も含めて単行本、種々の文学全集には収録されていない。視点の不統一を混乱として指摘する評があったことも考えられるが、大きくは作者の中で作品の捉え方に変化が生じたからと考えたい。『死の棘』を書き進める中で、「家の中」は、私的な関係である〈私〉と〈妻〉の物語から、普遍的な関係としての〈夫〉と〈妻〉の物語へと質的に変化していったのではないか。「家の中」で〈私〉の「根源的な罪」を見つめようとした作者は、その「罪」を人間という存在の問題として捉えるようになった。それは『死の棘』において〈妻〉の問い糾しによって〈私〉の中に潜む「罪・エゴイズム」が際限なく描き出され、自己無化への道が探り続けられることと無関係ではない。その変化を促したものについて今軽々に論じることはできないが、島尾の宗教的経験が関わっていることは言うまでもないだろう。

※島尾作品の引用は本論の内容の上から次の単行本所収の本文に拠った。ただし表記は現代仮名づかい及び新字に直した。
「家の中」―『死の棘』（昭和三十五（一九六〇）年十月講談社）。

「帰巣者の憂鬱」―『帰巣者の憂鬱』（昭和三十（一九五五）年三月みすず書房）。

「おちび」「ある猫の死のあとさき」―『葉篇小説集　硝子障子のシルエット』（昭和四十七（一九七二）年二月創樹社）。

注

(1)唐戸民雄「島尾敏雄の葛藤――「家の中」の方法論を巡って――」（島尾敏雄の会編『島尾敏雄』（平成十二（二〇〇〇）年十二月鼎書房）所収）。
(2)上野昂志「現実へ――島尾敏雄論」（『現代文化の境界線』（昭和五十四（一九七九）年十二月冬樹社）所収）。
(3)岩谷征捷「『死の棘』考――創作意図の固有性について――」（『島尾敏雄私記』（平成四（一九九二）年

九月近代文藝社）所収）。
(4)満留伸一郎「《離脱》の前後――島尾敏雄《家の中》について――」（『東京芸術大学音楽学部紀要』第三十四集。平成二十一（二〇〇九）年三月）。
(5)二つの自問は、新約聖書「ローマ信徒への手紙」7章14～15節及び17節の次の一節と呼応するように思われる。（日本聖書協会版新共同訳に拠る）
〈わたしは肉の人であり、罪に売り渡されています。わたしは、自分のしていることが分かりません。〉

〈そういうことを行っているのは、もはやわたしではなく、わたしの中に住んでいる罪なのです。〉
(6)新約聖書学者の青野太潮氏は、パウロが用いる「罪」という言葉について複数の「罪」と単数の「罪」に分類し、後者をパウロが考えている「罪」として〈「根源的な罪」、「神の前における根源的な倒錯」、「根源的な傲慢・高慢」〉と説明している。引用は最近の著作『「十字架の神学」をめぐって』（平成二十三（二〇一一）年八月新教出版社）に拠った。
(7)実生活での島尾敏雄の女性問題に関しては、「家の中」が発表される十ヶ月前にミホ夫人が「錯乱の魂から蘇えって」（『婦人公論』昭和三十四（一九五九）年二月。『愛の棘』（平成二十八（二〇一六）年七月幻戯書房）所収）で、自分の精神錯乱が夫の日記を見たことにあったことを公表している。ただ、日記を見て錯乱状態になった事件が起こった日は『「死の棘」日記』によると九月三十日と考えられるが、ミホ夫人の手記では島尾の誕生日（四月十八日）になっている。この点については梯久美子氏「島尾ミホ伝『死の棘』の謎」（『新潮』平成二十四（二〇一二）年十一月～平成二十八（二〇一六）年六月。単行本では『狂うひと――「死の棘」の妻・島尾ミホ』（平成二十八年十月新潮社）に改題）でも不明のままである。
(8)兵藤正之助氏は、妻の精神の変調の理由が夫の浮気のあることが明かされることについて〈島尾がいよいよ己れの描こうとするなまなましさの加わった地獄図の深まりゆく凄絶さに、これまで以上にじっと眼を見すえようとする決意とも言えるものが加わったように感じられる〉と述べている。(「島尾敏雄論――『死の棘』を中心に――」(『文学・思想・宗教』(昭和六十三(一九八八)年九月八千代出版)所収)。

(9)武田友寿氏は、この〈暗い腹話の声〉を聞く〈私〉について〈島尾氏の加害者意識の苦悩を深く映し出したものとして読むことができる〉と指摘している。(「島尾敏雄「死の棘」――デ・プロフィンデス」(『戦後文学の道程』(昭和五十五(一九八〇)年五月北洋社)所収)。

(10)晶文社『島尾敏雄全集第5巻』に収録する際に「家の中」の〈私〉は〈夫〉に変えられているが、この傍線部の〈私〉だけは改変されていない。直後の文の〈私〉は〈夫〉に改変されているので単純な見落としとも思えないのだが、理由は分からない。

(11)岩谷征捷氏は個人文芸誌『花』第十一号(平成二十六(二〇一四)年六月)において、次に引用した箇所について〈ミホ夫人が書き加えたもの、そう断定しなくとも、夫人の思いが書き加えられているのではないかと思う。そのように想定して始めてこの段落の不自然さが理解できるのである〉と指摘している。筆者は前の叙述との呼応による効果を計算した作者の創作意図が反映している構成とみたい。

(12)満留伸一郎氏は、前記注(4)で引用箇所について〈しかしこの語り手の混在から感じられるのは, 超越的な高みからの語りの介入というよりも、まるで「私」の意識と「妻」の意識の境があやふやになったかのような感触だ〉と説明している。

(13)伊東利恵子氏は「島尾敏雄試論――無音の世界」(日本文学研究資料叢書『野間宏・島尾敏雄』(昭和五十八(一九八三)年九月有精堂出版社)所収)において、この場面での子と父親について〈こどもが本能的に備えている筈の見ないですませる強みが、既に彼には失われているのだ。ここに、このこどもの遭遇している残酷さがある。そしてこのこどもへの憎悪が〈本気で〉わくことにおいて、この残酷さはまた父親のものに他ならないだろう。私はここに、彼の強い孤独を感ずる。憎悪という言葉の持つ血のたぎるような熱さとは裏腹な、強い孤独をしか見出すことができない〉と指摘している。

⒁満留伸一郎氏は前記注⑷で、現在形が多くなることについて〈この玉が、物語り開始早々に登場するのと歩調を合わせるように、過去形寄りだった時制に変化が生じる。現在形が徐々に支配的になるにつれ、文章にある切迫感が感じられてくる。作者は「入院記」の短く即物的な記録的文体をここで完全に脱する〉と指摘している。

⒂田中美代子「さみしい霊魂――島尾敏雄」(『さみしい霊魂』(昭五十四(一九七九)年二月エボナ出版社)所収。日本文学研究資料叢書『野間宏・島尾敏雄』にも所収)。

『死の棘』考

(一)第一章〜第四章――〈カテイノジジョウ〉の根にあるものの諸相――

1　はじめに

雑誌『新潮』平成二十四（二〇一二）年一月号に、前年十月かごしま近代文学館での「島尾敏雄展」開催を記念して行われた桐野夏生氏の講演「島尾敏雄の戦争体験と3・11後の私たち」が載っている。少し紹介しておきたい。

冒頭で桐野氏は、前年三月十一日の東日本大震災を境に〈私の住む世界が変わったのではないかと感じられ〉、その〈違和感〉を〈何と言い表せばよいのだろう、と思いながら生きています〉と話したあと、島尾敏雄『死の棘』に触れて次のように述べている。

私は『死の棘』を戦後文学の最高峰だと思っています。しかし『ＩＮ』（平成二十一（二〇〇九）年五月集英社。主人公の女性作家が『死の棘』を思わせる小説の中の、愛人の実像に迫ろうとする物語・注引用者）を書いていた頃は、愛し合った男女の恋愛の果て、その向こうにある感情のもつれに視点を奪われていました。……しかし今日は『死の棘』に至るまでの島尾敏雄の戦争体験を、現在の私たちに繋げて考えてみたいと思います。
……〔中略〕……
文学は個々の体験をもとに他人の体験を想像する力を養うものです。どんな小さな村の話でも、深く掘り下げれば世界の普遍が見えます。その井戸を掘るのが文学です。……島尾夫妻が戦争を生き、一生をかけて自らの体験を検証し続けたように、私はこれからも今回の大震災をめぐる一連の出来事が一体何だったのか、それによって何が変わったのかを、小説を書きながら考え続けていきたいと思います。

ここには文学の本質的な意義が簡潔に語られているように思う。そして島尾敏雄の文学が今の時代に語りかけるものを示しているように思う。

『死の棘』は次の事件を素材にしている。昭和二十九（一九五四）年九月末、愛人に関わることを記した島尾の日記を読んだミホ夫人が精神に異常をきたすようになり、家庭は崩壊していく。翌年二月に島尾は慶応大学附属病院に入院させるが夫人の状態は改善しない。知人の紹介で診察を受けた千葉県市川市の国府台病院（現国立国際医療研究センター）の医師の勧めもあって、六月に島尾は夫人の付き添いとして共に精神科病棟での入院生活に入る。六歳の伸三と四歳のマヤは奄美大島の妻のおばの家に預けられる。この経緯は島尾が残している膨大な日記のうち昭和二十九年九月三十日から昭和三十（一九五五）年十二月三十一日までを公刊した『「死の棘」日記』（平成十七（二〇〇五）年三月新潮社、平成二十（二〇〇八）年八月新潮文庫）で大略を知ることができる。

事件から六年後の昭和三十五（一九六〇）年から昭和五十一（一九七六）年まで十七年にわたって、島尾は日記をもとに全十二章からなる『死の棘』を連作形式で書き継いだ。単行本は昭和五十二（一九七七）年九月新潮社から刊行され、翌年の読売文学賞、日本文学大賞を受賞した。

各章の発表年月と出来事に対応する『「死の棘」日記』（以下『日記』）の月日は次の通りである。

第一章「離脱」…『群像』昭和三十五（一九六〇）年四月号。『日記』昭和二十九（一九五四）年九月三十日～十月八日に対応。

第二章「死の棘」…『群像』昭和三十五（一九六〇）年九月号。『日記』昭和二十九（一九五四）年十月八日～二十八日に対応。

第三章「崖のふち」…『文学界』昭和三十五（一九六〇）年十二月号。『日記』昭和二十九（一九五四）年十月二十九日～十一月十八日に対応。

第四章「日は日に」…『新潮』昭和三十六（一九六一）年三月号。『日記』昭和二十九（一九五四）年十一月二十三日～三十（一九五五）年一月十日に対応。

第五章「流棄」…『小説中央公論』昭和三十八（一九六三）年四月号。『日記』昭和三十（一九五五）年一月十四日～二十日に対応。

第六章「日々の例」…『新潮』昭和三十八（一九六三）年五月号。『日記』昭和三十（一九五五）年一月二十一日～二十七日に対応。

第七章「日のちぢまり」…『文学界』昭和三十九（一九六四）年二月号。『日記』昭和三十（一

九五五）年一月二十八日〜二十九日に対応。

第八章「子と共に」…『世界』昭和三十九（一九六四）年九月号。『日記』昭和三十（一九五五）年二月三日〜二十三日に対応。

第九章「過ぎ越し」…『新潮』昭和四十（一九六五）年五月号。『日記』昭和三十（一九五五）年三月十六日〜二十五日に対応。

第十章「日を繋けて」…『新潮』昭和四十二（一九六七）年六月号。『日記』昭和三十（一九五五）年三月三十一日〜四月十七日に対応。

第十一章「引っ越し」…『新潮』昭和四十七（一九七二）年四月号。『日記』昭和三十（一九五五）三〇年四月十八日〜五月三日に対応。

第十二章「入院まで」…『新潮』昭和五十一（一九七六）年十月号。『日記』昭和三十（一九五五）年五月十二日〜六月六日に対応。


これまでの主要な『死の棘』論は志村有弘編『島尾敏雄『死の棘』作品論集』（平成十四（二〇〇二）年十二月クレス出版）に収録されており、それ以外に佐藤泰正氏(1)、鳥居邦朗氏(2)、西尾宣明氏(3)、海老井英次氏(4)、鈴木直子氏(5)、太田正紀氏(6)、松島浄氏(7)などの近代文学研究者の論考や近年の岩谷征捷氏(8)、比嘉加津夫氏(9)の検証、さらに根岸正純氏の文体論(10)や精神医学者高橋正雄・中島健一郎両氏の報告(11)を加えれば、おおまかな『死の棘』の読みの見取り図を描くことが出来る。しかし三十年前に、助川徳是氏(12)が吉本隆明氏の「関係の異和」説に呪縛されている状況を捉えて、次のように指摘した傾向は、まだ残っているように思われる。

島尾の論者は、統一的視点や総合的な把握を急ぐあまり、作品に対する薄手な理解に満足してしまう傾きがある。初期作品と『死の棘』を結びつけようとしたり、戦争ものと病妻ものを観念的に結びつけようとしたりして、何かといえば、特異な資質の前にオマージュをささげて、それが作家論と思っている。

論を立てることに急で、『死の棘』各章ごとの綿密な分析、十二章間の関係や構造の解明など、小説の展開に即した丁寧な読み解きはあまりなされてこなかったように思われる。四十年前に日野啓三氏が「島尾敏雄における夢と現実」(『国文学』昭和四十八(一九七三)年十月)で第十一章「引っ越し」を叙述に即してきめ細かく読み解いたような各章についての分析はそのあとあまりみられない。髙比良直美氏(13)が第十章「日を繋けて」の舞台となった千葉県佐倉の地勢と小説及び『日記』の記述との照応を丹念に跡づけているが、そうした各章の叙述に即した丁寧な読みの試みが必要だと思う。第二章「死の棘」や第十章「日を繋けて」は言及されることの多い章だが、評者の筆は多くの場合愛人の女性に関わる箇所に限定され、しかもそのことが作品の展開においてどのように位置づけられるかということにまで及ぶことは少ない。

本稿では『死の棘』を事実の再現を目指した作品とは捉えず、事実を素材にしてありうべからざる虚構世界を目指した作品として捉え、各章での夫と妻の変化を叙述に即して追い、そこに見出せる問題と展開の中での意味について考えみたい。しかし説明の必要上『日記』の記述に触れざるを得ない場合もあることをお断りしておく。今回は第一章から四章までを対象にする。一年間で発表されており、執筆に向かう作者の姿勢には一貫したものがある。また、第五章「流棄」が主人公の故郷を舞台としており、物語りの展開の上からも区切りがつけられるからである。

〔付記〕

第一章の冒頭文で〈ぼく〉が使われていることを例外として、全十二章を通して基本的に一人称の〈私〉が視点人物であり、〈私〉の語りを通して物語は展開していくのだが、本稿では説明にあたっては〈私〉を夫に置き換えて記述していく。同様に他の登場人物にも括弧は付さない。また、視点人物〈私〉の位相の問題は十二章全体を読み終わった後にまとめて問題にしたい。なお『死の棘』本文の引用は『島尾敏雄全集第8巻』（昭和五十七（一九八二）年晶文社）に拠る。

2　第一章「離脱」〔『群像』昭和三十五（一九六〇）年四月号。『日記』昭和二十九（一九五四）年九月三十日〜十月八日に対応。〕

私たちはその晩からかやをつるのをやめた。どうしてか蚊がいなくなった。妻もぼくも三晩も眠っていない。そんなことが可能かどうかわからない。少しは気がつかずに眠ったのかもしれないが眠った記憶はない。十一月には家を出て十二月には自殺する。それがあなたの運命だったと妻はへんな確信を持っている。「あなたは必ずそうなりました」と妻は言う。でもそれよりいくらか早く、審きは夏の日の終わりにやってきた。

よく引かれる冒頭部である。九つの文から成っているが、〈やめた〉〈いなくなった〉〈眠っていない〉〈わからない〉〈記憶はない〉と否定の短文を連ねたあと、〈それが……運命だった〉〈必ずそうなりました〉と未来を先取りした完了形を挿入した二文を重ね、〈でも……やってきた〉と主題文を過去形で結ぶ。島尾敏雄が大事にする文章のリズム――筆者なりの表現で言えば、書こうとする内容と紡ぎ出されることばとの一体化――がよく感じられる書き出しである。読み解いてみよう。〈どうしてか蚊がいなくなった〉とはこの場面が日常性を失っていることを表している。冒頭の三文で読者は不可思議な文学空間に導かれたあと、妻の異様な言葉に出会う。〈十一月には家を出て十二月には自殺する〉(14)、〈あなたは必ずそうなりました〉と妻は言う。未来のことを過去完了形で断定するのは、そうならない、という否定を前提にしているからである。つまり、妻が自殺へと傾斜していくぼく＝夫の心の動きを自らの心の動きとして感受していると確信しているからにほかならない。それだけ夫に没入していることを示している。その妻の確信を〈へんな〉という形容句をつけて語る夫は、この時点では妻の自分への没入の深さをわかってはいないことを表している。やがて夫は尽きることのない尋問を通して、妻の自分への没入の深さを知ることになる。その深さは夫自身をも狂気へと走らせるほどに類いないものである。

もう少し冒頭部の叙述に触れたい。夫が〈昼さがりに外泊から家に帰ってきたら、くさって倒れそうになっているけんにんじ垣の木戸には鍵がかかっていた〉。〈くさって倒れそうになっているけんにんじ垣〉は、夫の内面の象徴的な表現でもある。鍵を持たない夫は〈瓦のかけらで台所のガラス窓を一枚叩き割〉り、家の中に入り、仕事場の前に立つ。

机と畳と壁に血のりのようにあびせかけられたインキ。そのなかにきたなく捨てられている私の日記帳。わなわなふるえだした私は、うわのそらでたばこを吸っていたようだ。

読む者に事態の急変を知らせる実に巧みな場面描写である。やがて二人の子供と一緒に青ざめた表情をして妻は帰ってきたが、その様子はこれまでの妻ではない。

三日と待たずに外泊のために出かけて行く夫に哀願していたときのおもかげはもうどこにも残っていない。そして妻の前に据えられた私に、どこまでつづくかわからぬ尋問のあけくれがはじまった。

それまでの日常的な夫と妻の位置関係が逆転したことを簡潔に伝えて導入部が終わる。これまでの日常性からの「離脱」が簡潔に表現されている。

次の場面から始まる妻の尋問の根には、自分が夫から愛されてはいなかったのではないか、という疑問がある。妻は次のように問い糾す。

「どうしてもね。これだけはわからないわ。あなた、あたしが好きだったの、どうだったの、はっきり教えてちょうだい」。

妻の心の中には夫の存在が厳然と場所を占めている。だから妻は、夫の心の中にも自分が場所を占めていることを信じたいのである。だからこそ自分が夫をどれだけ支えてきたかを夫に訴えずにはいられない。

「……あなただけがあたしのいきがいだったんだわ。あたしはからだもこころもあなたにささげつくしました。……その報酬がこうだったのです。こんなひどいめにあわされて、犬ころかねこの子のように捨てられたんだわ」

妻の尋問は夫の曖昧さを許さない。夫は思い出せないふりをして言い残すものがあるが、妻は〈必ず相手の言い分をあいまいな立ち場に追いこんでしまうみごとなロジック〉によって夫の嘘を見抜き、夫は〈別のところで必ずそれをあらためて言わなければならなくなる〉。〈妻はそこを突き、私はどもって二枚の舌を使い、訂正しようとして、きたない顔つきをこしらえ〉る。尋問の過程で夫は〈自分をどうしても弁解する余地のない、いやしい男と思いはじめ〉、〈どういうつもりで私は長い歳月をけもののようなことばかり考えて過ごしてきたのだろう〉と省みるようになる。自己認識の変化は十年間の家族の中での自分と妻の在り方を見据えさせる。

妻の服従を少しもうたがわず、妻は自分の皮膚の一部だとこじつけて思い、自分の弱さと暗い部分を彼女に皺寄せして、それに気づかずにいた。過ぎ去った十年の歳月を妻にさし示されてみれば、私は自分のことばかり考えて悩み、妻はひたすら身を捨てていたことをうたがうことができない。

尋問に疲れ果てる夫は妻との離別も思うのだが、それが自ら選んだ〈宿命〉を裏切ることとして感受され、妻を手放すことはできないと思う。そうでありながら、夫の愛を疑う妻の疑念を晴らすすべを持つことはできず、〈しばらくのあいだ自殺をのばしてください、これからの私を見てください〉と繰り返すことしかできない。妻は夫の言葉を受け入れつつ次のように言う。

「でもあたしはもとのあたしではありません。……いちどくつがえった水は、二度ともとのお盆にかえりませんのよ。それはわかってくださるでしょ。……」

妻は夫に服従することを当たり前と思っていた以前の自分ではないことを宣言する。自我を持った人間として生きることを宣言すると言い直してもよい。〈いちどくつがえった水は、二度ともとのお盆にかえりませんのよ〉という言葉は他の章でも表現を変えて繰り返され、「罪のゆるし」の問題が提示されていると読めるのだが、ここではその指摘にとどめる。

妻の心の変化について考えてみよう。妻に自分のエゴに生きることを目覚めさせたものは何だろうか。妻は〈あなたが、それこそどんなことをなさっても、あなたがそれでいいのなら、あたしもそれで満足だと思っていられたのに〉なぜこのように変わってしまったのか自分でもわからないと言う。妻はさらに自分の在り方を省みて言う。〈あたしがおそろしかったのはあなたのからだです。あなたを丈夫にしようとして、この十年のあいだ、じぶんのからだとこころをすりへらしてしまいました〉。しかしその献身は報われることなく、夫は死への傾斜を強め、自分の手の届かないところに行った。

「……このごろどすぐろいいんさんな顔になってきて、あたしはあなたに死なれるのがいちばんおそろしかったの。あなたは自殺しようと思っていたんでしょ。かくしたってわかっています。あたしにはあなたが深みにおちこんで行くのをどうすることもできなかったんです。……真相がわかれば覚めるにきまっているんだから、そうしたらじぶんに恥じて自殺してたでしょう。……」

前年に書かれた「家の中」(15)でも同じような妻の思いが妻自身の内面の声として語られ、夫を救う力が自分にはないことを自覚した無力感から心身に変調を来していくところで終わる。しかし『死の棘』では、心身を病み、自死への道を選ぼうとする妻を思いとどまらせるために、夫が生き直そうとすることによって夫自身も自裁への誘惑から救われるという構図になっている。だから妻の自殺を思い止まらせようとする夫に対して、妻は〈ほんとうにこころから改心するのなら、もうしばらく考えさせてもらいます。そのかわり、今までの女との関係をつづけないこと、自殺はぜったいにしないこと、こどもの養育に責任をもつこと、それが誓えるかしら?〉と迫る。夫は〈誓います〉と言うしかない。夫を自殺から救えない無力感から心身を病みはじめていた妻を狂気の淵まで進ませたのは夫の日記であったが、日記が突きつけた夫の愛の喪失を前にして妻に自死への道が見えてくることによって、逆に二人に死からの転生への道が開かれてもいった。日記はそのようにも機能している。三日間の最初の問い糾しの時間が過ぎた。

しかし、夫は自分が妻をも伴った大きな生の転換点にいることをはっきりと自覚できてはいない。妻が要求する〈こころから改心する〉ことがどのような心の改めであるのかを感受できない。〈えたいの知れぬ病にかかったようでもあり、また三日のあいだの調教の反応で単純な発熱の状態に襲われているだけのようにも思う〉ことしかできない。三日間の糾明後物語られるのは、〈生活の別の層のなかにまぎれこん〉だ夫がそれを自らの生きる場として選びとるに至る、家族四人の生の崩壊の危機を常に孕んだ再生への困難な道のりである。四日目以降の展開を見てみよう。

妻は夫に不信の兆を見つければ、〈ひとつだけギモンがあるの。きいてもいいかしら〉と〈鴉の黒いつばさを装って〉問い始める。その時〈妻のからだは精密な虚偽発見器〉と化している。夫の〈おびえきった反応が、あらわれたところの正確さで妻のからだに記録され〉、妻はすべての虚偽を許さない。〈うそつき〉と妻は審き、夫は〈どうしてものがれることはできない〉。偽善的な交遊、〈きたない生活〉、〈にんげんの真実〉を欠いた〈うすよごれたことばかりに細密描写をしている〉小説と妻の糾弾は夫の交友、仕事にまで及ぶ。その妻が不意にそれまでの批判から離れた質問をする。それは妻の〈ギモン〉の根に潜むものを表しているようだ。

「……それであなたそのときよかったの」「よかった」「ちきしょう」そう言うと妻はがばとふとんの上に起きあがり、目をつりあげた形相で私をにらみつけた。

「よくもそんなことがこのあたしに言えたな」その声はどこか遠いところ、もしこのバラック風な場末のぼろ家に煙出しがついていたら、そのあたりで彼女は私からもぎとった自分のことばを、もろにくわえて、私を呪いつつ脱け出そうとしているようだ。


〈そのときよかったの〉と聞く妻はここで図らずも自らの〈にんげんの真実〉を表白している。その質問は妻が批判する〈うすよごれたこと〉の〈細密描写〉と同じ類いの言表なのだが、夫に向けられていた糾弾の声は天空へ舞いのぼる。〈その声は……脱け出そうとしているようだ〉という妻の描写は高度な文学性を獲得している。自らにさえ見せないでいた心奥の傷口を図らずも露わにしてしまったことへの恥ずかしさを糊塗し、取り繕わずにいられない妻の哀しみをみごとに形象化している。このあと妻に発作が起こり、夫は言われるままに台所の板の間に座った妻に水をかけ、頭をなぐるのだが、性愛への禁忌が妻を苛むからであろうか。

妻の肉体を通しての嘘の糾明は以後の章でも繰り返されるので、実生活と作品とは別次元のものであることを踏まえて、ここでミホ夫人の手記に触れておきたい。

ミホ夫人は島尾の日記を読んだ時のことを事件から約五年後に「錯乱の魂から蘇えって」（『婦

人公論』昭和三十四（一九五四）年二月。『愛の棘』（平成二十八（二〇一六）年七月幻戯書房所収）と題して文章化している。日記に関わる箇所を抄出する。

魂が神より授けられたものであるならば、肉体もまた神から授けられたものであることに私は気がつかなかったのです。魂ではこの上なく夫を愛しましたが、肉体で夫を愛したことはかつて一度もありませんでした。肉体の愛は聖なる魂の愛を汚すものであるとさえ考え、それを嫌悪していました。このために夫に大罪の上を歩ませた私の罪は償うべくもありません。この世の中に特別の人間は存在するはずもなく、夫もまたやはり一介の男でしかなかったことを知った時、私はかつてない精神のさいなみの地獄に苦悶しなければならなくなりました。

手記は「離脱」が書かれる一年前に発表されている。書かれたミホ夫人の言葉が事件当時の夫人の姿そのままであるわけではあるまい。しかし、小説において、夫の遊蕩を〈きたない生活〉と言い、そこに淵源する小説を〈にんげんの真実〉などない〈うすよごれたことばかりに細密描写〉するものとみなしながら、一方で愛人の女との性愛について〈よかったの〉と訊く妻は、手記に語られる当時のミホ夫人の「魂の愛」と「肉体の愛」との分離した性愛の受け止め方と通底しているように思う。愛人の女に対する妻の異常な執着にも、「肉体の愛」への葛藤が奥深く潜在しているはずである。

八日めの朝、妻は愛人の女と別れ話をした夢を見たと夫に話す。妻と夫が水道橋に行くと女が来ている。夫が別れようと言うと、女は説明してほしいと言う。妻が何も言わずに別れた方がいい、これでも食べましょうと菓子箱を広げると、女はどれにしたらいいか迷っていた、という夢である。

小説では妻の夢の話のあとに長男の伸一も死んだ飼い猫が生きかえったという夢を話すのだが、『日記』にはミホ夫人の夢は十月七日に〈一昨夜に見た夢〉として記され、伸三（長男）の夢は六日に記されている。六日には溺れた養父が手を振りながら波にのまれていったというミホ夫人の夢も記されている。この養父の夢もミホ夫人の来歴につながる興味深い夢だが、小説の展開上女の夢が採られたのだろう。女の夢には作者の意図が隠されていると見てよい。その意図とは、妻を脅しの締め木にかけていく女の影を作品展開の要にすることにほかならない。その日、女から手紙が届く。その叙述を辿ろう。

その事実をどう説明することもできないが、朝方の妻の夢見にはひとつの予兆のにおいがあった。おそれている「こと」はひとつずつ確実にやってくる。

〈おそれている「こと」〉とは、第二章で、妻が女の家に行ったのではないかと思った時に、夫が〈先方の女が居直るかもしれないことを、おそれながら考えることを避けていた〉と省みる〈女が居直る〉ことである。女は姿を現さず手紙、電報、書き置きなどを通して影として近づいてくる。影であるが故に妻は妄想を拡げ、怯えを強めてゆく。最初に手紙が届く。〈火曜日に水道橋に行ったがあなたは来なかった。何か変わったことが起こったのですか。変わりがないようにとも思いまた変わったことがあってくれたらとも思う〉と書いてある。火曜日は夫が夜間高校講師の仕事に出る日である。夫は黙って妻に返し、妻はそれを持って便所に行く。その時子どもの眼は母親を追っている。マヤは、怯えるように〈マヤ、ミタクナイ〉と言い、伸一は母に便所に手紙を捨てたのかと聞き、母がただの紙と逃げると、〈うそつけ〉と〈はき出すように〉言う。妻に変化はなかったが、夫は伸一の言葉が気にかかる。

子どもたちは手紙が両親の不和に関わるものであることを察知している。映画を見て帰宅が遅れた言い訳をする父親に、マヤは〈オトウシャン、ウショックト、シッパタイチャウカラ〉と言う。作者は、マヤと伸一に大人の嘘や歪みを映し出す鏡としての役割を与えているようだ。二章以降でもマヤと伸一は両親の偽善、エゴイズムを見抜く存在として登場してくる。今夫は自分のエゴイズムが招いた事態の深刻さにとらわれて、周囲を冷静に認識することができない状態になっている。〈オトウシャン、ワルモノジャナイネ〉というマヤの言葉に夫と妻は笑い出し、〈だから少しずつはよいほうに向かってかたまって行くのだろうと思っていた〉という文で第一章は終わる。夫の予想は、次章で覆される。〈うそつけ〉と母に投げつけた伸一の眼は、父親に向けられていくのである。

章題「離脱」について付言する。島尾自身は〈何か離脱のきっかけが出来たという、気持ちが強かったと思いますね〉（対談集『夢と現実』昭和五十一（一九七六）年十二月筑摩書房）とだけ述べているが、章の内容に即せば岩谷征捷氏(8)が言う〈調和の世界からの離脱の謂い〉と受け取っていいだろう。ただ「離脱」がキリスト教（特にカトリック）信仰において〈われわれが自己を離脱し、もう自我に執着しないなら、われわれが自己を捨て、もはや自律を主張しないなら、……その時われわれは恩恵の神自らの、永遠の生命の世界に生き始めるのである〉（K・ラーナー『日常と超越』昭和四十九（一九七四）年十一月南窓社）という意味を持つ言葉であることを踏まえると、章末近くの〈妻のその目に会うと、私はいくらか回復しかけていた自我のかけらなどいっぺんに吹きとんでしまう〉という件りが注意される。ここでは妻が夫の自我＝エゴイズムを消去する役目をしている。夫が主体的に消去しているのではない。主体的な自我の消去は自我を罪として自身が認識することに始まるだろう。その意味から言えば、章末でマヤが言った〈オトウシャン、ワルモノジャナイネ〉という言葉が象徴的な意味を帯びてくる。『死の棘』全十二章は夫が「ワルモノ」＝「根源的に罪人である自己」を見出していく物語とも読める。そしてその「罪人」としての自己確認が自己の無化＝「離脱」へと向かわせ、それが如何に困難な道であるかを語り続けるところに『死の棘』全体の主題を読むことができる。第一章の題名が「離脱」であるのは、そうしたことも含めての名付けではないかと思われる。

3　第二章「死の棘」〔『群像』昭和三十五（一九六〇）年九月号。『日記』昭和二十九（一九五四）年十月八日〜二十八日に対応。〕

事件から九日ほど経った朝の夫の思いの叙述から始まる。

次の日気がつくと、故障してずっと止まっていた机の上の目ざまし時計が、動いている。機械もいじらなかったし、衝撃を与えたわけでもないので、なぜ動くようになったか、わからない。前には、少しぐらい手荒く振りまわしても反応のなかったものが、今たしかに勤勉に動きはじめたのだが、それがそうなったのは妻の意志が乗り移ったからだと、すぐ考えてしまう。

故障していた時計が動きだしたことは、一家が日常的な時間の中に戻ったことを暗示している。〈妻の意志が乗り移ったからだ〉と受け取るのは、嘘を糾明する妻の妄執に夫が呪縛されていることを表している。夫は自分が〈脱皮したばかりの蝉かえびのように肌うすく、たよりなくて人なかに出て行けそうもなく〉感じられ、妻に〈根の深いひとつの変化が〉〈あの日に起きてしまったのだと思わ〉れ、以前の〈信頼のまなざしのかけらも、今は認められない〉のである。生活の糧を得ねばならない夫は〈世間のよごれ〉の中に入って行かざるを得ない。そのことが結局は不在の妻を捜して夫を愛人の許へ足を運ばせ、夫の嘘を重ねさせる過誤を犯させ、妻の不信が強まって一家は救いのない状況に落ちていくというのがこの章の展開のあらましである。

仕事のことで外出した夫は、女に関わりのある文学仲間や別のグループの仲間と会うが、〈自分ひとり人外のところに追いやられた気分〉が湧いて孤独をかみしめながら帰宅する。予定外の寄り道をして遅くなった焦りと不安に駆られて走るように家に帰ると妻はいない。着物を着て行き先も言わずに出かけたと伸一は言う。知り合ったばかりの青年に子どもたちを見てもらい、妻のおじの所に行ってみるが来た形跡はない。夫は突然、妻が決着をつけに女の所に行ったのではないか、妻なら女を刺し殺しかねない、女の所に行かねばならないと思う。その時の夫に関して注意したい箇所が二つある。一つは女を刺し殺す惨劇を思った時のことだ。

この事件については、まだどんな解決も与えられてはいないのに、私は改心の顔つきだけで、しばらく姿勢を低くすれば、安定した未来がやってきてくれるかもしれないなどと思い、しばらくの日々を送った。先方の女が居直るかもしれないことを、おそれながら考えることは避けていたのだ。

夫は自分の〈改心〉が表面だけのものであること、言い換えれば、妻の心奥にあるものを見ようとしていなかったことに気づき始めている。その気づきは夫自身の心奥にある闇を明らめていくことに繋がっていく。そして末尾文に注意しよう。女が〈居直る〉ことを〈おそれ〉ていたということは、女が〈居直る〉こともあると夫が思っていたことになる。女の設定として見落とすことができない。吉本隆明氏(16)は〈読者が、主人公「トシオ(夫)」の感受性を信ずれば「女」は別れがやってきても恨みがましく関係を迫ってくるような「女」とはとうていおもえない〉、〈作中の主人公に感受されている「女」は優しく床しく匂いを発散させる〉と言う。吉本氏のこの指摘が、第三章以降の脅迫文を妻の仕業だと見なす論者の論拠の一つになっていくのだが、今指摘した箇所は、トシオ=夫が女に妻を脅す要素があることを感受していると読める。ここでは以上の指摘にとどめておく。見ておきたいもう一箇所は、女の所へ行く決心をする所だ。

すべての自我が根こそぎに押し流されてしまったあとに、ようやく自分を支えていられるのは、自分はだまされたかもわからないがわに居たという考えだけなのに、しかし妻やこどもに向かっては私が結果としてだましていた加害者の姿勢を否定できないことが、取りかえしがつかない。……その負い目は自分の選択を弁護しはじめ、そのいきおいで一挙に女とのあいだを片づけようという下心もはたらき、私は女のところに行かなければならぬと思った。

自我とは思惟し行動する主体としての自己の核となるものであり、それが〈押し流され〉るとは個が他との関係において拠って立つ基盤を失うことにほかならない。自己崩壊の危機に瀕した夫は、自分が女に騙されていた被害者であると考えることに逃げ道を見出そうとしても、加害者としての自己を消すことができない。一般的な見方ではここに夫の誠実さを見ることもできるが、この時点での夫にとっては罪意識は多くの嘘をついたことへの〈負い目〉として意識されるものであり、他との関係の齟齬を通して自覚されるレベルのものである。ところで、被害者として自己を見出した者が加害者としての自己を見出すことは難しい。被害者である妻は夫を精神的に追いつめることにおいて加害者の位置に立っていく。しかし妻には加害者としての自己認識は生まれない。夫を追いつめることにおいて絶対的な位置に立つ。時に夫をいたわり謝ることはあっても、審く者であり続ける。夫はその妻に抗し得ない。救いのない地平が続くことを受け入れていく。この作品に救いのないやりきれなさを感ずるのはここに大きな理由がある。読者はこの救いのない世界にどのような意味を見出すことができるのだろうか。そのこともまた考えなければならないだろう。

さて夫は、〈長いあいだ惑溺していた女と会え、愉悦であったそのことばをその声できける期待を持ちはじめ〉、〈もしその事態が既に起きてしまっていれば目下の停滞が解消できるかもしれないなどとおそろしい考えの芽をひそませながら〉女の所に行く。下心を持ってやって来た夫は女に切り口上的に別れることを告げる。女はよく説明してほしいと言い、事情を話さない夫に〈すき?〉と訊く。夫は〈うん、すきだ〉と応える。夫が〈見張られている〉と感じ（第四章で夫は妻が物陰から二人を見張っていたことを告げられる—注論者）、〈脇腹に出刃が痛烈に差しこまれる感受〉を持つのは、罪意識からだろう。部屋には上がらずに女と一緒に駅へ行くが、〈いつもの手順の中身が省かれた〉ために、夫は〈早く女のそばを離れてしまうことばかり考える〉。女への執着が肉欲に由来することに〈自分の利己〉を見出さざるをえず、〈女や妻のがわにもそれがあるはずなのに指摘できない〉。離れたプラットフォームから見える女が吸う煙草の火の点滅が〈都合が悪くなりあたふたと背中を見せて逃げて行く男を、どう審いてやろうかと思案している女の意志のように見え〉る。それは女が実際にそうであったということではなく、自己の利己心を見ることに傾いている夫の内面を写し出しているということだろう。

女と会う場面で気になる表現がある。もう来られない、手紙も出せないという夫に対して、女は〈何かをはかるふうに考えたあとで〉〈あたしにできることなら、どんなことでも言ってちょうだいな。あなたのお役に立ちたい〉と言う。先に触れた、女が〈居直る〉ことへの怖れを思えば、第四章での脅迫文をここでの〈あなたのお役に立ちたい〉という言葉と結びつけることもできるのではないか。妻が調べたように女が夫以外にも男を作っている〈おそろしい女〉であるとしても、このあと明らかになるように夫が手術料を払って堕胎までしているのであれば、〈あなたのお役に立ちたい〉という言葉は、口先だけの媚びと聞き流すことはできないように思われる。第十章で、妻に泥土に押さえつけられながら、黙って見ている夫に向かって〈Sさんがこうしたのよ、よく見てちょうだい。あなたはふたりの女を見殺しにするつもりなのね〉と投げかける女は、妻と張り合えるほどに夫に精神的にも尽くしてきたという思いを持っているとも読める。そうであれば、女が悪妻から好きな男を解放するために狡智を働かせると考えることもできるだろう。先に触れた吉本隆明氏の指摘を受けて、長く島尾論をリードしてきている岩谷征捷氏、比嘉加津夫氏や犀利な近代文学研究者である海老井英次氏は脅迫文を妻の仕業と見なしているが、まだ考える余地はありそうだ。このことは第四章で再度考えよう。

終電車が行ったあと、それには乗っていなかったが妻が帰って来る。〈全身に〉〈今までに見たことがない〉〈侮蔑の色〉をみなぎらせている。その夜の妻の尋問は、〈前よりもいっそう深まにはまりこんで救いがたくなった〉。妻は、〈今、毎日を支えているのは、夫がこれからは自分に偽りを示さないという期待だけだ〉と言う。そして、女が〈よさそうなひとなら、あたしはそっと身を引こうと〉思っていたが、探偵を使って調べさせると〈おそろしい女〉であることがわかり、夫が〈自殺するようなはめになる〉ので〈気が変わった〉と言う。この妻の理屈には、妻自身にも気づかれていない自己欺瞞があるようだ。妻の意識は相手が〈おそろしい女〉であることを夫に思い知らせることよりも、夫と女の具体的な交渉の場面を夫の口から聞き出すことに向けられている。それは夫と女の親密さへの嫉妬と恨みから出ている。嫉妬と恨みは夫への恋情と表裏一体である。その葛藤の強さゆえに心を病んでいった妻に、自分が身を引くという選択肢はなかったはずである。もしあるとすれば妻の自殺である。それは女が〈よさそうなひと〉か〈おそろしい女〉かに関わりなく、夫の愛の喪失を自覚した時の選択であるはずだ。嫉妬と恨みはエゴイズムの発現である。第一章で伸一が母に投げつけた〈うそつけ〉は、妻のこうしたエゴイズムを衝いた言葉でもあったとみることができよう。

妻は夫が女にプレゼントした品物や回数から果ては女が産婦人科に入院した費用を出したことを問い糾し、それを肯う夫を平手打ちする。夫が思わず叩き返すと妻は目をつりあげてつかみかかり、二人は髪を振り乱してもみ合う。つかみ合う親たちを見て大声で泣き出した子どもたちの怯えた目つきを見た夫は我に返り力を抜くと、妻の体臭を嗅ぎ、〈妻は限りなくやさしくなっているとしか思え〉なくなる。妻は震えながら今まで自分が夫を〈どんなに大事にしてきたか、あなたはわからないのです〉と言い、〈たたきに坐り、夫の足の甲を撫でたあとで頬を押しつけ、そして涙をとめどなく流〉しながら思いの丈を吐き出す。

「この手もこの足もみんなあたしが養なってつくったんだ。あたしが栄養に気をつけなければ、あなたはとうの昔に死んでいました。誰にも渡したくない。渡したくない。渡したくない。それなのにあなたはこのあたしというものを捨てて勝手なことをしていたのです。それもひと月やふた月じゃないの、十年ものあいだよ。がまんしてがまんしてきたのに、とうとうあたしは駄目になってしまいました。」

はじめて妻は夫への愛を率直に言葉にしている。妻の姿は夫に戦争中の二人の結びつきを思い起こさせる。

妻の古里の海軍基地に居た私が、いつも夜更けてたずねて行くと、娘らしくふとっていた彼女は闇のなかで私の階級章をまさぐり、軍服にさわり、しゃがんで搭乗靴を撫でた。……敗戦のあとの沸きたった世のなかのざわめきのなかで、どんな原因がかさなったあとで、妻とのあいだが肉離れして行ったのかわからないが、今足もとにうずくまって嗚咽している妻の小さなからだに、自分が通ってきたひとつのかけがえのない経歴を見ないわけには行かない。

夫は二人の結びつきに宿命的なものを感じている。島尾敏雄の戦争体験と病妻体験の重なりを示す箇所としてよく引かれるのだが、ここでは次のことをみておきたい。嗚咽する妻は、今夫が自分をかけがえのない存在として見出しつつあることを感受することができない。戦争中の隊長への愛の想い出は、裏切られた憎しみを募らせる働きをしていく。過去の隊長への愛と現在の夫への憎しみの相克の絶頂がこの時妻を襲っているだろう。一方〈どんな原因がかさなったあとで、妻とのあいだが肉離れして行ったのかわからない〉と言う夫は、妻の十年間の〈がまん〉の内実を自らの問題として見ようとする気持にまでは至らない。だから次のように弁明する。

「自分のやったことを否定はしませんが、どれかを選ぶことが堪えられなかったし、おれが正しいという顔つきがいやだったんだ。……どれでもいいなどという妄想は、おまえに叩き折られました。どうか過去は、すっかり忘れてください。……虚偽を土台にした過去をいくら追求されても、くさったうそしか出てこないんだ。これからはもうどんな小さなことでも、うそはつかない、だから過去のほじくりだけはやめて、これから先を見てほしい。……」

この夫の言葉は、戦争体験者の生き難さを語っている。死から生への突然の方向転換を告示された者にとって、どのような方向であれ生きる方途を選択することはそれまでの生への背信と思われたかもしれない。自己に誠実であろうとすればするほど百八十度の価値転換の社会の中で自己を正しいと見なすことはできなかっただろう。戦後の生き方の歪みがそこに胚胎していったのは故なきことではない。今夫はそうした過去の自分の生き方を〈叩き折られました〉という。過去にこだわる限り過去から脱却することはできない。そうした過去を忘れ、新しく生き直そうと言う。夫の言い分は確かにその通りだと思わせる。妻は夫の言葉をどのように受け取めたのか。

夜明け方、〈妻は疲労を覚え、緊張でこわばっている夫のからだのそばで手や足の筋肉を軽く麻痺させて眠りにはいって行〉く。夫は〈安らぎで、ときほぐされ〉、〈つかのまの自由〉を〈しっかり抱きしめるように〉、〈そのあとを追って眠りに就〉くのだが、次の日、夫は自分の願いが妻には届かなかったことを知る。〈次の日から、どこがどうとは言えないが、妻のようすに変化が生まれ〉、〈眠りから目ざめる境界のところで、安らぐことなく、すぐに武装しなければならない生活〉が始まったのである。この理不尽とも言える妻の変化には、それが病気なのだということですますことはできない根があるように思う。前の晩の夫の言葉の中に妻を変え得なかった原因があるようだ。〈過去を忘れてほしい〉という夫の言い分がここでも繰り返されている。夫にとっての消したい過去とは、妻にとっては夫への自分の献身を証しするものである。その過去を忘れることは、自分の献身をも消し去ることである。過去をほじくり、〈くさったうそ〉をさらけ出すことが、実は妻の献身を夫みずからが証しすることなのであり、夫の〈改心〉の証しなのだが、そのことに夫は気づかない。妻にとって夫の言葉はこれまでと変わらない自己弁護の論理から離れていないのである。

妻の状態は分裂症的な症状を呈するようになる。発作は当初のような頭を鉄の環が締め付けるような痛みとしてではなく、取り憑いた「ウニマ＝魔物」の尽きることのない審きとして顕現する。その尋問は〈学問の探究者〉のようである。〈期するところがあって夫を追いつめて行く妻は〉〈おだやかで、あわてない〉。〈一語一語は周到だし、また老練な魚釣りのように〉〈危険な場所のほうに、安心させて追いこんで行く〉のである。一方日常生活では呆けた状態になる。家計への心遣いをやめ、家事からは遠ざかる。妻や子どもの生活を最優先にすると二人で決めても妻の発作が止むわけではなく、頻繁になっていく。発作が起こると妻は聞きたいだけの尋問を口にし、とどのつまり〈あたしはあなたへの愛を失ったとしか思えないから、どうか死なせてほしい〉と言う。抑制ができなくなった夫が〈おまえが死ぬ前に、おれが死ぬ〉と喚きながら外に出ようとすると、妻と伸一がつかまえて放さない、もみ合ううちに妻がアクビをすると、子どもたちは〈終わった終わったもう終わった！　カテイノジジョウが終わったんだ〉と飛びまわる。夫は〈不幸な運命にまきこまれながら、せいいっぱいに堪えているらしい〉子どもたちの姿を不憫に思い、妻は〈おとうさん、このこどもたちのために、頑張りましょうね〉と言うのだが、その場だけの言葉で終わり、翌朝〈いいミホになるから夕べはごめんなさい〉と妻が言っても発作は必ず起こり、同じ惨状が繰り返される。妻は自分でも苦しいと言うが休みなく責め続ける妻が、夫には〈おそろしい怪物〉のように見えてくる。二人の心の平衡を失った日々が続き、両親の間を取り持とうとしてきた伸一が〈あああ、うちはだめになっちゃった。いろんなこと、思えなくなっちゃった〉と独り言を言ったりするようになる。

妻の尋問から逃げようと夫は箪笥に頭を打ち付けるなど気違いじみた反応をし始める。そこには自分が傷つけば妻があわてるのではないかという打算が働いている。次々に湧きあがる疑惑の追求は妻自身をも苦しめるのにそれをやめることができないのは、夫が隠しごとをすべて明かすことが夫の愛の証しだと思っているからである。自分が十年間夫だけを思ってきたように、夫にもそれを要求しているからである。自分への愛の証しが嘘をすべて告白することだと思っている妻にとって、夫の自虐的行為は嘘を隠す行為に見えてくる。

そうしたある日、前の日に〈あなたのノートに、妻、不具と書いてあったが、あれ、どういうことなの〉と問うた妻が朝から発作に入り、結婚以来のすべての非行を白状せよと迫る。十年の間いかに寂しい思いをしてきたかを訴え、この苦しみを取り除こうとしないで〈気ちがいじみたまねをはじめると、ほんとうに憎悪が出てきます〉と言う。さらに〈あたしのどこが気に入らなかったのか、あなたの本心を言ってください〉、〈あたしのどこが不満だったか教えてちょうだい。直せるものなら直します〉と言う。同趣旨の要求は第六章でも繰り返されるのだが、その意味は異なっている。ここではすぐに〈あたしだって、あなたから満足を与えられたことはないのよ〉と夫への非難へと移っていくが、六章では〈あたしもあいつのようにあなたを夢中にさせたい〉と、夫への媚びが直截に口にされ、妻の夫への没入の深さが強調される叙述になっている。この違いは妻の心の中での女の存在の軽重を示している。夫への不信の言葉は続き、〈このごろなんだかだんだんあなたが、しんから嫌いになってきそうなのがおそろしいわ。そうなったらあたしの人生はおしまいです〉と言いながら泣き崩れる。一時の休止のあと夜になっても妻の尋問が続くと、夫は〈物も言わずに立ちあがって障子に頭を突っこ〉み、〈満足できず、六畳に立って行ってたんすに突進〉する。そんな父親を見て伸一は、〈おとうさんのこと、ぼうや、もうあきちゃった。ほんとのこと、言っちゃった〉と言い、さらに次のように言う。

「もうぼうや、いろんなことを見てしまったから仕方がない。生きていたってしようがないから、おかあさんの言う通りになる。ぼうや、おかあさんといっしょに行って、おかあさんが死のうと言えば、いっしょに死ぬよ」

父親の自虐的な行為の底意を伸一は見破っている。その眼は〈うそつけ〉と母親に向けた眼でもある。六歳の子どもの通常の感情を失った言葉を通して、自己に執する大人の世界の無惨さが表されている。

以上みてきたように、この章には理知を超えた深奥の情動に衝き動かされていく裸形の人間の姿を見ることができる。章の終わりで、妻から探偵社や妻自身の足で集めた女や文学仲間のことを聞かされた夫は〈自分が人々や世のなかについて何を見、何を受け取ってきたのかわからなくなり、きもちはなえ、からだも魂もうつろになってしま〉う。その夫を見て妻は〈トシオはやっとものが見えるようになったから、もうあたしが死んでも、だいじょうぶでしょ〉と言って眠りに入る。〈ものが見えるようになった〉とは物事の真実を見るようになったということである。ものが見え始めることによって、夫の混迷は深まっていく。第三章はその物語である。

章題「死の棘」について付言する。出典とされる〈死の刺は罪であり、また、罪の力は律法である〉（F・バルバロ訳「コリント人への第一の手紙」第15章56節）は新約聖書では、神によるイエスの復活を祝福する文脈の中に置かれている。人間を死に至らしめる刺はアダム以来人間に担わされた原罪である。人間の原罪の贖いのために磔刑に自らを捧げられたイエスを神はその愛によって復活させられたという福音を信仰することによって、永遠のいのちに与れるとされる。上記の復活の福音の文脈で読むことは十二章全体を通してならば可能だが、第二章だけをその文脈で読むことはできない。ここでは章題は先に触れた伸一が〈生きていたってしょうがないから〉

母と一緒に死んでもいいと言うように、子どもまで死へと導く罪の重さを謂ったものと受けとめておきたい。「棘」は本文では第十一章に妻の足の裏に〈長い棘が突きささっている〉と出てくる。なお「棘」の表記は講談社版バルバロ訳『聖書』（昭和五十五（一九八〇）十一月初版）は「刺」、文語訳・改訳・新共同訳・フランシスコ会訳は「とげ」であり、「棘」の出典は不明である。

4　第三章「崖のふち」（『文学界』昭和三十五（一九六〇）年十二月号。『日記』昭和二十九（一九五四）年十月二十九日〜十一月十八日に対応。）

この章では、果てしなく続く妻の尋問が何に根をもっているのか、そのことが何度か繰り返される〈ギモン〉の中で明らかにされている。そして夫は死へ踏み入る「崖のふち」に立つことで自らの〈腐肉〉を見つめざるを得なくなる。

冒頭近く、混血の少女の母親との出会いを夫が心待ちにする場面が置かれているのは右のことと関係があろう。玄関前を掃除する夫は、〈ひどくうしろめたいきもち〉に襲われながら、〈四十を過ぎた年恰好のその女が私を見て、どんなそぶりをするかを確かめたいいざないもふりほどけない〉でいる。

女は頬のかたいしもぶくれの容貌で近づき、ごみ焼きでけむたい目つきの私に会釈を与えて通り過ぎた。私は上気し、また一方、胸のあたりの空洞のくずれ広がるおびえを感じて思わずあたりを見まわした。妻が外をながめていなかったか。マヤが見ていて、ヨショノオバサンガ、オトウシャンニ、オジギシタ、と母親に告げはしなかったか。そのとき私はこころに罪のにおいは少しもないと、納得させることはできない。

新約聖書の一節(17)を思い起こさせる場面である。ここで夫は心中に潜む女性への好奇の目に戸惑い、罪意識を抱いている。この時夫は〈四十を過ぎた年恰好のその女〉に愛人であった女の影を見ているだろう。さらに言えば女との淫蕩の匂いを嗅いでいるだろう。というのは、このあとの展開において妻の〈ギモン〉は、夫のからだに残る女との淫蕩の記憶に向けられ、それへの嫉妬に心を狂わせていくからである。女の影はまだ夫のからだの中に甘い匂いを漂わせて潜んでいる。そのことへの罪意識からだろう、夫はその匂いを消そうとし始める。妻の行きつけの商店に付いて行きながら、〈背の低い女を抱きかかえるようにその買い物について行った記憶〉を追い払い、〈十年も連れ添い、ふたりもこどもを生ませた自分の妻を、見ようとしなかったことをおそろしいと感じはじめ〉る。眠った妻は〈防禦のない小鳥のようにたよりなげ〉に見え、〈小さな頭脳のなかは、処理のできぬほどに、もつれた想念にからみつかれているのかと思うと、私は妻にたとえ何をされても、さからう権利など与えられてはいないと考え〉るようになる。

このような夫は第二章までの夫から明らかに変わってきている。文学仲間の斡旋で入った仕事のために外出した夫には、家の外の世界は愉悦への誘いに満ちており、愉悦に浸ることへの怖れに襲われる。〈わずかの陶酔に落ちているときに家のなかで取りかえしのつかぬ事件が起きている〉と思われて仲間とも隔たりを置かざるを得ない。帰ってゆく家に対する思いは、第二章での〈鼠が荒れさわぎ、他人の介入で緊張することなしにゆっくり妻が発作に専念できる〉場所から、〈そのなかでたとえどんな変事が起こっていても、外から見た家のわくが、無くならずにそこに見えていることで、ひとまずこころが落ち着け〉る場所に変化している。夫が家庭の再建を第一に考え始めたことの現れだろう。

また、自我に執着していた頃とは自己認識のあり方にも変化が見られる。夫は〈妻が私の仲間をたずね歩いて確かめた女とのことについてのかげ口、うわさ、さげすみ〉についても〈笑われていることがはっきりわかった今のほうが正確だと考えられてきて、かえってきもちは落ち着いた〉と受容するようになっている。しかし妻は夫の変化を信じようとしない。〈あなたはごまかしているのじゃないの。あたしにとっちめられたからって、そんなに急に変われるものかしら〉〈あなたがいくらあたしに忠実そうにみせかけてもあたしは信ずることができません、あなたはとてもずるい〉と言う。夫は〈そう言われると自分の顔がずるくて、どす黒いみにくさで覆われてくる〉気持になる。この夫は以前とは明らかに変わってきている。妻のため家族ために生き直そうとしている。自我の芯を消し去って、妻に言われるままに動こうとしている。しかし妻はそれを見せかけで信じられないと言い、〈ずるい〉と言う。何が妻にそう言わせるのだろうか。

妻の猜疑の目に耐えかねた夫が〈まだ気にかかるギモンがあるのだろ?〉と問いかけると、妻は〈あなたが日記に書いてあったエムというのはだれ?〉と過去に交渉をもった女のことを問い糾し始める。子どもの食事のために中断しても、子どもを寝かせたあと妻の糾問は続く。耐えかねた夫が〈どこまでぼくをいじめたらいいのか。ぼくはもう耐えられない。別れるなら別れるようにはっきりしよう〉と開き直ると、妻は言う。

「……今のあたしは精神が変になっているんです。いろいろのこと、理解はできるのに、瞬間的にわからなくなってしまって、どうしようもできないの。それがみんなあなたを苦しめることになってしまいます．あたしはもうもとにもどれるかどうか自分でも自信がもてない。あなた、ほんとうは、あたしのからだに興味がないのでしょう?」

最後の〈あたしのからだに興味がないのでしょう〉という唐突な〈ギモン〉は、第一章での〈それであなたそのときよかったの〉や二章での〈妻不具と書いてあったが、あれ、どういうことなの〉と、それまでの話と脈絡なく問う点で共通している。ここでも前と同様に妻はそれ以上問い糾すことはなく、眠りに入る。その妻の寝息を聞きながら夫は〈いいようのない調和〉を感じ、〈妻がどんなことを言い、そして要求しても、さからわずに従わなければならないという考えにとりつかれ〉て、〈妻のことばや行為にいちいち反応を起こしてさわぎ出す自分〉を悔いていく。先にも見たようにこの夫は以前の夫ではないはずだ。この夫の変化が信じられないと言うのは、妻にもっとほかに求めるものがあるからだろう。夫は台所の水屋の引き出しから妻が何かを書いた紙片を見つける。次の文句が書いてある。

私が愛しているという事は一体何か、愛されていないという事は、ただ虫けらの如くあつかわれていた事は、私はこころを持たないにんげんとしては何の価値もない，こころ、大切な、まごころを持たない、虫けら同様にあつかわれてきた、金でもできたら金でもやっておけばよいとあつかわれて来た、それでは、私のこころは、肉体は、生涯、生けるむくろか、虫けらか。

次の事は言えるだろう。妻は、夫が〈まごころ〉を持った人間であることを求め、自分が〈こころ〉と〈肉体〉を持った〈にんげん〉として愛されることを求めている。妻が唐突に性愛に関わる問を発しながら問いつめることをしなかったのは、第一章で触れた夫との「肉体の愛」への不安があったからではないか。夫の自分への従順を知った妻は「肉体の愛」に踏み込んでいく。その場面の描き方は非常に巧みであるが今は要点のみを追う。

その朝、ある予兆がある。蒲団の中で夫に寄ってきた妻が途中でうしろを向いた。明るい顔で起きてきた妻と一緒に夫は買い物に出かける。その途中で妻は夫に回りくどく話しかけ、嘘は絶対につかないと誓わせてから問いかける。〈あなた、あいつを喜ばせていたの？〉〈ねえ、喜ばせることができた？　あたしはちっともたのしくないわ〉。夫は逃げ出したい気持を抑えて〈そんなことぼくにはわからなかった〉と答える。妻は〈うそつき！　うそはつきませんて今誓ったばかりじゃないの〉〈あなた、あたしのときはわかっているはずよ。あいつのときのことがわからないなんて、そんなことうそよ〉と声を荒げて言う。夫がどのように答えれば妻は得心するのだろうか。夫は前に〈それであなたそのときよかったの〉と問われて〈よかった〉と答えた時の妻の怒りを忘れてはいないはずだ。だから夫には答えようがない。〈わからなかった〉と言う夫に〈じゃほかの女ときはどうだったの〉〈あたしはそれをきくまではゆるしませんよ〉と言って畳み掛けて問い糺す。

「……わかっているわよ。あたしのからだがあなたはきらいなのよ。だからあたしはあなたが信じられないの。かくしていないでほんとうのことを言ったらどうなの。あたしはあなたから、どんなことでも、かくされたくないの。うそはだいっきらい。あなたのうそつきが直るまで、あたしはぜったいにあなたをゆるさない。」

ここで妻は自ら〈ギモン〉の根にあるものを明かしている。〈あたしのからだがあなたはきらいなのよ。だからあたしはあなたが信じられないの〉と。妻には夫が自分のからだを好きになってくれることが、夫の愛の証しなのである。妻には夫が愛人の肉体に惑溺していったことへの、深い敗北感と哀しみがあるにちがいない。夫は既に愛人との肉体的な惑溺から離脱し、宿命として結ばれたかけがえのない存在として妻を受けとめようとしているのだが、妻に伝えるすべを見つけることができない。

もう少し叙述を辿ろう。〈どうしても、言わないつもり?〉と問いつめる妻に恐怖を感じた夫は、気がちがったふりをして〈うわあー〉と〈ライオンがほえるように叫んだ〉。〈不安におびえ〉る妻を〈もっといじめつけたいきもち〉になり。川沿いの道を線路が走る川上に向かって駈けだす。

妻は〈おとうさん、行っちゃいけない。そっちに行っちゃいけない！〉と必死で追いかける。線路わきのところで砂利に足をすくわれて倒れ込む夫を妻がつかまえると、〈みにくい底意〉を自覚した夫には〈底なしに自分が嫌悪され〉〈狂言に気づかぬ妻が、手のとどかぬほど気高く見えて〈ふと私は幸福なのだと感じいつまでもこのままで居たい〉と思う。しかし通りがかりに青年に助けを必死で求める妻を見ているうちに〈自分が猛獣かなんぞになったきもち〉がしてきて、〈自分はどこまでも卑劣なにんげんのように見えてきて〉〈悲哀がふき出し、泣きやめることができない〉。妻は夫の腕を抱えて放そうとせず子どもをあやす口調で、〈泣かなくてもいいのよ〉と繰り返し言う。このあと家路への間中嗚咽をとめることができない夫を語って第三章は終わる。

〈幸福なのだ〉と感じた時、夫は妻の愛を確信したはずである。倦むことなく〈ギモン〉を湧かせる妻の心の中に自分への疑うことのできない愛を見出しているはずである。その一方で自分を〈どこまでも卑劣なにんげん〉だと思わざるをえない。夫の心の中にふき出し続ける〈悲哀〉とは心奥に秘められていた自己の真の姿を気づかされた者の衝撃から生まれるものだろう。自らは気づくことのできない高慢な心のあり様を痛烈に自覚させられた者の自己への怖れを含み持ってもいよう。ここで夫は妻によって二重に変えられていると言える。妻の自分への愛の深さを感受し卑劣で高慢な自己を自覚させられたことにおいて。轢死への衝動に身をゆだねようとした夫は妻によって「崖のふち」から引きもどされた。それは夫の内部を変えていくための試みでもあったとも言えよう。夫と妻にはこれまでとは異なった日々が待っているはずである。通常の物語であれば、ここで終わりを迎えるだろう。妻の愛によって改心した夫は再生への道を歩み始める、というふうに。しかし、この作品ではさらに深い魔の日々が始まっていく。

章題「崖のふち」について付言する。第七章に〈崖のふちに吸いよせられて行く私たちにかかわりあってくれるものはない〉とあるが、この章では題名に直結する言葉を見つけることはできない。前記の死へ踏み入ろうとする場面での夫と妻の姿を象徴する言葉として、「崖のふち」が採られたと今は受け止めておきたい。

5　第四章「日は日に」〔『新潮』昭和三十六（一九六一）年三月号。『日記』昭和二十九（一九五四）年十一月二十三日〜三十年一月十日に対応。〕

この章では、年の変わり目を背景に、自裁への誘惑に囚われている夫と頻繁に届く脅迫文に怯えを募らせる妻の生活が混迷の度を強めていく様が描かれ、また、その親たちの姿が虚無的な乾いた伸一の眼によって浮き彫りにされる。

冒頭は、襖の破れから自分を監視する伸一の眼を意識した夫が破壊衝動に囚われていく場面が描かれる。夫は暴力的な衝動を制御ができない状態にある。〈こどものまだ固まっていない頭脳に、きっとよくない印象を刻みつけることになると思うと、伸一のやわらかなからだを抱きしめてあやまりたいのに〉〈過重な心労を余儀なくされている伸一を見ると、いっそのこと破裂するまでふくらませたくなり〉〈わざと気抜けた顔つき〉をして釘に引っかけたコードを引っ張る仕草をして見せる。伸一の報告を聞くと妻は夫のそばに行き〈あなたがまいってしまったら、あたしたちはどうなりますの。ね、元気をだしてくださいね〉〈ごめんなさいね．いろんなことを言っていじめて〉と優しい言葉をかける。夫は妻の言うがままに動いていく。親たちの姿は子どもの心の平衡を壊している。四歳のマヤは、〈いつもおびえ〉、切り傷をこしらえても〈親たちに隠している。六歳の伸一は父親に〈白い目を向けるようになった〉。

妻は夢の中で戦争中の自分の罪業を見るようになる。〈海軍基地にいたあなたがいつやってくるかわからなかった〉から〈ジュウ（父）ひとりをあんな不便な疎開小屋に追いやっていたのだわ〉〈みんなあたしがじぶんでしたことのむくいです〉と自分を責める。そして夢に女が現れる。女は〈ぼろぎれにくるんだ何か犬の子みたいな生きもの〉を〈高くさしあげて、あたしの目のまえで、土間にたたきつけたわ〉〈それがまだ生まれてまもないあかんぼうだということを見てしまったの〉〈あなたの子でしょう〉と夫に訊く。

夫は〈死のおとずれまで妻の満たされぬいらだちと対面していかなければならぬだろう〉と思いながら、妻を元の状態に回復させる方法を気づかず、自分の中の偽りを追い出すこともできないでヒステリー状態に陥り、絶望へと駆り立てられる。さらに、〈短い生の歳月が背光のようにその背後に立〉っている伸一の姿を見ると〈背中を針の先で突つかれる痛さを伴なって〉〈悔いが湧き、気力を萎えさせる。この夫の姿は読む者にある問いを投げかけてくる。自己の醜悪さに向きあうことの苦しさに人はどこまで耐えられるのだろうか。そして、他者の過誤を曝き続ける行為は過誤を犯した者を生き直させることができるのだろうか、と。武田友寿氏(18)が指摘した被害者が加害者に変貌していくという問題も提起されているようにも思う。それは第一章でも触れた「罪のゆるし」の問題にもつながっている。その問題には後で触れよう。

年末を迎えて新たな展開が始まる。妻に発作が出ず、〈年の区切りの緊張が、よいほうに妻の精神に作用している〉と思っていたところに大晦日に女からの電報[19]が届く。〈ミホイツダスカハナシツケニ一ヒユク〉とある。末尾には夫の姓に女の名前が付けられている。夫には文面の意味も女の意図も理解できない。〈世間のなかでも通用する納得の方法を女は要求してきたことなのか〉とも考えてみる。ここで夫が女の所へ行った時に妻が物陰から見ていたこと、女のところに行ったことをすでに白状していたことが明かされる。

私が直感した通りに、あのとき妻は、私が女のところに来て、また帰って行くあとさきを、ものかげに隠れて、すっかり見ていた。発作をおそれてそれを私は伏せていたが、妻は私の取りつくろいを観察していた。結局のところ、じわじわ責められたあとで私は白状した。妻の手のなかで私はいつわりに輪をかけられ、かげりはいっそう深くなるばかりだ。

このことに関して『日記』との相違に触れておきたい。『日記』では妻に白状したのは一月一日の夜であり、ミホ夫人が発作を起こす原因になっている。つまりミホ夫人はその時初めて夫が女に会いに行ったことを知ったのである。ということは、小説で妻が物陰から見ていたことは虚構ということになる。そのように虚構を設定したのは、小説で夫が〈妻の前でどんな虚偽もつくらないことを、態度の根もとのところに据えて置こうと思いはじめ〉るようにするためだろう。

さらに言えば、妻の尋問が夫の虚偽性を剥ぎ落としていく働きをするという構図をここに読むこともできるだろう。

作品に戻ろう。女からの電報に妻は驚かないで、〈これがあいつの本心なのよ〉〈でもこうはっきりしてしまえば、かえって勇気が出てきたわ。あなたはかわいそうなひと〉と、夫を〈なぐさめる心遣い〉を示す。この妻の落ち着いた態度は、脅迫文を妻の仕業とみる読みの根拠にもなっている。しかし妻の状態はすぐかげりを帯び、夫への尋問へと向かい、夫は気ちがいの真似を装おう。〈女からの電報で、せっかく、かたまりかけた日常がくだけ散ってしまった〉のである。

年が明け、初詣から帰宅すると郵便受けに〈ヒキョウモノ、アスカナラズハナシツケル、マツテオレ〉という紙片が入っている。この時も妻は発作を起こさない。夫は〈事件はなるほどこういうように展開するのかと納得するきもち〉になり、〈すべて妻の考えに従うことがかんじんだ〉〈あんな文字にどんな意味もあるものか〉と思って、ふたりは〈固く抱き合って眠った〉。しかし翌日の朝、妻は発作を起こし、夫が女の所へ出かけて行き、雑誌を二冊送ったことを〈ぜったいにゆるすことができない〉と責める。前に白状させていたことを再び持ち出して責めるのはなぜだろうか。前日の郵便受けの紙片が発作を誘い出したと考えるしかない。もし、電報や紙片が妻の仕業であれば、この発作の理由をどのように考えればいいのだろうか。

以後外の物音に過敏に反応するようになった妻の心の動きを夫は〈推量できない〉と言う。読む者も夫と共に歩むしかない。その日一家は旧知のＷさん宅へ行く。Ｗ夫人が経営しているバーの女給たちも来て酒盛りになった時、夫は女のことを思う。

感覚に残っている女は妻と子をかえりみずに愛欲に落ちた男の居場所を認めることができた女で、妻を追いだせ、話をつけに行くと書いてよこす女とは結びつかない。私は自分のからだから抜け出し、いくつも電車を乗りかえたあとでたどりついた場所から動悸をおさえて女の部屋に近づいて行くもうひとりのうすい影の私を感じ、思わず妻のほうをうかがわずにはおれない。

第一文は先に触れた吉本隆明氏の指摘以来、脅迫文が妻の仕業であることを示す箇所として引かれる一節だが、次の文は夫に女への愛着があることを示している。その夜W氏宅の床の中で妻の発作に一晩中責められた夫は、妻への〈嫌悪でからだが凍りついてしまう〉ように感じながら〈妻の考えには少し無理なところがあること〉に気づき、〈あやまちをゆるすのでなければ、この世から抹殺でもしなければ、同じ尋問をつづけることは不毛でしかないのではないか〉と思うようになる。ここでも「罪のゆるし」の問題が立ち上がる。妻は前に一度覆った水は元の盆には戻らないと言った。夫の裏切りを「ゆるす」ことはできないということなのか。そうであれば「審き」は罰を課すためだけのものになり、報いの意味しか持たないことになる。罪からの、過ちからの救済の努力は無用になる。妻はそのような「審き」を夫に課そうとしているのだろうか。それとも夫の論理とは別の次元が開かれるのだろうか。この問いへの答えはここでは与えられていない。後の章で考えることになるはずだ。

夫が考えたように、「ゆるし」がなければ破滅するしかない。脅しから逃げる日を送っていくうちに妻の神経は狂いの度を強めていく。おばの家で悪戯をやめない伸一を〈こどもを叩くとも思えず殺気立って〉折檻するようになる。それを見ている夫は黙ったまま〈みんな終わりになった〉と思う。夫に一家心中が現実の問題として浮かびあがる。そこで一泊し帰ってくると〈マイニチニゲルノカ、ヒキョウモノメ、オモイシラセル〉という紙片が入っている。夫は〈自分の罪業のむくい〉と思い、〈妻にもこどもにもまっすぐに顔が向けられない〉。その夫に妻は〈こんなときに一家心中などしたら、あいつに負けたことになってしまう〉〈もう死ぬことはやめましょう〉と言う。一つの危機が去るが、脅しの紙片は続けて届く。家を売り、東京を離れて静かに暮らすことを話し合い、周旋屋から帰ってくるとまた紙片が投げこまれている。〈アクマデヒキヨウデオクビヨウモノ、ニゲマワルカ、ジブンノヤツタコトニセキニンヲモテ、サイゴマデタタカツテヤル、カクゴシロ〉。妻は〈あいつが来る、あいつが来る〉と恐怖を募らせる。夫はその表情に耐えられなくなり、〈どうしてもこの家からしばらくはなれるよりほかはない〉と思い、父母の郷里の相馬へ行くことを思いたつ。気分を変えようと風呂に行って帰ってくると、妻は女が来たと言って隣家の妻から渡された紙片を持ってくる。元日にも女のほかに男が三、四人やって来て、夫の私行を近所に喚きちらしたと言う。夫は〈どうしてこっちの留守のときにばっかり来るんだろう〉と女の脅しかたが腑に落ちない。妻は〈あいつはね、行くぞ行くぞっておどかしておけば、あたしがキチガイになることがわかっているの〉と言う。さらに妻は、女がただでは引っこまないから、お金で話をつける覚悟を決めようと言うのだが、夫はその話はやめて田舎で少し神経を休めようと答える。夫には妻の言動への不審が強まっている。しかし妻の狂乱ぶりを思えば、妻に問い質すことはできない。

夫の疑問はだれもが持つだろう。女が本当に脅しているのか。それとも脅迫文は妻の仕業なのか。〈あなたにはあいつの正体がほんとうにはわかってはいないのよ〉という妻の言葉がここでも吐かれていることから、女の正体を夫にわからせるための妻の仕掛けだということは考えられよう。その場合、女に対する妻の怯えは演技なのか、他の理由があるのか、そのことが明らかにされなければならないだろう。一方それが女からの脅迫文だとすれば、女の狙いは何なのか。裏切った男への復讐なのか、愛する男が戻っていった妻への遺恨なのか、ほかに理由があるのか。このあとも女は二人には見えない姿で立ち現れてくる。

翌日は一家で田舎への土産をデパートに買いに行くのだが、行く前に妻の発作が出て二人は取っ組み合ってもつれる。別れ話に発展した果てに夫が〈どいつもこいつも、みんな出て行け〉と言う。冷ややかな態度で出ていこうとする母親に伸一が追いすがり、〈おとうさん、やめてくださーい。おかあさんが死んじゃうよーお〉と泣き喚くと、夫は〈悲惨だ！　悲惨だ！　こんなことをしていてはいけない！〉と思い、妻を押し留める。一旦は仲直りするが、電車に乗るとまた妻の様子はおかしくなり、疑いに満ちた目つきを夫に向ける。買い物から帰り、用事で隣家に行った妻が〈幽鬼のように青冷めて〉帰って来て、隣家の妻から女が今日も来たと聞いたと言う。それがきっかけとなり夕食時にまたもつれ、妻は前に厠に捨てた去年の八、九月の頃の日記の写しを持ち出し夫に読ませる。〈今とすっかりかけはなれたきもちが刺戟の強いなまのことばで書いてある〉。妻は〈あたしがこうなったのは無理ですか?〉と言い、夫は〈自分が根底から崩壊して行くようなめまい〉を感じていく。

次の日、上野駅に行く前に不可解な出来事が起こる。妻の言いつけで夫が鶏用の飼料を買いに行きすぐ戻ってくると、玄関先の二畳で立ちすくんでいた妻が〈いま、あいつが来た〉と言う。夫は〈だって、ぼくがえさを買いに行って五分とたっていないよ。道では誰も見かけなかったぞ。おまえ幻覚を見たのじゃないか〉と言うと、〈自分で自分の言ったことばが気味悪くなり、妻の顔をまじまじと〉見る。妻は夫が出て行くとすぐ女が来て、伸一に〈おまえのおかあさんはどこに行った〉と〈こわい声で〉聞いたという。妻はおそろしくて書庫に隠れたと言い、伸一に〈おまえ、そのおばさん、こわかっただろう〉と聞く。〈伸一は真赤な顔をして、だまっていた〉。妻は女が〈どこに逃げかくれしても必ずさがしだして一生つきまとってやる〉と母親に言えと言って出ていったと言う。〈こんな小さいこどもの胸ぐらをつかまえて、そんなこわいことを言って帰って行ったのよ。こわい、こわい〉と言い、〈歯の根をがたがたふるわせて、へんな目つきをした〉。

この場面は『日記』には記載がないが、相馬に行く前日一月九日の記事が注意される。朝ミホ夫人が隣家の青木の妻から〈今日も女来て、いなかに行ったのは本当だったのねと言って帰った〉と聞いたことを、島尾自身も青木の妻から直接聞いている。すると女は一家が田舎に行ったと思っているのだから、翌日また様子を見に来ることはないと考えてよいだろう。そうであれば小説のこの場面は作者の虚構ということになる。場面が虚構であることを前提にすると、何を意図して作者はこの場面を設定したのかが気になる。女が来たということを、妻の作り事として読むべきなのか、それとも実際に女が来たこととして読むべきなのか。

夫が不審に思うように妻の言葉には不可解な点がある。夫がいないことを見透かしているような女の出没、見てはいないのに〈胸ぐらをつかまえて……〉と言うこと、〈へんな目つき〉をしたことなどである。その他にも、脅迫文を妻の仕業だと見る論者は、〈おまえ幻覚を見たのじゃないか〉と言う夫の言葉や〈伸一は真っ赤な顔をして、だまっていた〉という描写に注目する。確かに妻の錯乱の度合いは昂じており、他の来訪者の声を女と妄想するようなこともあり得よう。場面の描写は妻の幻覚と見なすように描かれているように読める。しかしそうだからといって、電報や紙片、青木の妻の言葉まで妻の仕業とまでは言いきれない。それらは『日記』の記述と殆ど同じ文面、似た状況で小説に取り入れられており、前述のように島尾が青木の妻から直接聞いている場合もある。両者の照合を含めた検討が必要だろう。もし脅迫文が妻の仕業だとすれば、なぜそのような行為に走ったのか、そのこととの解明を忘れてはならない。いずれにしてもこのような場面を設定したことには作者の意図が働いている。その意図を次のように考えておきたい。相馬行きを前にして、妻が女への怯えによって狂気へと走る度合いが強まっていることを示しておく必要があったということである。このあとに叙述される相馬へ向かう車中での妻の描き方にそのことを見ることができる。

上野駅に来た時、夫は故郷に帰ることに希望を抱く。〈いなかは多くの野生を吹きこんでくれるにちがいない。妻の衰弱、そしてたぶん私の衰弱もいやされる希望が持てそうに思えてきた〉。

しかし、妻は夫に拒否的な態度をとる。〈なんべん笑いかけても、こころをほどくふうでなく〉、〈はっきり拒絶した嫌悪〉がある。列車に乗って発作を起こしても〈いつものようすとちがって感じられ〉、〈感情が通わない〉〈冷え冷えと物質に向かっているような通じなさを感ずる〉ようになる。夫は〈もしかしたら、と考えて〉〈肝が冷えた〉感じを抱くのである。車中での夫の冷え冷えとした感受は第五章の舞台である相馬では一層強まっていく。誰に知らせることもできないで故郷の駅に降り立ったところで第四章は終わる。

章題「日は日に」について付言する。「日は日に」という言葉は、島尾が親しんでいたと思われる[20]講談社版F・バルバロ訳『聖書』の「旧約聖書」詩篇第19篇2節の「日は日にことばを告げ　夜は夜にたよりを告げる」〈新共同訳は「昼は昼に語り伝え　夜は夜に知識を送る」と訳している〉に出てくる。その意味は、十字架の聖ヨハネ『カルメル山登攀』（平成二十四（二〇一二）年一月改訂版ドン・ボスコ社奥村一郎訳）に拠れば〈光の源となっている神なる午の陽は、天使や天国のものたちが知り、かつ味わうために、その聖子であるみ言葉を発し、かつ伝えてくださるという意味である。また、夜というのは……まだはっきりとした至福の英知を与えられてはおらず、また、信仰のうちにあるために、自然の光に対しても盲目になっている、いわば夜といえるこの地上の魂に知識を示してくれるということである〉。また、「日は日に」の語感に重なる箇所として、この章の元日を迎える場面の初めに〈次々の日が前の日につづいただけ、と思わないでもないが、できるなら私たちの変わりめの日として迎えたい〉という一文がある。年が変わるその日を家族の新しい生活への旅立ちの日としたいという夫の思いが見てとれる。この夫の思いは、詩篇第19篇2節が示唆する、闇の中にある魂を光へ導く至福の英知を待ち望むこととも重ねられる。それはまた、相馬へ向かう夫が抱いている〈希望〉と共通するものでもあるだろう。「日は日に」という章題をそのように受け止めておきたい。

注

(1)佐藤泰正「『死の棘』をどう読むか——その倫理的位相をめぐって——」(『日本文学研究』第二十三号昭和六十二(一九八七)年)。
(2)島居邦朗「『死の棘』島尾敏雄」(『国文学解釈と鑑賞』昭和五十九(一九八四)年五月)。『昭和文学史試論——ありもしない臍を捜す』(平成二十五(二〇一三)年一月ゆまに書房)に収録。
(3)西尾宣明「島尾敏雄『死の棘』論」(『日本文藝學』第二十一号昭和五十九(一九八四)年)及び「小説家の小説、そして反都市小説——『死の棘』論への二つの視点」(『ユリイカ』平成十(一九九八)年八月)。
(4)海老井英次「〈罪〉を生きるものの記述——『死の棘』論」(『敍説Ⅲ　特集島尾敏雄』平成三(一九九一)年一月)。
(5)鈴木直子「〈対幻想〉は超えられたか——『死の棘』における共犯と逸脱」(『現代思想』平成十一(一九九九)年一月)及び「島尾敏雄『死の棘』における「意味」の闘争」(『国語と国文学』平成十四(二〇〇二)年二月)。
(6)太田正紀「島尾敏雄『死の棘』試論——典拠としての聖書と再臨信仰——」(『近代日本文芸試論Ⅱ——キリスト教倫理と恩寵』(平成十六(二〇〇四)年三月おうふう)所収)。
(7)松島浄「『死の棘』ノート——島尾敏雄が『死の棘』に託したもの——」(『明治学院大学社会学部付属

研究所年報』第三十七号。平成十九（二〇〇七）年三月）。
(8)岩谷征捷『島尾敏雄』（平成二十四（二〇一二）年七月鳥影社）。
(9)比嘉加津夫『島尾敏雄を読む』（平成二十四（二〇一二）年七月ボーダーインク）。
(10)根岸正純「島尾敏雄『死の棘』の文体」（『日本文学』昭和五十九（一九八四）年十月号）。
(11)高橋正雄・中島健一郎「島尾敏雄の『死の棘』――精神障害者に対する家族の対応――」（『日本病跡学雑誌』第五十四号。平成九（一九九七）年十二月）。
(12)助川徳是「島尾敏雄研究案内」（『鑑賞日本現代文学第二十九巻　島尾敏雄・庄野潤三』昭和五十八（一九八三）年十月角川書店）。
(13)高比良直美『椿咲く丘の町――島尾敏雄『死の棘』と佐倉――』（平成四（一九九二）年十一月自家版）。『さくら日記――『死の棘』と「『死の棘』日記」と佐倉』（平成十三（二〇〇一）年一月さくら書房）。
(14)『日記』では事件当初ではなく十一月七日に出てくる。夕食中に子どもたちが母の発作が出ないことを願う会話の中で、ミホ夫人は〈おとうさんは十一月に家を出て、十二月には自殺するでしょう〉と言っており、確信を意味する文言はない。小説冒頭で妻の確信を表す言葉として夫の口を通して語られているのは、作者の創作意図に関わる表現であることを示している。
(15)別稿「「家の中」論――多元的視点による語りが意味するもの――」（初出『群系』第三十四号平成二十七（二〇一五）年四月）を参照して頂ければ嬉しい。初出に加筆している。
(16)吉本隆明「『死の棘』の場合」（『カイエ　総特集・島尾敏雄』（昭和五十三（一九七八）年十二月臨時増刊号）。『島尾敏雄』（平成二（一九九〇）年十一月筑摩書房）所収。
(17)新約聖書「マタイによる福音書」の「山上の説教」第5章28節の〈みだらな思いで他人の妻を見る者はだれでも、既に心の中でその女を犯したのである〉や「ヨハネによる福音書」第8章1～11節の姦淫した女性をめぐる話を思い起こさせる。

(18)武田友寿氏は「救魂の秘祭・島尾敏雄」（『日本のキリスト者作家たち』（昭和四十九（一九七四）年六月教文館）において次のように述べている。

〈島尾氏は〈私〉のなかの加害者をどこまでも追究したことはたしかなのだが、同時に氏は狂った〈妻〉を通して被害者のなかの加害者をも描いていることは否めない。むしろ、被害者意識に自分を浸しきった人間こそもっとも救いがたい人間であることを氏は語りたかったのではなかったか。〉

(19)小説では初めての電報だが、『日記』では三回目で文面の記載はない。十二月二十四日の二回目には〈いやがらせ〉という記述がある。

(20)太田正紀氏に拠れば『死の棘』の典拠は島尾自身からF・バルバル（バルバロ）訳聖書だと教示されたとある。（前記注(6)）。

㈡第五章〜第九章――「ゆるし」の希求から「不可知の力」へのまなざしへ――

1　はじめに

前回は第一章から四章までを対象として、そこに〈カテイノジジョウ〉の根にあるものとして表象されている幾つかの問題の摘出を試みた。「ゆるし」の希求と愛の証しの希求との対立、「肉体の愛」と「魂の愛」との相克、エゴイズムの偽装と剔抉、そして女からの脅迫に係わる問題等である。

今回は第五章から九章までを扱う。その理由として次のことがある。五章「流棄」から九章「過ぎ越し」までは三年間で五作と間を置かずに発表されており、五作の間には妻と夫の内的変化の描出において連続性があり、作者が一貫した創作意図のもとに形象しようとする内的持続性を見出すことができる。しかし九章から十章「日を繋けて」までには二年の間があり、内容の上から上記の五作の連続性からは断ち切れている。五章から九章で、妻は〈へんになりはじめた〉状態から加害者としての自己に出会うことによって〈にんげんでもけものでもない魔ようのもの〉へと狂的症状を進行させる。夫は罪人としての自己認識を深めることを通して家族と共に生きる決意を固めていく。こうした二人の内的変化は、妻と女との直接対峙を通して夫が妻を選択したことの意味が問われる第十章、及び、夫の深奥に根深く残る腐肉を啄む妻と自己崩壊の瀬戸際に立たされる夫の間に垣間見える「アガペー的愛」に向けて展開する十一、十二章の内容とは区別される。また、五章から九章までは主人公の古里小高と東京小岩が舞台であり、十章以降は佐倉入院までの仮居住地池袋が舞台となっており、場面設定においても区切りが置かれている。

前回にも述べたが、本稿は『「死の棘」日記』（以下『日記』）に記述された事柄を多く素材として再構成された虚構世界として、各章を読み解いていくことをめざしている。ここで言う虚構世界とは、安藤宏氏の言を借りれば〈何を描き、何を描かぬのかを選択している時点ですでにそれはフィクションなのであ〉るという消極的な意味ではなく、〈「私小説」ほど「事実」を騙って「嘘」を表現しやすい小説形態もほかにない〉(1)という特性を積極的に方法化したという意味である。このことは語りの視点の問題にも係わるが、この問題については各章ごとに触れていくのは煩瑣になるので、次回全章を読み終えたところで取りあげる。

2　第五章「流棄」〔『小説中央公論』昭和三十八（一九六三）年四月号。『日記』昭和三十（一九五五）年一月十四日〜二十日と対応。〕

冒頭から読者は一気に〈どうにもしようがない〉世界へ引き入れられる。

いよいよ妻と連れだっておじの家を出ようとしたとき、伸一とマヤのすがたは見えなかった。たぶん街道のほうで遊んでいるのだろう。ふた親がいなくなれば、みじめはわかっているが私も妻もこんなふうではどうにもしようがない。

思い出深い幼少年の一時期を過ごした父母の故郷は，第四章末尾近くでの上野駅で抱いた夫と妻の衰弱を〈いやされる希望〉を叶えてくれる場所にはならず、二人が死の淵にまで来たことを告げている。次いで〈こんなふう〉な状態が語られる。荷を解いたおじの家で妻は〈あいつがうらやましくて仕方がないから、これからあいつの名前で呼んでください〉と言い出した。夫は〈妻がへんになりはじめたのだ〉と思う。何かに憑かれたように心を閉ざしている妻に夫は自死することを告げる。

「……おまえがぼくをゆるすことができなければ、ぼくはこの先一緒に生きて行くことはできない。でもぼくはおまえと一緒にくらすことをきめたのだから、それができなければ死ぬより方法がない」

ここには、加害者が新しく生き直すために被害者に「ゆるし」を強要するという、事態解決のための責任を被害者の側に押しつける居直り的な責任のすり替えがある。そのことに夫は気付いてはいない。同じ理由をこの後も繰り返す。責任のすり替えに気付くのは妻の病が夫にもどうにもできないほどに昂じていった後である。第七章以降でそのことが夫自身の問題となって自覚されてくるのだが、今は作品の展開に沿って進もう。妻には夫の理屈は通じない。妻は〈あなたが死ぬんなら、あたしも死にます〉〈いっしょに死にます〉と言う。ゆるすと言えば夫と新しく生き直せるはずなのに、なぜ妻はゆるすと言わないのか。そこには「ゆるし」の内実が係わっている。ここで第四章末尾での車中で妻が夫の手帳に誓約書を書かせた場面が意味を帯びてくる。誓約書の文案は妻が作った。

変わらぬ情熱と愛情とサービスを以てミホにトシオの生涯を捧げます。この約束は一時のころでなく生涯を貫きます。

その時二人の受け止め方には大きな温度差があった。妻は真情からの願いとして夫に誓わせたはずだが、夫はその場の成り行きで妻に言われるままに書いたのであり、自分の真情を託したわけではない。妻にとって夫の献身は過去の自分の献身と等価のものでなければならない。夫が「ゆるし」＝過去の忘却を求めるのは、夫が自身の過誤を消し去ろうとすることに他ならず、それは妻の献身を忘れることでもある。妻にとって肯うことのできないことである。夫は自らが書いた誓約の重さに気づかないまま古里の駅に降り立ったのである。

心中の場所を探すためにおじの家を出た二人は見晴らしのいい高台に出る。そこには、幼い頃から夫の心に刻まれている風景が広がっていた。見る度に〈やさしい旋律に包まれ〉て〈こころをうばわれることをくりかえしてきた〉故郷の風景に触れたことは、夫に幼少期からの生の歩みを思い出させ、また今の自分を見つめ直す視点を芽生えさせる。景色の中に〈かすかないらだち〉

を感じた夫は〈今自分の立っている立ち場〉を思わざるを得ない。異郷の地に生まれた妻にこの風景は何の意味も持たないことを思い、〈次々に押しよせてくる不信のたよりなさに耐えられず〉、〈たよりなげな悲しみをむきだしにしている〉と妻を見て、自らを〈へんにいたけだかになった夫〉と客観的に見つめる。しかし、妻の心に浮かんでいる思いを〈自分の不手ぎわのゆるしを乞うているのではないか〉と、自己犠牲を当たり前としていた事件前の妻に戻ろうとしていると考えるのは、責任のすり替えが夫の心に潜んでいるからである。だから泥土に難渋する妻を〈はなれた位置でひややかに〉眺めるのである。

夫は死に場所として自分を偏愛してくれた母方の祖母の墓がある墓山へ向かう。死へ傾斜する夫の心は凶暴な色を濃くしていくが、実は生の欲求が潜んでいる。墓山への途中で〈おかあさん！〉と呼びながら男の子が駈けてくる。その時夫は〈生色にあふれた何か〉を感じ、〈ふしぎな力がはたらきすべてが変質できる瞬間が、そこに来たと思えた〉。しかし〈近づくのを待ちうけて見ると伸一ではない〉。すると〈逆にどうしてもやれるところまで引きかえさずに行ってみせる〉と自死の思いが強まっていく。〈振りかえってその子を見ていた〉妻が〈寒々とした白い顔つきで私をうかがうふう〉に見る。この伸一と見まがう男の子を見やる妻の心の中にも夫と同様に生への欲求があることを示している。そのことは夫にも通じているはずだ。しかし夫は自分から心中を止めることを言い出すことができない。〈妻が過去を忘れるか感覚をにぶらせてくれさえすれば、すべてはうまく動きだすにちがいない〉と責任をすり替える心根は、夫の思考の通路を一筋に固定化して、妻がゆるさないなら〈身をほろぼす〉しかないと、自死する方にしか〈どうにも思慮がめぐらない〉状態から抜け出せない。仕方なさそうに夫の手にすがっている妻と崖道を登っている時、夫は或る思いに襲われる。

これほど近づきあったにんげんは世のなかにいないのに、どうしてこう突っぱり合うのかという思いにしめつけられた。……この小さな生きもの同士意志をぶつけ合って一致できないことがわからない。一度なされた行為はたぶんつぐなえないことがいくらかわかってきてかたいひとつの石ころとなり胸の底に沈むふうだ。

この夫の姿は、人と人とがわかり合い結び合うことの困難さへと読む者の思いを誘う。嘘も隠しもなく真情を吐き出し、肉と肉をぶつけ合っても互いをわかり合うことができない孤独な人間存在の実相への嘆息を聞くようだ。助川徳是氏はこの〈いかなる打算とも無縁に愛し合っているからこそ、和解できないという宿業を生きている〉二人に〈人間の関係性における地獄というべき本質〉[2]を見ている。また玉置邦雄氏は〈愛はお互いの心を傷つけあうものだという思念、それが人間の罪なのだという思考を含んでいる〉[3]ことに『死の棘』の重要性を見ている。こうした絶望的な係わりを通過することによって可能となる結び合いを「愛」と言うならば、ここでは夫の思いを通して「愛」の不可能性が見据えられていると言えよう。夫の〈胸の底に沈む〉〈かたいひとつの石ころ〉とは「愛」の不可能性に触れた痛苦を表していよう。この先に「愛」の可能性を見出し得るのだろうか。ここで「エロース的愛」について述べたC・S・ルイスの言葉を思い出す。

この愛は生き続けるものであり、互いに苦しめあう二人を鎖で縛り合わせたままにしておく。それぞれが全身くまなく愛の憎しみの毒にまみれ、それぞれが奪い取ろうとし、絶対に何も与えようとは思わず、嫉妬と疑いと恨みに満たされ、それぞれが上に立とうとし、自分は自由を確保しても相手には自由を与えまいとして「醜態」を演じながら生きている。(4)

第一章で触れた「肉体の愛」と「魂の愛」とが分裂し、「肉体の愛」に傾斜した「愛」のあり方を「エロース的愛」と言い得るなら、先の問いは次のように置き換えられる。キリスト教信仰において「エロース的愛」の浄化された「愛」として希求される「アガペー的愛」を、『死の棘』において作者島尾は想定しているのだろうか、と。この問いは第六章でもう一度問い直されるのでそこで触れよう。

祖母の墓地に来ると、妻の表情には〈恐怖のかげり〉が加わっている。夫も〈最後のところでそれができないかもしれぬ〉と思い始め、みじめな気持に陥る。別の場所を求めて行きながら、卑怯な自分を終わらせるために〈早く適当なところですませたほうがいい〉という思いに駆られていく。妻が〈ほんとうに死ぬつもりですか〉と聞くと、〈いつまでもしつこくぼくを責めるから首でもくくらなければ居れないじゃないか〉と言わずにおれない。夫には自分は罪の償いをしているのだから、妻は赦していいはずだという思いがある。そこに高慢の芽があることに夫は気づかない。妻にとって「ゆるし」とは、自分の病いが十年にわたる夫の背信の積み重ねによって生じたように、これからの日々を通して感受される罪の償いへの誠意、献身の積み重ねによって可能となるものである。言い換えると際限なく続く尋問は、妻の意識せざる〈改心〉への導きでもある。しかし、そのことを今夫が理解することはできない。〈あたしはやめます〉と言う妻に対して、夫は逆に依怙地になり、〈強烈な陶酔〉を求めて死の淵に近づいて行く。

〈そんなこわいことはもうやめてえ。あたしもうハジメなーい〉と哀願する妻の声に、夫は〈生きるにがみ〉を感じる。妻の内奥に潜む根源的な生の欲求、夫を愛おしむ思いが必死の叫び声となって耳を打ったのであろう。その後夫に潜在していた生の欲求が姿を現わしてくる。首括りをやめた夫は〈こどもをおどかし過ぎたあとのきもち〉を抱く。夫が〈名前を呼んでもいいね〉と問いかけても妻は〈ぼんやりした顔つき〉で〈興のさめた表情〉をする。妻は夫の言葉にほの見える打算の影を感受している。その妻を前にして、夫は〈妻が最後にはきっと反対して結局は中止してしまうにちがいないことを予想して追《お》いつめていた〉のではないかと自問するのだが、そうではあるまい。自殺への衝動は夫の心に厳然としてあり、死の淵まで夫は行った。妻の哀願がなければ夫は自死を決行していただろう。作者はそのように描いている。〈卑怯な自分〉、〈臆病な自分〉と訣別するために夫は自らを自死へと駆り立てていた。誰しもが生への希求を全く無くして自死に至るのではあるまい。作者は終戦時に特攻死の準備をし終えた自分に生の欲求が潜んでいたことを経験している。それは本人自身にも意識できない内奥の欲求であった。夫は妻の哀願の声によって内奥に潜む生の欲求を呼び覚まされたとみるべきだろう。しかし、そうではあっても夫の言動は妻の不信感を強める原因となったのである。
おじの家からおばの家に移った夜、妻は一人で考えたいから散歩に行くと言う。夫も連れ添って出る。大川土手を無言で歩いていると妻は夫に〈あなたはあたしが好きなのかしら。それがわからないの〉と問い掛ける。墓地で夫に感じた打算の影が疑念を膨らませていたのである。夫は〈過去は忘れるって、あんなに言ったじゃないか。やめてくれ〉と言うと〈どす黒く突きあげくるもの〉を感じて〈うわーっと大声を出して〉川の方に駈け出した。墓地での自分の応対に打算の匂いを嗅いだ罪の意識は凶暴な破壊衝動となって夫を衝き動かす。河原に転がって行く夫を追って妻も滑り落ち、二人は重なって止まる。妻にしっかり捕まえられたまま夫は〈しばらく空の星を見ていた〉。この夫の姿は第二章の終わりで、問い詰められた夫が叫び声を上げながら鉄道線路の方へ駈け出した場面を思い出させる。第三章では夫は狂言をする自分の卑劣さを自覚し、狂言に気づかずに夫の足に抱きついて放さない妻を見て幸福感を感じたのだが、ここでは夫は妻への憤懣を抑えきれないでいる。しばらく歩いた後夫の口から〈次から次へとことばがすべり出てきた〉。

「……どうしてこんなに責められなければならんのだろう。きっとまともなにんげんになるためだろう。おれだってそうなりたいから努力してきたんだ。でもね、いくらおれがその気になっても、おまえのほうで一向認めてくれないのなら、仕方がないよ。ああ、おまえがおれに白状させたがっているように本性を隠さずに出しておくことにしよう。……がまんがならなければ勝手にはなれたらよかったんだ。おまえがそんなにわからなければ、おれだってわからなくなってやるぞ。おれのやったことは、おれのやったことだ。それがどうしたと言うんだい」

夫は〈まともなにんげんになるため〉と言うのだが、妻はそれを求めているのではない。何度も触れたように、妻が求めているのは自分を心から愛していることの証しである。第十章で明らかになるようにその証しは〈まともなにんげん〉であることを否定する性格のものだ。夫は妻の要求に沿って自分を抑えて生きることに耐えられなくなっている。偽善者としての自己認識から偽悪家ぶることで鬱憤を晴らそうとしているのだが、そのことが妻をさらに傷つけていくことを夫は計量することができない。〈がまんがならなければ勝手にはなれたらよかったんだ〉という言葉は妻の十年間の献身を否定することに夫は気づいていない。夫も精神的に追い詰められている。妻は〈憎悪に燃えた目つき〉で夫を睨む。しかし寝床に一緒に入ることを拒否はしない。それは心奥に夫への強い愛着があるからだ。妻は憎悪と愛着との両極に一層引き裂かれていく。次の日夫は大きな過誤を犯したことに気づかされる。

翌朝妻は〈穴ぐらの奥のほうでうかがう顔つきをこしらえた〉。夫は昨夜のことを思い、〈妻を一歩一歩へんな方向に押しつめていくつもりなのか〉と自分のエゴイズムを見つめざるを得なくなる。次の日も妻はかたくなに気持ちを閉じて憂鬱の度合いを強めていく。親たちの歪みは伸一にも影を落とす。頬に血をにじませている訳を夫が聞いても同情を拒むように目をそむける。

次の日、夫は故郷で教師の口を探す事を勧められ、教育委員会に行くために従兄弟と共に列車で出かける。外の景色を見ていると〈いろいろな反対の考えが湧き起こっては消えて行く〉。その時、妻が独りで死ぬために自分を出したのではないかという考えが浮かぶ。自分の中に醜悪なものを見た夫は妻に清冽な決意を思ったのだろう。それは妻への愛着を呼び覚まし、〈はじらいの顔を伏せがちに、微笑しながら私のほうを見ている娘のころの妻のすがた〉を思い起こさせる。娘時代の妻を思い浮かべるのは、第三章で海軍時代を思い返した時の宿命としての結び付きが刻印されているからである。それが夫に妻の狂気の世界への回帰願望を生んでいく。

今目にすることができる安定とおだやかさは私に必要でない。どれほどいやでも妻のあの狂おしい神経の世界に帰りたいと思った。

ここで夫の心の中に〈妻のあの狂おしい神経の世界に帰りたい〉という思いが生じていることは、これからの二人の関係の中で重要な意味がある。夫にとって妻の狂気の世界が妻との一体化を図る場となっているからである。自らも狂気の世界に入り込み、首括りを止めさせようとしがみつく妻に、自分への没入の深さを実感し、恍惚感を感受していく。次の章で首括りが繰り返されるのは、正気の世界では得られない一体感を狂気の世界で感得するからでもある。その意味でここでの妻の狂気の世界への回帰願望は、これからの二人の狂気の世界を暗示する意味を持つ。西尾宣明氏は妻の狂気の世界を〈贖罪としての「死」から「私」が蘇生しうる唯一の救済〉(5)の場と捉えている。

帰郷する日の早朝、妻が居なくなる。探し廻る夫に〈今度こそつかまえそこなうのではないかという不安〉が広がる。ふと思い出して鉄道線路に行くと、小川のガードの下に妻の姿を見つける。夫はそっと近づいて〈いつもそうするように〉しっかり捕まえる。妻の失踪はこの章の冒頭で女の名前で呼んでくださいと言い出したことに係わっている。妻の心に帰京後に近づいてくる女の影が大きく映じてきたからだろう。女の影は夫への不信感を強めざるを得ない。しかし妻が線路ではなく、小川の下手に居たということは、そして〈気抜けしたように愁いに満ちた表情〉で〈いつもそうするように〉夫のするなりに任せていたのは、夫が探し出し、迎えに来ることを待っていたことを示している。不信感に突き動かされる一方で夫の愛を信じたい思いが深いことを表している。章末は女からの〈おどしの手紙〉が郵便受けに入っていることへの不安を夫が抱くところで結ばれるが、その不安は妻のものでもある。その意味でこの章末は次の章の導入でもある。

章題について付言する。章題の「流棄」は、存在の根となる安定した世界から切り離されて彷徨う家族の姿を表していると思われる。「流棄」の内容には次の三点が含まれよう。県の役所へ行くために乗った列車の中で、夫が今落ち込んでいる場所の奇妙さを思う場面の描写がある。幼い頃の記憶に繋がる外の景色は〈いつまでも続きそうな安定〉を感じさせ〈少しずつ歳月が移り行く状態をあらわしている〉のに、〈自分はその流れのなかにはいることを拒まれたとしか考えられ〉ないと夫は思うのである。また、故郷での時間は夫に今の立ち位置を知らしめる時間でもあった。祖母がいない田舎では幼い頃は身近であった母方の親戚は遠くなり、遠く感じていた父方の親戚に頼るしかなく、親戚の者は〈よそから妻を連れてきた私に反撥している〉ように感じられるのである。故郷は慰安を与える場所ではなくなっていた。さらに、町のおばのところに行く道での、〈妻が歩けなくなってしゃがみこめばほかの三人もそれにならい〉、〈妻が気分を取りもどして立ちあがると、三人もまた立ちあがって歩きはじめ〉る姿は、漂泊する家族四人が断ち切ることのできない絆で結ばれていることを象徴していると読めるのである。

3　第六章「日々の例」〔『新潮』昭和三十八（一九六三）年五月号。『日記』昭和三十（一九五五）年一月二十一日～二十七日に対応。〕

この章では、帰京後妻の状態が異常の度合いを増して〈生活が破れるきざし〉が顕わになり、夫が病院に連れて行く決心をする一週間の経緯が描かれる。

二人は郵便受けが〈凶器に見えてくる〉不安の中で日を送る。妻は〈猫の目になって〉すきがあれば飛びかかろうと〈誇らかなむごさ〉を現している。夫は〈身もこころもちぢかませて、家事の仕事をし、少しでもよい状態のやってくるのを待っ〉ている。生活の手立てを考えても、〈確かな期待の持てるもの〉はなく、妻は〈みんなあなたのせいだ〉と夫の過去を責める。小岩の雑踏を歩いていた夫に、妻が自分を責め続ける理由について或る考えが浮かぶ。

傷つけられたものは癒されることがないことを、妻は私に示そうとしているのか。

この問いは第五章で心中するために二人でやって来た祖母の墓の傍で浮かんだ〈一度なされた行為はたぶんつぐなえないことがいくらかわかってきて〉という思いから一歩進んで、妻の意志をそこに見ようとしている。なぜ妻は〈私のあやまちと裏切りを責めつづけ〉るのか。それが今夫にとって火急の問題として意識されてきたのである。

田舎で生活を立て直そうという夫に妻は、〈いなかでのことは、悪い夢のように、ただいやな寒いところだというほかには思い出せない〉から〈できることならこのまま小岩にいたい〉と言う。そして女のことを持ち出し、急に勢いづいて言う。

「そうだわ、あたしは何もあいつをこわがることなんかないんだわ。……だってあたしさえ動じなければ、あいつのおどかしなんか意味がないじゃない。そうでしょ、おとうさん」

女にどう立ち向かうかを妻が問題にするのは第四章から二度目である。四章では脅しの手紙が届いていたが、今それはない。田舎に行くことを否むための対処法である。〈あいつをこわがることなんかない〉という考えは前にはなかった発想である。〈あたしさえ動じなければ〉と妻は言うが、動じないためには夫への絶対的な信頼が前提となる。女を恐がるのは、夫を女に取られることへの不安があるからだ。しかし妻に夫への絶対的な信頼が生まれているわけではない。だから妻は〈まさかあいつのほうに加勢なんかしないでしょうね〉と夫に問わずにいられない。夫は〈あたりまえじゃないか〉と答えるのだが、明確な覚悟があってのことではない。妻が求める信頼に応えることへの躊躇がある。それは夫が自分の過誤を消し去ることができない罪として意識し始めているからである。女が姿を現す時を思って〈肉体の傷つけ合いをはじめるか、なかの誰かが気のふれること〉への恐れを抱いた後で夫は次のように思う。

過ぎた日々に私がかかわっていた部分でどんなに腐敗と害が広がっているかを確かめることはやさしくない。そしてその腐れがいつはねかえってくるか予測もできない。そこの部分がかたまってはがれ落ちる先々の日があるかどうか。

この思いには重要な意味がある。自分の過誤が生んだ〈腐敗と害〉へ注がれる目が芽生え、〈その腐れ〉た部分が消え去る時が来るのか、罪の償いが可能なのかという思いへと夫の意識が向かっているからである。第五章で触れたように実は〈その腐れ〉が〈はがれ落ちる〉ために妻の尋問は続けられていると言ってもよい。そのことは夫には未だわからない。ただここで留意しておかねばならないことは、人間から〈腐れ〉即ち「罪」を消し去ることはできないということである。『死の棘』の評者が必ずのように言及する妻の繰り返される訊問の意味は、そのことを前提にして問われねばならない。『死の棘』は妻の尋問の意味を問い続ける夫の物語でもあるのだが、その自問にやがて変化が生じていく。それは第七章以降の問題になる。

ここで妻の尋問についての主な読みを紹介しておく。海老井英次氏(6)や岩谷征捷氏は〈汚れの浄化〉(7)と捉え、芹沢俊介氏も同様に〈「私」の根源的な病い（嘘つきという言葉に象徴されている）の治癒が目ざされている〉(8)と見ている。また玉置邦雄氏は〈神のこころみ〉(3)を、饗庭孝男氏は〈神のはからいのかたち〉(9)を見取り、さらに吉本隆明氏は〈夫との関係を転倒するためにのこされた武器〉(10)と捉え、岡庭昇氏は〈日常性という観念的なみせかけを剥落させ、真の現実を露出させていく〉(11)役割を見ている。一方、鈴木直子氏は〈具体的な解決が目指されてさえいない〉(12)と指摘する。

この後妻は夫が思いもしなかったことを言い出す。〈ねえ、あたしの欠点をぜーんぶ、それこそすっかり言ってください〉。それも夫が安心するように〈無邪気な笑顔をつくって〉繰り返し言うのである。第二章でも同様の質問を発しているが、ここでのように執拗に尋ねることはしていない。笑顔には夫をある問いへ導こうとする妻の計算が隠されている。妻は自分のすべてを好きになってほしいからだと言う。夫は前の自分とは違うと言うが、妻は言い逃れとしか受け止めない。〈どんな小さなことでもあなたがあたしに何かかくしているかぎりはあたしのこんな状態はなおらない〉と言う。夫が〈もうなんにも隠していることなんかないんだがな〉と言うと、さらに〈ほんとうに、なんにもかくしていない？〉と問い返す。夫が〈そんなふうに問いつめられると、どう返事をしていいかわからない〉と応えると、〈あなた、あたしに何かかくしていることはないでしょうね〉と重ねて問い掛ける。このように追っていくと、妻の問いの目的が自分の欠点を言わせることにあるのではないことが見えてくる。そのことは口実に過ぎない。妻は夫がまだ自分に嘘をついていること、隠しごとがあることを知っているのである。その隠しごとを夫の口から言わせることに目的がある。しかし、隠しごとは〈ない、と思うけど〉と応える夫に対して、妻はそれ以上は問い詰めないで、〈あたしのいやなところを、かくさずにおしえてちょうだい。そうしたらあたしはいっしょうけんめいそれをなおします〉と初めの問いに戻っていく。言ったことに破綻が生じないように思考が働いている。夫が〈妻の筋道立った考えは、ひとたび発作が襲いかかるその前にはどんな力もない〉と言うように、神経を病んでいる者の思考とは思えない。答えに窮した夫は〈結局のところ詰め腹を切らせられるきもち〉で、〈いくつかの妻の欠点とそこがいやだという箇所〉を言う。妻は〈自分のことばにつじつまを合わせ、心置きがないそぶりを装いつづける〉のである。

翌朝夫は昨夜妻の欠点を言ったことに〈取りかえしのつかぬ悔い〉を感じながら、妻の呪文めいた呟きを耳にして震える。

ナニモノヲモサシハサマズニアイサレタイトオモッタノハウノボレデアッタカ、モトメテアタエラレヌカナシミ。（傍線引用者）

妻の呟きは夫が欠点を言ったことから発せられたのではない。〈ナニモノヲモサシハサマズニアイサレタイ〉という願望は、夫が嘘・偽りのない心を示してくれることへの期待を意味しており、その期待が空しいものであったことへの失意の思いがここに託されている。

ここで『日記』との異同に触れたい。『日記』一月二十二日には〈何物をもさしはさまずに愛されていたと思っていたのはうぬぼれであったか。求めて求めて与えられぬ悲しみ〉（傍線引用者）とある。『日記』の完了表現〈愛されていた〉が、願望表現〈アイサレタイ〉に変えられ、強調表現〈求めて求めて〉が平叙表現〈モトメテ〉に変えられている。そのことによって、夫への愛着が強調された『日記』の妻から愛着と不信の間で揺れる小説の妻へと変貌している。

作品に戻ると、その時妻は〈私はグドゥマにはならないんだから〉と言って発作には入らない。夫は〈よかった、よかった、とうとう発作に勝てたじゃないか〉と喜ぶのだが、この時妻は強まる葛藤と闘っている。

場面は移り、生活費の工面のために出かけるが、駅や電車の中で妻の素振りがおかしくなる。通行人と夫の顔をじろじろ見比べようとする。夫は妻の素振りに落ち着きを失って、仕事の交渉に行くことを考えてほしいと頼む。妻は〈やかましい、やかましい〉〈そんなことあたしに言ったってわからない〉と耳をふさぎ、今にも崩れ折れそうな様子を見せる。発作の時には筋道立った論理を紡ぎ出していた妻の思考は日常的なことに対しては無力になっている。夫もどうしてよいかわからず虚脱した状態になる。その父を支えるように伸一が不断とは違った優しさを示す。

両親のおかしな様子を見ていた伸一が必死に取りなそうとして、父親に〈ぼく、ほんきんでおねがいしゅるよ。はじまらないでね。おかあさんかわいいしょうだから〉（傍点原文）と言う。帰りに地下鉄のホームで電車をやり過ごしていると、〈あいつが乗っている〉と妻が突然駈け出す。夫はあわてて妻をつかまえ、落ち着かせようとする。伸一は母親に寄り添って〈カテイノジジョウをしないでね。すこやかにね〉と言ってなだめる。帰宅するといつもは白い目で見がちな伸一が父親の傍に寄り、腰に頬をすり寄せるようにする。仲一が父親に親しみを見せるのは、母親の病が進んでいることに気づいているからである。平常心を失っている母親をかばい、家庭の平穏を求めようとして父親の気持ちを荒立てないように演技しているのだろう。

その夜、子どもたちが眠った後夫が思ってもみなかった問い糾しが始まる。この問いを通して妻の糾明が夫にどのような意味を持っていたかが少しずつ明らかにされていく。妻は遠慮がちに〈言わないといつまでも気にかかって、かえっていけないでしょ〉と切り出した後、問い掛ける。

「おこらないでね。ごめんなさいね。あのね、まだかくしている写真があるでしょ。それをみんなだしてくださいな」

夫は〈みるみる青冷めて行く〉。〈妻の前に、行為としての隠しごとは、すべて追い出したはずであったのに〉と悔いに駆られるのだが、ここで注意したいことは、夫の尋問の受け止め方にこれまでとは違った変化が現れていることだ。妻の尋問によって〈妻の前に透きとおったようにしていられたらどうかとさえ思いはじめている〉と言う。〈大声を出し、気のふれたまね〉をしても結局嘘は掘り起こされ、〈自分のからだがいやなにおいをかきたて〉、〈戦い悩んだと思っていた自分〉が〈渇きにさいなまれてうろつきまわった犬〉としか思えず、妻に問い糾され嘘を吐き出すことによって〈からだもこころも軽くなっていること〉に気づいたと言う。さらに妻の尋問が〈裏切りの事実が明かされることよりも、それがどのくらい正確なのか〉に向けられており、〈一部を覆ってよけて通ると、追及はむごくなり、すっかりあからさまにしてしまえばそれきりで終わること〉にも気づいてきたと言う。夫は、妻の尋問が繰り返されるのは犯した過ちを糾弾するためではなく、嘘やごまかしなく正確に答えることによって自分を内面から変えるためだと感じ始めていた。そうであるのに、女と写った写真、女からの手紙、女との交渉を記した手帳を隠してきた事実を突きつけられた夫は、嘘の上に嘘を重ね、必死で嘘を守ろうとしてきた自分の〈暗い情熱〉に〈絶望の思い〉を抱いていく。

ここには人間のエゴイズムの奥深さが露わにされている。第三章で夫は、狂言によって妻の「ゆるし」を乞おうとする偽善の顔つきに自己のエゴイズムの醜悪さ、〈化け物〉性を感じて戦いた。しかも今見たようにその後尋問によって自己の虚偽の皮が剥ぎ取られることによって心身が軽くなったのである。隠しごとを〈ひとりだちできない原因〉と思いながら、一方で〈最後の支え〉とも思ったのは、人間の自我の芯を変えることの困難さ、自我の芯に潜むエゴイズムの根深さを示すものであろう。人間には他者の介入を拒む不可侵の領域がある。それが醜い性質のものであればあるほど、そこを侵されることで自己が瓦解するように思われる聖域が潜在する。それを守ろうとする自分に〈絶望の思い〉を抱いた夫は、〈ひとりだち〉即ち新たな自己との邂逅への扉を開くとば口に立っていた。しかしその扉は開かれない。

「……きょうまであたしは、あなたがいつ言いだしてくれるか、いつきりだしてくれるかと、そればかり待っていたんです。……あたしはあなたのそのしらばっくれた顔を見ていると絶望します。……おねがい、もう、いいかげんにして出して！」

妻が夫の隠しごとを知りながら夫から言い出すことを待っていたのは、妻に「ゆるし」へと向かう気持ちがあったということだろう。しかし今妻は夫の改心に絶望を感じている。だから〈おねがい、もう、いいかげんにして出して！〉と懇願せずにはいられない。夫は〈みにくい取りつくろいを言いながら〉隠していた場所から取り出す。この時夫は〈大声で叫び出したい〉のだが、そうせずに〈投げやりな態度でそれを妻のほうに示した〉。夫は何を叫びたかったのか。隠したままでいたことへの悔いか。醜悪な自己への痛罵か。それとも自暴自棄の叫びか。今夫は〈ゆるしを乞うどんな立場〉も失ったことを知った。では、〈ゆるしを乞う〉ことができなくなった夫はどのようにして妻との関係を回復していくのか。これまで以上に困難な課題の前に夫は立たされている。

翌朝、妻は昨夜の姿のままでいる。〈あなたはあんなきたないことをどうしてあんなにくわしく書いて置いたの〉、〈あたしに読ませて、あたしをみじめにするつもりだったの？〉と問い、写真と手帳と手紙は便所に捨てたと言う。妻はその問いを追求しないで、手紙に書いてあった夫が打った電報のことを持ち出す。夫は電報など打たなかったと繰り返す。〈それだけは絶対にうそじゃない〉と言う夫に妻は夫への不信の念が一層強まったと言う。しかしここでの問い糾しはこれまでとは異なり、嘘を暴いて夫を改心へと導くこととは別の意味がある。〈これほどみじめなことってあるかしら。じぶんのいのちもいらないぐらい愛したあなたが、かくしごとばかりしていた人だったとは〉と言う妻の言葉には、自分の献身を知らしめ、夫の献身、愛の証しを求める意味がこめられている。そして〈そう言いながら妻の顔は急にほてってってきて目を赤くした〉とは、愛の証しが「肉体の愛」を通して求められていることを意味している。繰り返される問い糾しには二つの側面があることを見落としてはならない。夫に隠しごとがなくなったのに尋問が繰り返され、取っ組み合いに二人が肉体的な快感を覚えていくのもこのことが係わっている。

妻は身体で夫を試みようとする。〈妻は全身を感じやすいためしの機械〉と化すが身も心も縮かませている夫は妻を〈飢えの砂漠のなかに取り残す〉。眠ったあと再度妻の試みを受けた夫は〈見ちがえるようにふるまえ〉、二人は〈かりそめの安堵〉を得て眠る。その後発作はやはり起こる。妻の中では「肉体の愛」と「魂の愛」とは分離したままである。妻は「肉体の愛」を試みることで夫の「愛」の所在を確かめようとする。「肉体の愛」の充足は一時的な安堵しか与えはしない。「肉体の愛」の充足が「魂の愛」との一致、精神的充足をもたらすわけではない。言い換えれば夫に「魂の愛」を信じることができない故に「肉体の愛」にその代償を求めざるを得ないのである。「肉体の愛」の一時的な充足は一層「魂の愛」への渇きを強めざるを得ない。

夫が目覚めると妻は不信のまなざしを向けている。妻の尋問発作に耐えられなくなり夫は首を括ろうとする。妻は伸一に加勢させて、首括りを止めさせる。夫の心のむすぼれがほどけ、妻の発作が終わると、妻は〈もうなんだっていい。死なないで、あたしのそばにいてほしい〉と直截に夫への愛着を言葉にする。しかしその妻の姿が続くわけではなく、時間を置けば夫への疑念で心を閉じる。その繰り返しが日常化していく。吉本隆明氏は上述のような妻の発作が夫の存在に起因し、しかも発作を鎮めるために夫の存在を必要とするという絶対的な矛盾の中にあることを〈家族の本質的な矛盾〉(10)と捉えている。

妻の発作で二人が取っ組み合いをしているところにいとこ夫婦が来る。いとこの妻もひどい不眠症に悩まされていたがＫ病院で診察を受け睡眠薬を服用するとヒステリックな症状が剥がれるように消えたと言う。いとこ夫婦が帰ると、また諍いに戻り、夫は感情の抑制ができなくなり〈やさしくやさしくとこころに思いながら、……むごいことばが口を突いて出てくるのを止められない〉。ここでこの章の初めに触れた、なぜ妻が〈わたしのあやまりとうらぎりを責めつづけるのか〉という問いが怒りの形をとって発せられる。

「……おまえ、なんのために、いつまでグドゥマをくりかえすんだい。……おまえ苦しむのが、結構たのしいんじゃないのかい。そうでもなければ、こんなにいつまでも、おんなじことをぐずぐず言ってくりかえすはずがないだろ。ええおい、どうなんだい。……」

〈最後の隠しごと〉を問い糾され〈ゆるしを乞うどんな立場〉も失った罪悪感が夫に居直りめいた言葉を吐かせるのだが、妻の尋問によって自らの中に潜む悪・罪を暴かれることに耐えられなくなっている。妻は〈私が投げつけることばもだまってきくだけで、うずくまったまま泣きじゃくっ〉ている。すると夫は〈畳の上にねじ伏せて何かを白状させたいきもち〉になり、〈拷問すれば妻の体内にはいりこんだ悪鬼らが逃げ出して行くような気がしだす〉のである。

この時夫は自分を苦しめる加害者だと妻に意識させることで今の苦しさから逃れようとしている。それが夫が意識しない心の動きであったとしても、妻は加害者としての自分を意識せざるを得ない。箪笥から細ひもを取り出し路地に出て行く。夫は間を置いてから物置に行くと妻は首を括ろうとしている。夫がひもをほどくと妻は声を絞り出して〈あたしは悪い人だ。あなたをこんなに苦しめて悪い人だ。ごめんなさい。ごめんなさい〉と泣き叫び、〈あたしに電気ショックをしてください。いろんなこと、ぜーんぶ忘れてしまいたい！〉と訴える。加害者として自分を意識させられた妻は、夫のように立場をすり替えて相手を責めることで自分を救うことができない。夫を苦しめる〈悪い人〉として自分を責めていく。妻の夫への謝罪は夫への愛着が形を変えて表れたものだ。愛着の強さは自責の念を強め葛藤は昂じていく。電気ショックを受けるというのは、加害者としての自分を苛む故の自己処罰の叫びであろう。妻の内部ではこれまでの夫への愛着と不信の葛藤に加えて加害者としての自己処罰の意識が加わっている。妻はその二重三重の内的葛藤に耐えきれなくなっていく。狂いがはっきりと形をとり始めていく。次の場面で〈妻のようすがひどく内省的になった〉とあるのはその現れであろう。しかし、夫には妻の内的葛藤の内実は見えてこない。

不信の念を持ち続ける妻に夫は隠し事がない証拠に指を切ろうと言い出す。鉈を買って戻ると妻は〈生涯を通じての誓い〉も立ててほしいと言う。女との関係を断つことなど六つのことを誓約書に認めると〈捨て身になってなどと思いこんでいたこと〉が、〈しなびた中身〉としか感じられない。それは夫が女との関係を内実のない出来事として見ていることを表している。誓約書を書いた後、妻は左手の小指を鉈で切る演技をした。妻の皮膚を通して〈安らぎ〉を覚えた夫は〈魔術にかかったような白々しさ〉も感じる。〈まねじゃないのよ、あたしはほんとうに切ったんだから〉と妻が言っても、覚悟していた肉体の衝撃を伴わない終わり方が〈まともに突きあたらずに横をすり抜けて通〉る自分の生き方を運命づけたように思われ、〈絶望の感じに突き落とされ〉る。ところで妻は真似ではなく〈ほんとうに切った〉と夫に告げた。そうであれば指を切った真似は妻の「ゆるし」を意味しているはずだ。だが指を切る演技で妻は心奥にある葛藤の根を断ち切ることはできない。妻の行為の無意味さ、言葉の実質の稀薄さに夫は考えを向けてもよかったはずだ。更に言えば指を切る行為自体が償いとしての実質的意味を持ち得ないことも。しかし自分に囚われている夫には妻の心の中も自分の行為の意味も見えてはこない。

次の日、妻に変化が現れる。夫の目には〈つとめてふだんのようすをふるまおうとしている妻のようすがいたいたしく見える〉。前日夫が感じたように妻は〈内省的〉になり、自分の思考の回路の異常に注意を向けようとする。女が来ることはこわくないと言い、なぜ自分が苦しみ、夫を苦しめるのかがわからない、何をしたらいいのか教えてと夫に言う。この時妻は自分の病の根幹に触れているはずである。夫への不信を晴らそうと問えば問うほど夫の不信の根の深さに気づかざるを得ない。夫への愛着の深さが逆に不信の念を強めていく。その葛藤の果てに神経を病んでいった。海老井英次氏は一体感を取り戻すための〈汚れの浄化〉(6)としての尋問が一体感を幻影として確認させていくという二律背反をここに見ている。そうした自分の心中の葛藤を妻自身が知ることはできない。愛着の強さ故に問い糾すのであれば、愛着を消却することによって愛着と不信との葛藤から解放されるだろう。しかし妻が夫への愛着を消し去ることはできない。それは自らの存在を否定することでもあるのだから。こうした関係の中で「ゆるし」は可能なのか。ここで組織神学者J・モルトマンの言葉にヒントを求めたい。

罪人はどのようにして罪をゆるされるのでしょうか？……どんな良き行為も、悪しき行為を埋め合わせることはできません。加害者たちは、ほんの小さな記憶しか持っていません。なぜなら、彼らは、抑圧したことを、その意識から排除しているからです。しかし、彼らの犠牲者たちは、長い記憶を持っています。なぜなら、彼らは、その苦しみの刻印が生涯にわたって刻まれているからです。それゆえ、加害者たちが救済されるものならば、犠牲者たちの助けを必要とします。確かに、「償い」が傷つけられた世界秩序を回復し、罪の重荷が加害者によって荷なわれるべきです。しかし、「償い」は、人間的可能性ではありません。なぜなら、行った不正は、起こったこととして留まっているからです。(13)

この後モルトマンは、罪の重荷からの解放は神の創造的な「いのちの義認」によってのみ可能となると述べるのだが、ここではそのことに立ち入るべきではない。ただモルトマンが罪はどのような償いによっても埋め合わせることができないこと、加害者は罪の重荷を担い続けなければならないこと、そのことによって被害者の助けが可能となると述べていることに留意したい。モルトマンの考えを筆者なりに単純化して言えば、妻の苦しみを共に担う自覚が夫に生まれることで「ゆるし」への橋が架けられ、「愛」が成就する道が開かれるということである。言い換えると「肉体の愛」から「魂の愛」へ、「エロース的愛」から「アガペー的愛」への道筋が生まれるということである。海老井英次氏(6)が〈《愛》を創造的に生きる〉と述べているのもこのことを指していよう。

しかし、この時点で夫の思いは、心を制御できない自分に恐れを感じ始めた妻の苦しみを共に担うことへ向かわない。不信と愛着との葛藤は限界を超えて妻を苦しみの極に追いやっていく。〈地獄のあたしを救ってくれるのはあなただけなの。……どうしてキチガイのまねをしてさわいであたしをぶったりするの?〉と妻は夫に訴えた後、〈なんのつみとががあってこんなに苦しまなければならないのかしら。いっそ死んでしまいたい〉とさめざめと泣き、〈クヘサ、クヘサ、アンマー〉と郷里の言葉(14)で死んだ母親に訴え、声をしぼって泣き続ける。その姿に〈私はくらーいきもちの底で、どうしても妻を医者に見せねばならぬことを、やっとさとった〉と語ってこの章は終わる。

われわれは通常相手が妻或いは夫であっても、相手の心中に隠されている本心(自我)を開示することを求めはしない。近代的な個人意識においては個を支える心奥の自我なるものは尊重し合うものとして非開示であることを前提に関係が結ばれている。互いに心奥の自我を覆い隠して表層の面貌を認め合う演技をするところに関係が成立するという近代の常識的なあり方を正常と見なすなら、夫の嘘をすべて明るみに出そうとする妻の欲求は、異常と見なすしかないだろう。

しかし、そうした異常と正常の区別をつける思考の中で妻を癒すことはできないことも明らかである。夫の真の苦しみがここから始まる。

章題「日々の例」について付言する。この章の中心的な問題は、なぜ妻は尋問発作を繰り返すのか、夫に即して言えば、なぜ妻は夫の過去を問い続けることに執着し、赦そうとしないのか、という問題である。夫が〈最後の支え〉としていた隠し事が暴かれて、夫の重なる罪が明らかにされても尋問発作は止まない。妻が〈なんどくりかえしたかしれぬ今までの非行をならべてさわぐ〉と夫も〈一緒になって、きたないことばでののしりかえし〉、首を括ろうとして〈ふたりはくんずほぐれつ取っ組み合い〉を繰り返す。夫は妻の腕力に〈すがりつくやさしさ〉を感受し、一人部屋の中にいると取っ組み合いの記憶が甦り〈なつかしい感情〉を感じ取る。その二人の姿を子どもたちは、感情を動かさずに他人ごとのように見ている。二人の取っ組み合いは日常的な行為になっており、最後の一線を踏み越すことがない行為として見えている。こうした日々の繰り返しの過程で夫に強く感受されていったことは、〈もうなんだっていい。死なないで、あたしのそばにいてほしい〉と哀願する不信感の奥に潜む妻の愛着の強さであり、妻の混迷への目を曇らせている自己に執着するエゴの罪深さである。「日々の例」である故に日常化された異常な事態の繰り返しの中に、夫は何を見出さなければならなかったのか。その問いが「日々の例」という章題にこめられていると思われる。

4　第七章「日のちぢまり」〔『文学界』昭和三十九（一九六四）年二月号。『日記』昭和三十（一九五五）年一月二十八日〜二十九日に対応。〕

前章の末尾を受けて、K病院で診察を受けた一日の経緯が描かれる。〈にんげんでもけものでもない魔ようのもの〉と化していく妻の姿と、その妻を前にして逃走願望とそれを否定する心とに揺れ動く夫の内面が克明に追求され、同時に心を荒ませた子どもたちの姿が描かれる。

K病院へ行く電車内で妻は夫の理解を越えた行動を始める。〈坐っていた座席から突然立ちあがり〉、〈どこか手のとどかぬかなたに逃げて行〉こうとするように〈よろけながら運転台のほうに歩きだした〉。夫には妻が〈暗いすみっこにあとずさって行くけだもの〉に見える。妻は〈こわい、こわい。あなたはおそろしいひと。……あたしのそばにやってこないで〉と〈世間から剝がれて行くようなたよりない声〉で言う。病院への街路を歩きながら、夫は〈崖のふちに吸いよせられて行く〉今の状態から逃れ出るために家族四人で荒海にこぎ出そうと思うのだが、重い現実の前で暗鬱な思いへと向かわざるを得ない。

受付で待つ間も、顔を伏せ加減にした妻は〈かげの濃い目〉で夫を睨み、独り言を繰り返す。これまでは妻が発作を起こしても〈片方にぶれた振り子はまた反対側に揺れかえしてくることが予想できた〉のだが、〈どこかちがったものになった〉ように夫には思える。妻は気持の通わぬところに行こうとするように、〈皮膚にかたい甲羅をかぶり〉、〈見たこともないひとの表情を装いだす〉のである。その妻を目の当たりにして夫は自棄的な思いに囚われる。〈突然の嫌悪に突きあげられ〉、これまで重ねてきた〈回復の努力も放りだし〉て〈妻のそばから逃げだしたい〉衝動が起こり、取り返しのつかぬ事態を招いても構わないという〈捨て鉢のきもち〉になる。しかし、病院で見る女たちの姿に〈無邪気なやさしさ〉を感じる自分に〈過ぎ去った快楽を呼びもどす姿勢〉を感じて怯えが戻り、〈世のすべて〉に〈くりかえしのむなしさ〉を感じると、〈自分の気質と力ではどうあがいても落ちこんだ井戸の底からはいでることはできそうにない〉と思う。すると〈挫折感〉が溢れて、自己否定の思いが湧き上がって投身自殺への誘惑が起きる。しかし、これまでも決行できなかったことが思い出され、一層気持が荒れていくのである。

子どもたちの様子も〈年端のゆかぬこどもの無邪気さに似てまるでちがったもの〉と夫の目には映る。〈母親の発作がひどくなると、マヤはいっそう落ち着きを失い〉、〈母親の毒気をからだごと感受し、できるだけみにくく再現してわざとまわりに見せつけている〉ように見える。伸一もまた、〈そのみにくさをかきたてることに執心している〉としか思えず、夫の鬱屈した気持を押し広げる。子どもたちの荒れた姿は〈犯して失ったものは決して取りもどせぬことを、私にいつまでも忘れさせないために〉妻の魂が憑依した姿のように映るのである。この〈犯して失ったものは決して取りもどせぬ〉に類した表現は第一章、四章、五章、六章、そしてこの七章と繰り返されている(15)。このように反復され、今夫が〈私にいつまでも忘れさせないために〉と言うのは、夫が自らの心の中に罪を犯す芽が抜き難くあることを自覚しているからにほかならない。この時子どもたちは夫に犯した過誤の罪の深さを認識させる「棘」となっていると言えよう。それは同時に夫を罪への道から救う「棘」でもある。「棘」としての子どもたちの姿は次の章でより鮮明に描かれる。

場面が変わると夫の心は別種の相反する思いに引き裂かれる。自らの過誤への悔いは妻への愛着へ向かわせる。自分への〈没頭〉の深さ、打算も余分な慮りもなく直截に真情を表してくる姿を思い、〈無実の魅力〉を享受するためにどこまでも妻に従順であらねばならないと思う。しかしその後で、〈黒い鳥さながらの妻〉を見ると、〈逃げだしたくなる衝動が否め〉ず、妻が窓から〈落下して死んでしまえば〉〈やりきれぬ停滞を終焉させることができるのにとおそろしい考え〉が浮かぶ。その時夫に或る観念が生まれる。生きることには〈時の審きに似た整理〉があり、〈時の波のうねりはほどなくおしなべて平坦なものにならしてしまう〉と思う。この時の流れの力への思いは第十一章でその力に身を委ねる思いへと変化していくのだが、この時点では〈おそろしい考え〉を支える力として受け止められている。しかしその後〈妻の自殺したあとの寂寥〉を思い、〈神経の細い管に悲哀の毒素が過重に押し入って〉くるのを感じ、〈限度を越えればきちがいになるだろう〉と思う。夫は抑制ができない感情の渦中にありながら自己を冷静に観察している。ここには語りの視点の二重化が見られるのだが、視点の問題は次回扱う。

自分を客観視する目は再び妻の発作が止まないことへの疑問へと向いていく。

なぜ妻がもう意味を失った発作を放棄しないでくりかえすのか、と絶望的な疑問がなん度も起こってくる。

夫が言う発作の〈意味〉とは、自分の嘘を問い糾すことである。その〈意味〉を失ったとは、夫が自分にはもう嘘がないと思っていることを表している。しかし発作の〈意味〉は嘘を問い糾すことだけではなく、夫が自ら罪を告知することを通して愛の証しを見出すことにあった。妻の尋問に二つの側面があったこと、それ故に生じる内的葛藤の昂まりが妻を狂わせていったこと、そしてそうした妻の内面に夫の目が向かなかったことは前章で触れた。しかし今夫はそのことに目を向け始めている。

近づく夫を睨みながら妻は、自分が味わっている〈地獄の苦しみ〉がわかるはずがない、〈だからすぐわたしのそばをはなれてしまう〉と責める。しかしその口調に〈むしゃぶりついてでもやっつけようとする勢い〉はなくなり、〈習慣になった責めことば〉を機械のように〈のべつにしゃべっている〉だけである。夫の〈絶望的な疑問〉は狂気の世界に入り始めた妻を前にして、夫が妻の〈地獄の苦しみ〉に目を向けざるを得なくなったことを表している。その苦しみから妻を救う力を求めて、〈もし、私には理解のできぬ力がはたらくなら、ひとつのきっかけが与えられるかもしれない〉と夫は病院に連れて来たのだが、ここで、夫に「不可知の力」へのまなざしが生まれていることに留意しておきたい。第九章でその「不可知の力」を感ずる事件に出会う。

やがて診察が始まる。予診で夫が自分の浮気のことを医師に話すと〈恥しらず！〉と妻は夫に平手打ちを加える。医師が〈変わった物体を見る目つき〉を示すと、夫は〈どれほど耐えがたい妻でもこの世で理解し合えるのはふたりのほかにいないのだ〉と思い、〈いとおしさがふきあがってくる〉。本診に入ると実習生が取り囲み、妻を診るよりも実習生に説明することに主眼を置いているように見える医師に夫は不信感を抱く。医師はすぐに入院させたほうがいいと言う。夫は驚き躊躇し猶予をもらうように頼むが、入院させることで得られる自由を期待する気持が湧き、その心を隠さねばと思う。妻は夫が入院させたがっていることを敏感に感じ取って〈あたしを、きちがい扱いして入院させてとじこめたいのでしょ〉と言う。医師は分裂病の可能性が高いと言う。

電気ショックを拒否しながらも注射をされた妻は、意識を失う瞬間、〈あ!〉と小さな声を出し、〈でん……〉と短く言った後、〈折れるように意識を失って人工の眠りに落ちた〉。〈その瞬間の妻のふしぎに明るかった表情〉は何かを伝えたかったのだと思う。しかしそれが何であったかはわからない。電気療法の後眠り続ける妻の寝顔を見ながら、今まで多くの徴候がありながら見ようとしなかった迂闊さを思い、〈親たちのおろかな行為を冷たい目つきでうかがい見ている〉伸一を見て、為す術を見出せない自分を省みざるを得ない。

電気療法から目覚めた直後の妻は穏やかな様子を見せていたが、帰宅後二人は〈おそろしい不毛の世界にへだてられる〉。妻は〈前に輪をかけた尋問機械〉となって一層荒れた反応を示し始め、〈にんげんでもけものでもない魔ようのもの〉となって夫を責める。

自分が所望してこしらえさせたみそ汁を私にぶっかけ、茶碗もはしも投げつけて、ふとんの上で牢名主のように下知をくだし、目はどこかあらぬあたりに据え、髪もさんばら、たてつづけに抑揚のない声音でしゃべりつづけてやめようとせぬ。

その〈饒舌と沈黙のあいだの深い裂け目〉を前にして夫も狂いそうになることを記して七章は終わる。これ以後の夫について海老井英次氏は次のように概括している。

〈妻が―注引用者〉精神異常の徴候を明確にしたとき、トシオは自己の〈罪〉を真に自覚し、人間としての妻を取り戻すという〈贖罪〉の生に自身を没入した。(6)

他の論評者も多くは同趣旨の見方をしているのだが、「罪」の真の自覚がどのように為されていったのか、その内実は不問に付されている。八章、九章でその内実が明かされていることを読み解かねばならない。

章題について付言する。章題「日のちぢまり」に直接重なる章句は見つからないが、受診前の〈暗いすみっこにあとずさって行くけだもののようす〉を現していた妻が、受診して電気ショックを受けた後には〈にんげんでもけものでもない魔ようのもの〉と化し、夫までも〈狂いそうにさせ〉る。この一日の妻の変化は、夫にとってこれまでの尋問発作による諍いの日々とは次元の異なった異常な事態の始まりを意味している。それは通常の時間の流れが止まり、時間が〈饒舌と沈黙のあいだの深い裂け目〉に支配されて進行する歪な性質のものと化したということである。妻の衝撃的な変貌と時間の変質。「日のちぢまり」という章題にはそうした意味が込められていると思われる。

5　第八章「子と共に」〔『世界』昭和三十九（一九六四）年九月号。『日記』昭和三十（一九五五）年二月三日〜二十三日に対応。〕

この章では、特に子どもたちの心に歪みを与えてきたことへの夫の悔いと自省が具体的な事象を通して描かれる。子どもたちの心を癒すことを自らに課していく夫の思いは、分裂症かも知れぬ妻との生活を運命として引き受けることにつながっていく。

冒頭部で、夢魔の世界に彷徨する夫の意識の叙述(16)を通して、夫が妻の苦しみを共有しようという意識を持ち始めたことが示される。夫は半ば夢遊状態の中で、意識が四方に拡散し収拾がつかなくなることへの恐れと同時に、妻と同じ苦しみを共有できるという〈親密な感情〉を感じている。それは〈ばらばらな体験〉に秩序と意味を与え、〈運命的な〉世界へ導くように思われる。しかし甦る記憶はその意味を確かめようとすると消えていく。

それはかたい核となって脳のなかに投げこまれる当初のうちに、まを置かず、すくい取ろうとするといち早く、とけてひらたく流れてしまう。……だめだ、だめだ、とあせっていると、胸がおさえつけられ呼吸が苦しくなった。……限界に追いつめられるとこうなる、と思った。これが持ちこたえられなければ……ばらばらにされてしまう。

穏やかな過去の日々の妻や子どもの姿の記憶が甦ると、そうした生活へは戻れぬことへの〈泣き叫びたいような寂しさ〉を感じ、〈過ぎ去ったあとでしかそのことの意味に気づかず〉、〈確かめることができるのは、無我夢中の現在だけだが，そのときそれと意味に気づかないのだから、毎日がまるで死のからだを撫でているみたいだ〉と思う。夫は失った過去への深い悔恨の中にいる。その〈寂しさ〉は罪意識と表裏一体のものである。これまで何度も夫の念頭に浮かんできた「覆った水は元の盆には戻らない」という思いが、ここでは〈二度とふたたびその過去の日に立ちかえれない〉、〈いつも取りかえしのつかぬ過ぎ去ったあとでしかそのことの意味に気づか〉ないという過去の喪失感として問題にされている。また、夫にとって現在は、その意味をつかむことのできない時間であることにおいて、死と同じものである。死を死の中において意味づけることは不可能だからである。夫は今、現在を死との係わりでしか捉えることが出来ない。岡庭昇氏はこうした死の在り様を踏まえて次のように述べて、私小説のパロディ化の一要素をそこに見ている。

島尾世界は、肉体化された死をとおって日常の底部へつきぬける。私小説は日常的な世界をあつかいながら抽象へ上昇してしまうのだが、『死の棘』は非日常的なものをとおって日常へ下降していく。(11)

妄想に安眠を妨げられている父親を伸一が気づかって、〈しんぱい、しんぱーい。おとうさん、おかあさんいないとかわいそう〉と声を掛ける。子どもの目を通して夫にとっての妻の存在の重さが示されている。こうした父親を心配する伸一は白い目を向けていた伸一とは異なった姿である。夫が〈眠れないようだな、ぼうや。おとうさんが眠らせてやろう〉と抱き寄せて両足を股に挟むと、伸一は秘密を打ち明けるように〈おかあさんとねたときもそうしたよ〉と言う。夫は思わず体を硬くして伸一の顔を見つめ、〈父親に奉仕するつもりで、がまんしながら私に抱かれているのかもしれない〉と思う。

ふとんの中で伸一は父親の顔を見つめながら思わぬことを言う。〈カテイノジジョウ〉のことを隣家の妻に話したと言い、〈そのほうがいいから〉と伸一なりの判断を付け加える。隣家の妻はこれまでも何かにつけて一家の面倒を見てきている。母親が入院したからこれまで以上に世話をかけることになると伸一は考えたのだろう。父親に反抗的であった六歳の伸一が母親のいない家庭を自分なりに支えようとしているところにこの章の主題がほの見える。まっすぐに父親の顔を見つめる伸一が夫には〈まぶしく〉映り、これからは〈四人だけの大事な秘密〉は誰にも話すんじゃないと言うが、その声が〈ふるえた〉のは、秘密にすることを選んでいる自分や妻の判断よりも伸一の判断のほうが望ましいと思っているからである。

付言すれば、『日記』では伸三が話した相手は須磨おばである。小説では夫の事件は誰にも明かされずに展開する。作者が、話した相手以外『日記』の伸三の言葉を変えずに作品に取り込み、『日記』にない夫の反応や言葉を加えたのは、伸一の慮りに小説としての意味を与えようとしたからであろう。

入院した妻は愛情を外に現れた形で量ろうとする。妻が夫に求めることは愛の証しを具体的な行動で示すことである。夫はこれまでとは異なり妻の要求に従順である。病室での妻は夫や子どもが来ても反応を示さず、〈この世のものでない考えを追いかけているすがた〉に見える。そんな母親を子どもたちは〈へんなものを見る目つき〉で遠くから眺めるばかりで近寄ろうとしない。しかし夫には〈すっかり自信を失い，からだを小さくしてしおれている〉姿が、〈今まで妻のなかに見たことのない美しさ〉と映り、〈もろ手をあげて妻のほうに近寄りたい感情〉が湧きあがる。その〈美しさ〉を失った妻が自分の過誤の〈つぐのいようのない犠牲〉と省みられて〈悔いのうら寂しさ〉が夫を襲ってくる。冒頭部の夢の体験での〈親密な感情〉と重ねられる〈妻のほうに近寄りたい感情〉と〈悔いのうら寂しさ〉はこの章以降の夫の妻への感情の中心をなすものである。夫は妻との新しい関係を生きようとしている。しかし夫の思いは妻には伝わらない。

「……あたしに言われなくっちゃ、あなたはじぶんからすすんでなにもしてくれないじゃないの。……お義理でくるようなひとにきてもらいたくない。くるな、くるな。おまえの顔なんか見るのもいやになった。もういいから、さっさと帰れ」

夫の〈妻のほうに近寄りたい感情〉は〈ヒステリックな攻撃をかけようと身がまえ〉る妻の仮借のない要求の前に消し飛んでしまう。病院の帰り道、子どもの手を引きながら夫は〈先の閉じられた倦怠〉が広がるのを感じて、すべてを擲って逃げ出したいと思うが、それを持続させることはできない。うす汚れた子どもの姿に、〈何かに渇き、求めて癒されず、いっそうおぼれこんで行った過去の長い日々〉の〈報い〉を見ずにはいられない。その〈報い〉の責任を自ら引き受けるしかないと夫は思う。しかし一方で、その責任を自分が背負いきる自信は出てこない。挫折する過去の自分の姿ばかりが思い浮かぶ。夫は生き抜くことができるか不安に襲われる。もしできないとすれば何が待っているのか。冒頭部の夢魔の中で〈毎日がまるで死のからだを撫でているみたいだ〉と〈死〉の意識が出ているのはこのことに係わっていよう。

これまで見たように、前半部では、今の家族の救いのない状態をもたらした自分の罪を悔いる夫の姿が描かれている。そして〈報い〉の責任を担おうと決心しながら、担いきる力がないのではないかという自己卑下の思いに苛まれる夫が描かれている。この夫の不安について西尾宣明氏は根源的な罪意識によるものと見て次のように述べる。

根源に於いて自己を「汚れた」と規定する「私」の自己嫌悪感・自己腐蝕感・罪悪感より発想された「生」そのものに対する後ろめたさとでも言うべき「私」の自己否定的感覚より生ずるものである。(5)

さらに言えばこの罪意識は根源的であるが故に、夫自身の意思ではいかんともし難い無意識下において罪＝エゴイズムの働きをとどめることはできないのである。後半はその深奥の罪＝エゴイズムに動かされる夫と子どもたちとの葛藤に重点が移る。

仲一は父親の思いを裏切るように四歳の妹マヤを苛める。しかし、マヤは兄から離れようとはしない。マヤは親たちに求められない愛情を兄に見出しているのだろう。夫は仲一に兄らしく妹に優しくしなさいと叱る。仲一は〈とがらせた口のまま、白い目〉を夫にちらと向ける。夫が〈今いちばん大事なことは、みんな仲良くして、おかあさんの病気をなおすことじゃないか。そのつもりでこうしておとうさんも、いっしょうけんめいやってるんじゃないか〉と言っても仲一は黙って〈三白の目〉を据えている。夫がいきり立って〈おまえがそのつもりなら、おとうさん、ほんとうにおこるぞ。やめなさい〉と仲一を揺すぶると、夫の体も震えてくる。そんな自分に驚き、気を落ち着かせようと夫は〈妻に平手打ちされるときの自分のみにくいすがた〉を思い浮かべて、〈にこにこ笑って毎日を過ごすんだ。そしてみんな仲良くしよう〉と話しかける。その時夫の脳裏に、幼い時に母が家を出て行った後で子どもたちを抱きながら涙を流していた父の姿が浮かび、仲一が弱い父親に幻滅を抱いているだろうと思う。

夫は子どもには子どもなりの親疎の間合い作りがあることに気づかない。兄と妹には親の立ち入れない親密な関係があることがわからない。仲一のマヤへの意地悪に見える行為は仲一の屈折した愛情表現である。仲一の反抗は、親としての愛情を子どもに向けることのなかった父親への不信感から来ている。夫は無力感にうちひしがれ孤独をかこつのだが、子どもの心の内実を見ようとはしない。子どもが親に対してどのような思いを持っているかを顧慮してはいない。隣家の親に〈カテイノジジョウ〉を話すことを〈いい〉と判断したように、仲一なりに〈今いちばん大事なこと〉が何であるのかを考えているのである。父親に向けられた伸一の〈三白の目〉は子の心を慮れない親のエゴイズムに向けられている。しかし、その夫がいきり立つ自分を落ち着かせようと〈自分のみにくいすがた〉を思い浮かべたのは、夫が己の罪に目を向けようとしているからである。その醜い姿は幼い頃の父親の姿と重なって感じられるのである。

別の日、伸一がマヤがオーバーを捨てたと言うので、夫がマヤにどこに捨てたかを問うと、マヤは〈ワカラナイ〉と繰り返す。マヤが行く方に付いて行っても見つからない。夫はしびれを切らし、〈ニャンコもぼうやもほうっておいて、どっか遠ーいところに行ってしまうから〉と言って後姿をマヤに見せて歩いて行く。その時夫は〈遠い〉という言葉に過去の自分の姿を思い、〈にんげんのかかわりのおそろしさのようなもの〉に向かって〈とぼとぼ歩いて行く自分のうしろすがたがはっきり見えた〉と思う。この時夫は自分の孤独に執しており、マヤの内心を尋ねようとしていない。後ろを振り返ると付いて来ていると思ったマヤの姿が見えない。見回すと、〈うしろを振り向き振り向き、前かがみになって、夢中になって逃げて行くマヤの小さくなったすがたが見えた。

駈け足で近づくと、マヤはおびえて、まるくした目をいっそう赤く充血させ、災厄からのがれる真剣な顔つきで、かえって足を早めようとする。

「ニャンコ！　あぶないから、とまりなさい」

やっと手をつかまえ、引き止めると、あきらめて立ち止まったが、私を見る目はうつけて他人をながめる目だ。

夫の孤絶感は自らが生み出したものであり、子どもの心とは離れたところでの独りよがりな思いである。夫はマヤに自分の哀しみが伝わると思っていた。しかしマヤはマヤの世界の中で父親を自分を責める人として受け止めている。ここには親と子どもの二つの世界が重なることのない場であることが示されている。二つの世界が交わるためには、親が子どもの同伴者になるしかないだろう。子どもとの体験を通して、夫は自分のエゴイズムが危険な方向へと偏り、〈正常な情意のはたらき〉ができなくなることへの恐れを感じ始める。そしてあらためて自分の〈ゆがんだ生活がこどもらに与えてしまった歪み〉を思い、暗澹となっていくのである。

分裂症か否かの結果は出ないが、妻の異常な症状は変わらない。夫は妻の尋問と審きを甘受する姿勢を自らに課している。逆上した妻に平手打ちを加えられても逃げようとはせず、いつも叩かれる左耳は痛みが取れなくなったが、〈過去を忘れさせないしるし〉だと思おうとする。〈切り落とすまねをした左小指に巻いた包帯も、自分がどんなにんげんであったか消さずにとどめておく〉ために〈疼痛〉を感じている。この夫の姿は前章までの「ゆるし」＝過去の忘却を求めていた夫とは異なっている。

入院して十日程経った頃、主治医が分裂症の疑いを引っ込めて心因性反応だと告げた。夫は、〈どんなに歳月がかかろうと、妻を日常生活のふだんに連れもどさなければならない〉と思う。しかし友人の口添えで知ったK病院に居た医師に連絡を取ると分裂症の疑いが濃いと言い、思い切った決断をするように勧めた。夫の脳裏に矛盾する思いが駆け巡る。一方で〈妻を追いつめたのは私だ〉という罪責感が起こり、他方では、〈自分は今、解放のかど口に立っているのではないか〉という〈むずがゆい気楽さ〉が甦ってくる。自由になれるという思いは抑えこもうとしてきた自我の動きを誘うものでもある。別な人生が開けてくると考えることが世間で生きるための望ましい選択であるように思えてくる。しかし夫はその選択を拒む。〈この家のなかで起こった出来事のほかにくらべようのない重さ〉を振り返り、〈その結末を見ないで、どんな人生も私にあるはずがない〉と思う。しかもその人生は明るい展望の見えない死と隣り合わせの人生と感じられているのである。夫にこの選択をさせたものは常識的な世間知とは別の何かである。それは自らの宿命への気づきによるとも言えようが、それ以上に自分という存在の深淵への怖れ、尽きることのない罪を潜めている人間存在の魔界への怖れによると思われる。

付言すれば、『日記』には右に引いた夫の思いは記されていない。ここで作品執筆の一年前の昭和三十八（一九六三）年四月から六月のアメリカ旅行中に、島尾がハワイ諸島モロカイ島カラウパパのハンセン病療養所を訪れていることに留意したい。そこはダミアン神父がハンセン病に感染することを厭わずに患者救済に自らを捧げた場所である。その訪問について島尾は第八章の翌月に発表された「モロカイ島カラウパパ」(17)に次のように記している。

ダミアン神父はそこにやって来て癩者のあいだでの、正確な人間への理解と、愛にみたされたおそろしい日常の活動をはじめたのだ。顔にも手にもすでに癩のしるしのあらわれたダミアン神父のよごれた司祭服と司祭帽をつけた一様の写真を、私はどうして忘れることができるだろう。それは深いなぐさめであると同時に、言いしれぬおそれを私にもたらす。

〈言い知れぬおそれ〉とは、他者のために自らを捧げ尽くすことに悦びを見出す人間を前にした島尾の真率な思いだろうが、それは同時に自己に執するエゴイズムから離脱できない人間の心奥の闇への怖れでもあるだろう。その怖れがここでの決意する夫の形象化に影を落としていると思われる。

末尾は、〈父も母もたよりにできず，自分でやって行かなければならないのだと、小さな胸のなかで、ひそかに固くきめてしまったようす〉の伸一の言葉を置いて終わる。

「なかよかったとき、おとうさんいないとき、おかあさんぼうやにおとうさんのかわりだといっておさけのました。おかあさんきちがいになったとき、おとうさんもおかあさんもきちがいのようじゃなかった。こどもをよこにおいて、むこうのへやに行ってすぐなかなおりするのね。カナシャ（愛し合うこと―注引用者）なんかして」

そうひといきに言ったあと、伸一は澄んだやわらかい声でおとなのような高笑いをしてみせていたが。

〈澄んだやわらかい声〉と〈おとなのような高笑い〉という矛盾する形容を以て伸一の姿を描い

ているが、それは背負わされた荷の重さに耐えている幼い子どもの心だけを表しているわけではあるまい。伸一の目は事件が起こる前の母の孤独と事件後の両親の求め合う姿を見取っている。夫は伸一の〈澄んだやわらかい声〉を断つことのできない妻との結び合いの実相を直視させる天啓の声として聞いている。夫にとって伸一の目は自分には見えなくなっている夫婦の結びつきの深淵を写し出す目としての役割を持っている。作者はそのように描こうとしている。筆者は前章で子どもたちに二重の「棘」としての意味を読んだが、伸一とマヤ二人の子どもは全編を通して多様な相をとって描かれる。助川徳是氏は二人の子どもの描き方について次のように述べている。

冷酷さと、無邪気さと、素直さと反抗とが交錯するめまぐるしい転換は、この悲劇の影絵であり、地獄的な世界を深いくまどりを以て増幅する役目を果たしている。(2)

助川氏が見取っているように、子どもたちの多面的な描き方には、作者によって効果が周到に計量されているように思われる。

章題について付言する。「子と共に」という章題は、子どもたちの姿に自己の罪の現われを見出した夫が、妻だけではなく子どもの心も癒すためにも生きようと決意することを意味していよう。それは次の一節に端的に表されている。

父親をたよるしかほかにあてのない、うすよごれたこどもらの小さなすがたを見ると、自分の非力をまざまざ目の前に突き出されるようだ。何かに渇き、求めて癒されず、いっそうおぼれこんで行った過去の長い日々が、この状態をもたらしたことは動かすことはできないから、あらわれたこの報いを他人に支えさせるわけには行かない。

しかし、ここでの父と子の係わりには通常の親子とは異なった関係が見られる。先に触れた伸一を叱る場面やオーバーを捨てたマヤとの場面は、この親と子の関係を象徴的に表している。孤絶感に陥った夫が自分の思いの範疇で子どもに接しようとすると子どもは父親から遠のいて行く。大人の側に立つ思いや考えは子どもには大人の身勝手な押しつけに過ぎない。遠のいて行く子どもの姿から夫は自らの傲慢さを振り返らざるを得ない。前章で触れたように子どもは夫に過去の罪過を思い出させ、それによって新たな罪から救う「棘」であり、また妻と夫の結びつきの真実相を映し出す役割をも担っている。「子と共に」とは、親が子を支え導くといった通常の関係の在り方とは逆に、親が子によって支えられ導かれるという関係の在り方を含意していると捉えるべきであろう。

6　第九章「過ぎ越し」〔『新潮』昭和四十（一九六五）年五月号。『日記』昭和三十（一九五五）年三月十六日～二十五日に対応。〕

この章では、作者の筆は多く孤立無援の夫を支える文学仲間や青年教師との交わりを描くことに向けられている。彼らとの交流の中で夫は運命の分岐点に立つことになる。

医師の方針で面会も文通も禁止されてから二週間ほど経った頃、夫に妻から電話が入る。妻は〈あなたのきもちがはっきりわかったわ。だからもうあなたと会いたくない〉と言う。当惑する夫に妻は〈どことなく若やぎ、はしゃいだ〉声で無断で病院を出ていることを告げる。夫は医師には言いつけないからと病院に帰ることを承知させるのだが、妻は夫への不信を言うことが夫を不安にさせることがわかっている。医師の禁止を破ってでも夫が会いに来てくれるための知恵を妻は働かせている。この章が妻の夫への甘えとも言える愛着の強さを示す会話から始まっていることは、これまでの章では見られなかった点である。それは次の場面の内容に結びついている。

主治医から面会を禁止されていた夫は妻の無断外出の詫びのために病院に行く。二週間ぶりに見る妻には夫に会えたことの喜びが見られる。この妻の姿は夫への愛着を素直に表しており、以前の尋問発作に憑かれていた妻ではない。〈こらー〉と途中の踊り場に立ちはだかって声を掛けてきた妻は〈頬のあたりに笑いをこらえかねたやさしさを隠せないで〉、〈ただ夫の顔を見た喜びを全身にあふれさせながらこらえているとしか見え〉ない。しかし主治医は治療方針が挫折したことへの不機嫌を隠さない。夫が家では妻はすぐ死のうとするから入院を続けさせてほしいと言うと、主治医は〈治療の問題ではなく〉〈あなた自身の問題ですよ。あなたが奥さんをすっかりおさえたとき、奥さんの病気はなおります〉と言う。妻には会わずに病院を出た夫の心に一途に自分に向けている妻の〈たよりなげな瞳〉が〈払っても払いきれずに〉まといついてくる。

数日後、妻は電話で病院から出してほしいと夫に哀訴した後、白い病衣の上にオーバーを羽織ったただけの姿で病院を脱け出して帰ってくる。〈おねがい、おねがい、あたしを帰さないで〉〈こわい、こわい。あたしをはなしちゃいや〉と夫に体を投げかけて泣く。ムガリ（発作）は起こさない、病院に帰すなら死ぬと言う。しかし、次の日妻は発作に入る。妻にとって家の中で目に映るものはすべて夫の過誤と結び付いている。夫を責める論理はこれまでと変わらない。

病院に妻を連れ戻した夫は、主治医から治療方法の変更を言われる。家の買い手が見つかり、東京を離れた場所に別の家を探さねばならない時であった。妻が戻ってくれば身動きがとれない事態になると思い、夫は世間から追放されたような寂しさに囚われていく。病院の帰りに親しいBの仕事場に行き、酒場へ足を伸ばすが、公私ともに安定した世界の中で生きているBとの隔絶感を抱き、一層孤独感を深める。〈家を留守にすることに感ずる罪深さにからみつかれた不安〉に駆られてBと別れるが、酔いが夫を大胆にし、夫の小説を認めていた別の文学仲間のFの家へ行く。Fの家に入ると夫は〈まだ生きていた確かめを得たようなへんなきもち〉になり、〈口に出さずに置こうとこころぎめしていたことも〉舌にのせる。〈混沌〉が存在しなくなり小説を書く根を失った、妻の反応がおさまったら妻の郷里に引きこもろうと思うと話す。Fは小説を書き続けてほしいと励まし、更に文学仲間のIの父親が精神病理学者だから診てもらうように頼んでみようと、躊躇する夫をおいてIに電話を掛ける。当の父親が出て診察を承諾し面会日が決まる。

ひとつの目安がそのとき生まれていた。Fが私の制止をききいれ、最初の思いつきを断念していたら私は別の運命をたどったはずだ。Bと別れてなぜFを訪ねたかも私に説明できない。

……新しい心づもりが湧きあがり、私はそのあとすぐFの家を辞去したが、足は家に帰る国電の駅に向かわずにHの家の方角を向いていた。

この叙述は回想であることが自明である。こうした過去完了形による叙述は他の章にも見られるが長くはない。ここでの回想的叙述は過去の事実の再現を目指しているのではではなく、過去の経験を語る「私＝夫」は作者と一体化してその意味を問おうとしている。この視点の置き方は全体を通して例外的であるが、その問題は次回触れる。

先輩作家Hにも〈妻の病にからみつかれて身動きのならぬ状態を口にした〉。愚痴めいた話をしたことへの悔いを感じながら家路についた夫は、電車を待つ自分の姿に女の所へ通っていた時と同じ姿を思い〈言いしれぬおそれ〉を感じる。自己に執するエゴイズムの罪を認知した怖れが夫を襲っている。夫の心の中から驕傲や高慢が消え、無力な罪人としての自己が深く刻印されていく。

翌日、夫はIの家を訪れ、父親に妻の状態を話すと、彼は薬物療法ではなく心理療法であるサイコセラピーを勧め、診察したいと言う。翌日K病院に行くと主治医は月末での退院を告げた。妻を連れて帰る途中、付添い看護婦から教えられた祈祷師の家に行く。夫は祈祷師の女に艶めかしさを感じたことを妻に感じ取られることへの恐れを抱く。家に帰り、女祈祷師が指示した通りに浄めの儀式を行う妻にわずかの期待を抱くが、妻は〈不毛の追及に余念ない姿勢〉を崩そうとしない。妻が発作を起こす前に小学校教師の鈴木青年に来てもらう。結核で入院中の婚約者（『日記』では妻―注論者）に示す鈴木の献身的な態度に妻は信頼を寄せていた。子どもたちにとっては〈家のなかの重苦しい空気を吹きとばしてくれる切り札〉であり、夫も〈無言の了解とはげまし〉を得ていた。鈴木には〈おだやかな寛容の底で決意した何か〉が感じられ、夫がその寛容に負ぶさっていくと、苦痛を引き受けるように、〈微笑をみなぎらせて〉頼みを引き受けてくれるのである。

Ｉ教授宅への途中で妻は〈尋常とは思えない〉状態になる。Ｉ教授の前でも夫を平手打ちして猛り狂い、夫は〈奈落の底に突き落とされたきもちを味わ〉う。Ｉ教授にサイコセラピーの医師を紹介してもらうことにして家路についた夫は、妻をかまわずに歩くと妻は従順についてくる。妻が駅の階段を降りなずんで〈Ｓさん、Ｓさん〉と声を掛けると、〈嫌悪と恐怖で冷えきって〉いた夫は、自分の様子をうかがう妻が〈傷ついた大鴉〉のように見え、〈絶望におびえて小さくこごえた〉妻の顔を見て近づいて行かざるを得ない。妻の腕を取ると、階段を降りながら妻は〈あなたはほんとうにおそろしいひとだ〉と言う。夫の中に潜むエゴイズムのうごめきを感受したからに他ならない。第八章で夫は自分の中に〈危険なほうにかたよって〉〈正常な情意のはたらき〉ができず、〈制動がきかなくなる〉性向があることに気づいていた。その性向が今夫を支配し始める。降り立ったプラットフォームには誰も居ない。〈深夜の海に突き出た突堤〉のようである。電車が近づく音を聞いた時、夫は全身に〈或る戦慄がしみ広がる〉のを感じる。夫はエゴイズムの導きに身を委ねようとする。そうすれば妻の呪縛から解放され自由にはばたけるのである。

「さあ、今だ。飛びこめ！」と命令すれば、妻は従順に鉄路に吸い寄せられて行きそうであった。

しかし、夫は〈おそろしいひと〉になりきることはできなかった。その夫について作者は語り手「私＝夫」に何も語らせていない。語らせないことの中に作者の意図が隠されていると思われる。K病院での治療の道を絶たれた時、Bとの間に隔てを感じた夫の足をFの家に向けさせたものが酔いの力ということではあるまい。F宅でI教授を紹介されたことを〈ひとつの目安がそのとき生まれていた〉と語る「私＝夫」は自らの行動の背後に第七章で意識に上ってきた〈私には理解のできぬ力〉の存在を感受していると読める。その「不可知の力」はI教授宅からの帰りに駅のホームで妻の投身への引き金を引くことを間際で思い止まった夫にも働いたと見てよいのではないだろうか。

I教授宅での診察前から〈奈落の底に突き落とされたきもちを味わ〉い、帰り道でも〈嫌悪と恐怖で冷えきって〉いたのである。〈戦慄〉に身を任せれば呪縛から解放されるのである。近づく電車の音とともに夫の脳裏にはさまざまな意識、感情が錯綜していた筈であり、冷静に理性が働く状況にはなかったはずである。とすれば〈嫌悪と恐怖で冷えきって〉いた夫を押しとどめた力とは何だろうか。作者がそれについて何も語らないのは、「不可知の力」であるからこそ「私＝夫」は何も語れないということではないだろうか。何も語らないことによって言葉を絶した「力」の働きを語ろうとしているのではないだろうか。筆者はそのように読みたい。そのことは青年教師鈴木の描き方とも係わってくる。Ｉ教授宅へ妻を診せに行くことができたのは、妻が信頼を寄せる鈴木の支えがあったからである。鈴木は妻の〈発作を弱める力〉を持っており、〈おだやかな寛容の底で決意した何か〉を感じさせながら、〈微笑をみなぎらせて〉夫の頼みを引き受け、〈無言の了解とはげまし〉を与えてくれるのである。『死の棘』の中でこうした全肯定的な人物の描き方は、この章での鈴木青年と第十章以降に登場する妻のいとこのＫ子だけに見られるものである。新約聖書「ルカ福音書」第10章25節〜37節の「善きサマリア人」を思い浮かばせる鈴木青年との係わりも含めて、作者島尾はこの章で語り手「私＝夫」のまなざしを通して「不可知の力」の存在を表象しようとしていると筆者には読めるのだ。

帰宅した夫は鈴木青年に泊まってもらい、妻とのもつれ合いを避けて眠りにつくところで第九章は終わる。

章題について付言する。章題「過ぎ越し」は旧約聖書「出エジプト記」第12章での神の働きに係わる言葉である。イスラエル民族をエジプトの地から脱出させるために神がエジプトに下した十の災いの十番目の災い――エジプト中のすべてのエジプト人の家庭の長男が死ぬ――がイスラエル人に及ばないために、神は脱出する前日にモーセを通して一歳の小羊を屠ってその血を家の入り口の柱と鴨居に塗りつけるように命じた。その夜神の言葉通りエジプト人の家庭の長男はすべて死ぬが、神の命じた通りにしたイスラエル人はその災いを免れることができた。この神の裁きがイスラエル人には及ばずに過ぎ越して行ったことを指して「過ぎ越し（す）」と言う。そのことを記念し感謝する祭が「過ぎ越の祭」である。キリスト教では人間の罪を贖うために自ら十字架刑に処せられたイエスを「過ぎ越の小羊」とも呼ぶ。

右の「過ぎ越し」の意味内容に重ねられることを振り返ってみよう。孤絶感を癒すためにF宅を訪れた夫がI教授を紹介されたことで、サイコセラピーによる治療の道が開かれていく。また一段と悪化した妻への〈嫌悪と恐怖で冷えきって〉いた夫は妻を電車に飛び込こませる衝動に駆られるが思い止まる。そして妻が唯一信頼を置く人物として鈴木青年との交わりが深まる。彼によって一家は破滅の危機を乗り切ることができたとも言える。こうした事件や出会いの背後に作者は〈私（夫）には理解のできぬ力〉の存在を見ようとするかのように叙述を進めている。神がイスラエル人の家を過ぎ越し、災いから救ったように、弱き人となった夫も破滅への道から救い出される。章題「過ぎ越し」は上記のような内容から付けられたように思われる。

※『死の棘』本文の引用は晶文社『島尾敏雄全集第8巻』に拠る。

注

(1)安藤宏『近代小説の表現機構』（平成二十四（二〇一二）年三月岩波書店）。
(2)助川徳是「『死の棘』作品鑑賞」（『鑑賞日本現代文学第二十九巻　島尾敏雄・庄野潤三』昭和五十八（一九八三）年十月角川書店）。
(3)玉置邦雄「『死の棘』の世界――聖書理解による罪と死の構図――」（『現代日本文芸の成立と展開』昭和五十二（一九七七）年十月桜楓社）。
(4)C・S・ルイス『新訳四つの愛』（佐柳文男訳C・S・ルイス宗教著作集2　平成二十三（二〇一一）

年五月新教出版社)。
(5)西尾宣明「島尾敏雄『死の棘』論」(『日本文藝學』第二十一号。昭和五十九(一九八四)年十二月)。
(6)海老井英次「《罪》を生きるものの記述――『死の棘』論」(『敍説Ⅲ　特集島尾敏雄』平成三(一九九一)年一月)。
(7)岩谷征捷『島尾敏雄』(平成二十四(二〇一二)年七月鳥影社)。
(8)芹沢俊介「『死の棘』論」(『脈』第三十号。昭和六十二(一九八七)年五月)。
(9)饗庭孝男「島尾敏雄『死の棘』について」(『文学における家族の問題』平成十一(一九九九)年四月すずさわ書店)。
(10)吉本隆明「島尾敏雄〈家族〉」(『島尾敏雄』(平成二(一九九〇)年十一月筑摩書房))。
(11)岡庭昇「『死の棘』論」(『すばる』昭和五十三(一九七八)年四月号)。『私小説という哲学』(平成十八(二〇〇六)年六月平安出版)収録の際に編集し直されている。
(12)鈴木直子「〈対幻想〉は超えられたか――『死の棘』における共犯と逸脱」(『現代思想』平成十一(一九九九)年一月)。
(13)J・モルトマン『終わりの中に、始まりが――希望の終末論――』(蓮見幸恵訳　平成十七(二〇〇五)年三月新教出版社)。
(14)前出の注(12)で鈴木直子氏は島言葉のカタカナ書きについて〈新しい「女の幸せ」を表象する〈近代家族幻想〉に仮託しあるいは内面化して夫に訴えるという水準から、より本源的な欲望の確認へと導かれていく過程として妻の言葉は読むことができる〉と述べている。
(15)第一章〈いちどくつがえった水は、二度ともとのお盆にはかえりませんのよ〉第四章〈あやまちをゆるすのでなければ、この世から抹殺でもしなければ、同じ尋問をつづけることは

不毛でしかないのではないか〉
第五章〈一度なされた行為はたぶんつぐなえないことがいくらかわかってきてかたいひとつの石ころとなり胸の底に沈むふうだ〉
第六章〈傷つけられたものは癒やされることがないことを、妻は私に示そうとしているのか〉
(16) 西尾宣明氏は「小説家の小説、そして反都市小説――『死の棘』論への二つの視点」(『ユリイカ　特集島尾敏雄』平成十(一九九八)年八月)で、冒頭の夢魔の世界に彷徨する夫の意識の叙述に〈書きつつある自己が過剰なまでに意識されている〉〈『死の棘』という小説の言説空間を貫く相貌〉を見取り、『死の棘』に〈小説家の小説＝メタ小説〉の性格を見ている。
(17) 「モロカイ島カラウパパ」(『婦人公論』昭和三十九(一九六四)年十月。『私の文学遍歴』(昭和四十一(一九六六)年三月未来社)所収)。

㈢第十章〜第十二章及び視点の方法化
――〈私の家族〉の再生へ向けての旅へ――

1　はじめに

今回扱う第十章「日を繫けて」（『新潮』昭和四十二（一九六七）年六月号）と十一章「引っ越し」（『新潮』昭和四十七（一九七二）年四月号）の間には五年、十一章と十二章「入院まで」（『新潮』昭和五十一（一九七六）年十月号）の間には四年の間がある。十章を発表した翌々年二月島尾敏雄は事故に遭い半年の入院を余儀なくされ、その後鬱病を発症し長期間苦しむことになる。事故の翌年にはミホ夫人が心臓発作で倒れ二年間病臥に伏している。十一章発表後昭和五十（一九七五）年には二十年間住んだ奄美大島を離れて鹿児島県指宿市に転居している。執筆に向かう環境は内的にも外的にも良い状態にあったとは言えない。しかし三篇は物語として緊密に連関し、夫と妻の濃密な心理劇が展開している。三篇の中で批評の対象になる頻度は十章に比較して後の二章は格段に低いが、作品展開の上でこの二篇を欠いては長編『死の棘』は成り立たないと言えるだけの重要な役割を担っている。

前回は第五章から九章までを読み解いて、そこに「ゆるし＝過去の忘却」を希求する夫が「不可知の力」へまなざしを向け始めていく気配を見ていった。その夫の変化は「エロース的愛」から「アガペー的愛」への道筋を予感させるものとして意味づけた。それを受けて今回は、「不可知の力」へのまなざし、及び「アガペー的愛」の予感がどのような経過を辿っていくか、ということを柱として読み進めることになる。このことは岡本恵徳氏が提起された問いに答えることでもある。岡本氏は啓発されるところの多い「『死の棘』論ノート」(1)において、島尾敏雄が描こうとしたものは〈日常の秩序=世界を崩壊に導いた〉男が過去の過失の〈責任を負うことを通して、世界を再構築しようと決意したとき、男に訪れるものが何であるのか、またその再構築は可能か〉ということであったと述べる。今回扱う三章において筆者が目指すところは岡本氏の問いに答えることだと言ってもよい。筆者の理解によると、岡本氏は〈男に訪れるもの〉を妻ミホとの絶対的な関係性とミホの存在の根拠としての〈南の島〉の発見とみている。筆者は岡本氏とは異なった〈訪れるもの〉を見出したいと考えている。それは〈再構築は可能か〉という問いへの答えにもなるはずである。

最後にこれまで取り挙げなかった視点の問題に触れる。この問題を取り挙げるのは、『死の棘』を虚構世界として読むという筆者の立場の根拠になるものだからである。『死の棘』全編が発表されて以降、たとえば早い時期に助川徳是氏が〈私小説の場合、作中の主人公=作者という図式が成り立つのであるが、この作品ではそれは成り立たない〉(2)と提起したように、この作品を伝統的な私小説観で読むことの無効性が周知されてきた。私小説性を方法化した作品として捉えるようになり、その方法化を具体的に読み解くことで作品の構造を明らかにしていくことが『死の棘』論の主要なテーマとなっている。評者がその方法化の基軸を何にするかによって、作品の私小説性の濃度の捉え方も異なってくる。たとえば松本鶴雄氏は〈私小説の実質的リアリティを失わず、また二律背反の陥穽にも足をとられることのない〉〈文学史上稀有な〉〈「私小説的文学精神の方法化」の完璧な文学史的事例〉[3]とみなし、また岡庭昇氏は〈私小説の姿を借りつつ、すべての面でそれを転倒させたとき、明らかにパロディが志され〉〈すくなくとも四つの点（「私」の位置、「世間」の位置、「倫理」の位置、「死」の意味―注論者）で、私小説と違っている。積極的に、私小説を批評化している〉[4]と評する。『死の棘』論の多くは両者の間に位置するとも言える。

筆者は『死の棘』の方法化の基軸は視点を方法化したところにあると考えている。島尾自身は『死の棘』刊行後のエッセイ「記憶と感情の中へ」[5]で〈何が私小説であるかの定義づけはともかくとして、大雑把に言えば私小説を書いてきたと思っています〉と述べた後、視点に触れて次のように説明している。

　僕の小説では自分の体験を振り返ることが起点になっています。それも単に過去だけを確認するのじゃない。過去の記憶を見返す僕の視点は現在のものですから、作為が加わります。当時の感情と記憶を甦らせている今の感情とを交錯させながら書いている以上、必ずしも当時のままの再現や記録にはなりません。そうした方法を僕が用いるのは、今現在の自分を確かめていたい欲求が根にあるからなのでしょうね。

島尾は〈方法〉について、語られる「私」と語る「私」との関係に〈作為〉が加わることだと言う。筆者は〈作為〉を視点の巧みな移動と捉えている。視点の移動の内実を探ることで、作品の「虚構」性が見えてくるのではないかと考えている。小見出しを「視点の方法化」とした所以である。

2　第十章「日を繋《か》けて」（『新潮』昭和四十二（一九六七）年六月号。『日記』昭和三十（一九五五）年三月三十一日～四月十七日に対応。）

東京小岩での生活の方途が立たなくなった一家は千葉県の佐倉[6]に旧家の借家を見つけて移り住んだ。冒頭でその家の印象[7]が語られる。

引っ越してきた佐倉の町の家は建て物も庭も私たちには広過ぎた。家の広いことは日々の生活に快いはずだが、今の私には手にあまる。

冒頭での視点は佐倉に引っ越してきた当初の〈今の私〉に置かれている。続いて下検分に来て初めて見た時の〈血路がひらけた〉と思えた佐倉の町の様子が語られ、次いで借りた家の周辺、そして家の描写へと移る。主人公の内面の語りから始まったこれまでの章とは、趣の異なった導入である。

〈広い平野のなかに気まぐれにできた地の皺、その馬の背のようにうねりもりあがった岡の上に展開した佐倉は、もともと小さな藩の城下町のおもかげをどことなく残していた〉と全体を俯瞰したあと、旧道から新道への城下町の中心の転移を物語るように道筋を追っていく〈今の私〉＝夫の目は、この町を初めて見た時の〈なぜともなくこころがはずんだ〉状態を伝えているが、この語りには、これまでの夫には見られなかった外界の奥に潜む何かを見つめる視線が感じられる。ここでいう視線とは語り手に託された作者の視線である。その視線の根底には、高比良直美氏が『さくら日記』（平成十三（二〇〇一）年一月さくら書房）で検証している、第五章「流棄」の舞台である小高との類似した自然風土への親近があることは言うまでもないが、ここではさらに前回取り挙げた〈私には理解のできぬ力〉＝「不可知の力」への視線を見ておきたい。たとえば〈気まぐれにできた地の皺〉〈馬の背のようにうねりもりあがった岡〉といった形容には地形を形づくる根源的な自然の生命力といったものの感受が感じられる。その自然を形づくる根源的な生命力に解放感を覚える〈今の私〉は、一方で人間の営みにまつわる人為的な空間に自己の存在を脅かす気配を感受する。〈前庭には、杉や椿の木がなん本も葉を茂らせ、昼でさえうす暗く、しめった黒土に青苔がはびこり〉〈古さびた屋敷が、重い瓦におさえられ、地面にはいつくばっているように見えた。家全体にどことなく暗いかげがさし、洋館の窓の色ガラスの明るさがかえって母屋のかげりをきわだたせていた〉。町全体と借家の対比によって〈今の私〉の内面があざやかに映し出されている。

転居してきた夫は、下検分に来た時の〈今度こそ見知らぬ町での出なおし〉という心の弾みを抱くことはできず、先行きの不安を募らせる事態に次々に出会う。〈妻の発作を弱める力〉を持っている鈴木青年は、下検分の翌日から〈胸部に異常が出て寝込んでしまい、当初の同居の計画は断念しなければならなくな〉り、移転の日に、〈たまたま手つだいにきた妻のいとこのK子を、そのまま引き留めることになった〉。離れに住んでいる家主の妹は〈胸を病んだあとの療養をしている〉ようで、結核の治療薬の空罐を見付けた妻は伝染の危険に過敏になっていく。身体が〈感じやすい臆病な何かになってしまった〉夫には、便所の小窓から見える椿の根元に落ちている花が〈生首〉のように見えてくる。子どもたちは新しい家での生活に期待を抱いてはいない。〈どんなやすらぎも、母親の気まぐれな気分の転換ががらりとその場の様相を変えてしまうことを知っているから、「ふだん」の永続を信じようとはしない〉のである。子どもたちへの感染を怖れる妻は南の島のおばに預けることを思いたち、当面はK子の下宿に移すことで納得する。伸一は新しい小学校に数日通っただけで転校することになる。

崩壊寸前の家庭に一条の光を投げかけるのが妻のいとこのK子である。夫はこれまでK子と親しく話したこともなく、K子がどのような勤めや生活をしているのか確かめたこともなかった。

ひたいが広く目眉がはっきりし、頬骨がつよいところなど妻に似ているが、感情をあらわにせず、ひとに示す親切を自身で恥じているところがあった。

自己犠牲を厭わぬK子の優しさが一家の苦境を救っていくことになることを考えれば、鈴木青年に替わるK子の登場に、先に触れた「不可知の力」の働きを見ることもできそうである。もちろん〈今の私〉がこのようなことに思いを向けることはあり得ないが、〈今の私〉を回想している語り手〈私〉が不可知の力の働きを感受していると読むことはできる。また、K子の下宿に子どもたちを移したことがやがて生じる修羅の現場から子どもたちを離すことになったのだが、その偶然の積み重なりに語り手〈私〉は「不可知の力」を見ていると読むこともできる。

転居した夜夫は〈想像のなかでは彼女の発作から逃げることばかり考えているのに逃げだせない〉自分を思う。これまでも同様の場面があったが、〈逃げられない〉理由は、第八章で語られていたように〈ぎりぎりのその場所に追いつめていった私の行為はつぐなえない〉という深い罪意識を基に置いた〈どんなに歳月がかかろうと、妻を日常生活のふだんに連れもどさなければならない〉という夫としての、父親としての罪責感であった。転居の夜発作を起こさず眠りに入った妻を見ている夫の思いには、罪責感とともに妻への強い愛着がその理由をなしていることが語られる。

しばられていた時間がほどけ、拘束のないひとりだけの旅に出かけ行くときのいつもの親しい感情がおとずれ、過ぎ去った出来事の意味のすべてが了解でき、どこまでも受け入れられそうなのがふしぎだ。耐えがたい妻の発作も、あわれが先に立ち、ひたすら眠りこむそのすがたに、愛着の湧きあがるのがおさえられない。

しかし夫は〈親しい感情〉〈愛着〉を妻に受け容れさせる術を見出せず、妻は装われた夫を受け容れることができずに発作を繰り返すのである。夫は転居した家にも妻を発作へ誘う不吉な影が忍び寄っていることを感じている。転居の日の夕食時に〈まだなじまぬ隣室とのあいだの襖ぎわにひしひし押し寄せるえたいの知れぬ悪意におびえがち〉になっている。この章は、〈えたいの知れぬ悪意〉が具体的な形をとって現れることに向けて物語りが展開して行くことが予定されている。

次の展開に入る前に妻の発作に対する夫の思いが語られていることに留意しよう。前回、第七章で「ゆるし＝過去の忘却」を求め続けていた夫に変化が生じ、過去を受け容れようとする思いが生じていることをみた。そして、過去の全き受容がいかに困難であるかを第八、九章の展開に追ってみた。その夫の思いがここでは次のように語られる。

今の私と妻は、過去のきずなの一本一本がすべて今とつながり合う状態が目に写り過ぎ、それはすぐむき出しにされた神経とからみ合って、青白い短絡の火花を発してしまう。いつそれがおさえようのない火だるまとなって燃えつきてしまうか予測もつかない。……どんな発作もだまって受けることができれば、この上に何を望もう！　というきもちも芽生えているが、とてもそれはかなえられそうもなく、自分をも一緒に妻の発作に似せた状態に突き落としてしまう。

夫が〈妻の発作に似せた状態〉に入るのは絡み合いの中で平常時には得ることのできない一体感を感受できるからである。しかし、その一体感は異常な次元での一時的なものだ。夫はそれが二人を破滅へ向かわせることを自覚している。その危険な状況からの脱出の方法が〈どんな発作もだまって受ける〉ことである。しかしこの方法は、理不尽に思える問い糾しの繰り返しに従順に答え続けること、つまりは己のエゴイズムを消し去って妻に服従することを意味している。その方法を自得することが可能なのか。可能にするためにどのような階梯を踏まなければならないのか。そうした問いの前に夫は立っている。これからの三章はその問いに答える夫を語っていくとみてもよい。

転居から数日後の日曜日、妻も小康を保っていたので、〈このままの状態がつづいてくれれば或いはおさまるかもしれぬと、あわい希望が湧き〉、印旛沼に家族で出かける。借家のそばにある海隣寺坂からの〈前方見渡すかぎりのたいらな地勢〉の中に展開された田園風景は、夫を〈広い大空に飛びたつ直前に立たされた気分〉にさせ、〈妻の発作をまるごと受け入れよう〉と促すように働きかけてくる。晴れた日に海隣寺坂の上から〈あるかなきかに光って見える〉印旛沼が、夫の心に何かを働きかけてくるのである。電車を降り、古い街道を歩きながら、夫は〈発作と紙一重のところで暗い戦いに落ちている〉妻に寄り添い、疲労の色を濃くしている子どもたちを励まして沼に辿り着く。目にした沼は〈さえぎるもののない空間を行き交う風のために水面はさざ波立ち、海、と叫びたいほど〉の広さであった。周辺は〈何ごともないみずうみの岸辺の殺風景なたたずまいが目の前にあるだけ〉で、海隣寺坂の上で〈あやしげな反射の光〉に感じた〈何か〉

は感じられない。現実の沼を前にして夫はある思いに打たれる。

あらわれただけしか与ええないものが、遠ざかると宙空のほうに引きあげられ、内にこもってあやしげな光を発しだす。

この思いは現実に対して見えるもの以上の期待を抱くことの空しさを言っているわけではない。海隣寺坂の上で〈あやしげな反射の光〉に〈何か〉を感じて、それを見たいと思った夫は、苦しい現実から救い上げてくれる〈何か〉を求めている。明らかな形では現実の世界に姿を顕すことはないが、遙かな宙空で〈あやしげな光を発しだす〉〈何か〉の存在に意識を向けつつある。

このあと『日記』にはない事柄が二つ語られている。一つは夫の母親の思い出である。〈新しい過去作り〉への思いが湧いた夫は散歩に家族を連れ出し、通学路の雰囲気を持つ枝道に入る。そこで不意に、〈袴をはき肩かばんをななめにかけ娘のように束髪に結った幼い母が、親たちの決めたいいなずけのいとこ〉と出会う場面が思い浮かび、〈そのいとことひとことも口をきくこともなく育って行ったいきさつみたいなもの〉に思いが向かう。見た筈のない母の許嫁との淡い関わりの場面を思い浮かべるのは、小高と佐倉の雰囲気が似ていることに触発され、幼い時の記憶として残っている母の父との不幸な結婚生活の残像が、あり得たかもしれぬ母の別の人生への夢想へと誘うのだろう。その誘いは、病んでいる妻のあり得たかもしれない別の人生への思いを誘うものでもある。この後次の場面が続く。広い岡の上の町なかにある小学校へ続く枝道を下りて来た一家が、私鉄の線路沿いに駅前を通り過ぎた時、夕闇の中から豆腐屋のラッパの音が聞こえてきて、〈時を忘れた遊びのあとの思わぬ暗さにおどろき、母の小言を気づかいながら取りかえしのつかぬきもちで家路をいそぐ〉少年時代の自分を思い出し、その母の気配が妻と一緒になって見分けがつかなくなる。ここには無償の愛を注いでくれた存在として、母と同様に妻が夫の心の中に深く根を降ろしていることが暗示されている。

右の場面のあとにもう一つ『日記』にはない場面が続く。家へと海隣寺坂を上って印旛沼の方を振り返ると、沼は宵闇に溶け入って見分けられない。その時夫は硬い表情を崩さない伸一を見て、伸一との間に起こったある事件を想い浮かべる。何かのきっかけで伸一を折檻していた夫は、謝ろうとせず凶暴に暴れて反抗する伸一に激昂して、伸一の着衣を剥ぎ取って素裸にし、悲鳴のような声を出して身体を引きつらせている伸一を叩こうとした。その時妻が伸一に覆いかぶさり、青冷めながら〈ほんとうに卑怯なひと〉と非難したことで夫は我に返った。そのことを思い出した夫は〈そのとき伸一の内部で何かがくずれてしまったのか〉と思い、学校へ行く伸一の〈わびしげなうしろすがた〉を思い浮かべる。夫の昂ぶりは、第九章の結び直前で、駅のホームで妻を投身させる誘惑に駆り立てられた夫に重なる。過去の罪の責任を背負わねばならないと心決めした夫が、子どもの心を歪める過誤を繰り返す。この場面から存在の根に悪を潜める自らを認識していく夫が浮かび上る。

右の二つの場面を経て一家は家に帰って来るのだが、その夜、妻が寝入った後も夫には〈ラッパの音〉が聞こえてきて心が和らいでいく。この〈ラッパの音〉には先に見た郷愁を誘う働きとは別の意味を考えることができる。新約聖書では〈ラッパの音〉は世の終わり、すなわち神の来臨を告げる音である。「マタイによる福音書」第24章31節、「コリント人への第一の手紙」第15章52節、「テサロニケ人への第一の手紙」第4章16節、「ヨハネの黙示録」第11章15節などに見られるが、特に「コリント人への第一の手紙」第15章51〜57節は題名「死の棘」に係わる箇所(8)である。第二章で触れたようにこの箇所は使徒パウロがイエスによる復活の福音を祝福する文脈である。アダム以来人間に担わされた原罪は人間を死に至らしめる刺である。神は人間の原罪の贖いのために自ら磔刑となったイエスを愛によって復活させられた。人間はこの福音を信じることによって、永遠の命に与れることを伝えている。〈ラッパの音〉は神の国の到来を告げるものとして鳴り響いている。以上のような内容を背景においてこの場面を読むと、〈歩行も飛行も自在なもの〉が〈だれかを見つけ出そう〉としているかのように聞こえる〈ラッパ〉とは、自己の存在の根源に罪を見出している夫の、過誤なき人としての復活・再生を希求する切なる思いが託されていると読むことが可能だろう。

その翌日、いつものように妻に発作が起こるのだが、夫の対応がこれまでとは異なってくる。夫は仕事を求めて東京へ行き、好意を持ってくれている友人たちと会うが、期待した反応を得ることはできなかった。失意と寂寥を抱きながら帰りの電車に乗る。帰り道で子どもたちを引き取る準備をおえたK子と一緒になった夫は、〈どことなくあでやか〉な様子に〈ふとときめくこころ〉を感じて、それを妻に気取られてはいけないと思うのだが、部屋の模様替えをし、物干し竿いっぱいの洗い物までしている妻を見て気持ちが弾み、K子が帰ってきた嬉しさを口にしたことで妻の不機嫌を誘い出してしまう。この日の発作は長く続き、詳しいことを知らされていないK子が〈つまらないさわぎはやめなさい〉と諌めると、二人は洋館に移り、妻の問い糾しは強まっていく。〈過去の私の裏切りを飽きずに数えあげ、それをひとつずつ私に認めさせ〉る妻は、〈顔の造作のひとつびとつが威厳を備え〉〈裁く者の不謬の気配に満ち〉てくる。〈いきなり突きあがる何か〉が夫を〈思わぬ大声で、「わーっ」と叫ばせた〉。しかしこれまでのように狂乱に傾くことはなく、辛抱強く尋問に付き合い、明け方近くになって我慢できずに妻を置いて寝床に入る。自分を抑えて妻に従おうとする夫の変化は妻に通じて、翌朝も発作の形相で固くなっていた妻は夫との会話によって平常を取り戻す。二人の間には、互いを深いところで理解している者同士が相手に自分をゆだねて安堵していく愛の交感とも言える和解の雰囲気が生まれている。その日の午後夫は妻をI教授から紹介されたD病院のL教授に診せ、サイコセラピー治療を受けることが決まり、帰りの電車で妻は〈あやしい目つき〉になることはなかった。翌日伸一とマヤはK子の下宿に移って行った。

二人だけになると借家の広さが不吉な影を帯びて感じられてくる。妻を襲うものから守る気持になって食事の用意をする妻の後ろに立つ夫に豆腐屋のラッパの音が聞こえてくる。夫は妻が発作に入らないことだけを願って食事を済ませ寝床に入る。妻は〈おだやかな顔つき〉を保ち、〈最初の発作以来の習慣で〉〈からだでためそう〉とする。夫の複雑な内面が次のように語られる。

私は試みの前にさらされるが、からみあった反応が微妙にばらまかれていて、よほど組み合わせに恵まれないと、反応は連鎖の麻痺を起こし、どうにもおさえられないようなおそれのなかでなお耐え、充足を呼ぶために私は祈りたくなっている自分に気づいた。

右の一節について清水徹氏は次のように論評している。

「充足」とは「肉の充足」か「魂の充足」か？　「祈り」とは何を求めての、何に向っての祈りか？　そう、まぎれもなく、ここには宗教的な陰翳が言葉に重い錘りをつけはじめている。……「こころみ」は、夫の側からの妻の肉への「こころみ」から、妻の側から夫に向ってその肉を差し出しながらなされる「こころみ」へ、そして、妻の肉をとおして夫の側へとなされる「神のこころみ」[9]へと、微妙に転調してゆくのである。[10]

清水氏の指摘を筆者なりに敷衍してみよう。第六章で触れたように、これまでの〈試み〉が発作を起こした後であったのと異なり、ここでの妻は〈おだやかな顔つき〉を保ち、まだ発作を起こしていない。とすれば、妻はここで第一章、三章で問題にした「肉体の愛」と「魂の愛」の分裂から二つの「愛」の一致へと向かい始めていることを表していると読むことができるだろう。妻がそうであれば、夫が祈り求める〈充足〉も「肉の充足」に終わるものではない。それは第六章で問題にした「エロース的愛」から「アガペー的愛」[11]への変化の兆しと読むことができる。また、〈祈り〉は印旛沼の〈あやしく反射する光〉を発するものに引きつけられた心の動きと重なるものであると見ることができる。さらに言えば、清水氏が指摘する〈宗教的な陰翳〉を具体化するものとして、〈祈り〉が向けられる対象を「不可知の力」に結びつけることができる。翌日の朝食後どちらからともなく誘い合い、夫は〈妻の試みに酔いはじめている自分に気づ〉き、その日の妻は発作には入らずに寝入っていく。その寝顔に〈娘のときの疑いを知らぬひたむきな面影を見出した夫は、〈娘のときそうしたように唇をそっとかさね〉て、〈すべて起こらぬ前のやさしい状態に連れもどしてくれた〉かのように深い眠りに落ちていった。二人が穏やかな日常へと戻っていくかのような時間が経過した後、静謐な時間に亀裂が入る。クライマックスへと読者を誘う破から急への巧みな展開である。

平穏な生活が三日続いた後、妻はD病院でサイコセラピー治療を受ける。受診後の妻は〈胸のつかえをはき出したあとのさわやかな顔つき〉をして、上機嫌になって小岩で世話になった人たちへの挨拶回りをしたいと言い出す。夫にとって小岩は〈過去を引きずり出す手がかり〉がどこにでも見つかる場所なのだが、妻の意志に背くことはできない。商店や運送屋、近所の家やお祓いをして貰った家などを回り、夕方近く帰宅して妻は穏やかに眠りについた。ところが深夜、目覚めた妻はうとうとする夫の背中をさすっていたが、突然発作に入り、〈凍えたひと声〉で〈うそつき〉と言う。夫は身体全体がこわばり、〈えたいの知れぬふるえがきて逃げ口ばかり探そう〉とする。妻が女の名前を言うと我慢がならず玄関に飛び出していく。〈妻は猛禽のにおいを湧き立たせて〉追いかけ、下駄を捜す夫に縋り付く。夫は妻を身体にまとわせたまま、風雨の中をやみくもに歩いて行った。雨に濡れた木の匂いが妻の古里の南島の部落を思い出させ、妻の匂いに包まれながら、〈ふれ合うひじのやわらかさが〉娘時代の妻を思い出させても、昂ぶりは収まらない。家に帰った二人は〈試みのなかに傾いて行〉くが、夫は〈充足は私にはまだゆるされない〉ことに気づかされる。二人にはまだ「アガペー的愛」への扉は容易に開かれない。ここでは妻の心の中に埋め込まれた疑惑の根がいかに深いものであるかが語られている。妻は夫のどんな僅かな嘘も見逃さない。病院で妻が治療に入った時〈自分が生き生きしてきたこと〉を感じた夫は自分の中のエゴイズムの根の深さを意識したはずだ。前日、妻の試みに酔い始めたと気づいた時、夫は〈気がかりをすっかり追い出すこと〉は〈努力や鍛錬などであがなわれそうにない〉と意識している。妻の疑惑の根にあるものを消去することの困難さの前で立ちすくんでいる。

その翌日事件が起こる。素材となった事件について『日記』には四月十七日に〈風雨の中、そこに事件起こる〉とだけ書かれている。午後から近くの寺で催される精神講話の会に行く用意をしていると、妻の様子が変わる。女にやった下着の色を全部言えと言い出した。夫が思い出せないと答えても聞き入れず、〈あたしも死ぬまでにいっぺんそんな色とりどりのパンティーをはいてみたい〉と言い出す。この言葉は、第五章で〈女の名前で呼んでほしい〉と言って夫を困惑させた妻とは違った世界の中にいることに留意したい。ここには夫の愛を信じることができずに女を羨望する妻ではなく、信じつつある夫の愛をより強く実感したいという願いで一杯になっている妻がいる。発作の中で言われる言葉が妻の真情を表していることを夫は身にしみて分かっている筈だが、〈いつまでもそんなきたないことばかり考えているのは、おまえのほうじゃないか〉と言い返す。妻の言葉が〈きたないこと〉に思えるのは、夫が妻の世界とは異なった世俗の価値観の中にあるからだ。目をつりあげて〈すさまじい沈黙をつくった〉妻は、自分の願いに従順であるべき夫が、自分の純な思いを否定したことへの怒りに燃えているのである。そのことに気づいた夫は〈悔い〉と同時に常軌を逸脱した妻の価値世界に自分を押し込めていく。〈胃にも脳にも異物をつめこまれた上、荒縫いされ〉るように、〈自分も気違いになること〉に〈救い〉を感じていく。妻との〈充足〉を成就するためには、通常の生活を支える思考回路、価値観から離脱しなければならない。それは、第五章で夫が言った〈まともなにんげん〉になることとは真逆の〈にんげん〉になることを意味している。夫は今、自分の言い訳めいた言葉の前に再度立たされている。その選択の決断を迫る現場に夫はこの後立たされる。

外から若い男の声が呼びかけるのを聞いた夫が門に行くと、青年が夫の名前を確かめてから離れた所に行って〈いますよ〉と声をかけた。すると〈あたりをはばかる女の声〉が夫の名前を呼ぶ。夫が妻のほうへ引き返そうとすると〈待って、おはなししたいことがあるんです〉と呼びかけてくる。〈新芽を伸ばしはじめた草木のにおい〉に包まれながら女の声を聞いた夫は〈私を抜けだしたもうひとりの私〉が、〈女のほうに歩いて行くようなめまい〉を覚え、〈ついの裁き〉がやってきたことを感じながら妻の所へ引き返す。妻は落ち着いて〈あいつ〉であることを確認すると、裸足のまま外に出て女を追って駈け出していく。やがて女の片腕をしっかりつかまえて戻ってくると妻は女を洋館に引き入れ、なぜ来たのかと問い質す。女は夫が所属していた文学グループからの見舞金を持って来たと言う。次第に昂ぶっていく妻は、女への思いがないことを具体的に示すことを夫に求める。女が好きか嫌いかと問い、夫が〈きらいだ〉と答えると、では〈そいつをぶんなぐれるでしょ〉と要求し、〈力が弱い、もういっぺん〉と迫る。〈こころぎめして〉平手打ちする夫を女は〈さげすんだ目つき〉で見る。しかし妻の怒りは収まらず、女を壁に押しつけ力まかせに頭を壁にぶつける。庭に逃げ出した女を組伏せると、夫に門の鍵を掛けさせ、髪をつかんで地面に女の顔を押しつけ、〈おまえはいつかきっとやってくるとあたしはにらんでいたんだから、もう逃がすものか〉と言って女の首を締めつけていく。


そのあいだ私はだまって突っ立ち腕を組みそれを見ていた。

「Sさん、助けてください。どうしてじっと見ているのです」

と女が言ったが、私は返事ができない。

「Sさんがこうしたのよ。よく見てちょうだい。あなたはふたりの女を見殺しにするつもりなのね」

とつづけて言ったとき、妻は狂ったように乱暴に、なん度も女の頭を地面に叩きつけた。(12)


この一連の場面については吉本隆明氏によく引用される評言がある。

作者は「女」をこの場面でイエスのように、主人公を裁くものとして描いているとおもえる。……主人公とその妻とから引き倒され、叩かれ、衣服さえ剝ぎとられるまでに侮辱をうけている「女」がもっとも威厳にみち、云うべきことを云っている。いわば〈義〉の人になっている。

……主人公とその妻の行為はほとんど最大限の侮蔑のまなざしのもとに描かれているといっても過言ではない。……中略……主人公は「ふたりの女を見殺しにするつもり」なのだというのではない。景物としての〈罪〉、あるいは〈罪〉としての景物というようにしか内面性を扱うことができないでいる。この意識の景物化こそは島尾敏雄の文学の特性といってよいものだ。(13)

吉本氏一流の魅力的な評語の創出による観念的な読みが展開されているのだが、氏が述べるように、妻と夫は女によって審かれているのだろうか。女の言葉は〈義〉の人の言葉なのだろうか。そしてここに〈罪〉を読むべきなのだろうか。筆者は違った観点からこの場面を読みたい。ここでは妻と女の虚飾を剥ぎ取った情念がぶつかり合っている。非日常の非倫理の世界にいる妻と日常の倫理の世界にいる女が、夫に向かってどちらを選ぶかの選択を迫っている場面として読みたい。しかもここでの選択の真の意味が夫に理解できてはいないことによって、十一章、十二章でのより深い迷妄の世界が現出していくと読んでみたい。十一章で出発し直そうとした夫がなぜ十二章で妻の発作を一層募らせ自らも惑乱することになるのか、その理由がこの場面に隠されているのである。そのように読みたいのである。

〈じっと見ている〉ことは〈見殺しにする〉ことだという女の言葉は、妻の言葉でもある。妻は夫が行為することに愛の証しを求めている。〈ふたりの女を見殺しにするつもりなのね〉という言葉に妻は女の真情を読み取っている。女が夫に強い愛着を持ち、今どちらかを選べと迫っていることを妻は感じ取っている。女の夫への愛着の強さへの衝撃、自分が〈見殺し〉にされることへの恐れが〈狂ったように乱暴〉な行為へと妻を向かわせるのではないか。

夫は日常世界の倫理観と妻の狂的な世界との間で揺れ動きながら、次第に非倫理の世界に入りこむことへの快感を覚えていく。女の足を押さえてと言う妻の指示通りに女の両足を押さえると〈ふれてはならぬものにふれるときの快さ〉を感じて〈わずかに残されている支えまで、崩れてしまいそうなあやしい感覚〉を覚える。〈わずかに残されている支え〉とは〈まともなにんげんであることの証しである。それを捨てろと妻は要求する。

「そうだ、こいつのスカートもパンティーもみんなぬがしてしまおう。トシオ、はやく、はやく」

……中略……

「なにをぐずぐずしているの。こいつがそんなにかわいいの」

とせかされ、そうする気になり、女の腰に手をのばしたとき、下ばきの下にかたいものが指先にふれたと思ったら、思いきり蹴とばされていた。なぜか女はされるままと思っていたから……事態の把握ができなかった。妻に叱咤されようやく女をもう一度地面にころがした。

夫が〈女はされるままと思っていた〉のは、妻の指示に従うことが女を〈見殺しにする〉ことであることを理解していないことを示している。蹴とばすことで女は〈見殺し〉にされた怒りを男にぶつけたのである。妻は女を凌辱することにためらいがない。日常の倫理規範から抜け出た情念に支配されて女を痛めつけている。夫は妻の意に添って動こうとする。しかし、非倫理の世界に完全に入ることはできない。〈もうこのへんで、帰してやったらどうだろう〉と妻に言うが、妻は聞き入れず、〈殺してやる〉と言いながら女を地面に押さえ続ける。このあと女は〈ひとごろしい〉、〈おとなりさん、助けてくださーい〉と言うが夫に助けを求めることはない。離れの娘(14)が止めに入り、警察官が来て事件は終わる。

家に入り妻と抱き合った夫は〈孤独がひしと押し寄せ、先ほどまでの妻の発作に悩まされていたときとちがった時間が流れはじめたこと〉に気づく。夫が感じている〈孤独〉は日常の社会通念や価値体系から逸脱した非日常的な非倫理の世界の中に足を踏み入れたことに気づいたゆえだろう。その夫に妻は〈でもどうして、じっと立って見ていたの。どうしてあたしといっしょになって、あいつをやっつけなかったの〉と問い掛ける。妻の心の中に夫への不信が広がっている。夫は事件の最中、妻からの指示に従っていただけであり、自らの判断で主体的に行動することができなかった。言い訳をする夫は自分の言葉が〈ひとことごとに、醜さをかさね〉ていくことに気づいている。〈私は本当のところどうだったのか〉と自問しても、自分が分からず、〈自分の行為を妻に納得させようと取りつくろう底意が見えすいていてどうしようもない〉気持になっていく。〈二匹の幽鬼〉のようになって〈憑かれたようにしゃべりつづけ〉た二人が、小鳥のさえずりを聞きながら眠りに入るところで第十章は終わる。〈まともなにんげん〉の世界から踏み出ることに夫の愛の証しを求める妻。その要求に逡巡しながらも従う夫。ここには第五章で触れたC・S・ルイスの言う「エロース的愛」の極限的な姿を見ることができる。二人はこの「エロース的愛」が導く〈醜態〉の世界からどのようにして脱け出ていくのだろうか。次章以降の主題である。

章題「日を繋けて」について付言する。風呂屋からの帰り道を遠回りしようと思いたった夫に次の思いが湧く。

ずっと遠道になるが、できるだけ家族で過ごす新しい過去を作っておかなければならぬ。私に残された手段は、時を身方にすることだけだと気づいてきたようなのだ。今新しい過去づくりに熱心になっておけば、やがてそれがたまって、古い過去を身動きできぬように取りおさえてくれるだろう。

右の一節と第五章の次の一節を比較すれば、夫の時間意識に変化が生まれていることが明らかである。教育委員会へ行く列車の中から古里小高の風土を見ている時の思いである。

土くさいその景色は、……いつまでも続きそうな安定のなかでその日を次の日にかさね、少しずつ歳月が移り行く状態をあらわしている。私にはそれがよそごとと見え、自分はその流れのなかに入ることを拒まれたとしか考えられず、明日や少しずつその次にやってくる日が想像できない。

家族の〈新しい過去づくり〉への思いが湧き、〈今新しい過去づくりに熱心になっておけば……〉と考える夫は、発作に絡みつかれて方途を見失い過去を忘れてほしいと妻に哀願してきた夫とは異なっている。今、夫には将来の家族の姿への思いが芽生えている。〈私に残された手段は、時を身方にすることだけだ〉という気づきは、第十二章で〈時の移ろいにゆだねるほかにどんな方法もない〉という自覚と結びついている。こうした前へ進み続ける安定した時間への親近を生みだしたものが、古里小高の風土と重なる面を多く持つ佐倉の町の雰囲気であることは言うまでもない。このように見てくると、章題の「日を繋けて」は、古い城下町佐倉の中で〈新しい過去づくり〉のために日々を積み重ねようと思い始めた夫の、生きていく時間への思いを託していると言えるだろう。

3　第十一章「引っ越し」〔『新潮』昭和四十七（一九七二）年四月号。『日記』昭和三十（一九五五）年四月十八日～五月三日に対応。〕

事件の翌朝、昨夜の〈自分の姿勢を思いだ〉して、〈価値の定まらぬ別の世界に墜落して行くよう〉に思う夫は、妻の世界——非日常の、非倫理的な価値世界——と女の世界——日常の、倫理的な価値世界——との間で選択を迫られたことをはっきりと認識できているわけではない。ただ妻に対して〈見えない恐怖の対象〉を〈打ち据えたこと〉が〈病巣を突きくずすことに役立った〉と思いたい。一方妻は〈前の日までの自分と何かがちがってしまったおそれを感じている〉

ように見える。そんな二人に警察から呼び出しがかかる。妻は呼び出されたことに納得がいかない、筋道を立てて説明することは女に身方することと受けとられると思った夫は口をつぐんだままである。警察署に着くと昨夜来た刑事が夫を別室に呼び入れた。刑事は女が会いたがっているから〈あの可哀相なひとに一度会ってやってほしい〉と何度も繰り返す。夫は〈必死に孤塁を守る気分で〉刑事の誘いを突っぱねる。この夫について日野啓三氏は、第二章で女に会いに行った時の夫と対比して、作者の変化に言及して次のような指摘をしている。

これは「死の棘」のなかで、家にいなくなった妻の行方を探しに出た主人公が、女のところに押しかけたのではないか、と考えてそこまで行ってずるずる女に会い、これからも会ってくれという女の頼みは断りながら、自分の作品の掲載された雑誌だけは送ることを約束してきてしまう場面と、強く対照的である。主人公のなかに、新しい姿勢が生まれている。

いや、前にも触れたように作者のなかに新しいものが生まれたから、主人公の新しい姿勢を書けるようになったのだ。自虐的な傾きが完全に消えている。(15)

日野氏はこの夫に作者の〈孤独な自己の裸形〉を見ているのだが、ここでは日野氏の言う〈主人公の新しい姿勢〉について考えたい。夫は女への未練を完全に払拭し切れてはいない。しかし何度もの誘いを拒絶したことは、重要な意味を持っている。〈価値の定まらぬ別の世界に墜落して行くよう〉に感じていた夫は、この時、発作に入った妻の世界――非日常の、非倫理の価値世界に住まうことを主体的に選び取ったことを意味している。見方を変えれば、生きる場として、変化して止まない無国籍の近代の世界を捨て、南方の自然と風土に育まれた原日本的な土着の世界を選んだということでもある。しかし、妻の価値世界の中で生きていくことは、エゴイズムを消去し、自我を無化していくことでもある。これまで妻の狂気に寄り添おうとしてできなかった夫は、そのことが通常の人間にとっていかに困難なことであるか身をもって思い知らされている。夫の選択は、自身をも破滅へ導くかもしれない困難な試練を自らに課したことになる。夫は新たな試練の場に立ち合わねばならない。

夫が拒絶の意志を変えないことが分かると刑事は二千円の示談金の話しをもち出す。女も了承していると言い、夫はそれを肯った。その時夫は、心の中から〈何かが引きあげて行く〉のを感じながら、隣りの部屋から女が飛び出してくることを期待する気持も捨てきれない。警察署からの帰り道で示談金のことを告げると、妻はいきり立って反対する。〈妻は自分が不利なことは承知の上で〉〈おさえようのない不安が湧きたって〉いると思いながらも、夫は妻の怒りに苛立ちを昂じさせる。その結果二人は〈からみ合いながら自殺や逃亡のまねをし、取っ組み、抱き合って、おこりが落ちる〉これまでと同じ〈愚行〉に落ちていく。しかしその夜は妻の発作は収まらない。すると夫はこれまでとは違った態度を取る。

私は奴隷の卑屈をむきだしにし、態度だけでどんなに従順に振るまっても胸のしこりがふとってきておさえられず、妻を応接間に残したまま十畳にきてふとんのなかにもぐりこみ、からだをちぢめながら、おや、きょうは自分の誕生日だったなどと思っているうち、いつのまにか眠ってしまった。

夫は妻の〈奴隷〉になって〈従順に振るま〉おうとする。しかしその姿勢に〈卑屈〉さを感じてしまう。夫の心の中に抜き難いエゴイズムが、消し難い自我が住まっているからである。しかし、〈きょうは自分の誕生日だった〉ことを思い出すということは、自我の無化を意識的に行おうとしていたことを表している。消し去ることに意識的であればあるほど逆にエゴイズムや自我は先鋭化していかざるを得ない。自我の無化へと歩みを始めた夫は出口を求めてエゴイズムが噴出する場にやがて立つことになる。それは第十二章で物語られる。ここでの〈私〉の描き方について日野啓三氏は実作者の立場から次のように述べる。

私だったらこの箇所で誕生日をもってくることはできない。……さり気なく書かれた「奴隷の卑屈」と「誕生日」とが反発しながら奇妙に釣り合っている。作者の主人公に対するきびしさと優しさが過不足なく一致している。「私」というかたちで主人公を、作者自身と重なり合うような形で書く場合、こういう態度はきわめて難しいのだ。(15)

女と会うことを拒否し通したことの真の意味を夫自身が認識している訳ではなく、それは妻の思慮の外にあることであり、妻の心のあり方に影響するわけではない。妻の発作は事件前と変わらずに起こる。離れの娘の目の前で騒動を起こした以上、借家を出なければならなくなる危惧も加わり、夫は〈手のつけられぬ亡羊の思いにさいなまれ〉ていく。

いっそのこと、何もかもほうり出して行方不明になってしまおうかと思う。妻と子を捨てて失踪した小岩の家の元の持ち主のことが思い出され、彼をうらやむきもちの起きてくるのがへんだ。

文末の〈へんだ〉は夫の微妙な心の内を表している。〈へんだ〉と思うのは意識下で〈妻と子を捨てて失踪〉することを封印しているからである。ここで夫は〈亡羊の思い〉の渦中にあって、以前のように自ら狂躁の中に入ろうとするのではなく、〈亡羊の思い〉を抱く自分を客観的に見る視線を自分のものとしている。自己を客観視する目は以前からあったものだが、これまでのその目は自己のエゴイズムを見取ることに働き、他者へ向かうことはなかった。しかし今自己を相対化する夫の視線は、温もりのあるまなざしとなって他者に向けられていく。妻を見る夫の視線は優しさを加えていく。右に引いた場面のあと、寝る前に日記をつける夫を妻が見る場面がある。妻は、いきなり応接室に駈けこむ。夫が追いかけて行くと、〈振りかえりざま、青白い額越しに私をにらみつけるように、「来ないで、来ないで」と叫んでいた〉と語り手〈私〉は語る。回想する〈私〉は、妻を見ている〈私〉＝夫については語らない。そのことによって拒絶する妻の悲しみを見つめる夫の優しいまなざしが浮かびあがる。そのまなざしは以後も妻に向けられていく。

D病院での治療のあと、佐倉の家へ帰ることが怖ろしくなった二人は子供たちがいるK子の下宿に行き、そのまま三晩泊まる。次の治療の日、妻は朝から発作に入り、目に〈不信の焔を燃えたたせて〉夫を見る。夫は〈不興の顔を繕おうともせず〉妻を伴って病院へ行く。控え室で待つ間夫は妻のそばを離れ、妻は物陰から心配げに夫を見る。その妻に夫が〈他人を見据える目つき〉を向けると妻は〈すっとすがたを隠してしまう〉。その時夫は〈彼女は寂しくて寂しくて仕方がないのに私を見ると疑惑と不信で自分をおさえることができない〉と思うのである。夫は自分の苛立ちに執着せずに、孤独な妻の心の中を思いやっている。妻に対する振る舞いは冷たく装っていても、妻の内面を見つめる眼は温かい。

夫の内面の変化に呼応するように二人を取り巻く環境も変化する。治療の後借家に帰ると家主から解約の申し出があった。二人は承知してこれからのことを相談する。できるだけ早くD病院に入院させてもらい、入院中子どもたちは妻の郷里の南島のおばに預け、退院後は自分たちも島に移り、入院が決まるまではK子の下宿に同居することに心が決まる。その後一家はK子と大学生でK子の弟のTを交えて引っ越しの準備で日を送る。D病院の担当医師は外来治療をしばらく続けるという。島のおばからは子どもたちを引き取るためにK子の妹のU子を迎えによこすと連絡が入る。妻の状態は小さな起伏はあるがほぼ順調で〈発作を散らす工夫をするようになった〉。

引っ越しの準備中の出来事として印象的な場面が二つある。一つは夫にあてられた女の手紙が出てきた時である。〈へんな空気が立ちのぼってきて、家のなかは冷えきってしまう〉。マヤもいとこたちも捨てるように言うが、〈妻はしっかり隠し持って放そうとしない〉。この場面は第十二章で夫が女に出した手紙を取り戻すことに執着する妻の姿の前兆となっている。もう一つは、妻の足に刺さった〈棘〉を夫が抜く場面である。

やわらかで小さなその足をしっかり小わきにかかえこみ、引き抜きながらじっとり汗ばんでくるのに、妻は平気な顔をして、

「根っこを残さないでちゃんと抜いてくれなくっちゃいやよ」

などと言っている。

妻の足に刺さっている〈長い棘〉を夫と妻の心奥に潜む女の影と見れば、〈じっとり汗ばんでくる〉夫と〈平気な顔をして〉いる妻にいろいろな意味づけができるだろう。それを人間のエゴイズムとも罪とも読み替えることもできる。坂口博氏はここでの妻の言葉に全編のモチーフが込められていると指摘する。

その棘は……ミホにも、またトシオにも同時に突き刺さっている「棘」の「根っこ」でもあるのだから。ミホは現実の棘と同時に、その「死の棘」の「根っこ」も残さないでと訴えている。(16)

坂口氏の読みにつけ加えれば、この場面は次に続く場面と係わらせて読むことで、坂口氏の言う妻の〈訴え〉がいかに困難なことであるかを述べていると読むことができる。〈棘〉を抜いて

もらったあと上機嫌になっている妻は寝床で田中英光の短篇を読み始める。夫が発作を起こすから読まない方がいいと注意するが妻は聞き流す。苛立った夫は大声で〈やめろ〉と叫んでしまう。すると妻は機嫌を壊して本を投げつける。翌日D病院に治療に向かう電車の中でも妻は英光の短編集を読み続け、やがて本を投げ捨てて〈発作の目〉で夫を見据える。この時夫は絶望感に襲われるが、妻の発作に逆反応することはなく、乗り換えたバスの中で次のような思いを抱く。

どんなに耐えがたい状況も、時の経過が事態をやわらげ、次の局面がひらけてくると、過ぎた苦しみはそのかたちをゆがめてしまう。

第七章で妻の自殺を願う気持を持ったことに〈時の波のうねりはほどなくおしなべて平坦なものにならしてしまうだろう〉と〈時の審き〉に似た力を見ようとしていた夫は、ここでは今の苦しみに耐える力を授けるものとして、時の流れの力に身をゆだねようとしている。この時夫は人間の生を支配する「不可知の力」の存在を微かに感受しているとみることができる。先にみたように今の苦しみを受け容れようとする夫は、妻の苦しみを共に担おうとする夫でもある。この夫の姿は第六章で触れたJ・モルトマンの、罪は償いによって埋め合わせることはできず、加害者が罪の重荷を担い続けることによって被害者の助けが可能となる、という「ゆるし」の捉え方に重なる姿である。そうだとすれば、ここで「エロース的愛」から「アガペー的愛」への扉が開かれつつあると言えないだろうか。二人を温かい風が包み始める。病院から帰宅した後も妻のしこりは解けず、一人で家を出ようとする妻を見て夫も付き添って行くのだが、帰りの坂道を妻を後ろから押して一気に駈けあがると、妻は〈もうなおちゃった〉と笑って夫を振り向く。K子と弟も加わって一家は〈久しぶりで日常にかえり〉、賑やかに夕食を取る。

次の日も妻は平穏に日を送る。翌日、荷造りが終わり家の鍵を買いに行った帰り道で、突然妻が映画やお茶に一緒に行った女の名前をみんな思い出してほしい、〈いつかの写真のようにへんに隠されると根深い不信が植えつけられてしまう〉から〈みんな自分の口から言ってほしい〉と〈哀願の口調〉で言い出す。夫は〈素直に答えればいい〉と思うのに〈のどもとにへんなつかえができて〉しまう。その夜は〈追っかけごっこ〉が深夜まで続く。ここで妻が持ちだした〈いつかの写真〉とは第六章で夫が隠していた写真について問い糾したことを指している。その時答えに窮して写真を妻に差し出した夫は、〈自分の暗い情熱に絶望の思い〉を抱くのだが、ここではそうした自省の心の動きは見られない。むしろ素直に答えられない自分を肯おうとしているように見える。回想する語り手が〈追っかけごっこ〉と言うのはその諍いが亀裂を深めるものではなく、亀裂を癒していくものであることに気づいているからである。

次の日は早朝から引っ越しが始まり、すべての作業が終わった時には夜になっていた。途中妻は〈本当に理解し合いましょうね〉と何度も繰り返す。それぞれが荷物を分担して、暗い海隣寺坂を駅に向かって下る。印旛沼の気配を感じた夫は、〈胸のしめつけられる思いに襲われ〉る。一家が電車内に乗り込み、池袋に降り立つところでこの章は終わる。

六人各自が七つ道具よろしくの恰好で電車に乗りこむと、そこだけ異様な空気に包まれるふうで、乗客もじろじろ眺めていた。……どんなにおかしな恰好でも、これが私の家族のすがた、という思いにかられながら、乗りついで池袋に来ると、じとじとした雨が駅の前の道路に叩きつけられていた。

〈これが私の家族のすがた〉と、家長としての責任を強く自覚する夫の姿を印象づけながら、これからの日々が平穏ではないことを暗示する降雨の描写で結ばれるのだが、道路を叩きつける雨はこの物語が終わっていないことを告げている。

章題「引っ越し」について付言する。借家を解約された一家はK子の下宿に身を寄せるのだが、そこは一時の避難場所であり、引っ越し先ではない。一家は確定した場所に引っ越すわけではない。ではなぜ「引っ越し」という題がつけられたのか。ここで冒頭部を振り返ると、あることに気がつく。夫は前夜の事件を思い浮かべて〈価値の定まらぬ別の世界に墜落〉するような不安に襲われていた。その夫と結びの夫を見比べた時、内的体験としての「引っ越し」が重層的に行われていたことに気づく。

警察署に呼び出された夫は女と会うことを頑なに拒絶する。このことは妻の価値世界に寄り添うことを選択したことを意味している。ここに一つ目の「引っ越し」がある。夫の選択に気づくことができない妻はこれまでと同様に発作を起こす。〈亡羊の思い〉に襲われる夫はすべてを捨てて失踪したい気持が起こる自分を冷静に見つめるとともに、自己への執着から離れて妻に優しいまなざしを向けるようになっている。これが二つ目の「引っ越し」である。家主が借家の解消を求めた時、夫はこれまで決断できなかった南島への移住を心決めし、妻の了承を得る。これが三つ目の「引っ越し」である。さらに、時の流れに身をゆだねて、妻の苦しみを共に担おうとする夫に妻はこれまでとは違った信頼を寄せるようになる。これが四つ目の「引っ越し」である。そして最後の場面で、外部世界の中で〈私の家族〉の夫として父親として新しく生きることを宣言する。これが五つ目の「引っ越し」である。以上のように「引っ越し」という章題には、作品展開の上で重要な転機となる内的「引っ越し」を告知する意味が託されているとみることができる。しかし、実は内的「引っ越し」には最も重要なことが残っている。夫はそのことにいつ気づくのだろうか。それが次章で問われることになる。

4　第十二章「入院まで」〔『新潮』昭和五十一（一九七六）年十月号。『日記』昭和三十（一九五五）年五月十二日～六月六日に対応。〕

家長として〈家族〉の再生に向かう夫には気がかりなことがあった。佐倉へ移る直前に着衣を破り捨て素裸にして叩いて以来、伸一が反抗的になっていることである。新しい学校での初めての遠足当日、降雨で通常の登校に変わった。夫が簡易雨着を着せて行かせようとすると聞き入れない。夫は自分の少年時代の同じような経験を思い出し、〈依怙地にその意志を通してもあとは決して快いものではない〉ことを思い、妻も雨着を着て行かせるつもりになっていることもあって、親の勧めに従わせようと伸一を横抱きにして尻を平手で叩く。しかし伸一は一層抗って暴れる。すると〈何に向かってかわからぬ憎しみが湧き〉、板の切れ端で手首が痛くなるほど打ち据えた。夫は〈この先伸一は決して私をゆるさぬかもわからぬ〉と思う。〈もう学校なんか行くもんか〉と言う伸一を、親代わりになっているK子が宥めて学校に連れて行った。妻は伸一が可哀相だと泣きながら夫を責める。夫は雨の中を外に出て無人の中学校の校庭を眺める。その時の夫の心の中について語り手〈私〉は〈どんな感情も動かない〉と語る。語り手には無力感に拉がれた夫の姿が見えている。その語り手が〈憎しみ〉は〈何に向かってかわからぬ〉と言うのだが、敢えて〈何〉の正体について考えてみたい。

平手で叩いていた時の夫は伸一の依怙地さを窘めるつもりであった。事後の不快を思う夫は依怙地になっている伸一の心の中を解っているつもりである。とすれば夫の〈憎しみ〉は親の思いを解らずに反抗する伸一の依怙地さ、言い換えれば自我の強さに向けられていると考えていいだろう。ではなぜ〈何に向かってかわからぬ〉と曖昧な言い方になっているのだろうか。多分回想する語り手〈私〉の視線には、伸一と夫との関係が少年時代の自分と母との関係に重なって見えている。運動会の日に〈運動着を着て登校するのを頑なに抵抗した〉自分を前にした母の心の中を思いやっている。父の女性関係で悩んでいた母の抑圧された思いが反抗する自分への怒りと重なって母を襲っていたと同じように、夫に〈憎しみ〉が湧き上がった。それは妻と伸一への感情の複合したものであり、その時の夫には〈何に向かってかわからぬ〉ものであったにちがいない。さらに進めて言えば、人間のエゴイズムそのものに向けられていると言うことができる。この章では人間のエゴイズムからの脱却の困難さが突きつめられてゆく。
翌々日からはしかにかかった伸一が高熱を出し喉の痛みを訴えて苦しがる。看病しながら妻が発作を起こすと、〈いけないと思いつつ荒々しい態度がふきあが〉る夫は、三畳の入り口際でマヤと寝ているK子を気遣いながら〈追っかけごっこ〉を重ねていく。D病院での治療の日、乗り合わせた電車で人身事故に出会う。その時夫は〈肉の散乱した無気味な感触〉が体中にしみわたるのを感じながら、自殺する人間の心を思いやる。

爾後の様相に比べれば轢かれる前のどんなみじめな状態にも耐えられそうに思えるが、事が終わってしまうまではその人は何事もゆるされなかったにちがいない。

自死した人への思いは〈何事もゆるされな〉い〈みじめな状態〉に置かれた時に自分が耐えることができるか、という夫自身への問いかけでもある。五日後、夫はこの問いの前に立たされる。妻が治療に入り一人になると、解放感を感じていた小岩時代までとは違って、妻への愛着が噴出し、〈寂寥に押しひしがれそう〉になる。〈細い彼女の哀訴の声が耳にまとわりついてはなれ〉ず、〈耐えがたい発作の言動はみんな、装わぬひたむきな意志のかたまりに変容して〉くる。妻は医師に〈この世で自分を理解し、愛してくれた人は両親を除いては主人だけだ〉と答えていた。医師は妻に今の病状について、幼少時に〈嫉妬や憎悪の訓練が欠落した〉ゆえに〈人をゆるすか憎むかのジレンマに立たされ〉て〈混乱に陥っている〉、時間が必要だから〈無理に感情をおさえてはいけない〉と説明する。治療後、医師は来週には入院の日取りが決まるだろうと告げる。夫も付き添いとして一緒に入る方針である。帰りのバスを待つ間に妻にかげりが現れていることに夫は気づく。小さなかげりが繰り返されて大きな発作を導いていく。小さなかげりが最近頻繁になっていることを不審に思うが、〈時の移ろいにゆだねるほかにどんな方法もないことに気づきはじめていた〉夫は、発作を避けるためにかげりを見て見ぬ振りをするのではなく、かげりに気づいた自分の正直な反応に身をまかせていく。それが夫の〈時の移ろいにゆだねる〉方法なのである。人知で思考し効果を計量して行為する方法を捨てて、その時の自然な感情と思いによって行動し、その結果は「不可知の力」にまかせようとするのである。すると、妻が〈醜い私をたしなめる役割りにまわ〉るようにもなっていく。

下宿に帰るとマヤがK子と夕食をとっている。はしかの予防注射を打ってもらうためにマヤを負ぶって医院に行く。この場面は『日記』にはない。そうであればマヤを通して作者は何かを語ろうとしている筈だ。帰り道で、数日前近くの男の子たちに苛められていたマヤの〈父親の私がどれほども力になってはくれぬことを見通したような目つき〉を夫は思い出す。苛められていたマヤは父親の無力さをわかっているようだ。そのマヤを見ている夫はマヤの深い孤独を自らの痛みとして感受している。ここには第八章「子と共に」での自己に執着していた父親とは異なる慈しみ深く子どもを見つめる父親がいる。伸一は夫の看護を嫌がらず、夢の中で父親に甘えて何かを頼んでいるようなうわ言を言う。夫は〈今の生活はこどもにはもう耐えられぬ状態になっているのかもしれない〉と思う。伸一は肺炎を併発していた。我慢強い伸一が苦しがるのを見ながら、に手ぬぐいを替えることしかできない自分に夫は無力感を募らせていく。その日子どもたちを迎えにK子の妹が島から出て来て、K子も一緒におじの家に泊まりに行った。家族だけになった部屋で一家はこれまでにない悲惨な状態に陥る。

次の日、妻は自分の浴衣を二枚縫いあげた。疲れから眠りこんでしまった夫が夕方目を覚ますと小さなかげりが顔に浮いている。かげりが頻発している妻を見て夫は〈何か気がかりなこだわり〉があり、それを発散できないで〈にせの小康の状態〉にあるからだと思う。夫は〈気がかり〉の正体を探ろうとする。以前の夫は〈過去の膿でただれた傷口〉に〈触れずにすまそう〉として〈醜く逃げまわってばかりい〉た。しかしここで夫は〈傷口〉に触れようと〈気がかり〉について問い掛ける。その問い方は答えをはぐらかす妻に〈発作を誘い出すようなことばかりが出てくる〉のである。〈時の移ろいにゆだねる〉方法は破滅と紙一重の〈危険な場所〉に導いてもいくのである。突然伸一が〈あらぬ方を睨み、錯乱もしかねぬ気迫をみなぎらせ〉て〈やめろ、やめろ。坊や頭が狂っちゃった〉とわめき出す。妻は〈何かを感じたらしく〉黙って蒲団に入り眠りにつく。夫は〈愚かなことをくりかえしている〉自分を省み〈ひたひたと悲しみに包まれ〉て、伸一の看護をしながら眠れないまま夜明けを迎えた。翌日も同様のもつれが続き、伸一が〈うるさい、うるさい、ばかやろう〉とどなる悲惨な時間が続いていく。

伸一の熱が引いても妻の言動から発作のかげりは消えない。夫は〈彼女のこころの中で処理をしなければならぬこと〉を〈私の反応をできるだけ少なくしてどんなふうに伝えようかと思いわずらっているにちがいない〉と思うのだが、妻の心を開く術は見つからず気持ちが沈んでいく。

自分のこころのほんのわずかな病み疲れが、まわりのものすべてをグロテスクな容貌にしてしまう。……考えてみれば、彼女がいつまでも縛られていなければならぬ状況などもうどこにも無くなっているのだ。それなのになおそこに妻が引っかかって通り過ぎようとしないのはどんな理由からだろう。苦しむためにわざとそうしているとしか思えないふしぎなこころのはたらきに、私は絶望するほかに方法もない。

ここには人間の心がいかに繊細で壊れやすいものであるかを深く感得した者の罪意識が見てとれる。その罪意識の深さゆえに〈家族〉の再生のために生き直すことの困難さに打ち拉がれようとしている夫がいる。夫はこの時、五日前の轢死した人間に抱いた問い――〈何事もゆるされなかった〉時に〈どんなにみじめな状態にも耐えられ〉るか――の前に立っていると言えるだろう。夫はまじまじと見つめた妻の寝顔に〈いちずな気質の、無邪気で清らかな、幼い表情〉を認める。その表情に夫は妻の赦そうとする心を感じ取り、前章で触れた態度だけ〈従順に振るまって〉〈耐える〉こととは別の発想が浮かぶ。

耐える、ということではなく、私は胸を広げて妻の発作を呑みこんでしまうべきではないか。それができずに、輪をかけた発作を湧きたたせてますます妻のそれをねじれさせる自分の胸うちの狭さは何ともなさけなかった。

傷つけられた者の〈ふしぎなこころのはたらき〉に寄り添うために必要なことは、〈奴隷の卑屈〉を抱えたまま〈耐える〉ことではなく、〈胸を広げて妻の発作を呑みこんでしまう〉包容する心を持つことだという自覚が夫に生まれている。それは〈時のうつろいにゆだねる〉生のあり方の中で気づかされたものである。この時夫は時の働きとして現れる「不可知の力」を十一章の時点より強く感受している。その時夫は次のように思うのである。

あらぬことをあれこれと考えながら、私はふと、或いは今自分はむしろ幸福と言えるのかもしれない、などとあやしい気分になったのがふしぎであった。

〈胸を広げて妻の発作を呑みこんでしまう〉とは、エゴイズムを棄てて妻に自己を捧げることである。このような自己放棄への気づきが、絶望的な苦しみの中にある夫を〈幸福〉だと思わせる。それは夫が〈無邪気で清らかな〉寝顔の中に妻の心の深層に潜む自分への純な信頼を感じ取ったからにほかならない。エゴイズムを棄てて妻に自己を捧げようとすることに〈幸福〉を感受する心の働きを「愛」と言うことが許されるなら、この時夫は第七章で問題にし第十一章でその兆しを見た「アガペー的愛」に出会っていると言えるだろう。

しかし夫は発作を包容する心の大切さを自覚しただけで、まだその「愛」を現実の生活の中で実践しているわけではない。その「愛」の実践から〈私の家族〉の再生への道が開けていく筈なのだが。そして夫は大事なことに気づいていない。〈なおそこに妻が引っかかって通り過ぎようとしないのはどんな理由からだろう〉と自問するのは〈彼女がいつまでも縛られていなければならぬ状況などもうどこにも無くなっている〉と思っているからである。ということは、妻が〈通り過ぎようとしない〉理由は、〈縛られていなければならぬ状況〉が無くなっていないということなのだ。妻が問い糾してきたものは夫の心の中の過誤の痕跡である。警察署で女に会うことを拒絶した夫の心の中には女が会いに部屋を出て来ることを願う〈どっちつかずのきもち〉が生じていた。引っ越しをする前には映画を一緒に見た女の名前をみんな思い出してほしいと哀願する妻に素直に返事ができずにおかしくなっていた。妻の発作が続くのは夫の心の中に、自分への愛を疑わせる過誤へ走る痕跡を見てしまうからである。夫は女への未練は無いと示そうとするエゴイズムそのものを消し去らねばならないはずである。この後で夫は妻の仕掛けた思いもしない方法によって自分の中のエゴイズムに向き合わざるを得なくなる。

翌日の治療日、妻は電車の中でも何かを聞きたい素振りを隠そうとしない。妻は事件の結末をつけるために〈あいつに復讐してほしい〉と言い出す。

せっかくかたまったと思う疵口を一定のあいだを置いては無慈悲に開きにくる見えない意志がはたらいているようで、どんな望みの灯も見つけることができない。怖れと嫌悪のために憎しみさえ湧き、妻が何を語りかけても受けつけまいとする態度をかためはじめた自分に気づいていた。それは醜いと思いつつ、なぜかやめられない。

夫は妻に自らを試みる無慈悲な〈見えない意志〉の働きを感じ取っている。夫の〈憎しみ〉は妻の背後に感じる〈見えない意志〉に向けられている。妻を拒絶しようとする自分を〈醜いと思いつつ、なぜかやめられない〉夫はエゴイズムに支配されている。語り手〈私〉はその夫を冷静に見つめている。その視線は妻への〈憐憫〉と自分の行為への〈空しさ〉を感受し、〈誰もかかわることなどできはしないこと〉を自覚する夫を見逃さない。帰宅後も感情のもつれはほどけない。妻は眠らないと言って胡座をかいて頑張っていたが、明け方夫が目覚めると妻は寄り添って寝ていた。夫は離れようと試みても離れることができない二人であることを思い知らされる。

マヤの症状がよくならないのでK子の妹は一人で島に帰ることになり、見送りに東京駅に行くとK子が急に鹿児島まで送ると言い出して列車に乗って行った。K子に気遣う必要がなくなった妻は夫が〈研究していた〉〈オギノ式〉の避妊法を教えてほしいと言い出す。夫は〈やりとりの行き着く先〉の狂態を思い、〈青冷め、からだがわなわなふるえてくる〉。ここで作者が『日記』にはない〈オギノ式〉のことを入れたのはどういう意図からだろうか。この後K子の弟がやって来て、二人の狂態は避けられる。とすれば二人の狂態を描くために〈オギノ式〉のことが入れられたわけではない。考えられることはこの後出てくる妻の〈気がかり〉との関連である。妻は夫が最も触れられたくない過誤に敢えて触れることで夫の反応を見ようとしている。〈青冷め、からだがわなわなふるえてくる〉夫を、女への未練を断ち切っていると見たか、それとも未練を残していると見たか。いずれにしても妻は夫の姿を見た後に〈気がかり〉を夫に打ち明ける方法を考え、決めたと考えてよいだろう。診察の日、夫は妻の診療の後に医師から呼び出され、妻が医師に依頼したことを告げられる。

入院の前に、私が女に宛てて書いた手紙のすべてを妻は女から取りもどしたいと願っていることだ。それがきもちに引っかかっているから、取り除いてこころを整理した上で入院したい。そのことを私に相談してほしいとL医師に妻がたのんだと言うのだ。

夫は妻が〈女に復讐しろ〉と言った時にはこの願いが生じていたことに思い至るのだが、妻の願いには二重の意味がある。手紙を取り戻すことが〈復讐〉としての意味を持つのは、女が今も夫に思いを寄せている場合である。女が夫を見限っているのであれば、女は夫の手紙を破棄するだろう。妻は佐倉に来た女が夫に投げかけた〈ふたりの女を見殺しにするつもりなのね〉という言葉に夫への強い愛着を感じ取った。その時妻の攻撃が〈狂ったように乱暴に〉なったのはそのことを表している。夫からの手紙を夫自身に取り戻させることは、女にとって最も辛い仕打ちだと妻は考えた。〈復讐〉とはそういうことだろう。見方を変えれば、夫がそのことを実行することは妻への「愛の証し」でもある。夫を同伴しての入院を控えて〈こころの整理〉をしたいという妻の願いが、女への〈復讐〉と同時に夫の「愛の証し」を確かなものとすることであったのは、そのことが妻にとって〈家族〉の再生のために先の見えない治療に入るための絶対条件であることを意味している。夫がいくらその計画の無謀さを説いても妻がその要求を変えない理由がそこにある。しかし、その妻の思いを夫は理解することができない。〈よりをもどすふうを装って女に近づき、手紙を取りかえしてから逃げ帰ってこい〉と言われて、夫は〈いきなり別の世界をかいま見せられた〉ようで〈へんてこな混迷をはじめないわけにはいかない〉のである。夫には〈復讐〉に向かう妻しか見えていない。〈別の世界〉に隠されている〈家族〉再生への意志、夫の「愛の証し」を希求する思いを見取ることができない。

日が変わっても手紙へのこだわりを捨てない妻を前にして、夫は〈なぜいつまでもある観念に頑なにとどまり、それを肥大させて混乱を湧き立たせているのだろう〉と嘆くことしかできない。夫の思いは妻が気持を変えることだけに向かい、自分が気持を変えて〈妻の発作を呑みこんでしまう〉ことには向かわない。そうした夫について語り手は〈私の愚痴も根が深くなるばかりだ〉と語る。妻に向けられる夫の思いを〈愚痴〉と言う語り手〈私〉は、夫の愚かしさと妻の正当さを見据えている。そのことは、診察の翌日の夫の狂態を語る中で明示される。銭湯の帰り、妻に〈あいつと一緒におふろにはいったの?〉と問われて逆上した夫は、傘を壁に叩きつけて壊し溝に捨て、脱いだ上着を雨の中を引きずりながら歩いて行く。

それでもよそのものに手をかける気分にはなれず、自分の身に着けたものの破損を計るより仕方がなかった。ついでにズボンを脱ぎ、上衣と一緒に道の上に叩きつけ、下着だけのおかしな恰好で、びしょ濡れになってさっさと先に立って帰ったのだった。妻はだまって上着とズボンを拾っていたのに。

第五章にも同じような場面があったが、二人の姿は明らかに異なっている。第五章では夫は自らを苛もうと鉄道の線路に向かって駈け出し、妻も一緒に斜面を転がり必死で夫にすがり付いたのだが、ここでの夫には死へ向かう気配はない。妻も夫が自らを死の淵へ追いやることはないことをわかっている。〈自分の身に着けたものの破損をはかるより仕方がなかった〉と回想し、〈妻はだまって上着とズボンを拾っていたのに〉と語る語り手〈私〉の視線は、夫の愚かさとそれを受けとめている妻の優しさに向けられている。

妻の発作に〈どう対処していいかわからない〉夫は〈愚かにさわぎ出して事態をますますこじらせるような態度〉から脱け出せない。妻は女のところに囮になって行って手紙を取り返して来い、と言い張って譲らない。進退窮まった夫は両こぶしで自分の顔を何度も殴りつけ、内出血で目の縁や頬骨のあたりが腫れあがってもやめられない。妻も、〈K子のそばでは決して口にしなかった女のこと〉を隠さないようになった。〈這い出すことのできない地獄〉のような数日が経過するのだが、その時を回想する〈私〉は次のように語る。

入院までのしばらくの辛抱と思いつつ我慢ができないのはどうしたことか。ただ入院の日を待っているだけで、その日その日の崩れて行くのをどうにも支えられなかった。

〈私の家族〉の再生の道は閉じられようとしている。微かに開き始めていた「アガペー的愛」

への扉は閉じられていくかのようだ。作者は、夫が目ざそうとした〈家族〉の再生、妻との愛の復活が現実生活の前に挫折していくことを描こうとしているかのようだ。なぜ夫は〈我慢〉するのではなく、〈発作を呑みこむ〉ことへと踏み出せなかったのだろうか。先に見たように、〈発作を呑みこむ〉とは妻の求めに偽りなく従順に従うことである。言い換えればエゴイズムを消し去ることである。しかし、夫は妻の要求の可否を自分の価値基準で判断することをやめない。自我を守ろうとする本能的な欲求から抜け出ることができない。佐倉からの転居以来妻が発作の前に予兆であるかげりを示すことが頻繁になったのは、妻の心の中に夫の変化を期待する気持があるからである。夫は発作の前に必ず予兆が続くことに気づいていた。しかしそれが何を意味するのかにまで考えは及ばなかった。女を拒絶し妻を選んだ夫は、その選択がエゴイズムの消去へ、終には自我の無化へ向かわねばならないことを認識できたわけではなかった。仮転居以降妻の病状を悪化させていった原因はそこにあるとみてよいだろう。しかし今、妻との入院を前にした夫は、理不尽な妻の要求によって、妻を選んだことの真の意味を自らに問うことを突きつけられたのである。

このようにみてくると、「入院まで」で作者が語り手〈私〉の語りを通して描こうとしたことが、自我の無化を内面化していくことの困難さであり、しかも実は妻が自我の無化の内面化への導き手であった、ということだとみることができるだろう。このことは今回の「はじめに」で取りあげた岡本恵徳氏の問いに対する答えでもある。自我の無化の内面化がいかに困難なことであるか、作者が全編を通して、妻のいつ果てるともしれない問い糾しとそれに応える夫の自省と惑乱とを繰返し描くことを通して追い続けてきたものを、筆者はこの自我の無化の内面化の困難さだと読み取りたい。自我の無化の内面化の困難さの気づきは章を重ねるごとに深められ、そのことは同時に夫に自分に向けられた妻の「愛」の認識を深め、妻に向けられる夫の「愛」を深めていく。それは妻の求める「愛の証し」の深まりでもある。「アガペー的愛」の深まりと言ってよいだろう。自我の無化の内面化の困難さの気づきは「愛」の深化と不可分であろう。両者を切り離して『死の棘』を読むことはできない。そこには作者島尾の日々の信仰生活が深く関わっているはずである。『死の棘』が十七年にわたって書き継がれねばならなかったことは、『死の棘』の主調音が作者の内的信仰生活の深化と切り離すことができないことを示してもいる。しかしこの問題にこれ以上立ち入ることは控えよう。

上記のことが語られた以上、物語は収束を待つだけである。その終末に向けた語りの中に最初に挙げた岡本氏のもう一つの問いかけ――世界の再構築は可能か――の答えを見つけることができる。入院の決定から入院までの叙述が急テンポに進んでいるのは、描くべきことを描き終えたからにほかならない。事態を収拾できない夫はおじを呼び出してD病院に付いて来てもらって、医師に緊急の入院を頼む。その結果翌々日の入院が決まる。子どもたちはK子が島に連れて行くことになる。妻は手紙のことには触れない。なぜなら右に見たように作者が描こうとしていることとは、妻が手紙を手に入れるそのことではないからである。精神病棟に入った夫は、世間から隔絶された領域に入ったことへの〈一種の安堵と奇妙な誇らしさ〉を感じる。自分の寝具を取りに妻を置いて外に出ると〈羽ばたくような自由がどっとばかりに感じ〉られるのだが、〈軽々とした気分〉は長くは続かない。〈寂寥の奈落に落ちこんだ妻のおもかげが、私の魂をしっかりつかみ〉、〈妻と共にその病室のなかでくらすことのほかに、私の為すことがあるとも思え〉ず、〈病院の外の放縦な自由を感じることにうしろめたさ〉を覚えるのである。K子の部屋に着くと〈嵐のあとの静けさに似たおだやかな安らぎがただよ〉い、〈伸一もマヤもふとんをあげ安心してK子のそばでくつろいでいるように見え〉、〈自分が余計な闖入者のように思え〉るのだった。寝具を持って電車に乗った夫が次のような思いを抱くところで『死の棘』は結ばれる。

しばらく妻のそばを離れるともう不安で胸元がざわざわしはじめ、落ち着いてはいられないのだ。いくら発作にからまれても早く妻の顔が見たくてたまらない。そして鍵でせけんと遮断された病棟のなかでなら、もしかしたら新しい生活に出発ができるのではないかというきもちになっていた。ただ手紙の取り戻しをどう妻にあきらめさせるか、その方法の考えつかぬことに、暗い危惧が影を落としてはいたが。

結びの場面での夫は〈私の家族〉の再生に向けて、未知の〈新しい生活〉に踏み出そうと意欲している。〈手紙の取り戻し〉(17)についての〈暗い危惧〉を抱えていることを記述しているのは、病院での生活が決して平穏なものではないことを暗示するためであろう。しかしそうではあっても、作品の背骨をなす「愛」をめぐる物語は夫の〈新しい生活〉への希望をもって終わると言ってよい。精神病院での〈新しい生活〉が〈私の家族〉の再生を可能にするための自我の無化へ夫を導く場であることにおいて、夫は十一章ではできなかった内的「引っ越し」の場に立つことになる。岡本氏の〈世界の再構築は可能か〉という問い掛けに夫は可能だという答えを出している。〈新しい生活に出発ができるのではないか〉と書いた時、作者島尾の脳裡に新約聖書の「コロサイ人への手紙」第3章8～10節中の章句(18)が浮かんでいたかも知れない。小説全体の題名が新約聖書においてはイエスの復活の福音を告げる意味を持つ『死の棘』となった所以もそのことに関わっているように思われる。このことについては第二章の付言及び第十章の注(8)で触れておいたので繰り返すことは控えよう。

尚、鈴木直子氏は、その内容が明かされないまま〈ミホ〉と〈トシオ〉をつき動かす〈手紙〉について〈『死の棘』という物語言説がついにたどりつくことのできなかった「告白」のリアリズムを具現している〉とみなして、そこに二つの意味を見ている。

手紙を眼の前に現前化させることもできなければ、「あきらめ」させ忘却させることもできないというジレンマに取り残されたトシオの物語は、「過去」の亡霊にさいなまれながら、取り戻せない意味を奪回し、「書き留め」「つかまえ」ようとして挫折した、語り手「私」の物語でもある。それはまた、沖縄と本土のあいだで引き裂かれている歴史＝意味に押しつぶされそうになりながらその関係の再生の道を「ヤポネシア」に探り続けた島尾敏雄自身の物語でもあるかもしれない。(19)

〈物語言説の構築様式そのものに着目することで、『死の棘』における方法意識を抽出する〉ことを目指した鈴木氏の論評は〈小説家の回想というこの語りの構造は、回想の内容そのものが物語言説自体を拘束していくという事態を招くこと〉を見取って、非常に示唆に富むものである。しかし、右に引いた結論部について言えば筆者の読みと異なってくる、筆者の読みに従えば、鈴木氏が言うように〈取り戻せない意味を奪回し〉そこなった語り手〈私〉は〈挫折〉したのではなく、〈取り戻せない意味〉への拘りを消去し、新しい〈意味〉を探る旅へと歩き始めたということになる。そのことがまた島尾のヤポネシア論の探索行とも重なるとみることができるのである。

章題「入院まで」について付言する。この章を駆け足で読めば、「入院まで」の経過の起伏が語られているのだからこの章題が付いたのだろうと、疑問は生じないのだが、章題と同じ言葉が用いられている箇所を読み解いてみると、別の意味を見出すことができる。妻の発作にどう対処していいかわからず、〈愚かにさわぎ出して事態をますますこじらせる〉夫が〈入院までのしばらくの辛抱と思いつつ我慢ができないのはどうしたことか〉と自問する場面である。先に触れた箇所であり、繰り返しになるので簡潔に要点だけを記そう。その時の夫を回想する語り手は〈その日その日の崩れて行くのをどうしても支えられなかった〉理由をわかっている。女ではなく妻を選んだ夫は妻の非日常的な価値判断に寄り添わねばならぬことを認識できていなかったのである。妻の要求を自分の通念的な価値観で判断し、自我の保全へと思考は働いていた。自我を無化する道へ踏み出すことができなかった。そのことが妻の発作を悪化させたことに回想する語り手

〈私〉は気づいている。しかも夫を自我の無化への気づきへと導いたのも妻であった。妻の存在なしには自分の存在の意味を見出すことができないことに夫は気づいていくのである。仮転居から入院までの経過の中で語られたことの意味を以上のように読み、そこにこの章のモチーフをみるなら、章題に「入院まで」が採られたことの意味が見えてくる。

5 視点の方法化

今回の「はじめに」で述べたように筆者は『死の棘』の方法化の基軸を視点にみている。まず視点の問題の核心をついていると考える清水徹氏の評言を紹介しよう。

日本の小説で物語を現前化するため、言いかえれば出来事がいま読者の現前で生起しているかのような印象をあたえるためにきわめて多用される現在形の叙述の援助をうけて、「私」は記述者はおろか語り手でさえなく、ほとんど全面的に作品の主人公——事件に翻弄されつつ事件を生きている人物——なのである。(9)

『死の棘』を読み進めるうちに、読者は作中の〈私〉が作者なのか、作者が虚構した語り手なのか、主人公の夫なのか、と振り返らざるを得ない場面にしばしば遭遇する。視点の不分明さによって『死の棘』は不可思議な魅力を湛える作品になっているとも言える。その不分明さをついた指摘である。不分明さを生みだしているものが視点の巧みな移動である。語り手〈私〉に置かれる筈の視点が語られる〈私〉＝夫に、語り手〈私〉に、作者にと移動して物語られる。幾つかの章を例にとって視点の方法化について概略を述べよう。

まず第一章を見よう。基本的な視点人物である語り手〈私〉が回想している時点が二つ設定されている。事件から三日目とその後のいつかわからぬ時点である。この設定の意図を考えてみよう。第一の時点について冒頭部と関連する箇所を取りあげる。

私たちはその晩からかやをつるのをやめた。どうしてか蚊がいなくなった。妻もぼくも三晩も眠っていない。

このあと五節（一行空きでの区切りを一節とする―注論者）、全集で十二頁をかけて三日間に起こったことが語られ、次の文で一区切りが打たれる。

三日の糾明をくぐり抜けた私は、……また三日のあいだの調教の反応で単純な発熱の状態に襲われているだけのようにも思う。

語り手〈私〉は事件から三日目の時点に立って三日間を回想していることになる。ここでは、語り手〈私〉が居る時間と語られる〈私〉＝夫が居る時間の相違は表だって見えない。語りの時制は多くが現在形で結ばれており、語り手〈私〉は語る事柄・事件の時間の中で生動している〈私〉＝夫を語ろうとしている。従って読者は、語り手〈私〉にある筈の「視点」を語られる〈私〉＝夫の視線のように受けとめて読み進めることになる。回想する語り手は事件が始まって三日目に居るという設定によって、事件が収束した時点での回想という語りの効果と比較すれば、語られる事柄の緊迫感が読者に強く感受されることは言うまでもない。

第二のいつかわからぬ時点について第二章と関連づけて考えてみよう。私小説と分類される語り手〈私〉が小説家である場合は、語る事柄や事件が終了している時点、語る事柄を心理的に意味づけ得る時点に立って回想する形をとることが普通であろう。しかし『死の棘』では語り手〈私〉が進行中の事件の渦中で回想しているように語られるのである。その典型が結末部にみられる。

「あなたがねえ」などと言って私の顔をまじまじと眺めたりする。妻のその目に会うと、私はいくらか回復しかけていた自我のかけらなどいっぺんに吹きとんでしまう。別なときにはばたばたと走りこんできたかと思うと、……「すみません、すみません、ゆるしてください。こんなすがたをみせて、はずかしい」と言う。……だから少しずつはよいほうに向かってかたまって行くのだろうと思っていた。

初出と講談社版『死の棘』（昭和三十五（一九六〇）年十月）では〈私はいくらか回復……吹きとんでしまう〉の後に〈このところの自分を理解することができない。〉という文が入っていた。

つまり語り手は〈このところの自分〉を脱け出た時点、事件が終了した時点で回想している。ところが、結びの〈だから少しずつは……と思っていた〉は、語り手が居る時点が事件の渦中とも事件が終了した時点とも二様に読める。作者は新潮社版『死の棘』で〈このところの……〉を削ることによって語り手が回想する時点を事件の渦中と受け取らせて、物語の継続性を読者に印象づけようとした、と考えられる。第二章は次のように始まる。

次の日気がつくと、故障してずっと止まっていた机の上の目ざまし時計が、動いている。機械もいじらなかったし、衝撃を与えたわけでもないので、なぜ動くようになったか、わからない。……今たしかに勤勉に動きはじめたのだが、それがそうなったのは妻の意志が乗り移ったからだと、すぐ考えてしまう。

冒頭部には〈次の日〉と語り手が回想する時点と〈今〉との二重の時間が隠されている。〈次の日〉と語り出す語り手は、第一章の結びを語った時間の中にいて、〈次の日〉のことを回想していると読むことができる。その時間は事件が終了した時間なのか、事件の渦中なのかを明示する表現はない。明示しないことによって語り手〈私〉が事件の渦中に居て語りを進めていると読者に思わせることを作者は意図しているように思われる。第一章と第二章の時間の継続性に意を払うことによって、読者は以後の各章にも同様の時間の継続性を想定しながら眼前の事件のように読み進めることになる。

第二章は冒頭から次の段落まで含めて十三の文章で構成されているのだが、主語の〈私〉が明示される文は第十二文目である。しかもこの〈私〉は回想している語り手〈私〉ではなく、語られる〈私〉＝夫である。時制は現在形を基本として進み、語られる事柄・事件は、たとえば第十三文〈前には私の瞳をとらえて追いすがってきた妻の信頼のまなざしのかけらも、今は認められない〉のように、回想する語り手〈私〉は消えて、生起する事柄・事件の渦中にいる〈私〉＝夫の視点を通して語られているように読者には示されている。そのことによって読者は語られる主人公の思考と行為を語り手の視線を通してではなく（それはありえないことなのだが）、登場人物の生の思考や行為として直截に感受しているように読むのである。この方法は『死の棘』全体に一貫して用いられる方法である。

第二章を例にとってもう一つ別の、語り手が姿を消して生起する事柄・事件の渦中にいる夫と一体化した語りの型を取りあげよう。

まだいくつかのいつわりを隠し持っているが、それをすべて妻に手渡してしまうことをためらわれ、もしそれで通るならそのままにしておこうといううきもちが、自分でも不審だ。

〈自分でも不審だ〉と語るのは、文脈の上からは事件の渦中にいる夫である。しかし、ここで注意したいのは、〈不審だ〉と語るのは、その一方で〈そのままにしておこうといううきもち〉を否定的に捉える価値観を語り手が持っていることを意味している。その価値観は事柄が生起している時点の夫にあるのだろうか。むしろ回想し自省する中で問題として浮上してきたと考える方が自然だろう。このような回想する語り手〈私〉の判断があたかも語られる〈私〉＝夫の判断として語られる、いわば価値判断の一体化が図られている。この一体化の型は他の章でも用いられている。

章末は風景描写で結ばれるが、ここには『死の棘』の風景（自然）描写の方法である二つの視点の一元化が見られる。

雨は夜通し降りつづいたようで、暁方の牛乳配達が通り過ぎたころ、便所に立ったついでにその小窓から眺めるともなく外をのぞくと、建てたばかりの白木の板塀が、雨水をたっぷり吸って、ふくれあがっているのが見えた。

夫の目に映った風景を語る語り手は姿を消して、小窓から見える〈ふくれあがっている〉〈白木の板塀〉を見つめる夫が浮かび上がってくる。語り手の視点は語られる夫の視点と一体化して風景（自然）描写はなされていく。

次に第四章を例にとって、語り手〈私〉と語られる〈私〉＝夫とが異なった時間に居ることが明示される場合をみてみよう。

ふすまの向こうで中腰でこちらをのぞいていた伸一が、見つけた見つけたと今にもふすまをあけてはいってきそうで、私も気のふれたまねをやめようと、伸一に目で笑いかけたつもりなのに、悪意が目のまわりにふき出てきた。

夫自身が異常な行動をとるようになった時、語り手〈私〉は、語られる〈私〉＝夫を客観的に見つめ、語らざるを得ない。〈悪意が目のまわりふき出てきた〉と語る〈私〉は語られる〈私〉＝夫を見つめ、分析し、意味づけている。この分析し意味づける語り手〈私〉が作者なのか虚構化された語り手なのか画一的に判断することはできない。上記の〈私〉が分離した型と一、二章でみた〈私〉が一体化した型とが連続している場合もある。

わざと気抜けた顔つきになり、持っていたコードをどこに引っかけたらいいか探すようすをして見せた。こどものまだ固まっていない頭脳に、きっとよくない印象を刻みつけることになると思うと、伸一のやわらかなからだを抱きしめてあやまりたいのに、このざまがやめられない。

一文目では語り手と語られる夫とは分離している。ところが二文目では語り手は〈このざまがやめられない〉夫と一体化している。分析し、意味づける語り手〈私〉は、語られる夫の異常な姿を形象化するために、ある場合にはこれまでと同様に語られる夫に一体化して姿を隠すのである。そのことによって語られる＝夫の行為の酷さ、伸一の悲惨さ・哀れさが読者に強く印象づけられる。第四章以降は夫の狂躁状態が強まるに従って、右の二つの型が連続する語りが多くなってゆく。

『死の棘』全体はこれまで挙げた視点の型の中で進行していく。その中で一箇所、語り手〈私〉がいる時点が事件の渦中ではなく、終わっている時点、つまり作者が作品を書いている時点であることを示す語りがある。第九章で、夫が友人の家を訪ねて苦衷を訴えたあと精神科医を紹介された場面である。

「承知してくれたんだ」

ひとつの目安がそのとき生まれていた。Fが私の制止をききいれ、最初の思いつきを断念していたら私は別の運命をたどったはずだ。Bと別れてなぜFを訪ねたかも私に説明できない。

〈私は別の運命をたどったはずだ〉と語る〈私〉は、自分の〈運命〉が定まったことを認識できる時点にいる。その時点は物語りを構想している作者がいる時点である。このような語る〈私〉がいる時点を明示する語りは他では見られない。ここで語られている内容を重要な出来事として印象づける意図を読むことはできるが、緊密に組み立てられた視点の方法化に亀裂を入れる結果を生じたように思われる。

『死の棘』を通貫する基本的な視点の方法についてまとめておこう。行為する夫の思い、考えを直截に記録することに叙述の狙いがある場合には、語り手は語られる夫と一体化して、行為する夫の視点・時間の相で語り、夫の行為、思考、思いを客観的に分析し、意味づけしていく必要がある場合には、回想する語り手〈私〉の視点・時間の相で語らざるを得ない。この場合の語り手〈私〉が作者であるか否かは文脈の中で判断するしかない。全体を通貫するのは前者の語りである。三つの視点・時間の相を読者に違和感を抱かせないように巧みに往還する鍵が、行為の主体〈私〉＝夫の消去である。そのことによって語られる〈私〉と語る〈私〉とを隔てる時間の相が重なり、透明化した〈私〉が両者の間を自由に往還して、読者を語りの空間での主体になるように仕向けていくのである。

※『死の棘』本文の引用は晶文社『島尾敏雄全集第8巻』に拠る。

注

(1)岡本恵徳「『死の棘』論ノート」（琉球大学法文学部『日本東洋文化論集』第一号。平成七（一九九五）年三月）。
(2)助川徳是「「死の棘」作品鑑賞」（『鑑賞日本現代文学第二十九巻　島尾敏雄・庄野潤三』昭和五十八（一九八三）年十月角川書店）。
(3)松本鶴雄「近代文芸様式史ノオト（1）――私小説史諸問題と島尾敏雄『死の棘』の位置――」（『日本大学文理学部（三島）研究年報』第二十八号。昭和五十五（一九八〇）年）。
(4)岡庭昇「『死の棘』論」（『すばる』昭和五十三（一九七八）年四月）。『私小説という哲学』（平成十八（二〇〇六）年六月平安出版）収録の際に加筆修正されている。

(5)島尾敏雄「記憶と感情の中へ」(『波』昭和五十八(一九八三)年二月)。『透明な時の中で』(昭和六十三(一九八八)年一月潮出版社)所収。

(6)初出及び創作集『日を繋けて』(昭和四十三(一九六八)年七月中央公論社)では「S」、新潮社版『死の棘』(昭和五十二(一九七七)年九月)から「佐倉」となっている。

(7)事件から十七年後に書かれた随筆「佐倉海隣寺坂」(『週刊新潮』昭和五十九(一九八四)年十月四日)。『透明な時の中で』所収)には〈佐倉で借りた家は、場所柄といい屋敷の広さといいなかなかよかった〉とあり、家が広いことの問題については触れていない。

(8)太田正紀「島尾敏雄『死の棘』試論――典拠としての聖書と再臨信仰――」(『近代日本文芸史試論Ⅱ――キリスト教倫理と恩寵』(平成十六(二〇〇四)年三月おうふう)所収)に次のようにある。
〈タイトル『死の棘』の典拠は、島尾敏雄自身の教示によれば、フェデリコ・バルバル訳新約聖書「死の刺は罪である。」から取った。〉

次に講談社版F・バルバロ訳『聖書』(昭和五十五(一九八〇)年十一月初版)による「コリント人への手紙一」第15章51~57節の該当箇所を掲げる。

〈しかし私たちはみな、最後のらっぱが鳴りわたるとき、またたく間にたちまち変化するであろう。らっぱは鳴り、死者は朽ちぬ者によみがえり、私たちは変化する。この朽ちる者が朽ちぬものを着、この死ぬ者は不滅をまとわねばならぬ。この朽ちる者が朽ちぬものを着、この死ぬ者が不滅をまとうであろうとき、次の聖書のことばが実現する。「死は勝利にのまれた。死よ、おまえの勝利はどこにある。死よ、おまえの刺はどこにある」。死の刺は罪である。また罪の力は律法である。ともあれ、主イエズス・キリストによって私たちに勝利を与えたもう神に感謝しよう。〉

(9)清水氏の評言にある「神のこころみ」は島尾敏雄「妻への祈り・補遺」(『婦人公論』昭和三十三(一九

五八）年九月）の中の〈妻は私にとって神のこころみであった〉という文言を踏まえてのものであろう。

⑽清水徹「こころみの道―島尾敏雄論」（『中央公論』昭和五十二（一九七七）年二月）。『読書のユートピア』（昭和五十二（一九七七）年六月中央公論社）所収。

⑾ここで言う「エロース的愛」、「アガペー的愛」は、次に示すイエズス会司祭山中大樹による「キリスト者が「愛する者たち」でいるために」（『愛――すべてに勝るもの』（平成二十七（二〇一五）年十二月教友社）所収）での解説に沿った意味内容の言葉として用いている。

〈エロースは「熱情、愛情（愛着）」を意味し、愛の感情的側面を描くか、感情的な意を描く言葉だと考えられる。／アガーペーは「他者への温かい行為・関心としての尊敬・敬意・愛情」を意味し、これを持つ者の性質・傾向とその表出行為を表す言葉だと考えられる。また、この語は神に対しても人間に対しても用いられるのだから、神と人間の本性に関する一つの用語だとも言えるだろう。〉

また「エロース的愛」と「アガペー的愛」の関係について、カトリック教会前教皇ベネディクト十六世が『回勅　神は愛』（平成十八（二〇〇六）年七月カトリック中央協議会）で次のように述べている。

〈「エロース」と「アガペー」――上昇する愛と下降する愛――を完全に切り離すことはできません。それぞれ異なる側面をもった二つの愛が、一つの愛の現実の内にふさわしい一致を見いだせば見いだすほど、愛そのものの真の本性がいっそう実現します。まずもっぱら求め、上昇するのが「エロース」であるとしても――人は約束された大きな幸福によって惹きつけられるからです――、人に近づいていくうちに、この「エロース」は次第に自分のことを考えなくなります。そして、ますます人の幸せを求め、愛する者を心にかけ、自分を与え、人のためにともにいたいと望みます。こうして「アガペー」の要素がこの「エロース」の愛の中に流れ込みます。〉

⑿ミホ夫人が七年後に「「死の棘」から脱れて」（『婦人公論』昭和三十六（一九六一）年五月。『愛の棘』

（平成二十八（二〇一六）年七月幻戯書房）所収）でこの事件に触れている。
〈私は対手を組み伏せ、顔を泥の中におしこみながら、この女を真実殺してしまおうと思いました。夫とかかわりを持っただけでなく、その時までの四、五ヵ月というものは、私たちはその女から手のこんだ強迫じみたおどしを受け続けましたので、私はそれに堪えられず、神経がへんになってしまったのでした。夫は、「ミホ、もういい、追い出せばいい」と言い、その女は、「島尾さん！　たすけて！　たすけて！　あなたはふたりの女を見殺しにするのか」と叫んだが、夫は腕を組んでじっと立ったままです。その女は、人殺し！　人殺し！　たすけてえ！　たすけてえ！　とさけんでいました。〉

⒀吉本隆明「『死の棘』の場合」（『カイエ　総特集・島尾敏雄』昭和五十三（一九七八）年十二月臨時増刊号）。『島尾敏雄』（平成二（一九九〇）年十一月筑摩書房）所収。

⒁事件を離れの娘が見ていたことは、高比良直子『椿咲く丘の町――島尾敏雄『死の棘』と佐倉――』（平成四（一九九二）年十一月私家版。平成八（一九九六）年に改訂増補版）に、事件から三十五年後に本人に聞き書きしたこととして記されている。

⒂日野啓三「島尾敏雄における夢と現実――近作「引越し」について――」（『国文学解釈と教材の研究』昭和四十八（一九七三）年十月）。『孤独の密度』（昭和五十（一九七五）年十一月冬樹社）に収録の際「島尾敏雄「引越し」論――日常の光」と改題し、饗庭孝男編『島尾敏雄研究』（昭和五十一年十一月冬樹社）収録時に「日常の光――「引越し」について」と改題。

⒃坂口博「死よ、お前の棘はいずこにある――『死の棘』論」（『敍説Ⅲ　特集島尾敏雄』平成三（一九九一）年一月）。

⒄『日記』の記述に拠れば、島尾は入院から三日後の六月九日にミホ夫人の実兄と一緒に女の家に出向き手紙の返還を求めている。〈不成功なるも女の手口ことごとく分る〉とあり、病院帰着後ミホ夫人に話

して〈ミホも釈然たり〉とある。翌日も三人で〈女の手口〉を話し合い〈ミホ神経症の原因判然たり。三人さばさばしている、将来への希望大いに生ず〉、〈夕食後一しきり女の手口をミホと検討し唾棄する。〉と記述している。以後手紙のことは出て来ない。

(18)全文をF・バルバロ訳『聖書』（昭和五十五（一九八〇）年十一月講談社）で示す。
〈しかし今はすべてこれらのこと、怒り、憤り、悪意、そしり、みだらな話しを口から捨てよ。互いにうそを言うな。あなたたちは古い人間とその行いを脱ぎ、新しい人間をまとった。この新しい人間は、自分を造ったお方の姿に従い、ますます新しくなって深い知識に進む。〉

(19)鈴木直子「島尾敏雄『死の棘』における「意味」の闘争」（『国語と国文学』平成十四（二〇〇二）年二月）。

南島小説

「川にて」論――七つの「企み」から開かれる文学世界――

1　はじめに

昭和三十二（一九五七）年に「ねむりなき睡眠」（『群像』十月号）を発表して「病院記」を書き終えたあと、島尾敏雄は二年間の休止を置いて、昭和三十四（一九五九）年十一月に南島をテーマにした「川にて」（『現代批評』）と死の棘体験を素材とした「家の中」（『文学界』）を発表し、創作活動を再開した。この年はさらに夢の方法による「家の外で」と戦争体験に繋がる「廃址」を執筆しており、素材・表現方法の異なる四作品を短期間で書き上げたことになる。翌年は「離脱」「死の棘」「崖のふち」と『死の棘』の連作だけを発表しており、この時期の島尾敏雄は強い創作衝動に駆られていたようである。

島尾は昭和三十四年年頭のアンケートに次のように答えている[1]。

これらの島々の歴史と現実とをふまえて「南島」というものを、文学の世界の中に、文学の表現をつかって書きあらわすことです。その場合なるべくこころの内部のことばが使いたい。

その第一歩が「川にて」であり、三年後に「島へ」（『文学界』昭和三十七（一九六二）年一月）

が書かれる。「島へ」は単行本『島へ』（昭和三十七（一九六二）年五月新潮社）に収録されるが、「川にて」は単行本には収録されていない。しかし、「川にて」は島尾の南島への思いが託された南島小説の第一作として、興味深い〈文学の表現〉が試みられている作品なのである。

南島を小説化するという思いは奄美移住直後から島尾の中に兆していた。そのことを南島エッセイ[(2)]に見ておこう。

私はこの島に根をおろさなければならない。歴史から取りのこされかけているこの未知の島に住みつき、生の根源の、生活の周囲の多くのことを、注意深く見て、書かなければならぬ。島びとの心の内奥にある真実の思いを描くためには島に生涯を埋める決心が必要だということを島尾は何度も書いている。さらに創作上の本質論にまで踏みこんで述べてもいた。

奄美群島を描こうとする者は、何となく本土と変っているように感じられるその珍奇さを一先ず排除して、普遍的な人間の根本の問題の場所で把握した上で、再び、離島地帯の特異さを組立て直さなければならない。それははなはだ困難なことだ。[(3)]

南島を小説化するための前作業として〈生活の周囲の多くのことを、注意深く〉観察した記録が昭和三十二（一九五七）年から書き進められた「名瀬だより」[(4)]である。概略化し過ぎていることを押して島尾の言葉で言えば、「川にて」は〈歴史から取りのこされかけている〉〈離島地帯の特異さ〉を素材として、それを〈組立て直〉し、〈普遍的な人間の根本の問題〉を文学として表現するという明確な意図のもとに準備され構想された作品とみてよいだろう。

「川にて」はこれまで論じられることの少なかった作品である。奥野健男氏が〈奄美群島を舞台にして、埋もれた日本人の本質を、日本の社会の底辺を、夢の手法によって追求しようとした作品である〉(5)と早い段階で紹介したあと、「川にて」だけを単独で論じたのは岡田啓氏だけであり、多くは島尾のヤポネシア構想（南島論）を論ずる中で採り上げられてきた。管見に入ったものから独自の見方をしている論を紹介しよう。

岡田啓氏(6)は、〈島尾は作中の「私」を、いつの場合でも一つの疑わしさの対象として提示〉することを〈意識的に自己の方法〉としており、〈この作品が島尾の内的な、それはそうした小説(?)的な仮構を施しての〈意識の劇〉の記述として存在している〉と捉える。作中の描写の分析を通して、〈深刻な〈生〉への渇望〉や〈人間存在の普遍的な様体の単純さ〉への深い自覚を読み取り、〈一つのことばの創出に成功している〉と評価する。

岩谷征捷氏(7)は、南島小説を〈妻の育ってきた環境を追体験する〉ための〈島人との連帯を痛切に希求する祈りにも似た、鎮魂の視座による小説〉であり〈小説家島尾敏雄の内なる鎮めうた〉と意義づけ、〈「川にて」はその通過儀礼の困難さを語っている〉作品だとする。

鈴木直子氏(8)は「島へ」と対で採り上げ、〈島尾の関心は、南島を語るもの＝「よそ者」のがわの自己意識を書くことにあった〉とする。共通したモチーフが〈語り手「私」の徹底した「よそ者」意識〉であり、〈「文化的他者」との関係とでもいうべきものが追求されている〉とみて、〈文体としては一人称一元焦点を採用した「自己批評文学」である〉と性格づける。そして「川にて」独自のテーマを〈「文化的他者」どうしの邂逅における「違和感」こそを文学化すること〉だと言う。鈴木氏の言う「自己批評文学」とは、島尾の南島小説が〈「南島とは何か」ではなく、南島を語ってきた我々とはなにか〉を問うている、ということである。ここに鈴木氏独自の視点がある。

西尾宣明氏[9]は、鈴木氏の論を受けて〈「よそ者」である自己と「南島」との関係性が読み取れる小説である〉とみなし、〈「治癒」の「場所」としての「南島」の役割〉を摘出して、〈島尾文芸における「南島」の意味は、「川にて」、「廃址」という二つの作品の成立によって、はじめて創作主体島尾の側に明確化した〉と指摘する。

筆者は、岡田啓氏の〈私〉の捉え方と鈴木直子氏の「自己批評文学」という視点に注目したい。「川にて」の語り手でもある〈私〉を仮構された〈私〉と捉え、対象化された〈私〉を通して作者島尾がどのような「自己批評」の劇を作ろうとしたのかを読み解いてみたい。

「川にて」の舞台は鈴木直子氏が指摘しているように沖永良部島の暗川（河）（くらごう）であろう[10]。全体の筋はシンプルであるが、読み進めると疑問を生じさせる表現に出会う。しかしあとの展開の中で謎が解けるように書かれている。筆者はそれを作者島尾が仕掛けた「企み」とみたい。「企み」を読み解くことで作品の視界が開けてくる。作者島尾が書こうとしたことが見えてくるのである。全体の展開を、本文に施されている節分けには拘らず、四つの場面構成に分けて、各場面ごとにそこに施されている表現上の「企み」を読み解きながら「自己批評」の劇の内実を明らかにしてみたい。

2　導入部——三つの「企み」

まず全体の粗筋を記す。岬に行く前に〈川〉を見たいと言った〈私〉に、部落長のQは〈ゆあみ〉をしようと言う。〈私〉はQの言葉を不審に思いながら〈川〉に行く。途中島の女たちに出会い、明るい気持になるが、現実の〈川〉を目にしてその場所に入ることに罪の意識を感じる。ためらいながら〈ゆあみ〉場に入ると、老人たちに詰問される。〈よそ者〉意識に撃たれた〈私〉は岬に行く途中でQの言葉に怖ろしさを覚えはじめる。

導入部では、水が不便な島の部落には一箇所だけ水がわき出る場所——〈川〉と言っている——があり、そこに付随する〈ゆあみ〉場に〈私〉が行くことになる経緯が語られている。この場面には三つの「企み」を読むことができる。第一の「企み」は冒頭と結びの呼応にある。

岬に行きたいと思った。そこは小さな島だが、とにかく土地の終末のところが見たかったからだ。

作品の冒頭は右の二文で始まり、末尾は次の一文で結ばれる。

私は最初の計画の通り、岬に行って海を見、そしてこの島の小ささも見たいと思った。

結びでは、冒頭の〈土地の終末のところ〉を見たいと思ったことに加えて、〈島の小ささも見たい〉という思いが付加されている。細部に拘らなければ読み流してしまう付加であるが、冒頭と結びであれば、〈小ささも〉の〈も〉には作者の何らかの意味が託されているのではないかと考えてみたくなる。確かにそのように読んでいくと或る意味が見えてくるのである。ここに第一の「企み」をみることができる。この仕掛けの意図するところは最後の場面で考えよう。

さて、冒頭文で〈私〉が鬱屈した気分にあることが伝えられる。部落は珊瑚礁の石垣や岩礁によって作られた高い塀に囲まれ、部落内の枝道は迷路のようにどこに通じるかわからない。そうした閉じ込められた場所を脱けて限りなく視界が広がる場所に出たいと思っているようだ。

門口を出たところで、岬に行く前にちょっと川を見たいんだがと私は言った。「そうですね、じゃ、ゆあみをして行こうか」と彼は心得顔でそう言った。川とゆあみとどう関係があるのか分らぬままそこで私は「うん」と気軽に返事をしたのだが、……でも彼の言い方には或る感じがあったので思わず、彼が前に言ったことばを思い出した。「わたしの部落のゆあみ場は男も女もいっしょなんだ。はじめはへんだったですが、もうなれてしまってなんとも思わない」。……そのことを思い出してみると、「うん」と返事をしたことにかげがさした。もともとゆあみ場の方により関心があるのに遠廻しに川を見たいなどと言ったと受け取られただろうという思いがわいたからだ。……水がそこだけにしかないとすると、部落民の生活はおそらくその場所に濃厚にしぼられてくる。そこにはきっと異様な沸騰があるにちがいない。だからその沸騰のさまの現場を見たいと考えることは、名目が立ちそうだ。

Qが〈心得顔で〉〈ゆあみをして行こうか〉と言ったことに気軽に承諾の返事をした〈私〉は、〈ゆあみ〉場が混浴であることを思い出し、Qに邪推されることを恐れて、〈川〉に行きたいと言った〈名目〉をあれこれ考える。〈名目〉とある以上、読者は真意は何だろうと考えるように導かれていく。しかし真意については何も語られない。つまり、〈私〉に〈ゆあみ〉場ではなく〈川〉を見るという強い意思があるわけではない。〈ゆあみ〉場にも興味があるのだ。だから、言い訳めいた〈名目〉をあれこれ考えるのである。こうした人物の設定に第二の「企み」を読むことができる。しかしそれはここに島尾作品につきものの〈関係の異和〉を読みたいからではない。思いつきめいた言葉がきっかけとなって、〈私〉は予想もしない場面に引き込まれていく。出発点が思いつきであるからこそ〈私〉の惑乱は増幅されてゆく。このことは〈私〉の〈よそ者〉としての皮相さを表している。読者の視線は〈私〉の浅慮に向けられる。こうした〈私〉の描出に作者島尾の批評性を見ることができる。〈私〉の人物設定を第二の「企み」と読む所以である。

〈ゆあみ〉についてのQと〈私〉のやり取りのなかで、或る表現に第三の「企み」が隠されている。それはQが〈心得顔で〉言ったことである。〈心得顔〉をするのは二人がどのような関係にあるからだろうか。その疑問へと読者を向かわせる。それは〈私〉が〈川〉を見たいと言ったことの〈名目〉に拘ることにも関わっている。二人の関係を知るヒントは第三の場面で明らかになる二人の服装にある。〈ゆあみ〉場で描かれる両者の服装は次のようである。Qが〈色のあせた払い下げ軍服の作業着〉であるのに対して、〈私はといえば背広の三つぞろいにネクタイまでしめていた〉とある。このような対比される服装をしていることにはそれなりの意味があるとみてよいだろう。その意味を筆者は次のように読む。二人は親しい友人関係にあるとみるよりも、〈私〉は公的な役目をもった上位の立場の者としてQの家に来ているのであり、部落長としてQは〈私〉をもてなす立場にある、と。つまり、Qの〈心得顔で〉とはもてなす側の慮りの意味がこめられていると読むことができる。このことは、〈ゆあみ〉場に近づくにつれて、Qが次第にそれまでの態度と違った固さを表していくことにも関わっているが、そのことは第四の「企み」で触れよう。

3　展開部――第四、第五の「企み」

第二の場面は、途中で出会う〈川〉からの帰りらしい女たちへの感受から〈川〉への期待を膨らませていった〈私〉が、実際に〈川〉の現場を見るところまでである。

Qに従って〈川〉のある場所へ向かう〈私〉は島の女たちに出会い、女たちののびやかな身ごなしに〈どこか特定の場所に「行き」そして「戻って」きたふうな安らぎ〉を感じ取る。ここで

〈私〉が感じている〈安らぎ〉は、南島エッセイで言われている〈こころをとらえてはなさぬ底光りするもの〉(11)につながる島びとたちの本源的な姿を表したもののように思われる。女たちの中には〈胸から上をまっすぐにしたまま軽くひざを折って〉二人に挨拶をしていく者がいる。〈特定の場所〉に近づくにつれて不安を募らせる〈私〉は、その理由が気になるが〈Qが部落をはなれた別の場所でのときとどこかちがっていること〉に気づく。

もし私がそのときそれらのことに何かの説明を求めても、彼からは真実のことは何一つきき出せそうにないと感じさせられるものがあった。といって、彼が自分の部落のすがたを或る部分はかくして私に示そうとしたわけではない。……すれちがう女たちの目もとはまっすぐ前に向けたままなのに、頰にうっすら微笑を浮かばせるのが、いっそ気がかりであった。……Qの方を見ると、彼は口をつぐみ、表情をこわばらせている。彼に先導をあずけた私は探検者の不安を背負わなければならない。

Qの変化に注意しよう。彼が何かを隠そうとしているのではない、と〈私〉には分かっている。そうでありながら〈真実のことは何一つ聞き出せそうにない〉と感じるのである。どういうことなのか。この不可解なQの姿に第四の「企み」を読むことができる。Qは島外で生まれて帰島した故に、〈よそ者〉が部落の秘密の場所に入ることの困難さを経験的に知っている。そこに行けば何が待っているかを知っている。だからQは〈口をつぐみ、表情をこわばらせている〉のである。Qは入り口までの〈先導〉役であり、〈よそ者〉はどんなことが待っているかを知らずにただ一人でその中に入らねばならない。作者はそのように描こうとしているのである。〈川〉の近くに来た〈私〉は、〈よそ者〉には禁忌の場所に入ることに〈罪の意識〉(12)を感じるが、〈ゆあみ場の方に身軽につき動かすバネがいつのまにか強いはずみを加えて〉くる。〈私〉は〈Qに救いを求めるつもりもなく〉〈さばかれる〉ために行こうとしている。何故だろうか。ここに第五の「企み」がある。この「企み」の意味を解くためにはもうしばらく展開を追う必要がある。〈川〉に近づくにつれて〈私〉は非日常の空間に入っていく。〈風と雨の天候は、いつのまにか私の感覚の外に出て〉おり、〈ほかの場所にくらべて調和を破ってしまうほどにも格はずれて規模の大まかな〉〈急に渦巻状に下り坂になった場所〉に来る。すると〈そのときまできこえていた部落の中のさまざまの鋭い音が、はぎとられるように消え去り〉、〈渦の底の方からきこえてくる底光りのするような〉〈この世のものとも思えない、猥雑なほどに底ぬけに明るいにぎやかさ〉に気がつく。このように実際に見るまでは、〈川〉は祝祭的な雰囲気をもった場所と思わせるように描かれている。

しかし、現実の〈川〉は全く違った姿を〈私〉に現す。〈地表に横たわるそれではなしに、地表から渦巻の部分だけ蚕食されて凹み、その底に地底にひそむ川の一部がこんこんと湧き出〉たもので、〈いきなりそこを見た私は〉、〈犯罪現場に立ち合ったようなショックを受け〉る。

そこには何か最初の凝視をそむけさせる原色のきつさがあり、とらえにくい騒音があった。

おそらくは、生活のきしりやその垢だとかがそこで洗い流され、よごれた水がしばらくは洗い場の周囲によどんでいるためであったろう。私は思わず足がすくんだ。ここは部落の外の者がやってくるところではない。よそ者がやってくるどんな理由も許されそうにない冷たい拒絶が、そこでかなでられている部落者どうしの許容の顔付の下から発散されていた。

〈川〉は孤島の日常の姿を露わにする場所なのである。〈部落者〉が幾代にもわたって流した汗と血と情念がその底に幾層も積み重なり、今を生きる姿を憚ることなく見せ合う場所である。孤島苦を慮ることのない〈よそ者〉に向けられる島びとたちの無言の抵抗への心の準備もなく、〈私〉はその場所に入ってきた。〈罪の意識〉を感じながら禁忌の場所に〈私〉の足を進ませたものは、〈私〉に潜む近代文明の恩恵を日常的に享受している〈よそ者〉の傲慢さである。〈底抜けに明るいにぎやかさ〉に誘われる〈私〉には、自分の問題として孤島苦に関わろうとする視点はない。だから〈私〉は島びとたちに〈冷たい拒絶〉を感じ、〈つきさきるようなまなざし〉に〈足がすくむのである。第五の「企み」の意図はこの〈よそ者〉の傲慢さを潜める〈私〉を描くことにあると読むことができる。

〈私の盾になってくれるはずだと思っていた〉Qは〈部落者〉としての位置に戻っており、〈青銅のように無表情〉になっている。〈私〉の感受は〈よそ者〉としての高みから出ることがない。だから、〈Q自身も彼の意志だけでは行動を中止することができない〉ことが分かりながら〈軽くQを憎みはじめ〉、〈彼も私が憎らしくなっているにちがいない〉とQの心中を忖度しながら自分からは回避行動は起こさないのである。

4　クライマックス――第六、第七の「企み」

第三の場面は、〈川〉に着いた〈私〉が〈ゆあみ〉場に入り、部落の女たちと出会い、湯船で老人の男からどこの者だと声をかけられた後、そこを出て行くところまでである。〈川〉の洗い場に降りると、反対側に組み立てられた小さな木小屋が見えてくる。〈ゆあみする女たち〉が見えはじめると、〈私はみうちがあつくなり〉、〈足はそちらの方に向いて行〉く。〈歩みをおそくしてもどうしても自分がQの前に出てしまい〉、〈Qがどんどん先に立つべきなのに私を先に押し出すのはどういうわけか〉と疑問を抱く。このあとも湯殿に行くまでQの行動に対して〈私〉は何度も〈私のあとになろうとする気配〉を感じて〈私をためそうとでもしているのか〉と思うようになる。前述したように、作者は〈ゆあみ〉場でQが〈私〉を〈先導〉することがないように描いている。ここでのQと〈私〉の行動の齟齬は、生きている時間の違い、生活文化の違いから来るものだろう。〈私〉には自分を相対化する複眼的な視点はない。部落の内実が最も色濃く出る場所においても自己に執着する近代文明社会の行動様式、価値基準から脱け出せない。〈ゆあみ〉場に入る前、〈私〉は島の女たちが〈けだものの目のように〉〈私の方を見ているにちがいない〉と思う。しかし、予想に反して〈女たちは私を無視した〉。しかも〈それは肯定の安らぎで私をも包みこむふうなやさしさを伴っていると受取れるぐあいにだ〉った。この〈私をも包みこむようなやさしさ〉とは、「川にて」と同年に書かれた南島エッセイの中で〈島のすがたの真実〉の一面として語られている〈あふれるばかりのやさしさ〉と重なるものだろう。

たとえば島はおそろしく粗野である反面つやのある礼節が生活のなかにしみ通っており、爆発的な気性の烈しさとともに、その一般的なあふれるばかりのやさしさは他地方では珍しいことだし、そして外来者に圧倒的な歓迎をかぶせるかとおもうと、同じ者へ根深い拒絶を示す。つまりは、このように両極の性格を一つに合わせもっているのが島のすがたの真実かも知れない。(13)

ついでに言い添えると、このあと湯船で〈私〉を詰問する老人たちは〈島のすがたの真実〉のもう一つの面――〈同じ者へ根深い拒絶を示す〉島びとを表象しているとみてよい。その〈やさしさ〉に触れながら脱衣所に向かう〈私〉は、〈私を見上げている女たちの目をいくつかはとらえたはずなのに、一つの個性をもつかまえることができない〉。このあと湯船で男の老人たちを見たときも同様に〈その老人は、先の老人なのか別の老人なのか私に区別はつかない〉のである。〈私〉は島びと一人ひとりの〈個性〉を見取ることができない。それは〈私〉が島の表層をしか見ることができないということである。このように島びとの〈個性〉を見分けることを問題にしたこと、ここに第六の「企み」がある。読者は、では〈ゆあみ〉のあとで〈私〉は島びとの〈個性〉を見分けることができるようになるのかを問わざるをえない。その答は〈ゆあみ〉を終えたところで明らかになるはずである。
　島の女たちは〈私〉が長靴のまま通路を通っても〈それを非難しているようでもない〉。その〈感動〉は〈緊張から私を解放しようと〉する。女たちの視線に出合うことで〈私〉から少しずつ近代文明で装われた外皮が剝がれていく。脱衣所に来た時、〈今その底の現場の所に来ているのだという自覚が、重く沈んだ感じで私を襲〉い、〈私〉は〈一個の裸者〉(14)となる。身に纏う虚飾が剝ぎ取られるのである。Qに向ける視線もおのずと変わっていく。脱衣したあとで初めて〈私〉はQが〈ここにおりて来るときから彼は一言もしゃべらなかったことに気がつ〉き、このあとQが話す言葉に注意を向けていくようになる。ここに第七の「企み」を読むことができる。なぜここで〈私〉はQが話しかけないことに注意を向けたのだろうか。Qの話しかけには何か意味があるのではないか、と読者に思わせる箇所である。その読み解きもこのあとの展開の中でできるだろう
　〈私〉は脱衣に時間のかかるQの姿を感じながら、湯船に一人入っていく。男女の間には仕切板が置かれており、男の湯船には三人の老人がいた。女たちとは逆に男の老人たちは監視する視線を〈私〉に送り、〈いくらたちきってもまといついてちくちく刺してくるしびれくらげのひも足のように〉、〈Nの町の人なら、こういうところに来なくてもいいはずだがな〉と繰り返す。老人が湯船から出ていったあと入ってきたQは次のように言う。
「いつもはこれもとりはずしてあるんだけれどね……」私は思わず眉根をきつくしてしまって、

そしてすぐその自分を恥じた。Qはとらえようのない遠い顔付で湯の中にからだを沈める。もう私は彼と話すどんな話題もなくなっていることを思い知った。

島外での生活の経験を持つQは、今は島の生活文化を身につけて生きている。Qが〈私〉を〈ゆあみ〉場に案内してきたのは接待的な意味合いからであり、〈私〉に人間的な親近感を抱いているからではない。先に注(13)に引いた「南島について思うこと」の別の箇所で、島の暮らしを軽視する島外者たちに対して、島びとたちが屈折した気持ちを生じやすいと分析していることと関わっていよう。島尾は次のように述べている。

島の外の者はそのくらしと感情が理解できずに軽視する傾きがあるから、住む者の心の中には、屈折したひずみが生じやすいことになる。

言ってみれば、追従と反発の気分が一つの気持の中で不安定にゆれうごいているふうだ。衝撃があれば爆発して無法に傾きがちだ。するとそれはまたお互いのへだたりのあいだを反応し合って悪い循環となる。(15)

〈ゆあみ〉場に案内しながらQが〈私〉と距離を置いた行動をとるのは、右の引用で言う〈追従と反発〉がある故だと読むことができるだろう。しかし〈私〉にはそうした島びとの心を思いやることはできない。〈Qはどういうつもりで私をここに連れてくる気になったのか〉と不審な思いにとらわれるばかりなのである。
先に湯船を出た〈私〉は〈女たちの方からも見通しなので、いつまでもはだかのままではよくないと思い〉、着衣する。Qも上がってきて、〈川の冷えた水を浴びると、とても気持ちがいいんだ〉と言い、〈私〉はそれが〈三度目のことば〉であることに気づくが、〈汗がべとべとして不快なのをおさえて〉〈ぼくはもう帰るよ、浴びたければあんたひとりでするといい〉と答える。今度はQが先に立って女たちの前を入口の方へ歩いて行く。次はそこでの叙述である。

家畜小屋の中を通るような気がした。来たときと同じように私は彼女たちの個性を一つとしてつかみ得ない。小屋の外に出ると、やはり大気の広さと明るさがあり、私は思わず、ほっとした。そして気持のむすぼれはほぐれるようであった。おかしなことに何か浮き浮きした気分がつきあげてきて、口笛でも吹きたいと思った。

ここで第六の「企み」の答が明らかにされる。〈ゆあみ〉を終えた〈私〉の目に、女たちが足を投げ出している場所は〈家畜小屋〉に見える。そして〈来たときと同じように〉と注意を促す表現をとって〈彼女たちの個性を一つとしてつかみ得ない〉と言う。留意したいのは、作者が〈私〉に島びとの〈個性〉をつかみ得ない自分を意識させていること、しかもつかみ得ない自分を意識しながら〈気持のむすぼれはほぐれるよう〉だと描いていることだ。確かに〈私〉は島びとに向かう自己の姿を対象化する面を持っている。しかしそれは本土の人間であることの優越性を出ることはない。そのことが明らかにされる場面である。作者はそうした人物として〈私〉を描こうとしている。〈家畜小屋〉という比喩は、島びとを〈個性〉をもった人間として見ることができない〈私〉の内実を表しており、島の表層をしか見ない本土からの〈よそ者〉である〈私〉に対する作者島尾の批評性を内包している。小屋を出たあとに感じた〈浮き浮きした気分〉(16)とは接待を受けた〈よそ者〉が感じる皮相な快感と読むべきだろう。

さてここで、第七の「企み」を読み解こう。Qは〈三度〉ことばを〈私〉に投げかけた。〈ゆあみ〉をすること、いつもは仕切板がないこと、〈川〉の水を浴びることである。この三つは〈部落者〉が行う日常的な〈ゆあみ〉の方法である。つまり、〈ゆあみ〉は岩谷征捷氏が言う〈共同体に入り込む象徴としての儀式〉(17)としての意味を持っている。Qが勧めた〈はだかのままで〉〈川の冷えた水を浴びる〉ことには、〈部落者〉の輪の中に入るための通過儀礼としての意味があったとみるべきであろう。仕切板とは、〈部落者〉と〈よそ者〉を区切る板の意味であり、いつもは無いはずの仕切板があったが故に、〈川〉の水を浴びることで〈私〉は仕切板をはずすことができたはずなのだ。Qのことばはそれを促したのである。しかし〈私〉は拒絶した。〈私〉は無自覚に〈部落者〉の輪には入らないことを意志表示していたのである。来たときとは逆にQが先に立っていくのは、Qにそのことが分かったからである。一見さり気なく言われているように見えるQのことばと〈私〉に疑問を抱かせ苛立ちを募らせる態度には、隠された意図があったことに気づく時、読者は作者のしたたかな創作手腕に目を向けざるを得なくなる。

5　結末部――第一の「企み」へ

第四の場面は、〈ゆあみ〉場から離れた〈私〉が自分の〈よそ者〉性に気づかされたあと、岬への道でQのことばに島の奥深さを痛感していくところで結ばれる。〈ゆあみ〉場を出た〈私〉は地上への道を上りながら自分を振り返り〈みにくかった〉と思っていく。

私は老人や女たちに、顔やからだのかたちを覚えられてしまったが、私は彼らを一人として識別することができない。私のあいまいな願望が、あのゆあみ場の木小屋の中にこもって残されたと思った。私はこのとき自分が部落のよそ者だという意識にさしつらぬかれたようだ。

〈私のあいまいな願望〉とは、〈ゆあみ〉場で島の老人や女たちを〈識別すること〉ができるような接し方をしたいということ。言い換えれば〈部落者〉の輪に入るという願望であろう。〈私〉はその機会が失われたことへの強い悔いを感じながら、岬への道の途中で一人の青年と行きちがう。その時、Qが足を止めて〈思わずひとりごとを言った〉。

「おや、あれは見たことのない顔だ」。そのことばを私は一度はきき流した。しかしやがてそれは次第に頭の中にしみ広がってきて、私はおそろしさにぞーっと寒気だった。私にはその青年はこの部落の者としか思えなかった。しかしQは敏感に反応を示した。それは根深い自信をこめた声であった。私は最初の計画の通り、岬に行って海を見、そしてこの島の小ささも見たいと思った。

この結びは、〈よそ者〉意識を述べること、島の閉鎖性を述べることに作品の主眼があることを示しているように読める。しかし、筆者がこれまで試みてきた読み解きを踏まえると別の読みができる。〈私〉が〈おそろしさにぞーっと寒気だった〉のは、〈部落者〉と〈よそ者〉とを感じ分ける島びとの鋭敏な感受のあり様に対してである。Qの声に感じた〈根深い自信〉とは、島の何代にもわたる歴史の層の積み重なりから育まれた自信であろう。近代文明の中で生活する〈よそ者〉の〈私〉には島びとの〈個性〉を見分けるそのような眼の深さは持ち得ない。このように読むと、第一の「企み」として採り上げたこと、冒頭部に付加された〈島の小ささも見たい〉とは、地理的空間の〈小ささ〉を言うのではなく、島の人間の捉え難さ、島の生の在り様の奥深さを切実に感受した故の逆説的表現だと言えまいか。

島尾敏雄は「川にて」を通して、近代文明の恩恵から取り残されている南島に本来的な人間の生の在り様が残されていること、そして、島の現実の中で生きない限りそれに触れることはできないこと、近代的思考様式に染まった〈よそ者〉には島の本質部を見抜くことが至難であることを、〈文学の表現をつかって書きあらわすこと〉を試み、新しい〈文学の世界〉を創出したとみたい。

※島尾作品の引用は晶文社『島尾敏雄全集』に拠った。

注

(1)「今年の仕事」(『朝日新聞』鹿児島版昭和三十四(一九五九)年一月二十日)。

(2)「南西の列島の事など」(『朝日新聞』西部版昭和三十一(一九五六)年一月六日)。

(3)「奄美群島を果して文学的に表現し得るか?」(『奄美新報』昭和三十一(一九五六)年一月一、五、六日)。

(4)『新日本文学』昭和三十二(一九五七)年五月号から昭和三十四年(一九五九)年一月号に連載。『離島の幸福・離島の不幸』(昭和三十五(一九六〇)年四月未来社)に収録。農文協人間選書『名瀬だより』(昭和五十二(一九七七)年十月農山漁村文化協会)として再刊。

(5)奥野健男『島尾敏雄作品集第三巻』「解説」(昭和三十七(一九六二)年四月晶文社)。

(6)岡田啓「「川にて」へのノート」(『島尾敏雄』(昭和四十八(一九七三)年九月国文社)所収)。同書は『還相の文学』(平成二(一九九〇)年三月国文社)として増補再刊されている。

(7)岩谷征捷「鎮魂の視座・ヤポネシア」(『島尾敏雄論』(昭五十七(一九八二)年八月近代文芸社)所収)。『島尾敏雄私記』(平成四(一九九二)年九月近代文芸社)でも、同じ捉え方をしている。

(8)鈴木直子「島尾敏雄のヤポネシア構想——他者について語ること——」(『国語と国文学』第七十四巻八号。平成九(一九九七)年八月)。

(9)西尾宣明「都市の表象と「ヤポネシア」構想——『家の外で』『帰魂譚』の言説、あるいは島尾文芸の

一九六〇年前後――」（『南島へ南島から――島尾敏雄研究』（平成十七（二〇〇五）年四月和泉書院）所収）。

(10)島尾は「沖縄らしさ」（『三田文学』昭和三十四（一九五九）年三月号）でその年に沖永良部島を訪れたことを述べており、又『ヤポネシア考』（昭和五十二（一九七七）年十一月葦書房）所収の対談「綾蝶生き魂」（初出『暗河』昭和五十一（一九七六）年第十号）の中で、島尾は沖永良部島の暗河の印象を述べている。それによると〈つまりあそこには濃密な何かがありましたね。ですから外部から行くと、あそこには本当に近寄れませんでした〉とある。

(11)「われわれのなかの南」（『南日本新聞』昭和三十三（一九五八）年一月八日）。

(12)岡田啓氏は注(6)で〈罪の意識〉を感受する〈私〉には〈異常に深い〈生〉の飢え〉が隠されていると言う。

(13)「南島について思うこと――ニライ・カナイ」（『南日本新聞』昭和三十四（一九五九）年七月十日）。

(14)岡田啓氏は注(6)で〈一個の裸者〉に触れて〈単にこの作品の中で屹立すると言うにとどまらず、この作者の全作品の中で特別の意味を担ったことばである〉と述べている。

(15)「南島について思うこと――はなれ島の不幸」（『南日本新聞』昭和三十四（一九五九）年五月三十日）。

(16)西尾宣明氏は注(9)において、〈浮き浮きした気分〉になることから、「島」は〈「私」にある種の癒しを与える空間でもある〉と述べている。

(17)岩谷征捷『島尾敏雄私記』（平成四（一九九二）年九月近代文芸社）。

「島へ」を読む――〈小説の総合的な可能性〉の見取り図として――

1　「島へ」はどう読まれてきたか

「島へ」（『文学界』昭和三十七（一九六二）年一月）は、発表後暫くの間は夢の系列の作品として扱われてきたが、現在は「川にて」（『現代批評』昭和三十四（一九五九）年十一月）[1]と共に南島文化との関わりをテーマとした所謂南島小説として位置づけられている。短編集『島へ』（昭和三十七年五月新潮社）の「後記」で島尾敏雄は「島へ」を夢の方法による〈小説の総合的な可能性〉を探ろうとした作品だと言う、

私のつもりでは、「帰魂譚」や「島へ」の、夢だかうつつだか見定めのつかぬ世界を出入しているかたちの、もっと充実したものの方に、小説の総合的な可能性を考えています。

これまで南島小説の〈小説の総合的な可能性〉にまで踏み込んだ論評はごく少数である。ここで「島へ」についての主要な論評をまとめておく。

まず挙げねばならないのは、『島尾敏雄作品集第五巻』（昭和四十二（一九六七）年七月晶文社）の奥野健男氏の解説である。概略的な紹介だが、夢の方法によって、他所者を拒否する島の本質

と島に抱くイメージやコンプレックスが〈総合的に〉表現されていると評し、島尾を〈再び底知れぬ人間関係の異和の中に陥れる〉点で、「島へ」を以後の作品群を解く〈マスターキィ〉とみている。〈他所者〉としての疎外感、特攻体験や病妻体験の投影、カトリック受洗におけるコンプレックス等〈人間関係の異和〉の形象化という「島へ」の読みの方向づけを行った点で先駆的な位置づけを与えねばならない。

奥野氏から十五年後、岩谷征捷氏が『島尾敏雄論』（昭和五十七（一九八二）年八月近代文芸社）に収録した「鎮魂の視座・ヤポネシア」において、ヤポネシア論の推移に重ねながら〈「総体としての南島の気配」を表現しようとする〈南島小説〉は、ようやくこの「島へ」によって第一歩を踏み込んだ〉と位置づけた。ここで分析された「島へ」の諸相は、後述する「私注「島へ」」に組みこまれている。

次いで取り挙げたいのは〈関係意識〉をキーワードに論じた堀部茂樹氏の『島尾敏雄論』（平成四（一九九二）年三月白地社）所収の「還れぬ楽園――南島」である。堀部氏の論の核になるのは次の点である。「島へ」は島尾の南島論の形成とは位相を異にしており、〈救済と治癒の場所〉であった〈南島〉が、〈関係の不可能性〉の島へと〈転位・変容〉していく以後の島尾の生の歩みを先見的に表現した作品である、と位置づける。主人公の島からの疎外感を、〈近代資本制日本の裂けめを漂泊する精神〉が島を疎外した故に島から拒絶し返されていると感ずる〈近代的な意識〉と捉え、他者との間に〈関係の不可能性〉をしか見出すことができない主人公を通して、〈自己の出自と妻の出自との二つの土着的な関係性に引き裂かれた〉島尾の精神の位相を「島へ」に見ようとする。

岩谷氏が提示した南島小説としての位置づけに、新たな視座を打ち出したのが鈴木直子氏の「島尾敏雄のヤポネシア構想——他者について語ること——」（『国語と国文学』平成九（一九九七）年八月）である。鈴木氏は、島尾の南島文学を〈「南島」とは何か、あるいは「南島」を〉〈語ることがそもそも可能なのか、について書かれたテキスト〉と捉える。島尾のヤポネシア論に〈琉球弧に向けては抑圧された琉球弧像を回復し再構成する新しい物語の創出という志向と、本土に向かっては単一民族国家神話の脱構築〉という二つの志向を見取る鈴木氏は、島尾の南島小説及び南島エッセイの意味は、そうした〈両面性を持った思想〉の提示だけではなく、〈自己批評を含んだテキスト〉としての意味を見なければならないと言う。こうした観点から、南島小説において〈島尾の関心は、南島を語るもの＝「よそ者」のがわの自己意識〉即ち〈「文化的他者」を前にした人間の感受の、あるいは関与の限界性〉を書くことに置かれ、それ故に南島エッセイ群が語るヤポネシア論を補完する意味をもっていると言う。「島へ」に即してみれば、〈文化的異空間でのよそ者意識〉と〈いなくなった妻を探しあるく「妻追い」〉という、〈島尾文学の重要な二主題が結合した重層的な小説〉とみなし、〈「島」をめぐる言説〉を〈島の内部の人間〉と〈外部の者〉のどちらが担うのかが問題だとして〈自己批評文学〉としての性格を強調する。

鈴木氏の論から九年後、島尾が述べた〈小説の総合的な可能性〉に踏み込んだ論評が出た。安原義博氏の「島尾敏雄「島へ」…超現実とヤポネシア——「小説の総合的な可能性」論序説——」（『芸術至上主義文芸』平成十八（二〇〇六）年十一月）である。安原氏は〈島というモチーフ〉

が矛盾に満ち、解決しがたい問題として登場したゆえに、「島へ」は中期以降の島尾文学を読み解く重要な作品であると位置づける。安原氏は論の狙いを、島に〈安息の場所・安らぎ〉を求めに来た〈根無し草・よそ者〉同士である〈私〉と妻が〈やすらぎ〉を見出せるのか、そして〈島というモチーフ〉がどのように扱われているかを考察することに置く。具体的には島尾の南島エッセイにおいて〈桃源郷〉としての南島のイメージは失われており、それが、「島へ」での出来事が島の周縁で起こっていることにつながると言う。そして、本土・日本と周縁の島という既成概念から自由になることで〈安らぎ〉は可能性として感受されるが、その代償として本土・日本と島の双方から〈根無し草〉としての存在を強いられることを〈島のモチーフ〉は示していると指摘し、〈小説の総合的な可能性〉について、〈島をモチーフ〉とする文学表現の場で〈もうひとつの日本〉を〈地図の上では未確定の部分〉に索め続けようとする島尾の〈意志表明〉であったと評している。

堀部、鈴木、安原三氏はそれぞれに独自の視点から鋭く分析し蒙を啓く主題を導いているが、拠って立つところが小説全体の表現に即しているとは言いがたい。その欠落を埋める作業を行ったのが岩谷征捷氏の「私注「島へ」」(『島尾敏雄』(平成二十四(二〇一二)年七月鳥影社)所収)である。「島へ」の書誌、関係略年譜、あらすじ、「私注」から成り、「私注」では「島へ」全体のディテールについて探索がなされ、新しい知見や解釈が提示されている。岩谷氏は南島エッセイと南島小説に、〈悲痛な孤島のくるしみ〉と〈やわらかな調和〉を持つ南島の〈素顔〉を自分の眼で見て自分の言葉で表現する島尾の〈制度化〉を忌避する〈権威的でない姿勢〉を見取り、「島へ」は〈よそ者〉としての自己の立場を抉ることをモチーフとして、島の部落の〈異質な自閉性〉と、未知の世界に入った人間が感受する〈非現実〉がよく〈定義〉されている、と評する。岩谷氏の視点には前記三氏と重なる点がみられるが、細部の表現を読み解くことに徹した姿勢は独自のものであり、そのことによって「島へ」は小説として具体的表現の解読を踏まえた読みのレベルが開かれた、と筆者は考える。

本稿は岩谷氏が開いた読みのレベルに立って、個々のディテールが作品全体の中で果たす意味と役割を探り、小説としての構造全体を読み解くことを狙いとしている。そのことによって島尾敏雄が目指した〈小説の総合的な可能性〉の一端が見えてくるのではないか、という淡い予測を持っている。

なお、全体を内容の上から五つの場面に区切って読む。「島へ」本文は一行空きの節分けが施されているが、収録本によって異なっている[(2)]。従って、筆者の私意によって導入部、展開部Ⅰ～Ⅳと五つの場面に分けて読んでいく。冒頭部は導入部から切り離して別個に扱う。

2 冒頭部の問題――〈何も見えない〉が語ること

島に上陸して白い道を歩いたが何も見えない。船の上から眺めたときも何も見えなかった。何も、と言ったが、洋上に位置を占める以上、島全体の存在があり、岡があり谷があり、草木が生え、珊瑚礁の泊が認められないわけはないが、でも私は何も見えないという気持を抱いた。

たぶんそれは、人間臭い人工的な構造物が見えなかっただけだ。それなのに何も見えないと感じた。

冒頭で繰り返される〈何も見えない〉は評者が必ずと言っていいほど問題にする箇所である。先に引いた四氏も言及している。堀部茂樹氏は「島へ」のモチーフとしての〈〈島〉から疎外され拒絶されている「私」の関係意識〉を読み、その〈疎外の構造〉を〈近代資本制の関係性〉の中に住むことで疎外した〈島〉から拒絶し返されていると見ている。鈴木直子氏は〈「よそ者」の感性の限界性にたいする島尾の批判精神〉を見る。〈本土の価値基準に固定化された視線〉が〈不毛〉だ、〈何も見えない〉と感じる南島には〈島の独自の文化〉がある。しかし、作者は〈何も見えない〉と〈私〉に語らせることによって〈あるはずのものが「見えない」「よそもの」の視線のあり方を、皮肉に表現する〉と述べる。安原義博氏は先述のように作品のテーマを導き、〈見えないのは島に求める何か〉であり、〈求める何か〉について〈私〉は島の〈安息の場所・安らぎ〉を求めに来たと解する。岩谷征捷氏は〈私〉＝作者の〈人工的なものを見ようとしない姿勢〉と〈島〉が対象としての〈私〉を拒む〈閉じた存在〉であることを見取り、奄美群島が〈人間臭い人工的な被造物〉を残さなかった〈かたくなな意志のようなもの〉を探ることに南島小説の役割を見ている。

筆者の読みを述べよう。〈何も見えない〉とは「何か」を見ようとしていることを裏に含んでいる。それは鈴木氏が〈島独自の文化〉と言い、岩谷氏が「奄美―日本の南島」の島尾の言葉を引いて〈かたくなな意志のようなもの〉と述べたものに通じている。目には見えない「何か」を〈私〉は見ようとして島にやって来ている。島尾は南島エッセイの中で繰返し島の生活の底にある筈の「何か」に言及している。〈本来この島の生活の底に流れている強靱な何か〉（「われわれのなかの南」昭和三十三年）、〈ナイーブな生命力のようなもの〉（「奄美―日本の南島」昭和四十年）、〈島の人たちが日常の中でゆずり伝えてきた遺産〉（「大島のふしぎ」昭和四十一年）、〈習俗などの中にもぐりこんでしまったこの島の文化の構造〉（同前）などである。「島へ」を書いてから五年後、その「何か」を日本人の表現の可能性を開くものとして、次のように述べている。

出口のない日本人の表現に、ここは外の世界に向かってひらかれた窓なのだという気がする。事実にくらい本土の人がふと異国と感ずるほどの、表現の変様をこの島々が含み持っているということ。これは奄美をのぞいたほかの島々の政治的な現実の受苦を言っているのではなく、本土に対する奄美も含んだ島々の基底の心理についてのことだ。現実にかかずらったときの、事大や便乗の、心理的なパターンをくずして、内発的な創造の力に変えうる方法が、どうして無いはずがあろう。もっとも私に見えないだけで、それはすでにひそかに自分をプリミティヴなすがたであらわし横たわっているのかもしれないが、やはり他に説得力を持ったするどいかたちを与えなければなるまい。（「私の中の琉球弧」。『沖縄タイムズ』昭和四十二（一九六七）年一月一日。傍線引用者）

ここには、島尾が南島に見出そうとしている〈ナイーブな生命力〉のような〈強靱な何か〉が〈島々の基底の心理〉であり、それを〈内発的な創造の力〉に変えうる方法を見出し、〈説得力を持ったするどいかたち〉として表現することを自身の文学の課題としていることが示されている。島尾のヤポネシア論がこの後、〈島に来た当初、直截に言えたことも、今ではそれほど容易に断定できることではないことに気づいている〉「奄美・沖縄の個性の発掘」昭和四十五年〉と壁に突き当たっていくことから、「島へ」執筆時からこの時点までは一貫した捉え方が続いてきたと考えてよいだろう。

右のようにみてくると、冒頭部で〈何も見えない〉と繰り返されるフレーズは、右に引用した〈私に見えない〉と重ねられるように思われる。そのように読むと、「島へ」は、南島が秘めている〈基底の心理〉に〈内発的な創造の力〉として〈説得力を持ったするどいかたち〉を与えることを目指した作品とみることができるのではないか。

3　導入部――〈私〉はなぜ島へ渡るのか

○**本文**〈冒頭~私のこころのかどをけずりとって、やがて見えなくなる。〉

右にみた冒頭部のあと、妻の着物の着方のおかしさが語られる。

私は妻の着付に不釣合を覚えながら、彼女の背景の歳月の重さを考えている。もし着物でなく、別な衣装の何かであれば、島の風物に映え、彼女自身をも美しくしただろう。しかしその違和感には別な感情も含まれていた。彼女の装う衣装は私の皮膚にはりついてくる。

岩谷氏はここに、作者の病妻体験に関わる一心同体の夫婦関係の反映をみているが、筆者は、島に出自を持つ妻が島の基底にある生活文化を生の根底に置いていることを表している、言い換えると、妻は〈私〉には見えない島の基底部に潜む「何か」を体現していると解したい。このことは結びの場面と関わっているのでそこで触れよう。次いでこの作品の鍵が語られる。

何かにいざなわれ、私たちはときおり島に渡った。

岩谷氏は島に誘われるのは作者の〈宿命〉であるとみるのだが、本稿では作者の実体験を離れた読みを試みたい(3)。安原氏は次節で引用する〈この島のどこかに安息の場所があるようなのに、……〉という叙述に着目して、前に触れたように〈私〉は〈安息の場所〉を求めて島に来たとみて、二人が島に〈安らぎ〉を見出せるかどうかに「島へ」のモチーフをみる。島に〈安息の場所〉を求めていることに関しては筆者も安原氏と同じ読みをしたい。しかし、〈私〉は島に拒絶されていると感じており、早く本土へ帰りたい気持になって行く展開を考えると、〈安息の場所〉は妻が求めるものであって、〈私〉は妻に従って付いて来ているとみる方がよい。ただ、冒頭部の〈何も見えない〉のリフレーンが告げるように〈私〉には「何か」を見たいという思いが潜んでいる。

この作品が作者の言う〈夢だかうつつだか見定めのつかぬ世界〉として描かれるのは、その「何か」の内実が拠らしめている。それを探らねばならない。

続いて連絡船から見える景色が叙述されるのだが、ここにも見過ごせない意味を読むことができる。二人が離れる本土は〈どこまでも続く大地の横たわりの重なり〉を予想させ、〈海の上をすべるように移動〉する〈美装された豪華船〉の背後には〈人間の営みの根拠が確かな根を据えている〉姿が見える。一方、二人が乗るのは〈わずかな波浪にもあえぎ〉ながら進む〈焼玉機関の小さな連絡船〉であり、〈においの悪い狭い船室〉で、〈顔ぶれの変わらぬ乗客〉が〈死人のように眠っている〉のである。こうした対比表現に本土と島の貧富の格差が暗喩されていることは言うまでもない。船上から見える島々は〈幽霊船〉のように廃屋が目につき、島と島の連絡には〈焼玉機関の連絡船の往復を利用するしかない〉。そのように近代化の繁栄から取り残された南島であっても土地に根づいた人間の営みは続けられている。その営みは次のように〈私〉の目に映る。

そこにくり広げられている生活は、映写幕の上では確かに存在しながら一瞬にして永遠に過ぎ去ってしまう選ばれた輝かしい映画の中の生活のように私の介入を拒否している。……そこに生を享けないかぎり、ここの住人にはなれず、その居住のたたずまいは、私のこころのかどをけずりとって、やがて見えなくなる。

〈私〉は確固とした定住生活への〈介入〉を〈拒否〉されていると感ずる人物である。しかし、他所者を拒絶する固陋な生活の仕組みを見取りながら、その〈居住のたたずまい〉に内面的な癒しを感じている。島外に生を享けた〈私〉は、島の風土に根づいた生活感情を自分のものとすることができないことを思いつつ、一方で島での貧しい生活を永きにわたって持続させてきた「何か」に近づきたいという思いを抱いて、〈安息の場所〉を求める妻と共に何度目かの島への上陸をした、その時〈私〉が感じた思いが〈何も見えない〉であった。以上のことを導入部は告げている。

4　展開部Ⅰ――岬での不可思議な体験

○**本文**〈群れよった島々をはなれて～あやしげな感覚は次第に遠のいて行ったようだ。〉

部落ごとに厳しい自然環境に馴致するための形態を造ってきた島人の労苦を思った〈私〉は、これまで何度か島に渡った時のことを思い出す。

この島のどこかに安息の場所があるようなのに、島に来てその場所をさがそうとすると、逃げ水のようにその所在があやふやになってしまう。部落のどの家もかたく入口を閉ざし、外からのものをはじき返す。……道路の両わきには珊瑚石灰岩を城壁のように積み上げた家々の囲いがずっとつづいていて、人のすがたを見つけだすことはできない。……どこかに中の様子がうかがえる誘いの小道でも見つからないかと、緊張しつづけたが、効果は空しく、私たちの背後では、はじけるような笑い声が部落の上空に広がり散ったと錯覚した。

島外者を拒絶しているように見える部落の造りは、長い困苦の歴史の中で作られた構造である。私の思いは島の困苦の歴史へと向かうのではなく、島との自閉的な関係意識へと向かって行く。堀部氏が指摘したように、〈近代資本制の関係性のなかで亀裂を強いられている「私」自身のなかの関係意識が、疎外した生活意識としての〈島〉から拒絶しかえされている〉と読むことができるだろう。島からの拒絶感は、島人になり得ぬ自己への過剰な自意識が生み出したものである。実体があるわけではない。だから、どの部落でも中を通る時は〈内部を深くかくしたままふくれあがって私を圧迫した〉が、通り抜けると、〈すべてが希薄に背を低くしてしまい、記憶から脱落しようとする〉のである。注意したいことは、右にみてきた叙述が過去に島に来た時の〈私〉の感受を語ったものであることだ。従って、これから〈私〉が遭遇する出来事は、〈私〉にとって未知の島の姿を表していることになる。

二人が東の突端から島の北側の方に歩いて行くと、きび畑の中を隊伍を組んだ子どもたちが向かってくるのに出会う(4)。

なかば気が進まずにからだを反ってもたれかかり、……あごを深い仰角にしたまま私たちの方を見ようとするので、眼球が目の中央にすわり、偏執者の顔付になって近づいて来た。……

彼らはみんな下半身が素はだかだ。……まっすぐにつきささる親密なものと、手さぐりで近づいてくる敵対の感情がいっしょになって私たちを襲い、私はショックを受けた。……彼らの側にまぎれこんでしまいたい願いが、理不尽につきあげてきておさえられぬが、……その願望そのものがゆがんでいるのではないかというおそれも取りのぞけない。……原初のエネルギーが、……私のあやふやな立場を根こそぎつき崩しに来たのかと思ってしまう。

島尾の戦時の体験に重ねて、軍国主義に支配されていった日本の教育の姿を読み取ることも可能だが、ここでは、『日の移ろい』[5]に描かれる子どもたちと共通する姿を読んでみたい。『日の移ろい』で主人公の制止の言葉を無視して図書館内外を傍若無人に行動する子どもは、引用した〈偏執者の顔付〉の子どもと重ねることができるだろう。〈私〉は〈偏執者の顔付〉に〈親密なもの〉と〈敵対の感情〉とを感受する。その対立した性格は島尾が奄美に感じている島人の二面性[6]に通じている。また、下半身が裸である姿は、島尾が〈近代の文明に毒されない、中世もしくは古代の人間まるごとの生活〉(「奄美——日本の南島」昭和四十年)と述べた島人の非近代的な生活のあり方、近代的な思考とは無縁の直截な生のあり方を意味しており、〈私〉はそこに〈親密なもの〉を感じるのであり、一方〈偏執者の顔付〉は他所者への防御本能から生まれる〈敵対の感情〉を含意していると読むことができる、〈彼らの側にまぎれこんでしまいたい願い〉が、〈理不尽につきあげて〉くるのも、知的に装われた虚飾を脱ぎ捨て、正直な感情や意思に従って生きることへの願望が〈私〉に強くあることを示している。と同時に、その願望を成就することは近代知に染まった自分には不可能ではないか、いや、願望そのものに島の生活への他所者の偏見が潜んでいるのではないか、という多層的な自省の目に支配されている。その〈私〉が子どもたちに島人に潜む〈原初のエネルギー〉を感受している。以前の渡島では見えなかった「何か」が〈私〉に見え始めている。作者はそう語ろうとしている。

子どもらを押し出すようにからだを前方に傾けていた教師が、頬のすみに皮肉な笑いをただよわせているのが認められた。彼がそこで享有している立場に私はあずかれないという考えが、また私の腰を浮かせてしまい、妻をうながして、彼らに向いていた方向を変え、白い道を歩き出した。……皮膚を通してしみわたってくるひりひりした快さとともに、近づかずによかった、とささやく針の降るような音が耳の根のところにつきささる。もう見えなくなった子どもらの目の、ことさらに黒々と大きいこと、唇が水をふくんだ朱色であったことが、その特徴をいっそう際立たせてきた。

〈頬のすみに皮肉な笑いをただよわせている〉教師とは、〈原初のエネルギー〉を束ね、ある方向へ向けさせる立場にある近代文明の思考・価値観を身につけた者のことであろう。〈私〉はその立場にはないことへの安堵と同時に〈原初のエネルギー〉に触れたことへの心の戦きを覚えている。そこには近代文明に懐疑を抱く〈私〉がいる。

子どもたちから離れた二人は海岸線に出て砂浜を進んで行く。暑さと疲労から〈私〉は同行者がいることへの〈いらだち〉を感じ始め、妻もそうだろうと思い、〈どこを目あてにしてたどりつこうとしているのかも、あやしく〉なる。二人は共通の目的を持って島に来たわけではないのだ。やがて砂浜が切れ、小さな岬に出る。先の方は〈やわらかな芝生でしきつめられた庭園のようだ〉が、向こうの海は見えない。〈岬の突端の、地図で見た未測定のところ〉を思い出した〈私〉が、そこに行こうと言うと、妻は〈眉をしかめて〉反対する。

「およしなさい、あぶないから」

うかつなことだが、妻はにこにこ笑って私に賛成してくれるものと予期していた。

「あなたは島のことはなんにも知らないわ。島のひとは誰もそこには行かないのよ。そんなところにわざわざ行くことはないわ」

ここには妻について二つのことが暗示されている。妻が未知の部分を秘めていることに〈私〉が気づいたこと。妻が島に出自を持つこと、である。島人が忌避する未測定の場所に好奇心を抱く〈私〉が近代の科学的な思考を生の基にしているのに対して、妻は島人の非近代的な土俗的な思考を基にしていると言えるだろう。その妻は〈私〉をそこに残して元の道の方にバスの時間を調べに行く。残された〈私〉は〈めまい〉に襲われ、不可思議な現象が見舞う。その現象は二段階で変化する。まず大地が五、六米ほど先から消え失せ、〈海とも空とも見分けのつかぬ混沌とした未分の状態〉が現れる。次に、おそるおそる前に進むと、或る風景が〈はっきりした視野の中でとらえ〉られた。

終末的なおそろしげな陰影は消え、牧場の芝生がつづいてきてそこで立ちきれ、なおその先に新しい芝生を造り出しつぎ足して行く、創造者の快活な口笛がきこえてくるような気がした。……中略……新しくかたちを現した芝生が、空白の中から自らの色彩を装って先端の部分につけ足されて行くかすかな変動を見ていると、或る充実を感じた。

岩谷氏はここに島尾の幼い頃からの持病である「眼華」の症状を見ているが、ここで重要なのは、〈めまい〉に伴う夢ともうつつとも判別できぬ現象を〈私〉が視覚として捉えて、ある創造の現場に立ち会っていると思ったことだ。それは、私の見た風景が科学的、実証的な認識によっては捉えることのできない性格のものであることを意味している。バスが来ることを知った妻が急いで来るように合図しているのを見た〈私〉は、夢ともうつつとも判別できない知覚を妻に伝えることができない。そのことはこの幻視体験が〈私〉だけに感受されるものであることを意味している。バスに乗り込み、その揺れに身体を任せるうちに、〈あやしげな感覚〉は次第に遠のいて行く。しかし、このあとの展開で〈私〉は〈あやしげな感覚〉を生んだ岬の光景を、二度思い出す。その一度目が次の場面である。

5　展開部Ⅱ――相部屋の青年との出来事

○本文〈南側の町のようになった大きな部落の～私は雨がやんでいることに気づかなかった。〉

バスが部落に入った時、等間隔を置いて鐘の音が聞こえてくる。

そのひびきは、はじめ、遍歴のあとのすさんだ心の疲れに安らぎを与えたのに、すぐその裏にひそんだ針があって、どこか不釣合な感じに目覚めさせられた。……その鐘の音は部落の人々の心につきささることをせず、はじけ散ってひびいていた。

〈私〉の内面を通して、この時点での作者島尾の異文化交流――土俗とキリスト教、日本と西洋の文化の基底部での受容と対立――についての問題意識が〈安らぎ〉と〈針〉という形容によって語られている。鐘の音は〈すさんだ心〉を癒す側面と脅かす側面を持って〈私〉に働きかける。しかし、〈部落の人々の心〉には働きかけないと〈私〉は感じている[7]。〈針〉は唯一神のもとでの「罪」・「原罪」への促しというキリスト教の本質的な教義に係わる点を指しているだろう。自らの「罪」に鋭敏な〈私〉はその赦しと救い、即ち「愛」によって〈安らぎ〉を得ながら、一方で、「罪」を問い続けることへの違和を抱いている。「罪」の自覚から告解そして赦し・救いへというキリスト教の救いの道筋は、南島のノロによる現世利益の祈願を中心とした汎神的な土俗的信仰のあり方とは大きく異なっている。〈私〉は両者が溶け合うことがないと感じている、宿では青年と相部屋になる。青年は〈私〉を見知っているようで、〈島の狭さと不毛〉を語り、包みから航空学の書物を取り出し示した。〈私〉は彼に〈深い断絶〉を感じる。〈シュクメイの島ですよ〉と吐き出すように言い、開発に対する島人の無反応を批判する青年に、〈私〉が〈とても表情が豊かだ〉と反論すると彼は目を光らせた。その時〈私〉は彼がこの島の出身ではないかと思う。そして抑圧と貧苦のもとに置かれてきた南島の出身であることを隠す理由の切実さを思って青年に立ち向かえないと思う。この〈私〉の思いは島から拒絶されているという感受と共通するものである。青年は島には〈そこから先はどうしても展開しない不毛の層〉があると言う。

「はじめそれは無知か無関心からだと思ったですよ。しかしそんな単純なものじゃないんだな。非常に意識的な抵抗のエネルギーが潜んでいます。不毛への意志のようなものです。私はそれを感じ出しておそろしくなった。私はこの島をにくみます」

岩谷氏は〈島尾さん自身のつらい本音が暗に語られている〉とみて、青年は、〈もう一人の島尾敏雄のようにも思えます〉と述べている。確かに青年の言う〈抵抗のエネルギー〉〈不毛への意志〉は奄美諸島に感受したものとして島尾が南島エッセイにしばしば記述していることである。しかし、ここでの青年に作者の観念の代弁者を見得るとしても、作品展開の上では別の役割をみたい。青年が示した〈航空学の本〉は島の非近代の土俗文化とは対照的な近代の科学文明を象徴している。近代の合理的価値観からすると〈不毛への意志〉を持ち続ける〈シュクメイ〉から抜け出ようとしない島を、島から出た故に青年は批判せずにはおれないのである。青年の立場を理解できないと〈私〉が言うと、青年から生気が失え、別の索引力を持ち始める。

彼のからだ全体から受ける骨太な容姿が、逆境の淵にのぞんで、肉をそがれた結果になるといっそう強靱な芯が現れてきたようだ。私はねたましくなり、彼の偽りの部分を拡大して心に刻みつけようと試みた。

〈私〉は青年に島の人間としての〈強靱な芯〉を感受している。それは〈私〉が望んでも自分の身に具えることのできないものである。〈私〉は彼の近代文明で装われた表層だけを見て対等の立場に立とうとする、その時数人の島人が部屋に入って来た。青年は自分が呼んだと言う。闖入者たちは鼓を急調子で叩きながら一人が呪文を唱えて両手を差し伸べて青年の顔に水を吹きかけ、一緒に部屋を回ったあと出て行った。残された青年は生気を内に潜めて航空書を出してページをくり始める。その儀式は青年が島人の呪術的信仰に支えられた関係に入ることを意味しているようだが、彼は近代の科学文明を捨てたわけではない。注意したいのは青年に対する〈私〉と妻の接し方が対照的であることだ。

偶然のことながら一人の青年の脱皮に立ち会ったことが、ふしぎに身内をほてらせていることとも否定できない。妻は畳の上にじかに足をちぢめて横になっていた。……妻のすがたが青虫をころがしたように見え、そう見えた彼女が、今何を考えているかも見当がつかない。

妻は一見無関心のように見える。島に出自を持ちながら生活基盤を島の外に置いている点では青年と妻は共通している。しかし妻は青年と言葉を交わさない。青年のように島を批判することはなく、島に〈安息の場所〉を求めている。同じ島出身である妻が青年の〈脱皮〉に無関心である筈がない。だから〈私〉は妻が何を考えているか気になるのだ。青年の〈脱皮〉に意思表示をしない妻はこのあと尖塔のある建物に住む異国の男に親近していく。そのことを考えると、〈青虫をころがした〉ような妻の姿は〈脱皮〉への拒否的な意思を表していると読むことができる。心を昂ぶらせた〈私〉が話しかけていくと、青年は〈間に合った〉〈たすかった〉と言い、〈いよいよのとき〉は水をふきかけた男の〈恰好を真似する〉だけでいいと言う。その時、〈私〉は岬での光景を思い出す。

私は彼の顔付きをじっと見ていたが、その考えの仕組みを知ることはできない。でも両手を前につき出す姿勢にはどことなくひきつけられるイメージがあって、先刻の岬の突端での土地のくずれる様子が目に浮んだ。

ここで私の眼に浮かんだのは初めに捉えた〈終末的なおそろしげな陰影〉を持った〈土地のく

ずれる様子〉である。その後に知覚された芝生が生み出される光景ではない。このことは島人の呪術的世界は崩壊から救うエネルギーであり、創造へのエネルギーとして〈私〉にはイメージされてはいないということだ。この問題は岬の光景が二度目に〈私〉の脳裏によみがえる結びの場面で再度考えなければならない。

寝る準備をして蒲団に入った妻が〈子どものような邪気のなさ〉を漂わせて〈あしたが疲れますわよ。失礼して早くおやすみなさいな〉と声をかけたのをしおに〈私〉も妻の横に身を横たえる。すると、〈妻は足をまっすぐのばし、表情とは逆にはじらいが横たわってい〉ると感じる。島に出自を持つ妻は、島人として〈脱皮〉した青年を他所者ではなく身近な存在として意識している。島は妻の心根の奥に深く根をおろしているのである。

6　展開部Ⅲ――尖塔のある建物への関心

○本文〈次の日の朝は、前の晩の豪雨のせいか～無声映画の画面を見るような錯覚を与えた。〉

まず島の厳しい自然が描写される。人間を支配し痛めつけようとする島の自然に〈私〉は〈安らぎ〉を感じることがない。目覚めた時、妻はいない。そのことに〈私〉は不審を抱かない。妻が出かけた理由――〈安息の場所〉を探しに行く――が分かっているからだろう。鐘の音が〈快い律動〉を〈私〉の身体に広げていき、〈私〉は岬の先端部に尖塔を持った三つのコンクリートの建物を見つける。島の建物が茅葺屋根で、黒ずんだ石垣で囲い、〈土中にのめりこんで見分けがつかぬことを願っているとしか見えない〉のに対して、尖塔のある建物は〈窓や出入り口に戸がなく〉外部に開放されており、〈土地と海に逆らうように〉〈自分の姿をあらわにして〉岩礁の中にそそり立っている。部落の建物と教会ふうの建物の対比には、自然に対する人間の二様のあり方が託されている。前者は人間を支配する自然に随順し、一体化を願うことに精神の安定を求めるあり方であり、後者は人間が自然を克服し、支配し、超越的存在を志向するところに精神の安定を求めるあり方である。ここにも展開部Ⅱで触れた、土着的な日本的文化・宗教と西洋的文化・宗教との対立・融合の問題を想定することができる。鐘の音は昨夕と同じように〈島の空にはじけ散って反響が得られない〉と〈私〉は感じている。〈私〉には両者が交わり溶け合うことは難しいと思われるのだが、その溝を妻は容易く越えていく。〈私〉は尖塔の下に黒い服を着た丈の高い男と妻の姿を見出す。

私は廊下の手すりにのしかかって、からだを外につき出し、手をふった。妻は目ざとく私を見つけると、かたわらの男に仰ぐ姿勢の大きな身ぶりで説明し、二人並んで窓の外にからだを乗り出して私の方に合図を送ってよこした。私は再び妻に右手を強くふった。

妻が行き先も告げずに宿を出たのは、どこに行くかを〈私〉が分かっていると思っているからだ。昨夕鐘の音を聞いた時に尖塔の建物に行くことを妻は決めていた。鐘の音に〈快い律動〉を感じた〈私〉も妻がそこに行くことを予想していたにちがいない。〈からだを外につき出し〉て手を振る〈私〉の姿はそのことを示している。
〈私〉は帰って来た妻と部落の通りを歩くが、〈島にはいって行けない〉という思いを抱き、翌日は部屋にこもり、妻は一人で尖塔の建物へ行く。日に三度聞こえてくる鐘の音を介して島からの拒絶感が〈私〉を襲う。

鐘鳴が終ると、連絡船が来ればいつでもそれに乗ってこの島を去ることができるのだという考えがわいてくる。しかしそういう考えのわく自分を認めることは目先のくらくなることだが、何を手がかりにして島の奥深くはいれるのかはわからない。もう一度この島で生を享け直すことができない限りは、もう遅すぎるという事実を訂正できない。

〈島の奥深くはい〉るとは、導入部での表現を繰り返せば、島の風土に根づいた生活感情を自分のものとすることであろうし、島の子どもたちに見出した〈原初のエネルギー〉を自らのものとすることであろう。それは他所者にはできないことだという断念は、作者島尾の思いが反映している。奄美に移住して六年、奄美をもっと知らねばならないと言いつつ、本質的なところを知るためには何かが欠けていると南島エッセイで語っている(8)。

その〈私〉と妻は対照的である。明るいうちに帰って来た妻は、尖塔に住む男が〈われわれの国のことば〉を上手に話し、〈島のなまり〉も研究していると〈楽しげに〉話す。〈私〉は妻の〈はずんだ話しぶり〉に驚く。新しい妻の発見である。〈私〉はその男に〈外の方に凸出しようとする個性が獲得の努力なしに身についている世界〉を感受し、自分とは異質な個性を感じるが、妻は男を〈あのひと〉と親しみをこめて呼び、辺鄙な離島に一人で来て住んでいるのは〈かわいそう〉と言う。妻を介して尖塔の男は或る意味を帯びた存在になった。

彼はこの島に来て抗争し調和する何を見つけたのか。日に三たびの鐘を鳴らし、まだ島の土をつきさすことなくはじけて放散する鐘の音は太陽の照り返しの中に溶解して、左右にゆれうごく鐘の身振りだけが目に残って古い無声映画を見るような錯覚を与えた。

〈抗争し調和する何を見つけたのか〉とは、〈私〉に男が島の奥深くに入る〈手がかり〉を見つけようとしている存在として見えている、ということだ。音が消え鐘の揺れだけが目に残るのは、男の存在が〈私〉の中に位置を占め始めたことを意味している。

7　展開部Ⅳ――異国の青年との出来事

○**本文**〈「今からもう一度あの人のところに〜末尾〉

夕食後妻は、約束したのでもう一度〈あのひと〉の所に行くと言って出かけた。

「あら、だいじょうぶよ。ここから見ると海の中にとりのこされるみたいに見えるけど、ちゃんと地下道がついていて、いつでもこちらと通えるようになっているのよ。だから心配しないでね。先に眠っていてくださってもかまいませんわ」
妻は少し伏目がちにそう言って、人妻らしく似合ううすねずみ色のスーツを着て出かけて行った。

島に来た時には不似合いの着物を着ていた妻が〈人妻らしく似合う〉スーツに着換えて行くのは、尖塔の建物に〈安息の場所〉を見出したことを暗示している。明日か明後日に連絡船が入れば島から離れねばならない。朝夕と行くのは〈安息の場所〉への離れがたい思いからだろうが、穿った読みをすれば、妻は〈安息の場所〉を〈私〉と共有したいのだ。先に寝てもかまわないと〈伏目がちに〉言う妻は、〈私〉が迎えに来ることを期待して地下道が通じていることを教えている。妻が出かけると、部屋が空いたからと青年の荷物が運び出される。すでに青年は〈安息の場所〉に関わる存在ではない。〈私〉は蒲団に入るが、未知の妻の笑顔や若やいだ声が浮かびあがって眠れず、洋服に着替えて妻を迎えに行く。部落に出た〈私〉は島の生活の裏面を見る。不意に路地から酔った男たちが〈予測のつかない危険をひそめて〉近づいてくる。目をこらすと、路地のあちこちに手足を〈白の気根のように〉むき出しにしてしゃがんでこちらを見ている女たちが闇に浮んでいる。〈私〉は足早にその場を離れて行く。振り返る〈私〉に部落は次のように見えてくる。

はなれて背後にすると部落は、むくむくもりあがりながら袋をかぶせられて身動きの不自由な何かえたいの知れぬなまぬくい生きもののように感じられた。そこに、はいろうと押して行くと表皮はどこまでもへこむが、その内部を開けることをしない。

相部屋になった青年は〈脱皮〉する儀式によって〈安らぎ〉を見出した。妻は尖塔の建物にいる〈あのひと〉に〈安らぎ〉を見出したようだ。そして今〈私〉は、〈内部を開けることをしない〉部落を離れて尖塔の建物へ近づいていく。穿った読みをすれば、〈抗争し調和する何〉か、言い換えれば、部落の〈内部を開け〉て、島の奥深くに入る〈手がかり〉に近づいていることを暗示している。部落を出て外洋を背景にして見た尖塔の建物は〈私〉を異空間へと誘いこんで行く。天空に向かって屹立する尖塔に〈なまぬくい生きもの〉のような部落の精神とは対照的な孤立を恐れぬ強い精神を感受した〈私〉はその〈拒否的な〉姿に惹かれていく。〈私〉は〈未知の国を歩いている気持〉になって、〈何かわからぬ花のしべのにおいが流れ〉、〈海辺の風はやわらかいあたたかさを含み、からだも心も溶かされそう〉な気持になって海辺の道を進んで行く。入口近く岩の間に架けられていた木の板に靴がぶつかり甲高い音をたてた。建物に近づくと、笑いをこらえて男と言葉を交わし、隠れ場所を探している妻の姿が見えた。

どういうわけか、私はくるりとくびすを返し木の板の上を足音をしのばせて戻った。戻ってから自分のすがたを顧み、血が目の上と耳とほほに上った。思い直し胸を張り靴をことさら強くふみつけてもう一度木の板を渡り、入口をはいった。

黙劇の中で妻と〈私〉とが心を通い合わせていく場面である。ここには〈私〉の妻への純な思いが描かれている。子どものような行動をする妻を見て、その思いに応えようと演技する自分に気づいて顔を紅くする〈私〉は、自分の妻への愛情を自覚し直している。次の場面では妻の自分への愛情を確認する。

建物は窓も入口の戸もなく、外部の者に内部を開け放っている。居室に入ると妻の靴があったが姿はなく、セーターを着た男が居る。男は〈意識した装いに満ちて〉いるが、他者を受容する〈静かなやさしさが若々しく輝いて〉いる。〈私〉は妻が靴を出したまま姿を隠したことに気持が萎えながら、妻が来ていないかと尋ねると、男は来ていないと言う。繰り返し聞くと一時間ほど前に帰ったと言い、部屋に上がるように勧める。一人帰る寂寥を思った〈私〉は妻の靴に並べて靴を脱いだ。〈私〉と男は妻の気持に添うように話をする。〈私〉が島の言葉を覚えたか聞くと、島の言葉は〈すこしもわかりません〉と答えた。〈思慮深くそしてきまじめに見える〉男は孤独な日々を送っている。妻と過ごした時間が男の寂寥を癒す時間であったことを〈私〉は知る。帰ろうとすると、わっと言って妻が姿を現し、隅の〈生地の厚い黒い衣服〉を指差しながら、隠れていることに気づかなかったのかを訊ねる。靴を隠すことも忘れて〈汗びっしょりに〉なって隠れていた妻に、自分への愛情を感じた〈私〉は知らなかったと答えて、〈もうおいとましなくちゃ〉と言う。

「あなた、いただきなさい。このケーキおいしいわよ。ココアもこしらえてあげましょうか。あたしさっきいろんなものをこしらえて食べちゃった。このひとお台所仕事、とても上手よ」と妻は言った。

男は妻を見て同意するように軽くうなずいた。

「もうおいとましましょう。おなかがいっぱいで、何んにも食べたくない。また別の機会にお訪ねしよう」

「そうね、じゃ帰りましょうか」

妻は素直に私に従った。

妻は尖塔の建物と異国の男に〈安息の場所〉を見出したことを〈私〉に告げている。しかし、〈私〉がそこを〈安息の場所〉と実感するためには時間が必要である。妻もそれが分かっている。しかし、〈私〉がそこを〈安息の場所〉とするためには別の課題があった。島の奥に入る〈手がかり〉を見つけることである。その課題の答えが最後の場面に隠されている。

木の板を渡るとき妻は私に右手をあずけた。こどもの手のようにほてっていたので私は思わず自分の手をひっこめようとした。岩礁のわだかまっている砂浜を通ると二人きりの長い旅路のあとで砂漠に迷いこんだような気持になった。部落の大通りでは、私は右腕で妻の左腕をかかえた。……いつものように強くかかえこめない。妻もそっと左腕を私にあずけただけだ。……懐中電灯の光のまるく限られた明るさが闇を区切って足もとを先へ先へと移動し、私の考えも区切られたままとりとめなく移った。

〈私〉の迎えを強く待ち望んでいた妻。展開部Ⅰに見られた〈私〉を批判する妻とは異なった新たな妻の発見である。〈私〉は妻との新たな関係づくりに戸惑いを隠せない。懐中電灯は〈あのひと〉が貸してくれたものである。二人は〈あのひと〉を介して新しい〈光〉に導かれつつある。これまでの思考の枠を解かれつつある〈私〉は妻に未知の姿を感受していく。

「あなたが迎えに来てくださるだろうと思ったわ。足音ですぐわかったわよ。あたしあなたをびっくりさせようと思って、あのひとに言いふくめてお芝居をしたのよ。あのひとは素直なひとね。最後まで正直にあたしのいいつけを守ったわ」

妻の声はしめった闇の中に吸われ、どこか場所のわからぬ地の底からきこえてくるように感じた。

異国の男に〈安息の場所〉を見出しても、妻の愛情は〈私〉に向けられている。男は妻の思いを理解して妻に寄り添っている。繰り返される〈あのひと〉はそうした存在の謂なのだ。妻の声が不可知の場所から聞こえてくると感じられるのは、妻が〈あのひと〉の〈正直〉さに深い思いを寄せていることを感受したからである。それは〈私〉が立ち入ることのできない妻である。〈私〉は〈あのひと〉の存在に惹かれる新たな妻を見出している。
宿に帰り、青年がいないことを伝えると〈妻は片目をつぶって笑って見せ〉、蒲団に入ると間もなく眠りに落ちた。島に来た最初の日に足を固くしていた妻とは位相の異なった妻である。そして次の結びが置かれている。

私はしばらく妻の寝顔を見たあと、立ち上って電灯を消し、そっと妻のそばにからだを横たえた。ふと今自分がどこに居るのかわからなくなった。岬の先の目撃がうっすら目の底によみがえった。

冒頭の〈白い道を歩いたが何も見えない〉とこの結びとの呼応を考えると、作者の意図が見えてくる。妻のそばに身を横たえた〈私〉が闇の中で思い浮かべた〈岬の先の目撃〉は、不可知の領域である点で妻と重なっている。〈私〉が岬での体験を思い浮かべるのは二度目である。一度目は展開部Ⅱでの〈土地のくずれる様子〉であり、崩壊のイメージであった。しかし、結びで〈目撃〉と記述されているのは視覚が明確に捉えた情景を意味している。それは〈創造者〉をイメージするものである。もう一度引いてみよう。
牧場の芝生がつづいてきてそこで立ちきれ、なおその先に新しい芝生を造り出しつぎ足して行く、創造者の快活な口笛がきこえてくるような気がした。……中略……新しくかたちを現した芝生が、空白の中から自らの色彩を装って先端の部分につけ足されて行くかすかな変動を見ていると、或る充実を感じた。

〈私〉は〈新しくかたちを現した芝生〉を妻に重ねて思い出している。尖塔の建物の男に拘りなく接近し、〈安らぎ〉を見出していく妻は、〈私〉にとって未知の妻の姿である。その意味から言えば、鈴木直子氏が言うこの作品の〈副旋律〉は〈いなくなった妻を探しあるく「妻追い」〉に止まらない。妻は〈私〉に〈或る充実〉を感じさせる不可知の存在として発見されている。しかも島が秘めている何かを創出する〈原始のエネルギー〉の体現者として発見されたのである。このことは、島に生を享けていない〈私〉が島の奥に入る〈手がかり〉を妻に見出したことを意味している。

8　おわりに

「島へ」全体の展開を追いながら、可能なかぎり小説としての表現に即して読んでみた。すると特に冒頭部と岬の体験との呼応、相部屋の青年と尖塔の建物の男との対比、そして両者と妻との関係、〈私〉と妻の関係など、これまで言及されてこなかった小説の構造が見えてきた。そこに土着の文化と西洋の文化・文明、土俗の信仰と西洋のキリスト教的な精神というこれまでも言及されてきた異文化の対立と融合の問題、あるいは本土と辺境との格差・対立の問題を考え合わせ、表現方法としてリアリズムと夢の方法との融合という方向を見取るならば、島尾敏雄が意図したであろう〈小説の総合的な可能性〉の見取り図が浮かび上がってくるのではないだろうか。「島へ」以降島尾敏雄が南島小説を書くことはなかったが、八年後に書かれた次の言葉は〈小説の総合的な可能性〉を考えるヒントになるだろう。

どこかの南のほうの島の一つの小さな部落を想定して、そこに住んでいるいろいろな人たちのことを、短篇で幾つか書いて、それを合わせて読むと、南の島の部落の、それも近代とかいうような様相の少ない、いまではちょっと考えられないような古い時代の人間の姿があらわれてくるようなものを書いてみたいのです。(9)

その構想は実現しなかったが、島尾が永く南島小説の執筆に拘りを持ち続けていたことはミホ夫人の言葉によってもわかる。逝去（昭和六十一（一九八六）年十一月十二日）の二日前、書庫の整理をしながらミホ夫人に次のように話しかけたという。

「ここ十年間も構想を重ねてきた作品が、漸く纏まったから、正月になったらミホと二人で那覇へ行って、ホテルに滞在して書き始めましょう。これまでにない全く新しいスタイルの作品になりますよ。この作品を書き上げないうちは、ぼくの文学など未だ未だですよ。」(10)

島尾敏雄が〈小説の総合的な可能性〉を探ろうとした作品としての「島へ」の探索はまだ緒についたばかりである。本稿がその一助になれば幸いである。

※島尾作品の引用は『島尾敏雄全集』に拠った。

注

(1)別稿「「川にて」論――七つの「企み」から開かれる文学世界――」(初出『群系』第三十三号（平成二十六（二〇一四）年七月）)を参照して頂ければ嬉しい。初出に加筆している。

(2)単行本『島へ』(昭和三十七（一九六二）年五月新潮社)では九節、『島尾敏雄作品集第五巻』(晶文社 昭和四十二（一九六七）年七月)は八節、『島尾敏雄全集第6巻』(昭和五十六（一九八一）年一月晶文社)は六節。文庫収録本文のうち、講談社文庫『その夏の今は・夢の中での日常』(昭和四十七（一九七二）年五月)と講談社学芸文庫『その夏の今は・夢の中での日常』(昭和六十三（一九八五）年八月)は六節（但し第二節の節分けが異なる)、潮文庫『島へ』(昭和四十七（一九七二）年六月)と集英社文庫『夢の中での日常』(昭和五十四（一九七九）年五月)は七節、角川文庫『夢の中での日常』(昭和四十八（一九七三）年十月)は八節である。

(3)事実関係について言えば、ミホ夫人は「島尾敏雄の文学作品と創作の背景について」(『愛の棘』(平成二十七（二〇一六）年七月幻戯書房)所収)において、島を徳之島か沖永良部とみているが、そこに行ったことはなく、〈島尾の夢の中での出来事〉だと述べている。ただ、奄美大島の古仁屋の宿に二人で宿泊し、そこの教会でアメリカ人神父との間に、作品の後半に描かれたような出来事があったことを述べている。

(4)岩谷氏はこの場面が『記夢志』(昭和四十八(一九七三)年一月冥草舎)の昭和三十六(一九六一)年一月三十一日の夢を素材にしていることを指摘している。

(5)『日の移ろい』(昭和五十一(一九七六)年十一月中央公論社)では、閉館している図書館の敷地に無断で入り込んだり(八月二七日)、手に負えない物言いをしたり(九月六日)、夢の中で妻の丹精している畑を荒らしたり(十二月十日)、館内で大声を出したり(十二月十六日)する。『続日の移ろい』(昭和六十一(一九八六)年八月中央公論社)では配られた新聞の抜き取りを執拗に繰り返し(五月十八、二十三日、二十四日、二十六日)、開館前に傍若無人に騒いで〈私〉に自然災害だと思わせる(七月二十四日)。

(6)「南島について思うこと」(「南日本新聞」昭和三十四(一九五九)年五月十日〜七月十日)の次のような言葉にその現れを見出すことができる。

〈追従と反発の気分が一つの気持の中で不安定にゆれうごいている〉(「はなれ島の不幸」)/〈爆発的な気性の烈しさとともに、その一般的なあふれるばかりのやさしさは他地方では珍しいことだし、そして外来者に圧倒的な歓迎をかぶせるかとおもうと、同じ者へ根深い拒絶を示す〉(ニライ・カナイ)

(7)奄美大島におけるキリスト教の浸透については『名瀬だより』(『新日本文学』昭和三十二(一九五七)年五月号から昭和三十四年一月号に連載)の「十一島のカトリック」で〈もしかしたらカトリックは日本ではこの南島地帯において、最もよく理解され、最も深く習俗化されるのではないか〉と述べた後、その問題について次のように述べていることが留意される。

〈年中行事や祝い事にからみつかれている島の生活で、カトリック的な生活を全うするかまたはいくらか姿勢を低くして調和を計って行くことは、じぶんの生活を根無草にしてしまわないようにするとすれば、なかなか厄介なことだし、信者たちにしてみれば、カトリック教会祝日表と島の年中行事とを生活の中でしっかりかみ合わせ処理して行くことは、地味だけれども困難な試練のなかに置かれていることになる。〉

(8)「島へ」の翌年に書かれた「離れに暮らして」(『かごしま』昭和三十八(一九六三)年三月。『島にて』(昭和四十一(一九六六)年七月冬樹社)所収)で次のように記している。

〈私は島に足かけ八年も住んでいるが、島の生活のリズムをつかまえることのできないたよりなさを感ずる。……目に見えぬ断絶があってそれをしかと見とることができない。……どこかの部落にはいって行くと……そのときまで空間いっぱいに触手をのばしひろげ、呼吸していた島の生活の拡散が、つと急速に収縮してかたい一個の珊瑚石灰岩と化してしまう。……私がその部落を立ち去ると、私の背後で音もなくそれはその固縛をほどく。〉

(9)島尾敏雄「琉球弧から」(『未来』昭和四十五(一九七〇)年四月)。

(10)島尾ミホ「沖縄への思い」(『愛の棘』(平成二十八(二〇一六)年七月幻戯書房)所収)。

『死の棘』と『「死の棘」日記』の対応の略述

凡例

一　対応関係の照合は次の二著を元本とした。

『死の棘』―『島尾敏雄全集第8巻』（昭和五十七（一九八二）年三月二十五日晶文社）。

『「死の棘」日記』―（平成十七（二〇〇五）年三月二十日新潮社）。

二　各章ごとに付けた【〇節】は、筆者が区切りの便宜上付けたものである。本文で一行空きの箇所を区切りとしている。初出収録本・『島尾敏雄作品集』・新潮社『死の棘』・新潮文庫『死の棘』・『島尾敏雄全集』で異なっている箇所が第三章6節、第四章4節、7節、9節、16節、第六章6節にある。

三　各節の（P〇L〇）で記したページ数・行数は『島尾敏雄全集第8巻』収録本文のそれを示す。

四　各節のページ数・行数の後に《　》で各節の内容を短く小見出し的にまとめた語句を記した。

五　引用する場合は、『死の棘』の場合は〈　〉で、『「死の棘」日記』の場合は「　」で示した。

第一章「離脱」…『「死の棘」日記』（以下『日記』と記す）昭和二十九年九月三十日～十月八日に対応。

【1節】（P7L1～P8L11）《尋問の始まり》

①『日記』九月三十日に「この晩より蚊帳つらぬ。」の一行のみ記す。

②『日記』には十月一日、二日はない。

③〈妻〉のいう〈十一月云々〉の文句は『日記』では十一月七日に出てくる。夕食中の団欒の中で子ども

たちが母ミホの発作が出ないことを願う話の中でミホが「おとうさんは11月に家を出て、12月には自殺をしていたでしょうと言う。」とある。この中には確信を意味する文言は出ていない。

【2節】（P8L13~P12L4）《夫の気持の糾問》

○『日記』に記述はない。

【3節】（P12L6~P16L6）《不浄なけもの》

○P14L2~L5〈妻の服従を少しもうたがわず、……うたがうことができない〉の自省の内容は精神病院入院中の『日記』昭和三十年九月二十四日の左の記述と内容は重なる。

「顧みればミホが病気になる迄は全く反対だった。ぼくはミホを自分の体の一部のように思い込み、自分の事ばかり考えてミホの犠牲の上で自我を押し広げ、ミホはひたすら従順に身を捨ててぼくに尽くした。長い間忍従と緊張を続けた果てにミホは遂に精神を病み、ぼくとミホの位置が転倒した。親子の契りは一世、夫婦は二世の頼みとかや、げにまこと夫婦とは……。」

【4節】（P16L8~P17L8）《妻の出奔》

○対応する記述は『日記』にはない

【5節】（P17L10~P19L9）《父の批判と誓約》

○事件のはじめ三日間の叙述の中で〈父〉のことは神戸時代の〈薄情なひと〉として〈妻〉の口から語られるのだが、『日記』ではこの時期父は上京しており、十月三日に「午前父神戸へ帰る。」とあるが、小説では〈父〉来京のことはカット。

【6節】（P19L11~P21L13）《小岩界隈の風景》

①『日記』十月四日に対応。午前は石川の所に行っているが、小説ではカット。

②『日記』では午後の記述に「万年筆を新調する」とあり、小説ではp20L3に出ている。
【7節】（P21L15〜P23L2）《新しい船出へ》
○『日記』十月四日に対応。疑問の具体的記述はない。
【8節】（P23L4〜P25L18）《妻の発作の発症》
○ミホの頭痛のことは『日記』十月三日に対応。
【9節】（P26L2〜P29L6）《妻の異常の察知》
①『日記』十月四日の「夜ミホ気がふれそうになり、一緒に外を歩き廻り……二人共熟睡する。」に対応。
②『日記』十月五日は穏やかに家族が過ごしているが小説ではカットされている。
【10節】（P29L8〜P30L8）《妻と伸一の夢》
①『日記』十月六日に対応。しかしミホの「オジイサマ（父）が手を振ってのまれていく」夢はカット
②ミホが見た女の夢は十月七日の『日記』の記述に「一昨夜」の夢としてほとんどそのままある。
【11節】（P30L10〜P32L10）《遅い帰宅と妻》
①『日記』十月六日の映画館の内容とほぼ同じ。しかし『日記』では「二つながらに感動」とあるが、小説では〈今の私には受けきれない〉と逆の内容になっている。
②映画館から帰宅した時の記述が、『日記』の「とこの敷き方変更」が小説では〈食卓の上の夕飯の用意〉に変わっている。伸一とマヤが言った言葉はほぼ同じ。
【12節】（P32L12〜P34L7）《手紙とミホの夢》
○『日記』十月七日の女からの手紙のことに対応。伸一、マヤの反応も『日記』の記述と同じ。10節で『日記』に二つあったミホの夢のうち「一昨夜」の女との出会いの夢の方が素材となり、しかも女からの手

紙と同一の日にされているのは、女の手紙を以後の重要な役回りにすることを意図してのことだろう。

【13節】（Ｐ34Ｌ9～Ｐ35Ｌ7）《自分の居場所》

①『日記』十月七、八日の内容を一部取り入れている。

②小説〈オトウシャアンハバカダカラ……〉は『日記』十月八日の「マヤの独白」（ひらがな書き）と対応。

③小説〈オトウシャン、ワルモノジャナイネ〉というマヤの言葉は、十月六日の『日記』に出ている

④小説Ｐ35Ｌ2〈自我のかけらなどいっぺんに吹きとんでしまう〉の後には初出では〈このところの自分を理解することができない〉が入っている。作者の目を意識させる表現は省いているということだろう。

⑤『日記』では十月五日から七日は食事は取っており、小説のＰ34Ｌ9〈……このままでは餓死してしまうほかはない。〉という状況ではない。逼迫した家庭の状況を強調するための表現だろう。

⑥最後の方で妻が〈「すみません、……」〉と謝るところは、『日記』十月七日の、訪ねてきた富岡と三人で酒を飲んだ後、夜ミホが「あなたが好きだ、すみません、すみません、はずかしいこんな姿を見せてはずかしい」と言ったということを取りあげている。

第二章「死の棘」…『日記』昭和二十九年十月八日～二十八日に対応。

【1節】（Ｐ36Ｌ1～Ｐ38Ｌ6）《現在の二人状況》

①『日記』十月八日に対応。

②小説の書き出しは妻の変容を暗示しているが『日記』の記述と意味づけが異なっている。『日記』ではその後に「万事充実感をとり戻しつつある」とあるが、小説は〈妻の意志が乗り移ったからだと、すぐ考えてしまう。〉となっている。

③次文の叙述も『日記』の「ミホもぼくもそれぞれのしごとに向かうことができる。外を歩いても感受性が幅が広くなっている、物が深く見えるような気持、すべてに深く、深く。」とは異なった内容である。意図的に〈私〉が置かれている状況を暗い方向に向けようとする書き方である。

【2節】（P38L8～P42L7）《夫の外出》

○『日記』十月九日に対応・

【3節】（P42L9～P43L18）《文学仲間との付き合い》

①『日記』十月九日に対応。『日記』では吉行淳之介宅を訪れ、庄野潤三、小島信夫もそこに来る。小説では吉行がA、庄野がB、小島がCとなっている。

②『日記』には三人の間にどのような会話があったのかは全く触れられていない。

【4節】（P44L2～P46L8）《帰宅途中の夫の不安》

○『日記』十月九日に対応。

【5節】（P46L10～P49L7）《不在の妻の探索》

①『日記』十月九日に対応。小説では、ミホを捜しにおじの〈ウジッカ〉の所へ行くのだが、『日記』には「ミホを探しに出る」とのみあり、探しに行った場所の記述はない。

②『日記』では子どもたちとの会話の記述はない。

【6節】（P49L9～P57L8）《女との別れ》

○『日記』十月九日に対応。しかし『日記』には女のところに行った記述はない。

【7節】（P57L10～P63L9）《妻の帰宅》

○『日記』には「ミホ12時55分の電車で帰宅。」とのみある。

【8節】（P63L11～P73L2）《偽りを重ねる夫》
○『日記』には記述はない。
【9節】（P73L4～P73L15）《妻の変化》
○『日記』には記述はない。
【10節】（P73L17～P79L18）《審く妻》
①十月十日の記述内容は作品からカット。
②8節～10節は時間的には『日記』の十月十一日～十二日に対応するはずだが、『日記』には小説の内容に当たることは書かれていない。特に十二日は上野の美術館や永田広叔父の所に行って、授業に出ている。
③小説のP79L12〈ウチデハ、オトウシャンハオカアシャンヲオコラナイノニ、オカアシャンハオトウシャンヲオコッテバカリイル。ソンナオトウシャンハ、キライニナッチャオウカナ〉は、『日記』十月八日のマヤの独り言「うちでは……なっちゃおうかな」と同じだが、『日記』ではミホの言葉を通してのものだが、小説ではマヤが直接言っている。
【11節】（P80L2～P86L13）《妻の発作に合わせる生活》
○『日記』十月十三日に対応しているが、小説で〈私〉が出て行こうとする場面以降（P83L6～）の内容は『日記』にはない。
【12節】（P86L15～P89L12）《定時制高校への行き帰り》
○広叔父の所に家族を預けて授業に出る様子は『日記』では十月十二日、十四日に書かれている。しかし、作品で電車内で女と似た女性を見た記述は『日記』にはない。わずかに十四日に「国電の中に知人がい

る。電車の中、歩いていてふっと考え込むミホの姿勢」とあるのみ。

【13節】（P89L14〜P93L4）《授業と叔母の家》

○『日記』十月十四日に「四時間の授業を終え帰りかかるとミホ、子供を連れ学校に迎えに来ている。（潤子ちゃんも迎いに来る）須磨叔母の所にもどり、……田端駅までタクシー」とある。学校でミホと会ったこと、子どもと潤子も一緒であること、叔母から南島関係の本も借りていることは小説には出てこない。

【14節】（P93L6〜P97L1）《新しい猫》

①『日記』十月十四日に対応するが、猫の記述はない。

②夜の営みに関することは『日記』に記述はない。

【15節】（P97L3〜P98L11）《塀の工事と妻の尋問》

①『日記』十月十四日の夜に対応する。

②小説での塀の工事は『日記』では十月二十六日〜二十七日に行われている。

【16節】（P98L13〜P105L4）《妻の訴え》

①『日記』十月十七日〜十月二十八日の出来事をいろいろと組み合わせて家庭内の惨状を強調して描いている。小説中の時間は、塀を直した次の日までとすると四日間。

②小説の内容に関わる『日記』の箇所は次の通り。

▽十七日の伸三の言葉「モウ見テシマッタカラ仕方ガナイ、生キテイタッテ仕様ガナイカラ、カアサンノ言ウ通リニナル、オ母サンガ死ノウト言エバ一緒ニ死ヌヨ」がP103L17に。

▽十九日の鶏の仮死のことがP100L6に。

▽二十一日のミホの言葉「オトウサンハヤット物ガ見エルヨウニナッタカラ、モウ私ガ死ンデモ大丈夫デショウ?」がP104L16に。
▽二十一日の伸三の言葉「お父さんお母さんはシュミーズがぼろばっかりだからあたらしいのを買ってあげなさい」がP103L8に。
▽二十三日に「はじめてミホから左頬に平手うち」とあるのは、8節のP68L13〈「ばかやろう」/いきなり妻の平手打ちを受けた。〉に。
▽二十五日のミホのジュウとアンマへの思いのことがP100L14に。
▽二十五日の日記のことやミホの平手打ち、箪笥に頭をぶつけることがP101L2~7に。
▽二十六日の大工のことがP97L3に。
▽二十七日の伸三の言葉「「オトウサン、キライ」「オトウサン、モウアキチャッタ、本当ノコトヲ言ッチャッタ」がP103L3~5に。
▽二十八日の朝の描写「新しい塀にしっとり雨が降っている」が第二章末尾〈建てたばかりの白木の板塀が。雨水をたっぷり吸って、ふくれあがっているのが見えた〉に。
③『日記』十五日、十六日。十七日、十八日、二十日、二十二日、二十四日、二十七日の友人や親戚、社会的な関係者など第三者との接触などの行動はカット。

第三章「崖のふち」…『日記』昭和二十九年十月二十九日~十一月十八日に対応。

【1節】(P106L1~P109L15)《気ちがいを装う夫》

○この節の内容は具体的なことは書かれていないので、『日記』に対応する日はない。

【2節】（P109L17～P112L17）《近所の女》

①十一月一日に対応。

②家の掃除のことは『日記』では十月二十九日、三十日、三十一日、十一月一日と続いているが、小説のゴミ箱のふたやゴミのことは書かれていない。前節を受けて外部からの〈審き〉につなげるための虚構だろう。

③混血児の母親のことは『日記』十一月一日の記事に「外回りの掃除。ゴミ焼き（伸三やマヤもそばに来て）。混血児のいる家の母親が挨拶。ミホに笑顔を度々持って行き、次第にすこやかに。あとをひくことが浅くなり、笑いが出る」とある。

④『日記』一日の「混血児のいる家の母親が挨拶」がP111L4～に、「おとうさん、あたしを、だまさないでね」がP121L4に。

⑤小説P117L7からの〈隣家の金子のむすこ〉のことは十月三十一日の日記に出ている。しかしその父親のことの記述はない。

⑥商店街でのことや猫の記述は『日記』にはない。

【3節】（P113L1～P116L7）《妻の未知の姿》

○商店街での買い物についての記述は『日記』にない。

【4節】（P116L9～P121L6）《仕事に入る私》

①隣家の息子のべえごま遊びの喧騒のことは『日記』十月三十日にある。

②『日記』には隣家の金子（日記では鈴木）の家庭の事情についての記述はない。

③P121L4のミホの言葉〈あたしをだまさないでね〉は『日記』十一月一日に出ている。

④『日記』では十月三十一日、十一月一日にミホの従弟の孝ちゃんが訪ねて来て、宿泊し、「もう殆どミホ治癒の状態で歩ける」などとあり、必ずしも悪い日ではないが、カットされている。

【5節】（P121L8〜P122L18）《自殺を考える夫》

①手紙についての夢の話は『日記』にはない。十一月一日に出てくる。

②自殺についての記述は『日記』十一月二日の『日記』では「ぼくは今意志を持ったのだ、意志をもって選んだのだ、過去をいじくるより新鮮な感情を積極的に二人で積み重ねる」とあり、自殺とは反対に生のほうへの意志を表している。

③P122L15〈ダマスナ、アタシガアナタノソバニイテイイノカ、ソレハホンシンカ〉は『日記』では十一月二日に「「ソバニイテイイノデスカ、本心から?」」とあることの変換だろう。そのあとに右の「ぼくは今意志を持ったのだ。……ミホ明るくなり一緒に朝食のためのパンを買いに行く。」が記されている。

④『日記』二日の女子栄養大学への外出のこと、「すこやかなり」といったことは小説ではカット。

【6節】（P123L1〜P128L17）《潤子の来宅とラジオの対談》

①全集本ではここに一行空きは施されていないが、角川文庫『死の棘』収録文、『作品集第四巻』、新潮社『死の棘』、新潮文庫『死の棘』はここに行空きを施しているので、それに従った。

②潤子の来宅、ラジオの対談（依頼の電報は四日に来ている）のことは『日記』十一月五日にそのままある。対談後小島と庄野と三人で飲んだ時の様子は異なっている。『日記』には「彼らの僕に対する最近の暗い感じをほどいたように感ずる感じ方」とある。

③稿料は小説では郵便でくるが、『日記』で放送局に行く途中に寄って受け取っている。

④十一月三日、四日の『日記』の内容は大半がカット。

【7節】（P129L1〜P131L7）《帰宅後映画館へ》

①「シェーン」を見に行っているミホたちを追って映画館へ行くことは『日記』十一月五日にある。『日記』では帰宅中すき焼きの買い物をし、「二人の心今日はすこやか」「ミホの精神状態頗るいい」とあるが、小説にはそうした明るい内容は書かれていない。

②『日記』十一月五日には小説のP131L5〈今夜のところはこのままふだんの生活がおとずれてくれていても、それはつかのまの平常で、訪問者が帰ってしまえば、ふたたび発作の連続する異常な時間のしめ木にかけられることからのがれられない。〉に重なる記述はない。

【8節】（P131L9〜P139L17）《尋問に耐えられない夫》

①ヴァイオリンの演奏のことは『日記』十一月六日に出てくる。前向きな思いに導かれているが、小説では仲間たちから笑われている自分を思っている。

②『日記』では六日に文学仲間たちとの会に独りで出かけているが小説にはない。

③小説の私が見た夢のことは『日記』にはない。

④小説P133L11〈オカアシャンドッカニイッチャヤウヨ、イイ〉というマヤのことばは『日記』十一月七日に出てくる。

⑤小説P136に出てくる〈ギモン〉のことは『日記』十一月七日の「一つある日記の文句」をもとにしている。

⑥小説P138L11の婚約者云々は『日記』十一月八日にある佐世保の身内のことからの改変か。

⑦小説P138L13の伸一の便所行きのことは『日記』十一月七日にある。

⑧『日記』十一月七日にある「おとうさんは11月には家を出て、12月には自殺をしていたでしょう」とい

うミホの言葉は第一章「離脱」冒頭で使われている。
⑨P139L10～17の妻の言葉〈私が愛している……我が行く方〉は『日記』にはない。
【9節】（P140L1～P141L11）《自殺を思う夫》
○内容は『日記』十一月八日に書かれていることとほぼ重なるが、自殺に関わることは『日記』にはない。〈毒を仰ぐ〉は『日記』十一月十日に、〈出刃包丁で切腹〉は十一月十三日に記述がある。
【10節】（P141L13～P149L17）《投身自殺する夫を止める妻》
①『日記』十一月十八日に対応。しかし妻の質問の内容は『日記』にはなく、「おとうさんはこの頃ウソをつく」とあるのみ。
②ミホと外出している箇所の『日記』の記述は簡単（3行）。
③この間十日ほどの間で、『日記』には伸三の猩紅熱や奄美の古仁屋高校校長への履歴書送付などいろいろあるが小説ではカット。次のこともカット。
▽『日記』では十一月十一日にはミホが昭和二十七年からの『日記』を投棄している。
▽『日記』では十一月十一日、十二日、十三日には深いこじれが起こっている。
▽『日記』では十一月十四日には島へ行くことや仲直りすることが書かれている。
▽『日記』では十一月十五日、十六日は伸三の熱が高くなり、病院に行くなど詳細な記録がある。

第四章「日は日に」…『日記』昭和二十九年十一月二十三日～三十年一月十日に対応。

【1節】（P150L1～P156L3）《自殺を演技する夫》
①部分的に『日記』十一月二十三日に対応。

▽「手拭いで首を締めてみる」が小説P151L1〜3に。
▽伸三の「オトウサン……」は小説P153L10に。
②『日記』十一月二十七日〜十二月二十六日は小説ではカットされている。この間は「ぼく」が自殺に傾く日が続いており、その間のことがカットされているのは、小説の展開の上で考えておかねばならない。つまり、この章の主題が〈妻〉と〈私〉の混迷を語ることにあるのではなく、〈女〉の影におびえる二人を描くことにあるということ。次のことは小説ではカット。
▽『日記』十一月二十七日には「鉄路に近く」の素材になったミホの自殺未遂の記述がある。
▽『日記』十二月三日には「又電報が来た」とある。
▽『日記』十二月三日、四日、五日、八日、十一日は混迷がある。
▽『日記』十二月十六日〜二十三日はひどい混迷の状態続いている。
▽『日記』十二月二十四日には「女から二度目の電報が来た又呼び出し也」とある。次のように二人でその対応策を考えている。「女からの二度の電報のいやがらせ、今後のことなど無視しよう、挑発にのることはナンセンスだ、現在の会の会員に対する覚悟」とある。

【2節】（P156L5〜P159L16）《選択に迷う夫》

①部分的に『日記』十二月二十七日に対応。
②ミホが見た夢の大筋は『日記』十二月二十七日に書かれているが、〈ジュウ〉を見捨てたことへの罪悪感については触れていない。
③『日記』ではミホがよくもちこたえて発作を起こさなかったことを記しているが、小説では夫を責める素材として使われている。

【3節】（P159L18〜P160L16）《束の間の安息》
○『日記』十二月三十日に対応。
【4節】（P160L18〜P162L12）《理髪店にて》
①初出及び『島へ』収録文、角川文庫『死の棘』収録文、『作品集第四巻』ではここに一行空きはないが、新潮社『死の棘』、新潮文庫『死の棘』、全集では行空きを施しているのでそれに従う。
②『日記』十二月三十一日に対応。
【5節】（P162L14〜P168L15）《へんな電報》
①『日記』十二月三十一日に対応。
▽『日記』には次の記述がある。「帰宅すると又女から電報が来た。ミホとぼくと少しずつへんになって行く。寒天をかき廻させられているぼくに電報のことミホ色々言う。気が狂いそうになろうとする。障子の破れを張る。……玄関の壁に頭をぶっつけのたうち廻る」とある。手紙の文面は記されていない。
②小説P166L14〈手錠をしないでください！　手錠をしないでください！〉は『日記』十二月二十四日のことが使われている。この日に女から二回目のいやがらせの電報が届いている。
【6節】（P168L17〜P171L15）《成田山への初詣》
①『日記』昭和三十年一月一日に対応。
②日記の事柄がほぼ取り入れられているが、成田山への妻の思い、財布の事、女が来る事へのあせりは日記には書かれていない。
③『日記』に「ミホが家を出た日アイツの家に行ったこと、雑誌二冊送った事を言う」とある事は注意しなければならない。小説では前日の十二月三十一日にこのことが出てきて、そのもっと前に妻に打ち明

けていたことになっている。そうであれば、小説でのミホが女の家に行って二人の様子を見ていたという設定は創作上の虚構と考えたほうがよいだろう。

【7節】（P171L17～P176L9）《初詣の様子》

①初出、『島へ』収録文、角川文庫『死の棘』収録文、『作品集第四巻』では一行空きはないが、新潮社版、新潮文庫版、全集では行空きを施しているのでそれに従う。

②成田山での行動についての説明は『日記』には書かれていない。

【8節】（P176L11～P178L8）《女からの書き置き》

①『日記』一月一日でも女からの書き置きが入っており、その文面も小説と同じである。

②『日記』一月一日の終わりは小説の二人の状態とは逆で、6節でみたように〈女〉の家に行ったことを打ち明け、二人がもつれたことが書かれている。

【9節】（P178L10～P181L5）《外出するまで》

①初出、角川文庫『死の棘』、『作品集第四巻』では節分けはないが、『島へ』収録文、新潮社『死の棘』、新潮文庫『死の棘』、全集でも行空きを取っているのでそれに従う。

②『日記』一月二日にほぼ対応。

③『日記』では和子が訪問しているが小説ではカット。

④『日記』では家を出たあと土産物と財布を忘れて皆で取りに帰っているが小説ではカット。

【10節】（P181L7～P186L14）《W氏宅に宿泊》

①『日記』一月二日，三日にほぼ対応。

②小説でのW氏宅での想念の内容は『日記』にはない。

【11節】（P186L16～P191L10）《心中の相談》
○『日記』一月四日、五日にほぼ対応。
▽『日記』の五日の「女」の書き置には「マイニチニゲルノカヒキョウモノメ、カナラズオモイシラセテヤル。一二三モキタ」とある。
【12節】（P191L12～P193L5）《離京の相談》
①《日記》一月六日にほぼ対応。
②女からの手紙の文面も同じ。
【13節】（P193L7～P198L12）《相馬行きの決心》
①『日記』一月七日、八日にほぼ対応。
②『日記』では周旋屋の話しは売れる売れないのことではなく、売ったほうがよいと四十万円の値をつけている。
③『日記』ではミホの友人が尋ねてきているがカット。友人を送りがてら風呂に行っている。
④塵芥車やゴミのことは『日記』にはない。
⑤『日記』での風呂屋での伸一の言葉は作品と同じ。
⑥女のメモや元旦に男たちを連れてきたことなども『日記』とほぼ同じ。
⑦『日記』では一月七日の終わりに二人が裸になってもつれているが。小説では前の日のことに組みこまれている。
【14節】（P198L14～P205L10）《相馬に行く準備》
①『日記』一月九日にほぼ対応。

②『日記』では青木の奥さんは昨夜も今日も女が来てミホの様子を聞いていたとミホに告げているが小説もそのように書いている。ただ、『日記』にはデパートから帰って、島尾が青木宅に荷物を預けに行くと奥さんが「今日も女来て、田舎に行ったのは本当だったのねと言って帰ったという」とある。朝ミホが聞いたことと同じ内容を島尾も聞いたことになる。しかし小説ではこのことはカットされている。そのことによってミホの言葉が真実なのか作り事なのかが不分明になっている。

③末尾の『日記』の写しのことは同じだが。小説で言う自己の崩壊のことは『日記』にはない。

【15節】（P205L12〜P207L13）《女が来たと言う妻》

○小説の時間では一月十日の出来事になるが、『日記』の記述は一行で小説に対応する記述はない。

【16節】（P207L15〜P212L末尾）《車中の妻の変化》

①初出、角川文庫『死の棘』、『作品集第四巻』、『島へ』収録文では行空きはないが、新潮社『死の棘』、新潮文庫『死の棘』、全集では一行空きを取っているのでそれに従う。

②一月十日に対応。『日記』の記述は一行のみ。

第五章「流葉」…『日記』昭和三十年一月十四日〜二十日に対応。

○父母の古里である福島県相馬の小高に行ったのは一月十日〜二十日である。その間の『日記』の記述は一、二行のメモである。

【1節】（P213L1〜P226L4）《心中行》

○母方の祖母の墓に参り、首を吊る木を探したことは『日記』では一月十四日の記事に出て来る。

【2節】（P226L6〜P232L16）《伯母宅での諍い》

①理髪店へ行き夜川の堤へいっていることからおすと、一月十四日、十五日のことになる。
②『日記』によると十五日には父親が神戸から来て島尾は駅に迎えに行っている。父は十八日に小高を発っているが、小説には父のことは反映されていない。
【3節】（P232L18～L234L11）《妻の態度の硬化》
○履歴書のことは『日記』一月十五日、十六日に対応。
【4節】（P234L13～P240L12）《大井から井戸川へ》
①『日記』では一月十七日、十八日、十九日に対応。
②『日記』十七日には「朝、博さんの三輪車で父、明ちゃんと大井に行く。」とあるが、小説では一家四人が従弟のオートバイにつけたリヤカーで本家のいとこの家に移っている。
③『日記』では十八日に「父を送って井戸川（父の姉の叔母宅）へ。又大井へもどる。大井泊」とある。
④『日記』では十九日に母の墓参をしてから井戸川に行っている。
【5節】（P240L14～P243L17）《妻の失踪》
○出来事は『日記』一月二十日にほぼ対応。しかし日記の記述は事実のメモのみ。
【6節】（P244L1～P244L6）《帰京》
○出来事は『日記』一月二十日にほぼ対応。

第六章「日々の例」…『日記』昭和三十年一月二十一日～二十七日に対応。
【1節】（P245L1～P254L12）《帰京後最初の糾問》
①『日記』一月二十一日に対応。

②『日記』にある「ミホの父からの手紙に対する感情。印鑑証明するな、白紙委任状を書くな」に該当することはカットされている。
③小説に語られている〈妻〉の状態、〈夫〉の思いの内容は『日記』にはない。
【2節】（P254L14～P258L9）《翌日の朝の妻》
①『日記』一月二十二日の午前中の出来事に対応。
②小説の青木の子どものこと、鉄工場の音等の内容は『日記』にはない。
③小説の〈妻〉の口ずさんだ文句は『日記』から微妙に変えられている。
▽『日記』「何物をもさしはさまずに愛されていたと思っていたのはうぬぼれであったか。求めて求めて与えられぬ悲しみ」↓小説P256L4〈ナニモノヲモサシハサマズニアイサレタイトオモッタノハウノボレデアッタカ、モトメテアタエラレヌカナシミ〉。
【3節】（P258L11～P263L2）《妻の二様の姿》
○『日記』では一月二十二日の午後の出来事に対応。
【4節】（P263L4～P269L7）《写真の尋問》
①『日記』の一月二十二日午後と深夜の出来事に対応。
②小説での尋問によって心身が軽くなってきた等の内容は『日記』にはない。
③小説での手紙や写真を出すことを躊躇ったという内容は『日記』にはない。
【5節】（P269L9～P272L7）《妻のためし》
①『日記』の一月二十二日午後と深夜の出来事に対応。
②小説の最後の妻のためしのことは『日記』にはない。

③小説のノートなどを便所に捨てたことは『日記』にはない。ミホは私が起きてからもノートを読んでいる。

【6節】（P272L8～P274L14）《首を括る夫》

①初出収録単行本『出発は遂に訪れず』、新潮社版、新潮文庫版ともに一行空きが施されているが全集本のみ一行空きがない。校合の見落としと判断して、節を設定した。

②『日記』の一月二十三日に対応。

③『日記』には私の内面についての記述はない。

【7節】（P274L16～P278L18）《首括りの常習化》

①『日記』の一月二十四日にほぼ対応。

②『日記』では従兄弟の話に慶応病院のことは出てこない。

③『日記』には文学仲間のことをミホが告げたという記述はない。

【8節】（P279L2～P286L11）《誓約書と指切断》

①『日記』の一月二十四日、二十五日に対応。

②誓約書の内容は『日記』に同じ。

③小説の指を切る真似をした時の思いの記述は『日記』にはない。

④『日記』での雑誌社や文学仲間についての記述は小説からカットされている。

⑤『日記』で夜学からの帰りにミホと伸三が待っていたことを、小説では〈あとをつけてくる〉と改変し、『日記』にあるおば、潤子、ミホの愛情論のことはカットされ、小説の〈妻〉の〈不信の炎〉の記述は『日記』にはない。

【9節】〈P286L13〜P291L6〉《受診の決断へ》

①『日記』の一月二十六日に対応。

②『日記』には私の内面の記述はほとんどない。

③小説の出来事は『日記』とほぼ同じだが、結びは小説では病院へ行くことを強く思うのだが、『日記』ではそのことは書かれていない。「ぼくは絶対フレムンになってはならぬ」で終わっている。

④小説で〈妻〉が亡き母親に方言で〈クヘサ、クヘサ、アンマー〉と苦しみを訴えるのは、『日記』では一月二十七日に須磨おばの家に行って帰ったあと、盲腸が痛み出したところで出てくる。小説の場面とは設定が異なっている。

⑤『日記』の一月二十七日には女から「イツカエルカオシラセコウ」という電報が届いているが、小説には反映していない。『日記』ではこれにミホがどう反応したかは書いていない。

第七章「日のちぢまり」…『日記』昭和三十年一月二十八日〜二十九日に対応。

【1節】〈P292L1〜P303L7〉《K病院での診察前》

【2節】〈P303L9〜P307L3〉《予備診診》

【3節】〈P307L5〜P319L3〉《本診察》

【4節】〈P319L5〜P322L3〉《電気療法》

【5節】〈P322L5〜P325L11〉《帰宅後》

①この章は、K病院でミホが受診した一日の様子が描かれている。右の五節で構成されている。

②受診の日は小説では一月二十七日だが、『日記』では一月二十八日である。

③『日記』の記述は次の通り簡潔であり、両者を照合することはできない。特に小説の結びでの〈妻はにんげんでもけものでもない魔ようのものとなって〉に相当する記述もみられず、島尾の記憶の中から紡ぎ出された体験だけを素材としているのか。あるいは最近存在が明らかになった別種の『日記』がこの時期にもあるのか。作者の想像力の問題にも絡むことなので詮索したい気持が起きる章である。

▽『日記』一月二十八日「七時に起き親子四人で慶応病院行。神経科で診察の後、ミホ電気ショック療法を受けた。四時帰宅。帰宅してミホ眠る。夜飯たき、ミホよく食べる。食後から一時近く迄センサク。」

④『日記』では一月二十七日に女からの電報が来たとある。「イツカエルカオシラセコウ」という文面だが、これにミホがどう反応したかは書いていない。

⑤慶応病院へのミホの入院は『日記』一月二十九日の記述では「明後日」(一月三十一日)とある。

⑥『日記』には一月三十日から二月二日までは記述がない。

八章「子と共に」…『日記』昭和三十年二月三日〜二十三日に対応。

○二人の子どものことに絞って再構成されており、『日記』に書かれていることが日にちを違えて組み込まれ、また『日記』にはない内容が多く入っている。

【1節】(P326L1〜P330L8)《父を気遣う伸一》

○『日記』の二月三日、六日、十七日の伸一との言葉が使われている。

▽小説P328L10〈しんぱい、しんぱい。おとさん、おかあさんいないとかわいそう〉は『日記』では二月十七日に出てくる。

▽小説P328L14の〈私〉の言葉〈おかあさんいないとやっぱりさびしいな〉は『日記』では伸三が言って

いる。

▽小説P329L5〈「おかあさんとねたときもそうしたよ」〉は『日記』では二月六日に出ている。

▽小説P329L12〈きょうね、ぼく、トッコちゃんのおかあさんとながいあいだおはなししたんだ。……」は『日記』では「オバサント……」となっている。二月三日は前日から須磨おばの家に泊まっている。

▽三日の『日記』に女からの脅迫状のことで「青木夫人、女からの脅迫の手紙持ってくる」と記述があるが、小説には反映されていない。

▽『日記』二月六日から家政婦が来ていること、書評の依頼や編集者とのコンタクトがあったこと、石川君が子どもの相手をするために来宅していることも作品には反映していない。

【2節】（P330L10〜P336L17）《妻の見舞い》

①小説P331L11〈伸一の……やっとよごれた靴を駅前でみがかせた〉は二月十日の『日記』にある。

②小説P331L12〈マヤの髪は……床屋に連れて行って短く刈り上げたら……〉は二月八日の『日記』にある。

③『日記』でのミホの様子について状態のよい時のことは作品に反映していない。例えば二月七日の「今日は話がよく通じてぼくは力づく」、十日の「ミホ大変調子よい、意志の疎通確か」は意図的なカットだろう。

④小説では夫は毎日のように病院に行っているが、『日記』では病院には毎日行ってはいない。

⑤小説P334〜P335の拒否的な〈妻〉の姿は二月十一日の『日記』の記述に対応している。

【3節】（P337L1〜P341L11）《伸一と夫》

①ふたりの喧嘩のことは『日記』二月十日に簡潔に出ている。「ニャンコ、伸三のビー玉をとった事で伸三ストライキ。伸三とマヤを叱り、ぼく自身ふるえる。」

②小説の父親のことを思い出したという設定は、父親が相馬からの帰りに小岩に一泊していることとも関係するだろう。『日記』では父親は二月十日に相馬から来て十一日に神戸に帰っているが小説ではカット。

【4節】（P341L13〜P347L5）《マヤと夫》

○マヤがオーバーを捨てたことは『日記』には記述がないが、二月九日に「マヤは着せているものをすぐ脱いでしまう」と言う記述がある。

【5節】（P347L7〜P348L6）《銭湯にて》

○『日記』二月十六日に薬局の父と娘ふたりが銭湯に来たことが出ている。

【6節】（P348L8〜P352L11）《妻の病名》

①『日記』二月十一日に医師から「病名は心因性反応」という診断を聞かされている。十五日にも別の医師から精神分裂症ではないと言われている。

②『日記』二月十六日に林氏に電話で分裂症の疑いがあることを聞かされている。

③『日記』二月十一日に奥野健男と吉本隆明、吉本の婚約者が来訪しており、親戚の政弘も一泊しているが作品には反映していない。

④小説P351L17〈鍵をかけたたんすの引き出しをあけ……下着を取りだしてみた〉ことは、『日記』の二月六日に出てくる。

⑤小説P352L2〈取りこむのを忘れてぶらさがった二足の足袋〉のことは、『日記』二月四日に「入院の前夜出がけにミホが洗ったミホの白足袋四足かわいている」とある。

⑥小説P352L10〈口の中でシツォフレニーとつぶやいていた〉ことは『日記』二月十七日に「昨日口の中でSchizophrenieをくり返していた」とある。

⑦『日記』では二月十三日から十四日にかけて大島高校のことでミホの親戚と会っているが、小説には反映していない。

【7節】（P352L13～P355L7）《妻からの電話》

①『日記』の二月二十三日に笹屋の息子から電話の連絡のことが出ている。

②小説P354L1〈伸一の四月の入学のための身体検査〉のことは『日記』二月二十日に出てくる。二十一日が実施日で鈴木君に付き添いを頼むとある。

③小説P354L12〈あなたがこんなになって……〉という鈴木の言葉も『日記』の二十日に載っている。小説の鈴木の〈婚約者〉は『日記』は「妻君」である。

④小説P355L2〈なかよかったとき……〉の伸一の言葉は『日記』三月十七日にそのまま出ている。

⑤『日記』二十三日の内容、二十四日の病院でのことはカットされている。

第九章「過ぎ越し」…『日記』昭和三十年年三月十六日～二十五日に対応。

【1節】（P356L1～P360L7）《妻の病院脱走》

○『日記』三月十六日にミホからの電話のことが出ている。脱走のことやミホの話の大筋は小説と同じ内容だが、『日記』には隣室の娘の記述はない。

【2節】（P360L9～P364L6）《主治医の話》

①『日記』三月十六日に医師からの話が出ている。病院での医師の話は小説と重なるが、医師が拒否的な態度を見せていることは『日記』にはない。

②『日記』では病院の帰りに吉本や奥野たちと会っているが小説には反映していない。

【3節】（P364L8～P366L16）《妻の帰宅》
①小説の付き添い看護婦からの電話のことは『日記』三月十八日にある。内容は同じ。
②小説の〈一日置いた次の日〉の〈妻〉からの電話のことは『日記』三月二十日にある。
③小説の〈妻〉が自動車で病院を脱け出して帰って来たことは『日記』三月二十日にある。
④家の売り手については『日記』では三月十六日に三十五万円で話がついたこと、十九日の前渡金十五万円のことが出ている。
【4節】（P366L18～P368L11）《妻の糾問発作》
○小説の帰宅の翌日に手帳やメモのことで発作が起きたことは『日記』三月二十一日にある。章末の確め合いの描写はこの日の『日記』「しかしミホ立ち直ってくれる。すべて愛情の表現の変形であること、カナシャする」の反映だろう。
【5節】（P368L13～P375L2）《夫と文学仲間》
①『日記』三月二十一日、二十二日のことが小説では一日のこととして再構成されている。
②妻を病院に連れ戻したのは『日記』では三月二十一日であり、その時は医師と特別な話を交わしていない。主治医の話〈治療方針の挫折、変更など〉は『日記』三月二十二日に出てくる。
③小説の付添い看護婦の神さまの話は『日記』には「生長の家」とあるのみ。
④小説で文学仲間の家を訪れていることは『日記』三月二十二日にある。しかし、『日記』では庄野潤三、奥野健男、武田泰淳との話しや思いについては詳細は書かれていない。
⑤『日記』の二十一日に「ミホ立ち直って行く」「ミホ立ち直ってくれる」とあるが、小説ではミホは立ち直らず二人はこじれたままである。

【6節】（P375L4～P380L3）《祈祷師宅へ》

①『日記』三月二十三日、二十四日にほぼ対応。

②小説の伸一がドブに落ちた事は『日記』三月二十三日にある。「崩折れてしまいそうな感じ」という一文がつづく。

③『日記』では三月二十三日の夕方村松常雄氏（村松剛の父、精神科医）を訪ね、サイコセラピーがよいだろうとのアドバイスを受けている。

④『日記』では三月二十四日に慶応病院へ行き、主治医から「御主人の主体性の持ちよう如何だ」、月末の退院と言われている。

⑤小説で付添い看護婦が言った〈フジョウの場所〉のことは『日記』三月二十六日にあるが、新興宗教の家を訪れたという記述は『日記』にはない。

【7節】（P380L5～P384L4）《お祓い》

①『日記』の三月二十五日と対応。

②同日の『日記』には祈祷師のことや鈴木、石川との関わりについての記述はない。

【8節】（P384L6～P386L6）《I教授を訪問》

①小説の電車内での発作のことは『日記』三月二十五日にあるが、村松教授宅での発作のことは『日記』にはない。

②I教授宅からの帰りの駅の中、プラットホームでの出来事は『日記』に記述はない。

③留守を鈴木に頼み、泊まってもらったことは『日記』三月二十五日にある。

第十章「日を繋けて」…『日記』昭和三十年三月三十一日～四月十七日に対応。
○『日記』に記述されている出来事が素材になっている場合もそのままの再現ではない。日付や内容の改変などがなされている。
【1節】（P387L1～P389L18）《佐倉の町と借家》、
○家を見に行った日は『日記』も小説も三月末日。同行者も妻と鈴木と三人で同じ。
【2節】（P390L2～P394L6）《引っ越し直後》
①鈴木が寝込んだのは『日記』では四月一日であり、翌二日に佐倉に行けなくなったと告げに来ている。小説も同じ。
②小説では引越し当日から妻は借家の娘の病のことを不安に思っているが『日記』には引越し当日に娘の結核に関わる記述はない。
③住民登録、転校手続きは小説では引越し当日だが、『日記』では引越した翌日の八日である。
④子どもたちを奄美大島のおばに預けることは『日記』では四月八日に話し合っている。相談には従弟の孝ちゃんも加わっているが、小説には反映していない。
⑤小説の風呂の水漏れについて『日記』に記述はない。「ふろの中から木の間越しに月の姿」とあるのみ。
【3節】（P394L8～P402L15）《印旛沼へ》
①J（服部達）からの電報は『日記』では四月十一日に「ツトメグチアリサンデーマイニチヘレンラクコウ」とある。
②K子（和子）が会社を辞める手続きのために池袋に帰ったのは『日記』では四月九日のこと。
③印旛沼に行ったのは『日記』では四月十一日の午後三時過ぎ。孝ちゃんも一緒である。『日記』の記述

は一行だけで、神秘的な様子についての記述はない。
④小説のＰ402Ｌ17のピーナツバターの店、肉屋のことは『日記』四月十三日にある。
⑤小説の隣家の名まえのことは『日記』にはない。
⑥小説の佐倉の町が拒絶的であるという記述は『日記』にはない。『日記』の四月十三日には「この近所の人の容貌のおだやかさ」と記されている。小説にある〈女〉と同じ姓の家のことも『日記』にはない。
【4節】（Ｐ402Ｌ17～Ｐ411Ｌ15）《海隣寺坂界隈》
①担任の教師との出会いは、小説ではピクニックに行った日の午後だが、『日記』では四月九日で、はじめて伸一が学校に登校した日の午後の散歩途中である。
②小説〈新しい過去づくり〉の記述は『日記』にない。
③小説Ｐ406Ｌ９の母に関する記述は『日記』にはない。
④小説Ｐ408Ｌ８以降の引っ越しの準備中に伸一（伸三）を折檻したことは『日記』にはない。
【5節】（Ｐ411Ｌ９～Ｐ415Ｌ８）《東京行き》
○小説で毎日新聞社に行くことは『日記』四月十二日にある。〈妻〉の反応も『日記』と同じ。
【6節】（Ｐ415Ｌ10～Ｐ423Ｌ４）《帰宅後の妻の発作》
○小説での出来事は『日記』四月十二日と同じ。孝ちゃんも来ていたのだが、小説には反映していない。
【7節】（Ｐ423Ｌ６～Ｐ425Ｌ９）《翌朝の妻》
○『日記』四月十三日は「朝ミホ気持とける」とのみ。
【8節】（Ｐ425Ｌ11～Ｐ426Ｌ13）《Ｄ病院での診察》
①国府台病院の初診は『日記』四月十三日にある。

②小説でK子が行った転校手続きは『日記』では孝ちゃんである。
【9節】（P426L15～P428L17）《子どもとの別れ》
○小説で子どもたちがK子〈和子〉の部屋に引き取られていったことは『日記』四月十四日にある。
【10節】（P429L1～P431L2）《その夜の二人》
○二人きりの夕食後、『日記』ではミホはもつれているが、小説には反映されていない。
【11節】（P431L4～P433L4）《二人きりの生活》
①小説での血痰のことは『日記』四月十五日にある。
②『日記』十五日はミホが両親のことを話しているが、小説には反映していない。
【12節】（P433L6～P437L15）《受診とその夜》
①小説の病院での受診、小岩への挨拶回りのことは『日記』四月十六日とほぼ同じ。
②小説の深夜の〈妻〉の発作のことは『日記』では四月十七日にある。
【13節】（P437L17～P455L15）《女の訪問》
①小説の成長の家のこと、朝日記者の来訪は『日記』四月十七日にある。
②小説の下着の贈り物のことは『日記』にはない。
③〈女〉の訪問のことは『日記』四月十七日に「風雨の中、そこに事件起る」とのみ記されている。

第十一章「引っ越し」…『日記』昭和三十年四月十八日～五月三日に対応。
○『日記』四月十八日～五月三日迄が日を追って事実関係はほとんど改変されずに小説に反映されている。
【1節】（P456L1～P459L5）《事件の翌朝》

○『日記』では四月十八日に対応。しかし小説Ｐ456Ｌ１～Ｐ457Ｌ１までの想念の記述は『日記』にはない。
【２節】（Ｐ459Ｌ７～Ｐ463Ｌ７）《警察への出頭》
①小説の出来事は『日記』四月十八日にほぼ重なる。
②小説の警察署での具体的な記述は『日記』にはない。
③小説で刑事が持ちだした示談金二千円は『日記』では〈女〉が要求しているとある。
④『日記』で二千円を払いに再度警察署へ行ったことは小説ではカット。
【３節】（Ｐ463Ｌ９～Ｐ465Ｌ１）《警察からの帰宅》
①小説の警察官へのＹシャツの贈答のことは『日記』十八日にある。
②小説の示談金を出したことで〈妻〉が発作を起こしたことも『日記』十八日にある。
③小説の夫が自分の誕生日であることを思い出すことも『日記』十八日にある。十八日は島尾の誕生日。
【４節】（Ｐ465Ｌ３～Ｐ467Ｌ12）《出頭の翌日》
①小説の出来事は『日記』四月十九日に重なる部分が多い。『日記』に書かれていることに肉付けをするように語りが展開している。
②『日記』にあるミホの三度の転心については小説にはない。
【５節】（Ｐ467Ｌ14～Ｐ468Ｌ４）《治癒への不安》
○『日記』に該当する記述はない。
【６節】（Ｐ468Ｌ６～Ｐ470Ｌ15）《治療を待つ間》
○小説の出来事は『日記』四月二十日、二十三日にほぼ重なる。
【７節】（Ｐ470Ｌ17～Ｐ472Ｌ３）《三日ぶりの帰宅》

①小説の出来事は『日記』四月二十三日にある。
②『日記』二十三日には孝ちゃんが来ていること、線香流しに行ったことは小説にはない。
【8節】（P472L5〜P472L18）《これからのこと》
①小説の医師の話は『日記』四月二十七日と同じ。
②小説の叔母の話は『日記』にはない。
【9節】（P473L2〜P474L6）《荷造り》
○小説の出来事は『日記』四月二十八日とほぼ重なる。
【10節】（P474L8〜475L16）《長い棘》
①小説の出来事は『日記』四月二十九日とほぼ重なる。
②『日記』のミホの級友からの連絡、警察官との出会い、本の批評への反応などは小説ではカット。
【11節】（P475L18〜P478L9）《診察》
①小説の出来事は『日記』四月三十日とほぼ重なる。
②医師の診断の内容も『日記』三十日とほぼ同じ。
【12節】（P478L11〜P479L1）《荷造り終了》
○小説の出来事は『日記』五月一日とほぼ重なる。
【13節】（P479L3〜P480L4）《発送準備》
○小説の出来事は『日記』五月二日とほぼ重なる。
【14節】（P480L6〜P481L14）《荷物発送》
○小説の出来事は『日記』五月三日とほぼ重なる。

第十二章「入院まで」…『日記』昭和三十年五月十二日～六月六日に対応。

【1節】（P482L1～P484L4）《伸一の折檻》

○小説の出来事は『日記』五月十二日とほぼ重なる。

【2節】（P484L6～同L16）《伸一の病気》

①小説の出来事は『日記』五月十三日とほぼ重なる。

②伸三のはしかは『日記』では五月十七日にある。

【3節】（P484L18～P486L7）《発作の兆し》

○もつれのことは『日記』五月十七日にある。

【4節】（P486L9～P487L9）《通院の途中》

○小説の出来事は『日記』五月十八日とほぼ重なる。

【5節】（P487L11～P491L5）《診察》

①小説の出来事は『日記』五月十八日に基づく。

②小説P488L11〈独りっ子……陥っている〉という医師の診断は『日記』五月十一日にある。

③小説P490L14のマヤのことは『日記』にない。

【6節】（P491L7～P492L8）《伸一の看病》

○小説の出来事は『日記』五月十八日とほぼ重なる。

【7節】（P492L10～P493L2）《荷物発送の不備》

○小説の出来事は『日記』五月十九日とほぼ重なる。

【8節】（P493L4〜同L14）《マヤの健気さ》
○小説の出来事は『日記』五月十九日とほぼ重なる。
【9節】（P493L16〜P494L6）《妻の励まし》
○小説の出来事は『日記』五月十九日とほぼ重なる。
【10節】（P494L8〜同L14）《伸一の看病》
○小説の出来事は『日記』五月二十日とほぼ重なる。
【11節】（P494L16〜P498L4）《発作に耐え得ぬ夫》
○小説の出来事は『日記』五月二十日とほぼ重なる。
【12節】（P498L6〜同L12）《発作が続く妻》
○小説の出来事は『日記』五月二十一日とほぼ重なる。
【13節】（P498L14〜P499L6）《伸一への買い物》
①小説の出来事は『日記』五月二十二日とほぼ重なる。
②『日記』ではミホの母校日出女子学園の同窓会での講演を行っているが、小説にはない。
【14節】（P499L8〜P501L14）《ミホの変化》
②小説の出来事は『日記』五月二十三日とほぼ重なる。
③『日記』の文学仲間のことは小説にはない。
【15節】（P501L16〜P502L12）《発作対応の自省》
○小説の出来事は『日記』五月二十三日とほぼ重なるが、小説にある想念は『日記』にはない。
【16節】（P502L14〜P505L13）《嫌悪と憐憫》

①小説の出来事は『日記』五月二十四日、二十五日とほぼ重なる。
②小説の発作に関わる想念の記述は『日記』にはない。
③『日記』の入院患者との会話は小説にはない。
【17節】（Ｐ505Ｌ15～Ｐ507Ｌ10）《入院の話ともつれ》
○小説の出来事は『日記』五月二十五日とほぼ重なる。
【18節】（Ｐ507Ｌ12～Ｐ510Ｌ13）《いとこの支援》
①小説の出来事は『日記』五月二十六日とほぼ重なる。
②小説のオギノ式云々のことは『日記』にはない。
【19節】（Ｐ510Ｌ15～Ｐ511Ｌ14）《医師の話》
①小説のマヤの発病は『日記』五月二十七日にある。
②小説の通院と（女）の手紙のついての医師の話のことは『日記』五月二十八日にほぼ重なる。
【20節】（Ｐ511Ｌ16～Ｐ512Ｌ７）《手紙に執着する妻》
○小説の手紙の回収方法のことは『日記』五月二十九日とほぼ重なる。
【21節】（Ｐ512Ｌ９～Ｐ513Ｌ16）《逆上する夫》
①小説の出来事は『日記』五月二十九日とほぼ重なる。
②小説の風呂の帰りのもつれは『日記』にはない。
【22節】（Ｐ513Ｌ18～Ｐ515Ｌ６）《もつれの深まり》
○小説の出来事は『日記』五月三十日とほぼ重なる。
【23節】（Ｐ515Ｌ８～同Ｌ17）《もつれの継続》

○小説の出来事は『日記』五月三十一日とほぼ重なる。

【24節】（P516L1～P520L6《入院へ》）

①小説の出来事は『日記』六月一日、二日、三日、四日、六日とほぼ重なる。

②小説のP517L3の電報を打った相手はおじの〈広ウジッカ〉だが、『日記』六月二日では大阪のミホ夫人の実兄「暢之」である。『日記』では「暢之」は六月四日に東京駅に着いている。小説では「暢之」のことはカット。

③『日記』では六月五日に日出学園のクラス会に伸三も含めて三人で出席しているが、小説では学園のことはこれまでと同様にカット。

④入院日は『日記』では六月六日。市川市国立国府台病院第二精神科二十七病棟三号室。

⑤『日記』には出来事の記述のみで、小説に書かれている想念についての記述はない。

島尾敏雄略年譜

※『島尾敏雄事典』所収年譜（島尾ミホ編）、『島尾敏雄全集第17巻』所収年譜（青山毅作成）、岩谷征捷『島尾敏雄』所収年譜を参照。

大正六（一九一七）年

四月十八日、横浜市戸部町三丁目八一番地で、輸出絹織物商を経営する島尾四郎とトシの長男として出生。父母ともに福島県相馬郡小高町（現南相馬市小高区）の出身。のちに妹二人、弟二人、異母弟一人が生まれる。

大正十二（一九二三）年 六歳

九月一日、関東大震災で横浜の家が全壊焼失したが、家族全員難を免れた。

大正十三（一九二四）年 七歳

四月、横浜尋常小学校に入学。小学校の雑誌『学之友』に図画と作文が掲載された。

大正十四（一九二五）年 八歳

十一月下旬、関東大震災の影響で、兵庫県武庫郡西灘村稗田に転居し、西灘第二尋常小学校に転校。一人で定期的な小冊子『小兵士』を出す。

昭和四（一九二九）年 十二歳

神戸市葺合区八幡通五丁目一〇番地に転居し、神戸尋常小学校に転校。

昭和五（一九三〇）年 十三歳

四月、兵庫県立第一神戸商業学校に入学。山岳部に入る。

昭和六（一九三一）年　十四歳
十一月から金森正典、正隆兄弟と小冊子『少年研究』を編集刊行。
昭和八（一九三三）年　十六歳
四月、金森正典と同人雑誌『峠』を刊行（十二年に廃刊）。詩作を始める。
昭和九（一九三四）年　十七歳
十一月十一日、母トシが京都帝大付属病院で死去（三十七歳）。
昭和十（一九三五）年　十八歳
三月、兵庫県立第一神戸商業学校卒業。浪人して受験勉強。
昭和十一（一九三六）年　十九歳
四月、長崎高等商業学校に入学。柔道部に入る。
昭和十三（一九三八）年　二十一歳
二月、友人と同人雑誌『十四世紀』を創刊するが発禁処分を受ける。
昭和十四（一九三九）年　二十二歳
三月、長崎高等商業学校を卒業。一年課程の海外貿易科に残る。十月、福岡の同人雑誌『こをろ』に参加。
（十九年四月の十四号で終刊。）
昭和十五（一九四〇）年　二十三歳
四月、九州帝国大学法文学部経済科に入学。
昭和十六（一九四一）年　二十四歳
四月、九州帝国大学法文学部文科に再入学、東洋史を専攻。一級下の庄野潤三と交友を持つ。

昭和十八（一九四三）年　　二十六歳

一月、『こをろ』の中心だった矢山哲治が電車で轢死。八月、庄野潤三と詩人伊東静雄を訪ねる。九月、九州帝大を繰上げ卒業。同月、『幼年記』を自費出版。十月、第三期海軍予備学生を志願、一般兵科に採用され、旅順海軍予備学生教育部に入隊。

昭和十九（一九四四）年　　二十七歳

二月、第一期魚雷艇学生となり、横須賀、長崎県川棚で訓練を受ける。五月、少尉に任官、特攻艇震洋に配置される。十月、第十八震洋隊隊長に任ぜられ、十一月、奄美群島加計呂麻島呑之浦に基地を設営。十二月中尉に任官。国民学校教師大平ミホと知り合う。

昭和二十（一九四五）年　　二十八歳

二月以降、大平文一郎、ミホ親子と親交を深め、「はまべのうた」を書き、ミホに献じた。八月十三日、特攻出撃下令。即時待機のまま十五日を迎え敗戦に会う。九月、佐世保で解員。神戸の父の元に帰る。

昭和二十一（一九四六）年　　二十九歳

三月十日、大平ミホと結婚。五月、庄野潤三、三島由紀夫らと同人誌『光耀』を創刊（三号まで）。

昭和二十二（一九四七）年　　三十歳

五月、神戸山手女子専門学校（後の山手女子短期大学）の非常勤講師になる。七月、神戸市外事専門学校（後の神戸市外国語大学）助教授に就任。十月、同人雑誌『ＶＩＫＩＮＧ』の創刊同人となる（二十六年末に脱退）。

昭和二十三（一九四八）年　　三十一歳

七月、長男・伸三が誕生。十月、短編集『単独旅行者』を刊行。

昭和二十四（一九四九）年　三十二歳
三月、短篇集『格子の眼』を刊行。
昭和二十五（一九五〇）年　三十三歳
二月、「出孤島記」により戦後文学賞を受賞。四月、長女・マヤ誕生。九月、神戸市外大助教授となる。
十二月、長篇小説『贋学生』を刊行。
昭和二十七（一九五二）年　三十五歳
三月、作家活動に専心するため神戸市外大を辞職し、東京都江戸川区小岩町に転居。都立向丘高校定時制の非常勤講師となる。「現在の会」、「新日本文学会」、「一二会」に参加。
昭和二十八（一九五三）年　三十六歳
「構想の会」と「現代評論」に参加。
昭和二十九（一九五四）年　三十七歳
九月末、ミホ夫人心因性反応を発病。『死の棘』の素材となった日々が始まる。
昭和三十（一九五五）年　三十八歳
一月末、ミホ夫人が慶応大学病院神経科に入院（三月末退院）。三月、短篇小説集『帰巣者の憂鬱』を刊行。向丘高校を退職。四月、千葉県佐倉市に転居、五月、東京都池袋に転居。六月、市川市の国府台病院に入院するミホ夫人に付き添って病室生活に入る。子供は奄美大島のミホ夫人の叔母に預ける。十月、退院し、船で奄美大島名瀬市に移る。十二月、短篇小説集『われ深きふちより』を刊行。
昭和三十一（一九五六）年　三十九歳
四月、県立大島高校、県立大島実業高校定時制の非常勤講師となる。九月、短編集『夢の中での日常』を刊行。十二月、聖心教会で子どもと共にカトリックの洗礼（洗礼名ペトロ）を受ける。ミホは幼児洗礼を受けていたので堅信礼を受ける。

昭和三十二（一九五七）年　四十歳

一月、加計呂麻島呑之浦の基地跡、ミホの故郷押角を訪問。七月、短篇集『島の果て』を刊行。十二月、奄美日米文化会館長に就任。

昭和三十三（一九五八）年　四十一歳

三月、大島高校を退職。四月、県立図書館奄美分館長に就任、奄美日米文化会館長を兼務。奄美郷土研究会を組織し、世話人となる。

昭和三十四（一九五九）年　四十二歳

二月、『現代批評』に参加。三月、大島実業高校を退職。

昭和三十五（一九六〇）年　四十三歳

春先から四か月間、十二指腸潰瘍のため入院。四月、随筆集『離島の幸福・離島の不幸』を刊行。十月、短篇集『死の棘』を刊行。

昭和三十六（一九六一）年　四十四歳

三月、『死の棘』により芸術選奨を受賞。七月、『島尾敏雄作品集』（晶文社、四二年七月全五巻で完結）を刊行。

昭和三十七（一九六二）年　四十五歳

五月、短篇小説集『島へ』を刊行。六月、随筆集『非超現実主義的な超現実主義の覚え書』を刊行。

昭和三十八（一九六三）年　四十六歳

四月から六月にかけて、米国国務省による招待旅行。米国本土のほか、プエルトリコとハワイ州諸島を廻った。

昭和三十九（一九六四）年　四十七歳

二月、短篇集『出発は遂に訪れず』を刊行。十一月、南日本文化賞を受賞。

昭和四十（一九六五）年　四十八歳

・九月から十月にかけて、モスクワで開催された日ソ文学シンポジウムに参加。ソ連、ポーランドを旅行。

十月、短編集『日のちぢまり』を刊行。

昭和四十一（一九六六）年　四十九歳

三月、随筆集『私の文学遍歴』を刊行。七月、随筆集『島にて』を刊行。十一月、西日本文化賞を受賞。

昭和四十二（一九六七）年　五十歳

十月から十二月、ソ連、ポーランド、チェコスロヴァキア、ユーゴスラヴィア、オーストリアを単独旅行。

十一月、初期作品集『幼年記』を刊行。

昭和四十三（一九六八）年　五十一歳

七月、短篇集『日を繋けて』を刊行。

昭和四十四（一九六九）年　五十二歳

二月、随筆集『琉球弧の視点から』を刊行。同月、自転車事故に遭い、奄美大島や東京の病院で入院治療。その後も後遺症が続き、数年苦しむ。

昭和四十五（一九七〇）年　五十三歳

同月、鹿児島純心女子短大の非常勤講師となる。十一月から十二月にかけて、ニューデリーでのアジア・

アフリカ作家会議に参加。

昭和四十六（一九七一）年　五十四歳

十一月、短篇及び随筆集『夢の系列』を刊行。

昭和四十七（一九七二）年　五十五歳

二月、葉篇小説集『硝子障子のシルエット』、九月、昔話集『東北と奄美の昔ばなし』を刊行。同月、『硝子障子のシルエット』により毎日出版文化賞を受賞。十一月、南海文化賞を受賞。

昭和四十八（一九七三）年　五十六歳

一月、夢日記『記夢志』を刊行。二月、『島尾敏雄非小説集成』（全六巻、十月完結）を刊行。四月、昔話集『東北と奄美の昔ばなし』（ミホによる方言吹込みのLPシート付）を刊行。

昭和四十九（一九七四）年　五十七歳

八月、作家論集『日本の作家』、短篇集『出孤島記・島尾敏雄戦争小説集』を刊行。

昭和五十（一九七五）年　五十八歳

三月、『夢のかげを求めて—東欧紀行』を刊行。四月、鹿児島県立図書館奄美分館長を辞職し、鹿児島県指宿市に転居。同月、鹿児島純心女子短大教授となり、図書館長を兼務。

昭和五十一（一九七六）年　五十九歳

一月、「徒然草」の現代語訳を『日本の古典8徒然草・方丈記』として刊行。三月、島尾敏雄編『奄美の文化』を刊行。九月、随筆集『南島通信』を刊行。十一月、日録小説『日の移ろい』、対談集『内にむかう旅』を刊行。十二月、対談集『夢と現実』を刊行。

昭和五十二（一九七七）年　六十歳

二月、『ヤポネシア序説』を編集刊行。八月、詩集『春』を刊行。九月、神奈川県茅ヶ崎市に転居する。
同月、長編小説『死の棘』を刊行。十月、『日の移ろい』で谷崎潤一郎賞受賞。同月、『名瀬だより』、共著『日本の伝説23　奄美の伝説』を刊行。十一月、対談集『ヤポネシア考』、『日暦抄』を刊行。

昭和五十三（一九七八）年　六十一歳

二月、『死の棘』により読売文学賞を受賞。同月、沖縄タイムス社芸術選奨を受賞。五月、『夢日記』を刊行。六月、『死の棘』により日本文学大賞を受賞。八月、対談集『特攻隊体験と戦後』を刊行。十二月、随筆集『南風のさそい』を刊行。

昭和五十四（一九七九）年　六十二歳

七月、対談集『平和の中の主戦場』を刊行。

昭和五十五（一九八〇）年　六十三歳

四月、フイレンツェ国際演劇祭に参加公演の青年劇場の一行に加わりミホ夫人と共にフイレンツェ、ヴェネチア、パリを旅行。五月、『島尾敏雄全集』（全十七巻、五八年一月完結）を刊行。

昭和五十六（一九八一）年　六十四歳

六月、日本芸術院賞を受賞。同月、『島尾敏雄による島尾敏雄』、『日記抄』を刊行。八月末からミホ夫人、友人とイタリア、フランス、ポーランド、ブルガリア、ソ連を旅行。十二月、日本芸術院会員になる。

昭和五十八（一九八三）年　六十六歳

三月、随筆集『過ぎゆく時の中で』、作家論集『日本の作家たち』を刊行。四月、回想録『忘却の底から』を刊行。同月、「湾内の入江で」により川端康成文学賞を受賞。十月、鹿児島県始良郡加治木町に転居。

昭和五十九（一九八四）年　六十七歳

十二月、鹿児島市吉野町に転居。

昭和六十（一九八五）年　　六十八歳

三月、短編集『夢屑』を刊行。八月、『魚雷艇学生』を刊行。十二月、『魚雷艇学生』により野間文芸賞を受賞。同月、鹿児島市宇宿町に転居。

昭和六十一（一九八六）年　　六十九歳

八月、日録小説『続日の移ろい』を刊行。九月頃から心臓病に伴う身体の不調があり、鹿児島、東京で精密検査を受けるが異常なしの診断。十一月十日朝、蔵書の整理中に体調悪化し入院。十二日夜、出血性脳梗塞のため死去。十四日、鹿児島市谷山カトリック教会で葬儀。十五日、鹿児島純心女子短期大学で合同葬儀。十二月十三日、上智大学クルトゥールハイム聖堂で追悼ミサ、駿河台山の上ホテルで追悼会。同月十六日、福島県相馬郡小高町の墓地に納骨。同月二十一日、沖縄県那覇市で追悼会

昭和六十二（一九八七）年

三月上旬、奄美大島名瀬市聖心カトリック教会で追悼ミサ、市内で追悼会。同月、『島尾敏雄詩集』を刊行。七月、短編集『震洋発進』を刊行。十一月、鹿児島純心短期大学で追悼ミサと追悼会。同月、奄美大島名瀬市および沖縄県那覇市で追悼式と偲ぶ会。

昭和六十三（一九八八）年

一月、随筆集『透明な時の中で』を刊行。十一月、奄美大島名瀬市、沖縄県那覇市、駿河台山の上ホテルで偲ぶ会。十二月、奄美群島加計呂麻島呑之浦の第十八震洋隊基地跡が「文学碑記念公園」となり、島尾敏雄文学碑が建立された。

初出一覧

初出は次の通りである。なお各編とも雑誌掲載時に削った箇所を補筆し、文意の不備なところを訂正するなど修正を加えている。

「病院記」考

(一)「病院記」の一側面――〈私〉の変容のドラマとして――
…『群系』第三十一号(平成二十五(二〇一三)年七月。群系の会)。

(二)「或る精神病者」「狂者のまなび」「転送」に通底するもの――〈画一の共同の医療〉への疑念――
…『脈』第九十二号(平成二十九(二〇一七)年二月。脈発行所)。

「鉄路に近く」の位置付けと幻の作品についての覚書
…『群系』第三十二号(平成二十五(二〇一三)年十二月。群系の会)。

「家の中」論――多元的視点による語りが意味するもの――
…『群系』第三十四号(平成二十七(二〇一五)年四月。群系の会)。

『死の棘』考
㈠第一章〜第四章――〈カテイノジジョウ〉の根にあるものの諸相――
：『群系』第三十五号（平成二十七（二〇一五）年十月。群系の会）。
㈡第五章〜第九章――「ゆるし」の希求から「不可知の力」へのまなざしへ――
：『群系』第三十六号（平成二十八（二〇一六）年五月。群系の会）。
㈢第十章〜第十二章及び視点の方法化――〈私の家族〉の再生へ向けての旅へ――
：『群系』第三十七号（平成二十八（二〇一六）年十月。群系の会）。
原題「第十章〜第十二章――〈私の家族〉の再生へ向けての旅へ――」
「川にて」論――七つの「企み」から開かれる文学世界――
：『群系』第三十三号（平成二十六（二〇一四）年七月。群系の会）。
「島へ」を読む――〈小説の総合的な可能性〉の見取り図として――
：『群系』第三十八号（平成二十九（二〇一七）年五月。群系の会）。

あとがき

今年二〇一七年は島尾敏雄（四月十八日生）生誕百年にあたり、私も古稀を迎えました。ここでは私がこの本を編むようになった経緯を書いてあとがきとしたい。

島尾敏雄との出会いは、忘れられない思い出として脳裡に焼き付いています。大学二年の時、大学図書館の新着図書コーナーに島尾敏雄という未知の作家の作品集が置かれていました。借り出して読み始めた私はその独特な文体のリズムに誘われ、南島小説、旅小説、夢小説、戦争小説、病妻小説と分類される多様な文学世界に魅了されてしまいました。それ以後私の中の文学地図は大きく塗り替えられ、島尾敏雄がその版図を拡げていきました。卒業論文に島尾を選びましたが、『幼年記』を中心とした初期の作品群を対象とすることしかできませんでした。戦争小説や病妻小説は生活経験を積んでから読み直そうと思い、資料はその都度集めてきましたが。いつの間にか四十数年という時間を過ごしていました。

二〇一一年一月に大腸に悪性腫瘍がみつかり、担当医から言われたレベルの五年生存率を調べると四十数パーセント。三月七日に手術をうけ、リハビリに入ったばかりの十一日、テレビの画面は東日本大震災の凄まじい状景を映し出しました。日々伝えられる惨状を見ながら退院までの間に島尾敏雄を読み直すことを強く思うようになりました。これからの時間を教職を辞めて島尾の読み直しに使いたいという私の願いを妻は笑顔で肯ってくれました。一年間の抗ガン剤治療の合間に全集十七巻を読み直した時、私の当面の関心は奄美大島移住後の作品に向いていました。

島尾の家族の再生の歩みを自分の生の時間に重ねようという気持になっていたのでしょう。

島尾の作品と論評を読み進めるうちに、小説を実体験に重ね、作品の断片を作家論の素材として利用することが多いことへの疑問を抱くようになりました。小説を創作として読むこと、作品全体の構造を明らかにした読みが必要なのではないかという思いが強くなったのです。そんな折に資料探索の途上で同人誌『群系』の編集責任者永野悟氏を知り、同誌への投稿を勧められ、二〇一三年七月発行の『群系』三十一号に「病院記」について書きました。それからは年二回の『群系』発行に合わせて島尾の作品論を書くことが私の生活の基盤となりました。手術から五年目の二〇一五年十一月に胃に悪性腫瘍が見つかり、三分の二を切除しました。レベルも同じでしたので次の五年に向けて踏み出すために、区切りとして発表分を本にしておくことを思い立ちました。その年が島尾の生誕百年と自分の古稀にあたるのも奇しき縁しを思います。

これまで拙文に対して岩谷征捷氏、比嘉加津夫氏、田中眞人氏、高比良直美氏、西尾宣明氏など島尾研究の先達の方々や永野悟氏から頂いたご教示や励ましが大きな支えとなってきました。また福岡雙葉中学高校国語科でご一緒した先生方からも折に触れて励ましを頂いてきました。龍書房の皆様には本造りの上でお手数を頂きました。皆様方に紙面を借りてお礼を申し上げます。ありがとうございました。おわりに、二回の手術を経ながら本にまとめるものを書いてこられたのは妻節子の支えがあったからです。感謝のことばを贈ります。ありがとう。

二〇一七年五月

石井洋詩

著者略歴

石井洋詩（いしい　ひろし）

1947年福岡県戸畑市（現北九州市戸畑区）に生まれる。県立戸畑高校を卒業後1967年早稲田大学教育学部国語国文学科に入学する。大学院文学研究科修士課程を修了後、田園調布雙葉中学高校に十年、福岡雙葉中学高校に二十五年奉職し、2011年に退職する。2013年より同人雑誌『群系』に参加し現在に至る。

島尾敏雄の文学世界
——病妻小説・南島小説を読む

二、八〇〇円（本体二五九三円）

二〇一七年六月一〇日　初版発行

著　者　石井洋詩
発行者　青木邦夫
発行所　龍　書　房
東京都千代田区飯田橋二―一六―三
（〇三）三二八八―四五七〇

印刷　㈱アドヴァンス
製本　㈲岩佐